# DIANA PALMER

Corazones en Peligro

Entre el amor y el odio

Editado por Harlequin Ibérica.
Una división de HarperCollins Ibérica, S.A.
Núñez de Balboa, 56
28001 Madrid


N.º 5 - 1.11.15


Corazones en Peligro
Título original: The Texas Ranger


Entre el amor y el odio
Título original: Desperado
Publicadas originalmente por Mira™ Books, Ontario, Canadá
Estos títulos fueron publicados originalmente en español en 2002



I.S.B.N.: 978-84-687-6711-6
Depósito legal: M-27165-2015

# ÍNDICE

*Corazones en peligro* . . . . . . . . . . . . . . . . . .7

*Entre el amor y el odio* . . . . . . . . . . . . . . .237

# CORAZONES EN PELIGRO

DIANA PALMER

# 1

Las paredes de la comisaría de los rangers de Texas, en San Antonio, estaban llenas de fotografías enmarcadas en blanco y negro. Como espectros sepia de tiempos pasados, dominaban el moderno complejo de teléfonos, telefaxes y ordenadores. Los teléfonos no dejaban de sonar. Los empleados atendían al público en las mesas. El zumbido de la maquinaria saturaba la comisaría, extrañamente tranquilizador, semejante a una nana eléctrica.

El sargento Marc Brannon estaba arrellanado en su silla giratoria. Su cabello castaño y rizado, con vetas rubias, brillaba bajo las luces del techo mientras el agente reflexionaba sobre el montón de archivos colocados sobre la mesa. Sus ojos, grises y angostos, permanecían casi cerrados mientras meditaba sobre un contratiempo reciente.

Judd Dunn, un buen amigo y compañero, había estado a punto de ser atropellado por un coche hacía unas semanas, mientras realizaba una misión en la comisaría de San Antonio. Se había rumoreado que el suceso tenía relación con la investigación que el FBI estaba llevando a cabo sobre Jake Marsh, un mafioso de la localidad. Dunn había colaborado con el FBI en el caso, pero, poco después, había solicitado un traslado a la comisaría de Victoria, alegando motivos personales. Brannon había heredado la investigación sobre Marsh. También el FBI estaba involucrado... o, más concretamente, un agente natural de Georgia, llamado Curtis Russell, al que Brannon consideraba un incordio. Era curioso que Russell trabajara en un caso del FBI. Había pertenecido al Servicio Secreto. Naturalmente, se decía Marc, la gente cambiaba de trabajo continuamente. Él mismo era un buen ejemplo.

Al parecer, Russell se había metido a fondo en la investigación del caso Marsh. Simon Hart, el fiscal del estado de Texas, había hablado por teléfono con Brannon hacía dos días escasos, quejándose de la tenacidad de Russell. El exagente del Servicio Secreto se hallaba ahora en Austin, poniendo histéricos a los agentes locales mientras hurgaba en sus archivos informáticos para investigar dos asesinatos que, según él, estaban relacionados con Marsh.

Marsh extendía sus tentáculos en toda suerte de negocios sucios, incluidos el chantaje, la prostitución y las apuestas ilegales, principalmente en San Antonio, donde vivía. No obstante, saber que realizaba operaciones ilegales y demostrarlo eran dos cosas distintas. Marsh era perro viejo en lo que se refería a eludir las investigaciones y los registros.

Lástima que ya no se pudiera disparar a los criminales, se dijo Brannon caprichosamente mientras miraba una antigua fotografía de un ranger de Texas que, montado a caballo, sujetaba con un lazo a un forajido herido y cubierto de polvo.

La mano de Brannon fue hasta la culata de madera del Colt 45 que llevaba en la pistolera. Dado que los rangers no vestían un uniforme específico, tenían libertad para elegir tanto su vestuario como las armas que empleaban. No obstante, la mayoría de los agentes de la comisaría llevaban camisa blanca y corbata, con la placa prendida en la pechera, así como sombreros Stetson y botas. Un ranger era pulcro, educado, conservador y profesional en su trabajo. Brannon procuraba amoldarse a esa imagen. Con el tiempo, había aprendido a ser más cauto que en épocas pasadas. Había cometido el error de su vida dos años antes, al juzgar mal a una mujer a la que había llegado a... apreciar mucho. Su hermana le había dicho que aquella mujer no lo culpaba por haber sumido su vida en el desastre. Pero Brannon tenía tal sentimiento de culpabilidad, que dejó los rangers y se fue de Texas durante un par de años para trabajar con el FBI. Había descubierto, sin embargo, que uno no resolvía los problemas huyendo de ellos.

Aún podía verla mentalmente, rubia, atrevida y llena de irónico ingenio. Pese a las desgracias que habían presidido su vida, era la persona más brillante y encantadora que Brannon había conocido nunca. La echaba de menos. Pero ella, desde luego, no debía de añorarlo a él. ¿Por qué iba a hacerlo? Brannon le había causado un daño terrible. Había arruinado su vida.

–¿No tienes nada que hacer, Brannon? –le dijo una compañera, arrastrando la voz, mientras pasaba por su lado.

Las mujeres solían considerarlo una perita en dulce, con sus caderas estrechas, su pecho amplio y su mandíbula cuadrada. Tenía una boca sensual debajo de una nariz que se había roto, al menos, una vez, y un porte arrogante que resultaba más excitante que intimidatorio. Pero no era ningún donjuán. De hecho, cuando salía con alguna mujer, lo hacía con toda discreción para no dar pie a chismorreos en la comisaría.

–Estoy haciendo algo –respondió Brannon con un brillo en los ojos–. Estoy enviando ondas telepáticas a los criminales fugados. Si tengo éxito, correrán todos a las comisarías de todo el país para entregarse.

–A otro perro con ese hueso –contestó ella con una risita.

Brannon sonrió y exhaló un suspiro.

–Acabo de volver de testificar en un juicio. Tengo media docena de casos pendientes y he de decidir el orden de prioridades –confesó. Luego señaló con el dedo el montón de expedientes–. Había pensado en lanzar una moneda...

–No hará falta. El capitán tiene un encargo urgente para ti.

–¡Salvado por las nuevas órdenes! –bromeó. A continuación, se levantó y se estiró exageradamente, haciendo que la tela de la camisa se tensara sobre sus recios pectorales–. ¿De qué se trata?

–Un homicidio en un callejón de Castillo Boulevard –explicó ella colocando una hoja de papel sobre la mesa–. Un tipo blanco, de unos veintitantos años. Dos detectives del Departamento de Investigación Criminal ya han acudido al escenario del crimen, además de un forense y una pareja de agentes. El capitán dice que debes ir ahora mismo, antes de que llamen a una ambulancia para retirar el cadáver.

Brannon hizo una mueca.

–Eh, eso queda dentro de los límites de la ciudad. Es decir, en nuestra jurisdicción... –empezó a decir.

–Lo sé. Pero este caso es peliagudo. Encontraron a ese joven blanco con una única herida de bala en la nuca, como si lo hubieran ejecutado. ¿Recuerdas qué hay en Castillo Boulevard?

–No.

–El club nocturno de Jake Marsh. Y hallaron el cadáver dos puertas más allá.

Brannon sonrió.

–¡Vaya, vaya! Qué bonita sorpresa, y justo cuando empezaba a compadecerme de mí mismo –titubeó–. Espera un momento. ¿Por qué ha decidido el capitán enviarme a mí? –preguntó recelosamente, mirando de soslayo hacia la puerta cerrada de su superior–. Lo último que me encargó fue investigar la misteriosa muerte de una vaca mutilada. Pensaron que habían sido unos extraterrestres.

Su compañera puso cara de desagrado.

–Está cabreado porque conseguiste trabajar con el FBI, mientras que a él lo rechazaron un par de veces. Pero dice que puedes encargarte del caso porque este mes no lo has puesto en ningún brete. Todavía.

–No será fácil. De hecho, apuesto la paga de una semana a que la prensa se habrá puesto las botas antes de que anochezca.

–Prefiero no sumarme a la apuesta. Por cierto, el capitán dice que deberías dejar de repostar en esa nueva gasolinera con personal exclusivamente femenino. Da mala fama al departamento.

Brannon enarcó ambas cejas.

–¿Tiene algo en contra de que las mujeres sirvan gasolina? –preguntó con aire inocente.

–No es gasolina lo único que sirven –la agente se ruborizó al comprender lo que había dicho y salió como una exhalación.

Brannon esbozó una sonrisita perversa mientras ella se marchaba. Luego tomó la hoja de trabajo y salió de la oficina, recogiendo el sombrero Stetson por el camino.

En Austin, una esbelta mujer con el pelo rubio recogido en una coleta y gafas con montura dorada sobre sus chispeantes ojos castaños intentaba consolar a uno de los expertos en informática de la oficina del fiscal general.

–En realidad, le caes bien, Phil –dijo Josette Langley al joven recién salido de la universidad, que apenas llevaba un mes en su primer trabajo. Parecía hundido–. De veras.

Phil, pelirrojo y de ojos azules, miró hacia la puerta de Simon Hart, el fiscal general de Texas, y enrojeció aún más.

–Dijo que por mi culpa su ordenador se había bloqueado mientras estaba hablando con el vicepresidente sobre la próxima reunión de gobernadores. Se cortó la conexión con la red y no pudo volver a conectarse. Me tiró el ratón a la cabeza.

–Solo arroja cosas cuando Tira está enfadada con él. Pero se le pasa enseguida. Además, el vicepresidente es primo tercero suyo –señaló Josette–. Y mío, ahora que lo pienso –añadió pensativamente–. No pasa nada, Phil. Tienes que aprender a no tomarte sus prontos tan a pecho.

El joven la miró hoscamente.

–A ti nunca te grita.

–Yo soy una mujer –señaló ella–. Su mentalidad anticuada le impide gritarles a las mujeres. Sus hermanos y él recibieron una educación muy estricta, y no han sabido avanzar con los tiempos.

–Tiene cuatro hermanos y dice que todos se parecen a él. ¡Imagínate!

Josette recordó que Phil era hijo único, igual que ella.

–No todos se parecen a él. En cualquier caso, viven en Jacobsville, Texas. Los casados se han apaciguado mucho –no se atrevió a pensar en los dos Hart que seguían solteros, Leo y Rey. Las historias sobre sus ansias de galletas caseras, y las cosas que hacían para satisfacerles, llevaban camino de convertirse en leyenda.

–Pues los solteros no se han apaciguado nada. Uno de ellos se llevó a rastras a la cocinera de un restaurante de Victoria la semana pasada. ¡Hasta enviaron a los rangers de Texas tras él!

–Enviaron a Judd Dunn –replicó Josette–. También es primo nuestro. Pero todo fue una especie de broma. Y no se la llevó a rastras, exactamente... En fin, no tiene importancia –estaba hablando demasiado deprisa. Sus mejillas se habían acalorado cuando oyó mencionar a los rangers de Texas.

Tenía dolorosos recuerdos de un ranger en particular, al que había amado apasionadamente. Gretchen, la hermana de Marc Brannon, le había dicho que Marc sufrió un ataque de furia, motivado por el alcohol, poco después de que rompieran y se enfrentaran en la sala de justicia, en un juicio por asesinato. Marc dejó los rangers al poco tiempo e ingresó en el FBI. Gretchen también le había dicho que Marc casi había enloquecido sintiéndose culpable por un incidente aún más antiguo, acaecido cuando Josette tenía quince años y él trabajaba de policía en Jacobsville. Resultaba extraño, se dijo, recordando las dolorosas palabras que Marc le había dirigido cuando rompieron.

Josette le había dicho a Gretchen que no lo culpaba por haber dudado de su inocencia. Al menos, una parte de ella no lo culpaba. Pero otra parte más oscura deseaba colgarlo boca abajo de un roble por el sufrimiento de aquellos dos años. Marc jamás creyó realmente su historia hasta aquella última y desastrosa cita, y la dejó sin más explicaciones tras haber hecho que se sintiera como una prostituta. Ella lo había amado, pero Marc no debía de haberle correspondido. De lo contrario, no se habría ido de Texas, por mucho que aquel juicio los hubiese enemistado.

Josette se aclaró la garganta, disipando los recuerdos eróticos de su última cita con Marc, y volvió a centrar su atención en el pobre y alicaído Phil Douglas.

–Hablaré con Simon –prometió–. De hecho, tengo que acercarme a su despacho.

–Me gusta trabajar aquí –dijo Phil ansiosamente–. Coméntaselo. Y dile que arreglaré el ordenador para que la próxima vez no vuelva a bloquearse.

–Muy bien. Pero alegra esa cara. No es el fin del mundo.

Cuando Josette entró en el despacho de Simon Hart,

fiscal general de Texas, lo encontró colgando el teléfono con el ceño fruncido, como si acabase de morder un alimento en mal estado.

–¿Sucede algo? –inquirió Josette.

Simon se removió en la silla, con la mano artificial apoyada en la mesa. Parecía tan real que, a veces, uno olvidaba que le habían amputado la verdadera. Simon era corpulento, moreno y formidable. Tira, su atractiva esposa, y sus dos hijos le sonreían desde el revoltijo de fotografías alineadas en una mesa situada tras él.

–Era el ayudante del fiscal de San Antonio –explicó Simon–. Se ha producido un asesinato aparentemente relacionado con la mafia local. A pocos metros del club nocturno de Jake Marsh –la miró de reojo–. Un mafioso local. ¿Has oído hablar de él?

–Me suena el nombre, aunque no sé exactamente de qué. Pero el caso no nos concierne, ¿verdad?

–En realidad, puede que sí. Todo depende de si podemos relacionar a Marsh con el asesinato. El fiscal del distrito telefoneó al jefe de policía y le dio permiso para que un agente de los rangers colaborase en la investigación. Marc Brannon, concretamente –Simon levantó una mano cuando ella hizo ademán de protestar–. Sé que hay mala sangre entre vosotros, pero Marsh es un criminal muy conocido. Tengo tantas ganas de echarle el guante como el fiscal del distrito, así que voy a enviarte como enlace de mi oficina durante la investigación. Este caso me da mala espina.

Josette no estaba escuchando. El corazón se le había acelerado.

–¿Puedes imaginarnos a Brannon y a mí trabajando juntos? Solo será posible si le confiscas todas las balas y me obligas a dejar mi pistola inmovilizadora aquí en Austin.

Simon emitió una risita. Pese a lo trágica que había sido su vida, Josette seguía siendo fuerte, independiente e ingeniosa. Gracias a su licenciatura en derecho criminal, se había incorporado a la Unidad de Investigación Especial de Simon hacía dos años. Y lo cierto era que le encantaba el trabajo. Tenía acceso al reputado Centro de Investigación Criminal de Texas, que suministraba importante información a las agencias de policía.

–Aún no hay nada claro –añadió Simon–. Puede que el asesinato no tenga nada que ver con Marsh, aunque yo ruego que así sea. Pero he preferido ponerte sobre aviso, por si tienes que acudir.

–Está bien. Gracias, Simon.

–Somos familia. Más o menos –Simon frunció el ceño–. ¿Era tu primo tercero el que estaba emparentado con mi abuelastra...?

–Déjalo –gruñó ella–. Haría falta un genealogista para saberlo.

–En fin. No pueden acusarme de nepotismo por haberte contratado, pero somos primos lejanos. Familia –añadió Simon con una cálida sonrisa–. Como todo el personal.

–Celebro que lo creas así. Porque el «primo» Phil quiere que sepas que adora su trabajo y que lamenta haber fastidiado tu ordenador –dijo Josette irónicamente–. Y que espera que no lo eches del Departamento de Internet.

Los ojos de Simon emitieron chispas.

–¡Puedes decirle al primo Phil que se vaya a la...!

–No lo digas –advirtió ella–. O llamaré a Tira para chivarme.

Simon apretó los dientes.

–Oh, está bien –frunció el ceño–. Por cierto, ¿qué querías?

–Un ascenso –empezó a decir Josette, contando con los dedos–. Un ordenador que no se bloquee cada vez que meto un programa. Un escáner nuevo, que el viejo es lentísimo. Otro archivador. ¿Y tal vez uno de esos perritos robot tan monos? Podría enseñarle a traerme los archivos...

–¡Siéntate!

Josette se sentó, pero sin perder la sonrisa. Cruzó las piernas y se dispuso a hablarle de cierta consulta legal que había remitido por fax un fiscal de distrito rural. Por deferencia a Simon, disimuló su inquietud ante el hecho de que el destino pudiera hacerla coincidir de nuevo con Marc Brannon.

Josette estaba prácticamente temblando cuando salió del despacho de Simon. Tenía que ser un asesinato fácil de resolver, se dijo firmemente. No podía ver a Brannon de nuevo cuando apenas estaba empezando a olvidarlo. Sin embargo, una incesante aprensión la atormentó durante el resto del día, como si en el fondo supiera que aquel homicidio de San Antonio iba a cambiar su destino.

Aquella tarde, tras llegar a su apartamento y saludar a su gato, Barnes, Josette sacó su álbum de fotos. No lo había abierto durante dos dolorosos años, pero ahora ardía en deseos de ver a aquel hombre alto, elegante y formidable de su pasado.

Había amado a Marc más que a su propia vida. No obstante, él había descubierto un secreto sobre Josette que lo había destrozado. Se separó de sus brazos, la maldijo rotundamente y se marchó sin mirar atrás. Pocos días después, Josette fue con un conocido suyo, llamado Dale Jennings, a una fiesta en la que murió un acaudalado anciano de San Antonio. Josette acusó al mejor amigo de Marc, y candidato a vicegobernador, del asesinato, por ser el único heredero del anciano. Brannon utilizó su pasado contra ella en el juicio para salvar a su amigo. No habían vuelto a hablar desde entonces.

En realidad, Josette no podía culpar a Brannon por haber defendido a su mejor amigo. Pero, si de verdad la hubiese querido, no la habría abandonado tan alegremente ni la habría tratado como a un trapo sucio.

Casi todos en San Antonio sabían que Brannon jamás

reconocería el amor aunque lo tuviese delante de las narices. Y probablemente era cierto. Era un solitario por naturaleza. Tanto él como su hermana, Gretchen, habían vivido una infancia de absoluta pobreza. Su madre había muerto de cáncer poco después de que Josette y él rompieran.

Barnes empezó a ronronear y se restregó contra el brazo de Josette, sacándola de sus tristes cavilaciones.

–¿Tienes hambre? –le preguntó ella, acariciándolo–. Está bien, Barnes. Compartiremos una hamburguesa –dijo levantándose y desperezándose. Llevaba el cabello suelto y la dorada melena caía en cascada hasta sus caderas. A Brannon solía encantarle que lo llevara así.

Josette hizo una mueca. ¡Tenía que dejarse de recuerdos!

# 2

Marc Brannon se arrodilló junto a la víctima, un hombre joven, de unos veintitantos años, vestido con desaliño. Se dijo que le sonaba de algo. En un brazo llevaba tatuado un cuervo, tenía cicatrices en las muñecas y en los tobillos, lo que delataba una estancia en prisión. Había un charco de sangre alrededor de su cabello rubio, y tenía los ojos abiertos e inexpresivamente fijos en el cielo. Parecía indefenso y vulnerable allí tendido, con su cuerpo expuesto a las miradas de los policías y los curiosos.

Los especialistas examinaban el área como sabuesos, buscando pistas cuidadosamente. Uno de ellos, que trabajaba con un detector de metales, había hallado un casquillo de bala que esperaban que perteneciese al arma homicida. Otro especialista grababa en vídeo el escenario del crimen desde todos los ángulos.

Brannon se pasó la mano por el pulcro pantalón caqui mientras entrecerraba los ojos pensativamente. Quizá Marsh no tuviera nada que ver con aquello, aunque resultaba curioso que el cadáver hubiese aparecido tan cerca de su club nocturno. Seguro que tendría una sólida coartada, se dijo Brannon con irritación.

El detective de homicidios, Bud García, saludó con la mano a Marc antes de hablar con los agentes que, al parecer, habían encontrado el cadáver. Brannon suspiró mientras se reunía con la forense junto al cuerpo.

–Hola, Jones –la saludó–. ¿Se sabe ya algo de este tipo?

–Claro –contestó ella mientras embolsaba las manos de la víctima–. Ya sé un par de cosas.

–¿Y bien? –la apremió Brannon con impaciencia.

–Es un varón y está muerto –contestó Alice Jones con una sonrisa cínica mientras ajustaba la última bolsa con cinta adhesiva. Tenía el cabello, negro y corto, empapado en sudor.

Él la miró con elocuente severidad.

–Lo siento –murmuró Alice–. No, aún no sabemos nada, ni siquiera su nombre. No llevaba documentación –añadió levantándose–. ¿Tienes alguna hipótesis sobre las circunstancias?

Brannon volvió a examinar el cuerpo.

–Tiene señaladas las muñecas y los tobillos. Supongo que se había escapado de la cárcel.

–No está mal, ranger –musitó ella–. Yo he deducido lo mismo. No obstante, habrá que esperar a la autopsia para obtener más respuestas.

–¿Puedes calcular aproximadamente la hora de la muerte?

–¿Quieres que le introduzca un termómetro en el hígado, aquí mismo?

–¡Por Dios, Jones! –exclamó Brannon.

–Está bien, está bien. Por el grado de rigor mortis, calculo que lleva muerto unas cuantas horas –murmuró Alice antes de reanudar su trabajo–. Pero, como digo, habrá que esperar a la autopsia. Y el depósito ya está lleno de cadáveres esperando turno.

Brannon maldijo entre dientes y se levantó. Era un

caluroso día de septiembre, y el sol se reflejaba en su placa de ranger de Texas. Se quitó el sombrero y se pasó la mano por la sudorosa frente. A continuación, fue en busca de Bud García, el detective de homicidios. Lo encontró hablando con otro detective vestido de paisano, que sostenía un cuadernillo y un teléfono móvil.

–Sí, casa con la descripción –dijo García con una sonrisa satisfecha–. Hasta el tatuaje del cuervo. Es él, no hay duda. ¡Vaya un golpe de suerte! Dale las gracias al alcaide de mi parte.

El otro agente asintió y siguió hablando por teléfono mientras se retiraba.

–Ya sabemos algo, Brannon –dijo García al ver que Marc se acercaba–. La penitenciaría de Wayne ha denunciado la fuga de uno de sus presos, y su descripción coincide exactamente con la de la víctima. Se escapó a primera hora de esta mañana, mientras formaba parte de un destacamento de trabajo.

–¿Se sabe el nombre? –inquirió Brannon.

–Sí. Jennings. Dale Jennings.

Brannon tenía motivos sobrados para recordar aquel nombre. Con razón su cara le había parecido familiar. Jennings, un delincuente de la localidad, había sido condenado por el asesinato de un acaudalado empresario de San Antonio dos años atrás. Se había dicho que estaba fuertemente vinculado con Jake Marsh y su organización criminal. Su fotografía había salido en periódicos y revistas sensacionalistas de todo el país. El juicio había estado rodeado de un gran escándalo. Josette Langley, la joven que acompañaba a Jennings la noche en que fue asesinado el anciano Henry Garner, insinuó públicamente que la persona que más tenía que ganar con aquella muerte era Bib Webb, el mejor amigo de Brannon y actual vicegobernador de Texas.

El abogado de Webb logró convencer al fiscal de que Jennings había sido el autor del asesinato, y de que el testimonio que Josette hizo en su defensa estaba plagado de mentiras. Al fin y al cabo, ya se había demostrado que había mentido en un juicio por violación algunos años antes. Fue el pasado de Josette lo que salvó a Webb de los cargos. Silvia Webb, la esposa de Bib, había visto a Henry Garner fuera de la mansión y lo había saludado antes de irse para llevar a Josette a su casa. También dijo haber visto una cachiporra ensangrentada en el asiento del pasajero del coche de Jennings. Tanto ella como Bib Webb tenían una coartada para los siguientes minutos, durante los cuales Garner perdió la vida en el muelle del lago privado de la finca de los Webb.

Cuando Silvia regresó y comprobó que el coche de Garner seguía aparcado en la entrada, vacío, y que nadie había visto al anciano desde hacía bastante rato, llamó inmediatamente a la policía. Se prohibió que los invitados abandonaran la fiesta mientras se llevaba a cabo la búsqueda de Garner, que apareció flotando cerca del muelle, muerto. Al principio se rumoreó que seguramente el anciano había bebido en exceso y se había caído del muelle, golpeándose la cabeza. Podía haber pasado por un accidente.

Pero Josette, que oyó la noticia en la televisión aquella misma noche, llamó a la policía y dijo que Garner no había bebido en absoluto durante la fiesta, que ella no lo había visto fuera de la casa mientras se marchaba con Silvia, y que en el coche de Jennings no había ninguna cachiporra. Lo sabía porque había ido en él a la fiesta.

Se comprobó que Garner tenía un chichón en la cabeza cuando lo sacaron del agua. Y se halló una cachiporra bien visible en un asiento delantero del coche de Dale Jennings. Este protestó frenéticamente mientras la policía se lo llevaba.

Josette tenía la certeza de que Bib Webb estaba implicado. Pero sus sospechas chocaban con la sólida coartada de Webb y su esposa, quien había afirmado que Jennings tenía un motivo: el día anterior había discutido con Garner a cuenta de su salario. Garner había contratado a Jennings como chófer y hombre para todo. Asimismo, Silvia Webb había dicho que Jennings había robado algunas pertenencias del anciano. Y, efectivamente, en su apartamento encontraron unos gemelos de oro, un alfiler de corbata y una cantidad considerable de dinero en metálico, lo cual aumentó el sensacionalismo del juicio. Jake Marsh fue interrogado varias veces, a propósito de cierto trabajo nebuloso que Jennings había hecho para él. Pero no se descubrió ninguna prueba sólida, de modo que Marsh no salió implicado, para desespero y consternación de los fiscales de Bexar County y del fiscal general del estado de Texas, Simon Hart.

Brannon se metió las manos en los bolsillos del pantalón caqui. Apretó los puños al recordar la expresión de Josette en otro juzgado, mucho antes, cuando tenía solo quince años e intentaba convencer a un jurado hostil de que había sido drogada y casi violada por el hijo de un acaudalado vecino de Jacobsville. La vida había tratado mal a Josette. Pero a Brannon le dolió que acusara a Bib Webb, su mejor amigo, de algo tan horrendo como haber asesinado a un indefenso anciano por su dinero. Estaba clarísimo que había sido Jennings. Tenía el arma homicida en el coche, con rastros de sangre, pelo y tejido de la cabeza del pobre Garner. El forense identificó la cachiporra como el arma que se había utilizado para aturdir al anciano antes de empujarlo al agua.

–Conoces a esa tal Langley que trabaja en la oficina de Simon Hart, ¿verdad? –inquirió García, devolviendo a Brannon al presente.

Brannon asintió lacónicamente.

–Ambos somos de Jacobsville. Josette y sus padres se trasladaron a San Antonio hace unos años. He oído que sus padres han muerto. Hace dos años que no la veo, desde que se fue a Austin –añadió, recordando cómo había roto su relación con ella la semana anterior a la muerte de Garner. Desvió la mirada hacia el cadáver que yacía en el suelo–. Esto parece el trabajo de un profesional. Un disparo en la nuca, a quemarropa. Tenía las rodillas cubiertas de barro rojizo, como este –removió el barro reseco del pavimento con la punta de la bota–. Probablemente, estaba arrodillado cuando lo mataron.

–Sí. Y es mucha casualidad que el club nocturno de Marsh esté a pocos metros de aquí –el detective señaló con la cabeza la calle en la que desembocaba el callejón.

–Si Marsh está involucrado, hallaré un modo de demostrarlo –dijo Brannon amargamente–. Lleva años saliendo de rositas de asesinatos, intentos de asesinato, tráfico de drogas y apuestas ilegales. Ya es hora de que pague por el sufrimiento que ha causado.

–Brindo por ello. Pero no podemos detenerlo sin pruebas, y eso que me encantaría –confesó García.

–Bueno, cuanto antes empecemos, mejor. Volveré a la comisaría e informaré a Simon Hart de lo que sabemos –Brannon frunció los labios–. Va a pillar un cabreo de órdago.

García emitió una risita.

–Seguro –dijo. Luego miró hacia el cadáver–. ¿Tenía familia?

–Su madre, me parece. ¿Han encontrado la bala?

–Una. Los de balística tendrán que decirnos si es la correcta. Oye, ¿no condenaron a Jennings por asesinato hacer un par de años? –preguntó García repentinamente.

–Sí. En un juicio en el que casi resultó implicado nuestro flamante vicegobernador –contestó Brannon–. Seguro que la prensa retomará el caso y lo utilizará para poner en un apuro a Bib Webb. No podría ocurrir en peor momento. Su partido acaba de nombrarlo candidato para ese puesto que quedó vacante en el Senado. La mala prensa podría acabar con sus posibilidades.

–Dicen que es lo que suele suceder cuando uno tiene otros planes –dijo García con una sonrisa torcida.

–Amén –asintió Brannon.

Regresó a la comisaría y telefoneó a Simon Hart para darle la noticia. Una hora más tarde, se hallaba en un avión con rumbo a Austin.

Simon Hart escuchó el informe de Brannon en su espacioso despacho de Austin. Había solicitado la ayuda del agente en el caso en cuanto había conocido la identidad de la víctima. Brannon poseía un excelente historial en la investigación de homicidios y estaba legalmente autorizado para investigar en múltiples jurisdicciones. Jennings había sido asesinado en Bexar County, pero había estado encarcelado en Wilson County. El cadáver apenas había ingresado en el depósito, cuando la televisión dio la noticia de que la víctima estuvo relacionada con un caso de asesinato producido dos años antes en Austin, Texas, en el que también estuvo involucrado Bib Webb, vicegobernador del estado. A los medios les encantaban los escándalos políticos. Pero, con suerte, quizá podrían detener a Jake Marsh por fin, acusándolo de asesinato.

Simon había pedido a Brannon que volase a Austin para ponerlo al corriente de los preliminares.

–Esta mañana hablé con Bib Webb –explicó Simon mientras probaba el café–. No solo es candidato al Senado, sino que su empresa constructora participa en un proyecto importante en las afueras de San Antonio. Un complejo agrícola autónomo, con sistemas de riego y de almacenamiento propios. Bib ha invertido millones de su propio bolsillo para ayudar a los rancheros agobiados por la sequía. Este caso ya le está afectando. Wally está preocupado –añadió refiriéndose al gobernador–. Ya ha empezado la campaña para las elecciones de noviembre. Wally ha apostado fuerte por Bib.

–Sí, lo sé. Almorcé con Bib la semana pasada –Brannon entornó sus ojos grises–. ¿Es posible que hayan tramado todo esto para arruinar su campaña?

–Claro. Ya sabes lo sucia que es la política. Pero no

creo que nadie en su sano juicio cometiera un asesinato para provocar un escándalo.

–Hay mucho loco suelto por el mundo –le recordó Brannon.

Simon cambió de postura, colocando el brazo ortopédico sobre la mesa mientras alzaba la taza de café con la mano derecha. Brannon y él eran parientes lejanos, y ambos tenían familia en Jacobsville. Brannon había crecido allí, y aún poseía un rancho en el pueblo, donde Gretchen, su hermana, había vivido hasta que se casó con el jeque gobernante de Qwai, en el Medio Oriente. El jeque y ella tenían un hijo, y estaban alcanzando un gran prestigio en los círculos internacionales.

–¿Has tenido noticias de Gretchen últimamente?

Brannon asintió.

–Me telefonea todos los meses para asegurarse de que como bien.

–¿Echa de menos Texas? –inquirió Simon.

–No lo parece. Está loca con su hijo y con Philippe –murmuró Brannon nombrando a su cuñado–. Hay que reconocer que es único.

–¿Por qué dejaste el FBI? –Simon cambió de tema bruscamente.

–Me cansé –contestó Brannon evasivamente–. Con dos años tuve suficiente.

–Nunca llegué a entender por qué dejaste los rangers, para empezar –Simon tomó otro sorbo de café solo–. Llevabas camino de conseguir un ascenso. Lo dejaste todo para irte a Washington, y luego solo estuviste allí un par de años.

Brannon desvió la mirada.

–En aquel entonces me pareció una buena idea.

–¿No tuvo nada que ver con el juicio de Jennings o con Josette Langley?

Brannon apretó la mandíbula con tanta fuerza que le dolieron los dientes.

–No, nada.

–Tú trabajas en San Antonio y ella trabaja aquí en Austin. No tendrás que verla si no quieres. Al menos, después de que Josette haya investigado este caso para mí.

–Haré mi trabajo, sin importarme con quién tenga que colaborar.

–Muy bien. Pero debes saber que enviaré a Josette a San Antonio mañana.

Los ojos de Brannon centellearon.

–¿Qué?

–Es la única investigadora de la oficina que conoce bien los hechos.

–¡Pero estuvo involucrada en el caso! –estalló Brannon levantándose–. ¡Hace dos años, intentó que arrestaran a Bib por el asesinato del viejo Garner!

–Siéntate –Simon lo miró con ojos fríos e imperturbables.

Brannon se sentó, pero a disgusto.

–Hay quienes, a fecha de hoy, siguen afirmando que Jennings no fue más que un cabeza de turco –prosiguió Simon. Levantó una mano cuando Brannon empezó a protestar–. Jennings y Josette habían sido invitados a esa fiesta la noche que Garner murió. Jennings era un don nadie, pero tenía relaciones con la mafia local de San Antonio, encabezada por Jake Marsh. En la fiesta se ingirió mucho alcohol. Hasta Bib lo admitió. El suceso podría haber pasado por un simple accidente de no ser por las acusaciones de Josette. Fue la única que insistió en que Garner no había bebido ni se había caído del muelle accidentalmente.

–Acusó a Bib por enemistad con él o con su esposa –insistió Brannon–. Estaba enfadada conmigo, para colmo. Acusar a Bib fue su manera de pasarme factura.

–Sabes perfectamente cómo la educaron, Marc –dijo Simon tranquilamente–. Su padre era reverendo y su madre impartía catequesis. Josette es incapaz de mentir.

–Muchas chicas se sueltan el pelo al abandonar el

hogar paterno. Y te recordaré que, cuando tenía quince años, salió a hurtadillas de su casa para ir a una fiesta, y acusó a un chico de haber intentado violarla. El médico que la atendió en urgencias declaró que no había habido violación –añadió Brannon, ostensiblemente incómodo con el tema–. Josette estaba intacta.

–Sí, ya lo sé –Simon suspiró–. Por lo visto, el agresor había estado demasiado bebido como para forzarla –miró a Brannon con seriedad–. Debemos resolver el caso con la mayor rapidez y eficiencia posibles, por el bien de Webb.

–Bib es un buen hombre, con un brillante futuro político –dijo Brannon, aliviado con el cambio de tema.

–Querrás decir que Silvia tiene un brillante futuro político –murmuró Simon cínicamente–. Es ella quien le dice qué ha de ponerse y cómo debe comportarse. Es la verdadera responsable de su éxito, y lo sabes perfectamente.

Brannon se encogió de hombros.

–Bib no es un hombre dinámico por naturaleza –reconoció–. Silvia ha sido su ángel guardián desde el principio.

Simon se recostó en la silla.

–Como te he dicho, quiero que este caso se resuelva cuanto antes.

–Haré lo que pueda.

–Colaborarás con Josette –añadió Simon firmemente–, por mucho que rechines de dientes. Ambos conocéis bien el caso. Podréis resolverlo —«si antes no os matáis el uno al otro», se dijo para sí.

Brannon esperó el ascensor en el vestíbulo, apoyado en la pared mientras observaba una planta artificial cubierta de una ligera capa de polvo. Por fin, las puertas del ascensor se abrieron para revelar a una única ocupante. Sus grandes ojos castaños se fijaron en los de

Brannon, oscureciéndose con una sombra de reproche y resentimiento. Tenía el largo pelo rubio recogido en una coleta. No llevaba joyas, salvo una sencilla cruz de plata y turquesa colgada de una cadena. Calzaba unos zapatos grises, a juego con el impecable, aunque algo anticuado, traje de chaqueta. Tenía tan solo veinticuatro años, pero su rostro estaba surcado de pequeñas líneas.

Brannon notó que el corazón se le encogía al verla.

Ella entreabrió los carnosos labios con sorpresa, como si no hubiese esperado encontrarlo allí. Luego bajó la mirada hasta la placa que Brannon llevaba prendida en el bolsillo de la camisa.

–He oído que has vuelto con los rangers de San Antonio –dijo Josette Langley.

Brannon se metió las manos en los bolsillos y las apretó con fuerza. Josette era una mujer de mediana estatura. De hecho, le llegaba por la nariz. Brannon recordó el brillo de sus ojos castaños, la ligera separación de sus labios y sus jadeos de felicidad mientras bailaban juntos, hacía ya mucho tiempo. Recordó la suavidad de sus ojos al sonreír, el contacto cálido de su piel, la inocencia de su boca cuando la besó por primera vez, la febril reacción de su cuerpo ante sus ardientes caricias...

–Simon me ha dicho que te ha encomendado el caso –dijo lacónicamente, negándose a permitir que su mente retrocediera en el tiempo.

Ella asintió.

–Sé más sobre Dale Jennings que los demás investigadores.

–Desde luego –respondió Brannon sarcásticamente.

–Ya estamos –dijo ella con resignación–. En fin, dejémonos de ceremonias, Brannon. Desfógate a gusto. Soy una mentirosa, arruino la carrera profesional de los demás... Quizá incluso hago que los ordenadores se bloqueen, aunque eso el jurado aún no lo ha decidido.

Brannon se sintió desconcertado. Había esperado que Josette se mordiera el labio y se mostrara atormentada, igual que dos años antes, cuando él la había mirado con rabia en la sala de justicia, durante el juicio de Jennings. Pero aquella parecía una Josette distinta, una mujer serena y fuerte que no se dejaba amedrentar.

–Necesitaré cualquier información que poseas sobre Jennings –dijo Brannon bruscamente.

–No hay problema. Te la enviaré por mensajero a San Antonio hoy mismo, antes de salir de la oficina –Josette señaló el montón de archivos que llevaba–. De hecho, me disponía a fotocopiar los archivos.

–Se ha convertido en una mujer muy eficiente, señorita Langley.

–¿Verdad que sí? –replicó Josette con descaro–. Ándate con cuidado, Brannon. Puede que un día de estos acabe siendo fiscal general. ¿No le sentaría fatal a tu ego? Y ahora, con tu permiso...

Josette se giró e hizo ademán de alejarse. El ascensor había vuelto a irse mientras hablaban. Brannon pulsó de nuevo el botón con rabia.

–¿Tenía Jennings familia? –inquirió bruscamente.

Ella se volvió para mirarlo.

–Solo a su madre. Está medio inválida y padece del corazón. Hace poco perdió su casa a raíz de una estafa. La han desahuciado esta misma semana –sus ojos castaños se entrecerraron–. Su marido murió hace mucho y no tiene más hijos. Dale y ella estaban muy unidos. ¡Huelga decir que su hijo pasó dos años en la cárcel por un crimen que no cometió, mientras que el verdadero culpable heredó la fortuna que necesitaba para financiar su campaña política...!

–Ni una palabra más –dijo Brannon en un tono suave y profundo que provocó a Josette un escalofrío.

–¿O qué? –lo desafió con las cejas enarcadas y una fría sonrisa. Al ver que no contestaba, se encogió de hombros–. Espero que alguien haya tenido la decencia de comunicarle a la señora Jennings la muerte de su hijo.

–Me aseguraré de ello –respondió Brannon.

Los ojos de Josette se suavizaron levemente.

–Gracias –dijo, y se giró de nuevo.

–¿Has encontrado en esos archivos alguna pista que apunte a una posible ejecución? –preguntó Brannon deliberadamente.

Josette se acercó a él otra vez.

–Crees que alguien puso precio a su cabeza –dijo confiadamente, en tono deliberadamente bajo.

Brannon asintió.

–Fue cosa de un profesional. Jennings se fugó de la cárcel, aparentemente con la ayuda de un cómplice desconocido, llegó hasta San Antonio y acabó recibiendo un único disparo en la nuca, a quemarropa, cerca del club de un conocido mafioso.

–Pero ¿cuál pudo ser el motivo? –inquirió Josette con curiosidad–. Estaba en la cárcel, fuera de la circulación. ¿Por qué iban a querer sacarlo de allí para luego asesinarlo?

–No lo sé –admitió Brannon–. Eso es lo que debo averiguar.

–Pobre Dale –dijo ella con pesadumbre–. ¡Y su pobre madre...!

–¿Qué hay en esos archivos? –preguntó Brannon, cambiando de tema a propósito.

–Información sobre todas aquellas personas que lo llamaron o le escribieron antes de su fuga, y expedientes de los criminales con los que se rumoreó que tenía relación –explicó ella–. Hablaremos con dichas personas, naturalmente, y la policía tendrá que peinar el área donde lo encontraron en busca de posibles testigos.

–No encontrarán ninguno si lo hizo un profesional.

–Ya lo sé.

–¿Por qué decidiste dedicarte a esto? –preguntó Brannon inesperadamente.

Josette entornó sus ojos castaños.

–Porque hay muchos inocentes condenados injustamente. Y muchos culpables puestos en libertad.

Brannon se puso rígido.

–Jennings era un criminal y tenía antecedentes –le recordó.

–Únicamente una condena por agresión –corrigió Josette–. Y sucedió cuando era un adolescente. Bebió demasiado, se metió en una pelea y lo detuvieron. Ni siquiera fue a la cárcel. Pero eso, sumado a su conexión con Jake Marsh, redundó en su contra cuando lo arrestaron por el asesinato de Garner.

–Estaba perfectamente sobrio cuando Garner se ahogó –repuso Brannon–. Le hicieron la prueba del alcohol y dio cero. Jennings tuvo la oportunidad y los medios. Garner era viejo y no sabía nadar.

–¿Y por qué iba a querer asesinarlo?

–Garner le debía dinero –contestó Brannon con una sonrisa–. Lo había despedido, y ya habían tenido una discusión. Puede que discutieran en el muelle. Tus recuerdos de los hechos eran cuestionables. Habías bebido, ¿recuerdas?

Josette debía admitir, con gran vergüenza, que aquella noche había cometido la estupidez de beber demasiado ponche. No estaba habituada a ingerir alcohol, de modo que el vodka había debilitado sus sentidos. Cuando tenía quince años, habían introducido LSD en su bebida y casi habían acabado violándola. Desde entonces, solo aceptaba una copa cuando estaba absolutamente segura sobre su procedencia.

–No estaba totalmente sobria. Pero lo mismo puede decirse de los demás invitados. Silvia dijo haber visto al señor Garner en su coche antes de llevarme a mi casa, y que incluso lo saludó con la mano. Yo no vi nada de eso. Porque estaba bebida, según ella.

–No dijiste eso en el juicio –le recordó Brannon.

–No tuve tiempo de decir mucho. Gracias a tus solícitas sugerencias, el fiscal sacó a relucir mi testimonio en el juicio por violación cuando yo tenía quince años. Logró que me desmoronase en el estrado. Más tarde me enteré de que Webb y tú le habíais dado esa información. Y yo que pensé que querías ayudarme... –Josette esbozó una sonrisa amarga–. Me enseñaste a bailar. Eras amigo de mi padre. Cuando fui a la universidad de San Antonio, siempre estuviste cerca de mí. Salimos juntos durante meses, antes de que el señor Garner... muriera –respiró hondo–. Pero nada de eso te importó, ¿verdad? Creíste que había mentido para implicar a Bib Webb. Nunca lo dudaste.

–Bib Webb es una de las personas más decentes que conozco –dijo Brannon con tono gélido.

–Incluso las personas decentes pueden cometer locuras, sobre todo si están desesperadas o borrachas. Tú deberías saber, mejor que nadie, que quienes toman drogas o alcohol olvidan con frecuencia los hechos, hasta que vuelven a estar sobrios –añadió Josette. Era la primera vez que hablaba con él a solas sobre lo ocurrido. Y Brannon parecía estar escuchándola, aunque no creyera ni una sola palabra de lo que decía.

–Silvia no había bebido tanto como para no recordar lo que vio –repuso él–. Solo tomó una copa. Y afirmó haber visto a Garner junto a su coche cuando salió para acompañarte a casa.

–Exactamente. Afirmó haberlo visto.

–¿Qué diferencia hay? –inquirió Brannon impacientándose–. No conseguirás que cambie de opinión.

–Eso ya lo sé –dijo Josette–. No sé por qué me esfuerzo –añadió–. Te enviaré fotocopias de los archivos a tu oficina, así ninguno de los dos tendrá que cargar con ellos durante el viaje –se dio media vuelta–. Si tienes alguna pregunta que hacer, estaré mañana por la noche en el hotel Madison de San Antonio. Allí podrás encontrarme.

–Si tuviera alguna pregunta que hacer, tú serías la última persona a la que recurriría –Brannon seguía escocido tras la conversación–. No me fío de ti en absoluto.

–Eso nunca cambiará, ¿eh? –Josette se rio–. Pero el

mal concepto que tienes de mí ya no me afecta. De hecho, me importa un bledo.

Josette se alejó por el pasillo, y Brannon la siguió con la mirada, sabiendo que no había dicho la verdad, quizá por orgullo. Se giró hacia el ascensor y volvió a pulsar el botón a desgana. No le gustaba marcharse dejando pendientes tantas preguntas entre ellos. Deseaba...

Brannon suspiró. Quizá solo deseaba sentarse junto a ella y contemplarla durante un rato. Aquel encuentro había reabierto viejas heridas, pero también había avivado una cálida llama en su corazón.

Brannon se alejó del ascensor y echó a andar por el pasillo.

# 3

Simon Hart observó a Josette en silencio mientras esta entraba en la oficina y depositaba los archivos en la mesa.

Seguidamente, ella comentó la información que había reunido para la investigación.

–Sé que esto puede resultar doloroso para ti –dijo Simon en tono sosegado–. Saliste con Jennings hace dos años.

–Éramos amigos, nada más –le aseguró ella–. Siento que haya muerto, y de ese modo tan horrible. Nunca creí que hubiese asesinado a Henry Garner.

–Pagaste un precio muy alto por intentar defenderlo –dijo Simon solemnemente.

–Sí, pero volvería a hacerlo. Era inocente. Alguien le tendió una trampa. Lo que me extraña es que no luchara con más ahínco contra la condena. Pareció como si se rindiera en cuanto entró en la sala del tribunal –recordó Josette pensativamente.

–¿Te has cruzado con Marc Brannon mientras venías? –preguntó Simon bruscamente.

A Josette le dio un vuelco el corazón.

–Sí, lo he visto –se obligó a sonreír–. Aún no puede creer que su mejor amigo, Bib Webb, estuviese involucrado en un crimen. Fue eso lo que nos colocó en lados opuestos durante el juicio. Marc es un amigo leal, hay que reconocerlo.

–Demasiado leal. Eso le resta objetividad.

–En realidad, ya no importa. Tenemos otro asesinato que resolver.

Simon le hizo un gesto para que se sentara.

–Me gustaría saber lo que piensas.

Josette se reclinó en la silla y cruzó las piernas, frunciendo el ceño pensativamente. Aún seguía alterada por el inesperado encuentro con Marc, pero se concentró en el asunto más inmediato.

–De acuerdo con mi investigación, a Dale Jennings le sobrevive su madre viuda. Está prácticamente inválida. Hace poco fue víctima de una estafa financiera y perdió sus ahorros y su casa. La desahuciaban esta misma semana. Dale lo sabía. No puedo evitar pensar que su asesinato tuvo algo que ver con eso. Quizá estaba tratando de conseguir dinero para ella de algún modo.

–¿Crees que estaba chantajeando a alguien, y que la víctima contrató a un asesino para acabar con él?

Josette asintió lentamente.

–Son conjeturas, desde luego. Pero ¿y si conocía alguna información que podía perjudicar a alguien? A Bib Webb, por ejemplo. ¿Y si le exigió dinero a cambio de su silencio? Webb tiene mucho que perder si se ve envuelto en otro escándalo. Nadie lo consideraría inocente si se demostrara su implicación en un segundo asesinato. Además, encabeza las encuestas de las elecciones al Senado.

–Es vicegobernador, y tiene éxito en los negocios –le recordó Simon.

–Tiene éxito solamente porque su socio, Garner, murió –señaló Josette.

–Sí, y Garner era viudo y no tenía hijos. Webb había sido nombrado su único beneficiario.

–Heredó esos millones y los empleó para adquirir una próspera empresa agrícola con cuyos fondos financió su campaña política. Ganó el puesto de vicegobernador hace dos años, aunque muchos afirman que lo consiguió por incomparecencia de su adversario, que se vio obligado a retirar su candidatura después de que el equipo de Webb desenterrara ciertos trapos sucios de su pasado.

–Eso nunca llegó a demostrarse –precisó Simon.

–Lo sé. Pero se mencionó el nombre de Jake Marsh, y no solo en relación con Dale. Ahora, Bib Webb lleva camino de ocupar un asiento en el Senado de Estados Unidos. Es una estrella en alza. Si Dale Jennings sabía algo sobre él, o tenía alguna prueba, ¿qué habría hecho un hombre en la posición de Webb?

–En primer lugar, se habría asegurado de que tal prueba existía.

–No entiendo cómo podría existir alguna prueba tangible, dado que nadie presenció el asesinato del señor Garner. La única prueba real fue la cachiporra que encontraron en el coche de Dale. Yo no llegué a verla, pero él no negó que fuera suya. Ni acusó a ninguna otra persona. No. Si hubo chantaje, tuvo que ser por otra cosa. Algo que habría demostrado la culpabilidad de Webb en otro delito distinto del asesinato de Garner. Hallar esas pruebas será tarea nuestra. De lo contrario, la muerte de Dale será otro homicidio sin sentido. Otro asesinato no resuelto.

–Está bien. Haz lo que creas conveniente. Pero tendrás que trabajar con Brannon –Simon alzó la mano cuando ella hizo ademán de protestar–. Es uno de los mejores investigadores que conozco. Además, me metí en esto para quitar a Jake Marsh de la circulación. Esa sigue siendo mi principal meta. Creo que Marsh está implicado. Y, si es así, la investigación puede resultar peligrosa. Brannon puede brindarte protección. Es un buen luchador y dispara aún mejor que mi hermano Rey.

–Rey ganó varias medallas en la competición nacional de tiro –le recordó Josette.

–Y sigue ganándolas, en competiciones nacionales e internacionales –Simon se levantó–. No hables a nadie de esta conversación –añadió gravemente–. El gobernador y Webb son buenos amigos. Webb tiene aliados poderosos.

–Seré discreta.

–Espero que Brannon, la policía de San Antonio y tú consigáis descubrir algo sobre Marsh. Cuanto antes, mejor –añadió Simon con una sonrisa cínica–. Porque me volveré loco como Phil Douglas tenga que hacer vuestro trabajo, además del suyo.

–Phil es un buen chico, y un excelente investigador de delitos informáticos.

–Es un experto en ordenadores con complejo de superhéroe. Va a volverme majareta.

–Eres el fiscal general –le recordó Josette–. Envíalo a una misión de campo.

–Buena idea. Siempre he querido saber qué tal es el sistema informático del departamento de policía de Mala Suerte.

–Mala Suerte es un pueblo fronterizo con una población de dieciséis habitantes, que en su mayoría no hablan inglés. Phil no es bilingüe –señaló Josette.

Simon sonrió.

Ella alzó una mano.

–Mejor me voy. Te informaré con regularidad, para mantenerte al corriente.

–Hazlo.

Josette asintió y, tras recoger los archivos, salió del despacho. Pero, una vez en el pasillo, la expresión risueña de su semblante se disipó, y temió que las rodillas le fallaran. Encontrarse tan inesperadamente con Marc la había destrozado. Llevaba sin verlo dos años, desde el juicio que los había convertido en enemigos acérrimos. Se sentía agotada. Tan solo deseaba irse a casa, quitarse los zapatos, acurrucarse en el sofá con su gato Barnes y ver una buena película en blanco y negro.

Josette se dirigió de nuevo a su oficina y, al entrar, se detuvo en seco. Marc Brannon se encontraba allí, sentado tras su mesa. Su sombrero Stetson descansaba en una silla cercana. Tenía las piernas, con sus lustrosas botas camperas, insolentemente apoyadas en la superficie del escritorio. Josette notó que el corazón se le subía a la garganta por segunda vez en menos de una hora. Pese a los años transcurridos, aún seguía reaccionando ante su presencia como una fan encandilada.

–Pensaba que te habías ido –dijo al fin–. Y no recuerdo haberte invitado a entrar en mi oficina –añadió cerrando la puerta con estrépito.

–No me pareció necesaria una invitación. Somos socios –dijo él arrastrando la voz mientras, ella observaba aquellos ojos grises que parecían no parpadear jamás.

–Pues yo no opino igual –replicó Josette.

Soltó los archivos cerca de las botas de Brannon y se quedó mirándolo. No parecía ni un día más viejo que cuando lo conoció. Pero lo era. Tenía algunos mechones plateados en las sienes, allí donde su espeso cabello castaño claro, surcado de vetas rubias, formaba rizos sobre su frente. Sus piernas eran largas y musculosas. Josette sabía cuán rápido podía correr, pues lo había visto persiguiendo a los caballos. También lo había visto montar.

–Crees que Bib Webb contrató a un matón para eliminar a Jennings –dijo Brannon.

–Creo que alguien lo hizo –corrigió ella–. No suelo hacer juicios precipitados.

–¿Insinúas que yo sí? –inquirió él recorriendo su cuerpo con los ojos arrogantemente. Frunció el ceño al pensar que iba vestida como una solterona madura. Tampoco llevaba maquillaje.

–No hace falta que inspecciones la mercancía. No está en venta –señaló ella.

Brannon arqueó sus pobladas cejas. Pese al aire humorístico del comentario, la faz de Josette permanecía inexpresiva.

–Acabo de explicarle mi teoría a Simon –siguió diciendo ella, acercándose más a la mesa.

–¿Te importaría compartirla conmigo? –propuso Brannon.

–Faltaría más –contestó Josette–. En cuanto quites tus sucias botas de mi mesa y muestres aunque sea un atisbo de respeto profesional –tampoco entonces sonrió.

Brannon frunció los labios, emitió una leve risita y puso los pies en el suelo. A continuación, se levantó y, tras ofrecerle la silla giratoria con un gesto ostentoso, se acomodó en otra silla cercana, cruzando sus largas piernas.

Josette tomó asiento con un largo suspiro. Había sido un día muy duro y solo deseaba irse a casa. Cosa más que difícil, se dijo.

–Cuando quieras –la invitó Brannon.

–La madre de Dale Jennings estaba en un aprieto muy serio –dijo Josette sin preámbulos–. Está enferma y vive con una pequeña pensión de invalidez. La única que puede cobrar, ya que no tiene ni sesenta años –se reclinó en la silla, frunciendo el ceño mientras consideraba las pruebas–. Perdió sus pocos ahorros al fiarse de un estafador que, afirmando pertenecer a una agencia federal, la instó a entregar el dinero en concepto de impuestos atrasados que debía.

–Menuda canallada –dijo Brannon, furioso a despecho de sí mismo.

El comentario conmovió a Josette. Brannon, a pesar de su duro exterior, solía compadecerse de los débiles y los menos afortunados. Ella lo había visto ayudar a la gente de la calle, incluso a los jóvenes a los que arrestaba. Tuvo que hacer un esfuerzo para apartar la mirada del esbelto y poderoso contorno de su cuerpo. Aún sentía una irresistible atracción hacia él.

–Cuando descubrió que ninguna agencia federal reclamaba su dinero –prosiguió–, ya era demasiado tarde.

Brannon hizo una mueca.

–¿La casa era suya en propiedad?

–Le faltaba un año para acabar de pagarla. Al no poder cumplir con los siguientes pagos, el banco extinguió el derecho de reclamar la hipoteca –Josette lo observó–. Ahora, ponte en el lugar de Dale –dijo inesperadamente– e imagina cómo te sentirías si estuvieras en la cárcel y no pudieras hacer nada para ayudarla.

Brannon se acordó de su frágil madre, que había muerto inválida. Sus finos labios formaron una línea recta en su formidable rostro.

Josette asintió, dándose cuenta de que lo había comprendido. También ella se acordaba de la madre de Marc.

–De momento, no estoy señalando a nadie –prosiguió–. Solo digo que, para empezar, alguien lo ayudó a fugarse de la cárcel. Y que alguien tenía pruebas de un delito relacionado con alguna persona adinerada. Dale debió de pensar que le resultaría fácil chantajear al culpable. Quienquiera que lo asesinó debía de saber que se había fugado y dónde podía encontrarlo. Supongo que la persona que lo mandó matar quedó satisfecha al comprobar que Dale tenía pruebas concretas de algo ilegal, y que lo ayudaron a escapar para poder eliminarlo limpiamente una vez que hubo entregado dichas pruebas.

–En toda cárcel hay presos dispuestos a asesinar por un precio –le recordó Brannon–. No necesitaban sacarlo de la prisión para eliminarlo.

–Cierto. Pero quizá deseaban que presentara las pruebas personalmente, para asegurarse de que era verdad que las tenía –Josette se inclinó hacia delante y entrelazó las manos–. Por otra parte, ¿y si esperaban que llevara las pruebas consigo, y no fue así?

–Eso no lo sabemos. No hallamos nada en el cadáver. De no ser porque la descripción del preso fugado encajaba exactamente con la de Jennings, incluido el detalle del cuervo tatuado, habríamos tardado semanas en identificarlo.

Ella asintió.

–De modo que o el asesino se llevó las pruebas consigo, o no pudo conseguirlas y hay alguien ahí fuera que estaba ayudando a Jennings –subrayó–. Alguien que ahora está en posesión de las pruebas y puede utilizarlas. El dinero es un motivo poderoso. ¿Y si Marsh lo mandara asesinar, por alguna razón?

Brannon arrugó la frente.

–Ya ha mandado asesinar en otras ocasiones. Podría haber un asesino a sueldo actuando por ahí. Y, trabaje para quien trabaje, es posible que indague hasta dar con la fuente de Jennings.

–Eso significa que podría producirse otro asesinato si no resolvemos el caso a tiempo –convino Josette.

Él la observó en silencio.

–Has aprendido mucho en estos últimos años.

–He tenido un buen maestro en Simon –se limitó a decir ella.

–¿Por qué vas vestida como una mujer de cincuenta años? –inquirió Brannon inesperadamente.

–Voy vestida como un miembro del equipo del fiscal general –dijo Josette, negándose a morder el anzuelo–. Bueno, ¿qué piensas hacer ahora?

–Me gustaría hablar con la señora Jennings. Y luego intentaré ponerme en contacto con el asesino a sueldo.

Josette enarcó una ceja.

–Tienes buenas relaciones con Jake Marsh y su pandilla de mafiosos, ¿eh? –dijo imitando el deje sarcástico de Brannon.

–Tengo informadores, lo cual viene a ser lo mismo.

–¿Han interrogado a Marsh acerca del cadáver hallado cerca de su club?

–Está fuera de la ciudad. ¡Pero su gerente se mostró horrorizado! –dijo Brannon con expresión incrédula. Estudió a Josette en silencio. ¿Lo odiaría? Gretchen insistía en que no, pero Josette había aprendido a ocultar sus sentimientos muy bien.

Vio cómo ella se levantaba por fin y rodeaba la mesa.

–Muy bien. Te mantendré informado de todo lo que averigüe, siempre que tú me devuelvas la cortesía.

–Cortesía –repitió Brannon–. He ahí un nuevo concepto.

–Nuevo para ti, desde luego –asintió Josette con un brillo inesperado en los ojos–. Tengo entendido que el Servicio Secreto intentó arrestarte la última vez que tu hermana estuvo en vuestro rancho de Jacobsville, y que amenazaron con acusarte de obstrucción a la justicia por agredir a dos agentes en el jardín.

Brannon se enderezó.

–Un simple malentendido –señaló–. Solo tuve que mencionar mi parentesco con el fiscal general del estado para aclararlo todo.

–También es primo mío –le recordó Josette.

Brannon ladeó la cabeza y sonrió socarronamente.

–Siempre olvido que somos parientes.

–Por un antiguo matrimonio que unió nuestros árboles genealógicos hace mucho tiempo. Pero no compartimos lazos de sangre –Josette se giró para acompañarlo hasta la puerta–. Haré las gestiones necesarias para que puedas entrevistarte con la señora Jennings pasado mañana.

Brannon la sometió a un prolongado escrutinio, acordándose de cuando tenía quince años y temblaba envuelta en una manta. De cómo se había dejado estrechar entre sus brazos, apasionada y sin aliento, cuando tenía veintidós. Pero luego recordó todo lo que él le había dicho después. Detestaba aquellos recuerdos.

Josette lo miró de soslayo y vio el resentimiento y la amargura de su expresión.

–Por si te lo estás preguntando, Brannon, tú tampoco me gustas –dijo arrastrando la voz.

Él se encogió de hombros.

–No me importa –mintió.

Cerró la puerta al salir y Josette permaneció de pie en el centro de la oficina, oyendo cómo sus pasos se extinguían en el pasillo. Hasta aquel momento, no se dio cuenta de que el corazón le bailaba frenéticamente. Se acercó a la mesa y observó inexpresivamente el montón de archivos. Cuando el corazón amenazaba con romperse, una siempre podía evadirse trabajando. Al menos, le quedaba eso.

Aquella noche, Josette se acurrucó con su gato, Barnes, en el sofá, y trató de distraerse viendo la televisión. No obstante, su mente se negaba a cooperar. Acarició perezosamente el pelaje del felino mientras miraba la pantalla, pero sus recuerdos vagaron hasta la fiesta que le había costado a Dale Jennings la libertad.

Había conocido a Dale en una cafetería situada cerca de su universidad. Dale conducía un deslumbrante coche deportivo, y era atractivo y encantador. También conocía a Bib Webb y, desde su distrito local, estaba colaborando en la campaña del futuro vicegobernador. Webb era socio de Henry Garner, un ciudadano de San Antonio que había amasado una fortuna vendiendo maquinaria agrícola. Webb y su esposa, Silvia, compartían con Garner una suntuosa mansión ubicada junto a un lago particular. Garner era un anciano solitario y agradecía la compañía de los Webb.

Un gran número de votantes influyentes y miembros de la alta sociedad fue invitado a la fiesta celebrada en la mansión, dos meses antes de las elecciones. Dale invitó a Josette a asistir a la fiesta con él.

Al principio, Josette no vio extraño que alguien como Dale, poco refinado y sin estudios universitarios, fuese invitado a una fiesta de la alta sociedad. De hecho, le preguntó al respecto. Él se rio y dijo que era chófer y guardaespaldas del viejo Henry, y que había sido invitado a la fiesta nada menos que por Silvia Webb. Josette conocía de vista a Silvia, a la que solía ver ocasionalmente en la misma cafetería en la ella que había conocido a Dale Jennings. Era una mujer alta, de aspecto enigmático, que de vez en cuando acudía allí a reunirse también con Dale.

Josette agradeció la oportunidad de asistir a la fiesta, esperando encontrar allí a Brannon y pavonearse con Dale delante de él. Sin embargo, Brannon no asistió.

La reacción de Silvia Webb al ver a la acompañante de Dale no fue precisamente halagüeña. Su atractivo rostro dejó traslucir un frenesí de emociones, que fueron desde el brillo calculador a la cortesía formal. Silvia les presentó a su marido, Bib, que miró a Josette de un modo que hizo que ella sintiera deseos de estrangularlo, y luego le preguntó si era misionera. Su único traje de noche era de cuello alto y muy discreto, de modo que el comentario la ofendió. Webb había bebido mucho. Una joven morena permanecía cerca de él, mirándolo con adoración. A Silvia no parecía importarle.

Seguidamente, la esposa de Bib Webb les presentó a un anciano vestido de negro, con una lata de ginger ale en la mano. Era Henry Garner. Mientras Josie lo saludaba, Silvia se llevó a Dale consigo, mezclándose con los demás invitados.

Henry era un hombre dulce, amable e ingenioso. Josie simpatizó con él enseguida, sobre todo al ver que no estaba bebiendo alcohol. Le habló de su educación estricta y él sonrió. Buscaron un lugar tranquilo donde seguir charlando mientras la fiesta continuaba a su alrededor.

Bib Webb estaba bailando con la morena, mirándola a los ojos intensamente. Le susurró algo, y ella se mostró preocupada. Seguidamente, Webb miró disimuladamente en torno y la atrajo hacia sí. Ella parecía encontrarse en el cielo. Cuando se dieron la vuelta, mientras bailaban, Josie pudo ver que él tenía los ojos cerrados y el ceño tenso, como si sintiera dolor.

Henry Garner se dio cuenta de que Josie los observaba e intentó distraerla, hablándole de las elecciones y preguntándole por su afiliación política. A continuación, le preguntó si tenía sed, y ella confesó que sí.

Josette no veía a Dale Jennings por ninguna parte. Cuando le preguntó a Garner si deseaba tomar una copa de ponche, él emitió una risita y contestó que no. Ella no insistió. Seguía contrariada por la ausencia de Brannon. Había querido demostrarle que no tenía el corazón roto por su causa, aunque tal cosa no fuese cierta.

Josie se acercó a la ponchera mientras Henry Garner se dirigía directamente hacia Webb y la morena. Les dijo algo. Bib Webb sonrió azorado y la joven se separó de él inmediatamente. Era extraño, se dijo Josette. Le pareció que Garner había alzado ligeramente la voz mientras se dirigía a Webb.

Pero, en aquel entonces, Josette no dio excesiva importancia al detalle. Se sirvió una copa de ponche con hielo y tomó varios tragos largos antes de darse cuenta de que contenía alcohol. Enseguida se sintió mareada. Buscó con la mirada a Dale, pero este seguía sin aparecer. Luego regresó a donde había estado Henry Garner, pero ya no lo encontró allí.

Bib Webb estaba sentado en una silla, con aspecto preocupado. La morena se hallaba a su lado, con una mano puesta sobre la de él, hablándole con fervor. Parecía como si a Webb se le hubiera caído el mundo encima. No obstante, al ver a Josie, sonrió educadamente y asintió con la cabeza. Ella se encogió de hombros y, dándose media vuelta, volvió a mezclarse con los demás invitados.

Se sentía cada vez peor y no encontraba a Dale. Tan solo deseaba irse a casa. El señor Garner no había bebido alcohol, de modo que tal vez accedería a llevarla, se dijo. Josie atravesó la puerta principal y salió al porche. Bajando una hilera doble de escalones, al otro lado de un pequeño sendero, estaba el muelle que daba acceso al lago. Josie no podía ver el muelle con claridad, pero estaba segura de que el señor Garner no se encontraría allí. Se dio media vuelta y volvió a la casa, tropezándose con Silvia.

La atractiva mujer estaba algo despeinada y la mano con la que se retiró el cabello de la cara le temblaba. Pero esbozó una sonrisa forzada y preguntó a Josie cuánto tiempo llevaba merodeando fuera de la casa en la oscuridad.

Era una pregunta extraña. Josie confesó que había tomado un poco de ponche y que se encontraba mal. Deseaba que alguien, Dale o el señor Garner, la llevara a su casa.

Silvia se ofreció a llevarla de inmediato. Aseguró haber tomado solo una copita de vino y, tras volver brevemente al interior de la casa, acompañó a Josie hasta un Mercedes plateado. Luego la acomodó en el vehículo y comentó con bastante énfasis que el coche del señor Garner seguía en su sitio, aunque el anciano le había dicho a Bib que pensaba ir a comprar unos puros. Seguidamente, saludó con la mano, si bien Josette no vio a nadie a quien pudiera ir destinado el saludo.

Silvia la dejó en su casa. Más tarde, esa misma noche, el telediario local dio la increíble noticia de la muerte del filántropo Henry Garner, cuyo cuerpo había sido hallado flotando en el lago por uno de los invitados. Al parecer, se había ahogado al caerse al lago por accidente, dijo la locutora, puesto que el anciano estaba borracho.

Josette llamó inmediatamente a la policía para decir que ella había asistido a aquella fiesta, que Henry Garner no había bebido alcohol y que el anciano había discutido, aparentemente, con Bib Webb antes de desaparecer de la fiesta. Su testimonio bastó para que el fiscal del distrito interviniese de inmediato en la investigación.

Se encontró una cachiporra impregnada de sangre en el asiento del pasajero del coche de Dale Jennings, situado en el escenario del crimen, donde la policía retenía a los invitados para interrogarlos. Pese a los deseos de Bib Webb, se ordenó practicar una autopsia, como era de rigor en casos de muertes repentinas o violentas. El forense no encontró ni rastro de alcohol en el cuerpo de Garner, pero sí una herida en la nuca del anciano, producida por un fuerte golpe.

El «accidente» pasó así a convertirse, de la noche a la mañana, en un espectacular homicidio.

El mejor abogado de San Antonio compareció junto a Bib Webb en una rueda de prensa convocada apresuradamente, y Marc Brannon regresó a San Antonio para colaborar en la investigación del caso. Dale Jennings no tardó en ser detenido y acusado de homicidio en primer grado. Se afirmó que la cachiporra hallada en poder de Jennings había sido el instrumento utilizado para aturdir a Garner; aún tenía rastros diminutos de sangre y pelo del anciano. Silvia Webb añadió que había visto a Jennings cerca del lago, y la cachiporra en su coche, poco antes de volver a la mansión y llevar a Josette Langley a su casa.

Jennings no confesó ni se resistió. Josie hubo de admitir que no había visto a Dale en el lapso durante el cual, supuestamente, se cometió el asesinato. Pero había ido a la fiesta en el coche de Jennings, y no había visto ninguna cachiporra, y así lo dijo al declarar en el estrado.

También dijo que Bib Webb tenía más motivos que Dale para asesinar al anciano, con quien había discutido aquella misma noche. Pero Webb habló en privado con el fiscal durante uno de los descansos, y le suministró una información decisiva. A la edad de quince años, Josie se había escabullido subrepticiamente de la casa de sus padres para ir a una fiesta. Había ingerido alguna clase de droga, y un compañero de colegio mayor que ella intentó seducirla. Josette se aterrorizó tanto, que empezó a gritar y los vecinos llamaron a la policía. Sus padres contrataron a un abogado e intentaron que se condenara al chico por violación, pero el abogado de la parte contraria presentó la declaración grabada del médico que atendió a Josette aquella noche. El médico declaró que no había habido violación. El agente que realizó el arresto, un exagente de policía de Jacobsville llamado Marc Brannon, contribuyó decisivamente a que el caso se desestimara y se eximiera al chico de los cargos.

Brannon le había contado todo aquello al abogado de Bib Webb, quien le pasó la información al fiscal para que la utilizase contra Josie. Por lo visto, Josette Langley ya había mentido en una ocasión, cuando afirmó falsamente haber sido violada. Por lo tanto, ¿quién podía dar crédito a su versión de lo sucedido en la fiesta, sobre todo cuando había bebido de más?

La historia causó tal sensación, que los periodistas fueron a Jacobsville para indagar sobre el antiguo caso de violación, y lo publicaron junto a la crónica del juicio por el asesinato de Garner. Jennings fue condenado y encarcelado, y Josette se vio vejada públicamente por segunda vez, gracias a Brannon. Para ser una mujer que solo cometió un error en su juventud, había pagado por muchos pecados de los que no era culpable.

No obstante, pese a todo lo sucedido, seguía pensando en Brannon con dolorosa añoranza. Era el único hombre al que había amado. Suspiró al recordar lo inseparables que habían sido dos años antes. Marc la había ayudado con los exámenes del último curso en la universidad, la había llevado a montar a caballo en su rancho de Jacobsville y había estado siempre a su lado. Cuando todo terminó, Josette creyó que el dolor la mataría. Pero había logrado sobrevivir. El único problema era que Brannon había vuelto a irrumpir en su vida, y tendría que hacer frente a aquellos recuerdos diariamente.

Muy bien, si Brannon pensaba dárselas de duro, ella le pagaría con la misma moneda.

Josette sonrió. Si alguien merecía sufrir un revés, era aquel presumido ranger de Texas. Ella demostraría que Dale Jennings no mató a Henry Garner. ¡Y luego se lo restregaría a Brannon en las narices con tanta fuerza, que tendría que oler con las orejas durante el resto de su vida!

# 4

Antes de tomar el avión para San Antonio, Marc se pasó por la casa de Bib Webb en Austin. Los Webb vivían allí permanentemente, con excepción de las vacaciones y los fines de semana, que pasaban en su casa de San Antonio.

Silvia sonrió de oreja a oreja cuando el mayordomo hizo pasar a Marc a la sala de estar, donde el matrimonio tomaba unos cócteles con otras tres parejas. Rubia, atractiva y vivaracha, era una mujer a la que cualquier hombre desearía para sí. A Marc le caía bien, aunque la encontraba demasiado agresiva e implacable para su gusto.

–¡Marc, no sabía que estabas en la ciudad! –exclamó.

–Estoy haciendo cierto trabajo de investigación para Simon Hart –explicó él con una sonrisa–. Estás más guapa que nunca –añadió dándole un beso en la perfecta mejilla.

–Y tú pareces un modelo, cariño, como siempre –ronroneó Silvia–. ¿Qué clase de investigación? –añadió coquetamente, tomándole el brazo mientras con la otra mano bebía el martini.

–Un asesinato.

Silvia fijó los ojos en la copa.

–¿De alguien conocido? ¡Espero que no!

–Dale Jennings.

El líquido de la copa que ella tenía en la mano tembló ligeramente. Parecía desconcertada. Probablemente, se dijo Brannon, el recuerdo de Jennings la incomodaba tanto como a él.

Silvia alzó la vista, recuperando la compostura rápidamente.

–¡Dale Jennings! ¡Ese hombre tan horrible...! ¡Bib! –llamó a su marido–. ¡Han asesinado a Dale Jennings en la cárcel! –exclamó. Todas las miradas se volvieron hacia ella.

–En la cárcel no, Silvia –precisó Marc.

Silvia enarcó sus pulcras cejas.

–¿Qué quieres decir?

–Se escapó. O alguien lo sacó –contestó Marc mientras ella tomaba asiento en el brazo del sillón que ocupaba su esposo.

–Asesinó a Henry –recordó Bib con ojos gélidos–. ¡No lamento que haya muerto!

–¿Cómo pudo fugarse? –insistió Silvia.

–No tengo ni idea –Marc rechazó una copa mientras le presentaban al resto del grupo. No los conocía, aunque sí le sonaban sus nombres. Era gente muy acaudalada de Austin.

–¿Puedes quedarte a pasar la noche? –inquirió Bib.

Marc meneó la cabeza.

–Tengo que estar en San Antonio mañana a primera hora. Colaboraré en el caso Jennings con los detectives de San Antonio. Simon enviará a una investigadora de su oficina para que nos ayude.

–¿Por qué? –inquirió Silvia con los ojos abiertos como platos–. ¡Si Jennings era un don nadie! ¿A santo de qué han de intervenir los rangers y el fiscal general en la investigación?

–No era un don nadie –le recordó Bib–. Asesinó a Henry. Y Henry Garner era un hombre muy importante –observó a Marc–. Hay algo más, ¿verdad?

Brannon asintió.

–Puede que Jake Marsh esté involucrado.

–Marsh –Bib apretó los dientes–. Es el colmo. Si se demuestra su implicación, la noticia saldrá en primera plana, ¿verdad?

–Eso es ya inevitable –afirmó Marc, percibiendo la preocupación en el atractivo rostro de su amigo. A su lado, Silvia permanecía como paralizada. Marc sabía lo mucho que odiaba la mala publicidad.

–No te preocupes, Bib. Será flor de un día, nada más –aseguró a su amigo.

–Eso espero –dijo Bib apesadumbrado. Bajó los ojos y jugueteó con un hilo suelto del botón de su chaqueta–. Todo esto trae muy malos recuerdos.

–Oh, pero es cosa del pasado –dijo Silvia levantándose bruscamente–. Que tengas un buen viaje a San Antonio, Marc. Nos mantendrás informados, ¿verdad?

–Naturalmente –a Marc le extrañó que, de repente, Silvia tuviera tanta prisa por deshacerse de él–. ¿Me acompañas a la puerta, Bib?

–Yo también voy –se apresuró a decir Silvia, excusándose ante sus invitados.

Aquella era una de las cosas de Silvia que no le gustaban a Marc. Se aferraba a Bib como la hiedra. Había sido así desde que, a los dieciséis años, sedujo a Bib para que se casara con ella, a fin de escapar de la insoportable pobreza de su infancia. Silvia jamás hablaba de ello. Su padre se había caído en un pozo y falleció poco después de la inesperada muerte por accidente del hermano menor de Silvia. Ninguna de las dos muertes pareció afectarle mucho, aunque, al parecer, Marc era el único que se había dado cuenta de que, a pesar de su trágico pasado, Silvia era curiosamente insensible al dolor.

–No nos lo has contado todo –dijo Bib cuando hubieron salido al porche. Sus ojos azules se entrecerraron–. Hay más, ¿verdad?

Marc se metió las manos en los bolsillos.

–La investigadora que piensa enviar Hart –empezó a decir de mala gana–. Quizá os acordéis de ella. Josette Langley.

A Silvia se le congestionó el rostro.

–¡Esa zorra!

–Sucedió hace mucho tiempo, Sil –dijo Bib con aire cansado.

–¡Esa mujer te acusó de asesinato! ¿Cómo quieres que olvide algo así? ¡Causará problemas! ¡Lanzará falsas acusaciones, acudirá a los medios...! –exclamó Silvia alzando la voz.

–Cálmate –dijo Bib mirándola fijamente a los ojos. Luego le acarició con suavidad la nuca–. Cálmate. Respira hondo. Vamos, Sil.

Ella obedeció, mientras él rebuscaba en un cuenco de cristal, situado en una mesa junto a la puerta de entrada, y sacaba un caramelo de menta. Luego se lo puso en la mano y esperó a que le quitara el envoltorio y se lo metiera en la boca. Los caramelos solían calmarla cuando experimentaba aquellos extraños arrebatos. Silvia se negaba a tratarse con un psicólogo, pese a la insistencia de su marido. Sus arranques de cólera eran extremadamente violentos. En uno de ellos, mató al perro favorito de ambos.

Bib se giró hacia Marc, que observaba la escena con un ceño de preocupación.

–La señorita Langley estuvo charlando con Henry poco antes de que fuera asesinado. Era una mujer discreta, de las que no suelen sentirse cómodas en una fiesta. Nunca entendí cómo podía estar saliendo con Dale. Él trabajaba para Henry, en contra de mi consejo. Estaba muy relacionado con Jake Marsh. Ya tuve problemas con un colaborador sobornado por Marsh durante la campaña electoral. Estoy convencido de que Marsh pagó a Dale para que hiciera lo que hizo.

–Eso nunca se demostró –terció Silvia–. Siempre pensé que ese hombre trabajaba por su cuenta. Seguro que no tenía ninguna relación con Jake Marsh.

–Entonces, ¿por qué se encontró su cadáver cerca del club nocturno de Marsh? –se preguntó Marc en voz alta.

–Esa gentuza puede ser asesinada en cualquier parte –dijo Silvia despreocupadamente–. Yo no gastaría dinero del estado en una investigación así. Era un don nadie.

Bib la ignoró.

–Ese colaborador del que ha hablado... –le dijo a Brannon–. Jennings lo había recomendado para que colaborara en mi campaña. Actuó a mis espaldas y, aparentemente, sacó a la luz ciertos trapos sucios para obligar a mi oponente a retirar su candidatura. Estoy seguro de ello, aunque nunca pudo demostrarse. No me gustaba que Jennings estuviera cerca de Henry, y así se lo dije la noche de la fiesta, antes de que lo asesinaran. De hecho, discutimos –hizo una pausa–. ¿Cómo murió Jennings?

–De un solo disparo en la nuca.

Bib respiró hondo.

–¡Dios santo!

–Oh, ¿qué importa el modo en que murió? Era un asesino –dijo Silvia con absoluta frialdad–. No me da ninguna lástima. ¿Por eso ha metido las narices el fiscal general? ¿Por la forma en que se produjo el asesinato?

Marc tardó unos segundos en contestar.

–Por eso y porque Marsh está implicado en muchas actividades ilegales. Simon lleva años intentando quitarlo de la circulación. Todo el mundo quiere asegurarse de que la investigación se realizará correctamente.

–Y Simon piensa dejar que la tal Langley lo estropee todo. ¡Qué estúpido! –exclamó Silvia.

–Es licenciada en derecho criminal y lleva dos años trabajando para Simon –dijo Marc, defendiéndola muy a su pesar.

–Tiene una implicación personal en el caso. Igual que tú. Ninguno de los dos debería intervenir en la investigación –Silvia se giró hacia Bib–. ¡Llama a alguien importante y dile que retire a Marc y a esa mujer del caso!

–Sí, hazlo –invitó Marc, mirándola con hosquedad–. Y convocaré una rueda de prensa para explicarle a todo el mundo por qué estoy fuera del caso.

Silvia emitió un jadeo ahogado.

–¡Vaya! ¡Y yo que pensaba que eras amigo nuestro!

–Soy amigo vuestro –dijo Marc mirando a Bib, no a ella–. Pero la ley es la ley. No toleraré interferencia alguna en un caso tan delicado.

Silvia le dirigió una mirada asesina. La mano con la que sostenía la copa le temblaba. Lanzó la copa contra el suelo del porche, haciéndola añicos.

–¡Estúpido idiota! –le espetó a Bib–. ¡Eres un cobarde! ¡Nunca haces nada a derechas! –se dio media vuelta y entró en la casa como una exhalación, musitando maldiciones mientras cerraba la puerta con estrépito.

Bib meneó la cabeza.

–Siete años así –murmuró afligido–. Es la esposa perfecta para un político. Adora las fiestas y las apariciones públicas. Pero a veces desearía haberme casado con una mujer menos temperamental. Me temo que no he estado a la altura de las expectativas de Silvia. Me habría dejado hace tiempo si fuera pobre o tuviera una vida social aburrida.

–Ella te quiere –dijo Marc, aunque no muy convencido.

–Me posee –Bib emitió una risotada vacía–. Bueno, será mejor que vuelva adentro y siga lamiendo traseros. Son colaboradores potenciales para mi campaña para el Senado –arqueó las cejas–. ¿Vas a votar por mí?

–No –contestó Marc con cara de póquer–. Eres un político corrupto.

Bib se rio encantado.

–Todos somos corruptos –observó a su amigo con curiosidad–. Todo esto debe de ser muy doloroso para ti –añadió–. Tú y Langley estuvisteis muy unidos.

Marc no dijo nada.

Bib se encogió de hombros.

–Está bien, dejaré el tema. Este fin de semana estaremos en San Antonio. Acércate a tomar una copa conmigo si tienes tiempo. Sil irá de compras a Dallas el sábado por la mañana. ¡Podemos aprovechar para escabullirnos a la cafetería de la esquina y tomar unos donuts!

–¿No deja que los comas? –inquirió Marc sorprendido.

Bib se palmeó el liso abdomen.

–Debo lucir una figura esbelta en las fotos –confesó–. No puedo tomar nada de dulce cuando ella anda cerca –meneó la cabeza–. Señor, Señor, a lo que hay que renunciar por un cargo público.

–Eres un buen político –contestó Marc–. Tienes conciencia. Y corazón.

–Eso son estorbos, viejo amigo, nada más que estorbos. Carezco del instinto asesino necesario. Por suerte, Silvia sí lo posee. Que tengas un buen viaje de regreso.

–Muy bien. Y tú cuídate –añadió Marc–. En este caso puede haber más de lo que parece. ¿Tienes guardaespaldas?

Bib asintió con la cabeza.

–T. M. Smith. Participó en la operación Tormenta del Desierto. Puede con cualquiera en una pelea cuerpo a cuerpo, y posee una puntería inmejorable.

–Tenlo siempre cerca, por si las moscas.

Marc se subió en su deportivo negro y enfiló hacia la autopista. La actitud de Silvia le incomodaba. Era una mujer fuerte y ayudaba mucho a Bib. Pero Marc no pudo evitar recordar su arrebato de cólera cuando le mencionó que iba a investigar el asesinato de Dale Jennings. Recordó también que había sido el testimonio de Silvia lo que condenó a Dale.

Se detuvo en un semáforo y, al ver pasar a una jovencita con un vestido floreado, se acordó de su última cita con Josette. Ella acababa de graduarse en la universidad y él había asistido a la ceremonia, junto con sus padres. Esa noche, la llevó a cenar a un lujoso restaurante. Josette llevaba un traje largo de seda negra con flores exóticas pintadas a mano. Estaba absolutamente preciosa.

Después de cenar, Marc la llevó a su apartamento. Hasta entonces, solo habían compartido besos y escarceos amorosos que ninguno de los dos llevó hasta su culminación. Él seguía sin creerse el relato de su violación, aunque estaba empezando a conocerla y no parecía una mujer capaz de mentir. No obstante, recordó Marc, las apariencias podían ser engañosas.

Sus sospechas aumentaron cuando Josette aceptó ir con él a su apartamento. Marc puso música lenta y se quitó la chaqueta. Luego atrajo a Josette hacia sí. A través del fino algodón de la camisa, pudo sentir la presión de sus senos. No parecía que llevara sujetador, y eso lo excitó rápidamente.

No obstante, en vez de retirarse, permitió que ella sintiera su erección. Marc aún recordaba la sorpresa que se reflejó en sus grandes ojos castaños, el temblor que recorrió su cuerpo. Había hecho ademán de hablar, pero él se inclinó sobre ella y la silenció con sus ávidos labios. No tardó en llevarla al sofá y desnudarla de cintura para arriba. Mientras le devoraba los senos con la boca, introdujo la mano bajo la seda de su vestido, hasta las finas braguitas de algodón que llevaba debajo.

Ella parecía fascinada por lo que él le estaba haciendo. Marc lo veía en sus ojos, lo notaba en el temblor nervioso de sus manos mientras le recorría el amplio pecho con los dedos, cuando se hubo despojado de la camisa.

Marc llevaba meses deseándola. Durante aquel tiempo no se había visto con ninguna otra mujer. El deseo lo consumía, y resultó inevitable que perdiera el control.

–Dios, te necesito –había murmurado con voz ronca

mientras apretaba las caderas contra las de ella–. Te necesito tanto... No te resistas, cariño.

Pero su súplica cayó en oídos sordos. Cuando, por fin, intentó penetrarla, ella gritó, llena de miedo y de dolor.

–¿Voy demasiado rápido? –preguntó él contra sus labios–. Tendré más cuidado. Hace mucho tiempo desde la última vez, ¿verdad?

–Marc, yo... ¡nunca he estado con nadie! –sollozó Josette.

Él se rio suavemente. Había estado con el chico al que acusó de haberla violado cuando tenía quince años. Pero, de todos modos, se mostraría cuidadoso. No quería arriesgarse a sufrir un rechazo.

–Voy a poseerte –le susurró, colocándose de nuevo en posición–. Voy a poseerte, Josie. Ahora... ¡ahora!

Sin embargo, no conseguía penetrarla. Ella sollozaba, se estremecía, animándolo a seguir y clavándole las uñas en los glúteos.

–¡Maldición! –gruñó él, cegado por el deseo. Hizo acopio de sus fuerzas y empujó tan fuertemente como pudo.

Ella gritó, pero no de placer, sino de dolor. Marc tardó unos segundos en percatarse de lo que ocurría. Su cuerpo se le resistía y, por fin, comprendió por qué. Bajó la mano y la exploró íntimamente, hallando una barrera tan formidable, tan perceptible, que se quedó inmóvil encima de ella, anonadado.

–Eres virgen –murmuró con furia.

Ella tragó saliva, llena de vergüenza. Bajó la mirada, fijándose en su erección, y emitió un jadeo ahogado. Evidentemente, nunca había visto a un hombre... ¡en tal estado!

–¡Zorra desgraciada! –estalló Marc encolerizado–. ¡Maldita seas!

Se retiró de Josette y se vistió en silencio, apenas consciente de que ella estaba llorando y se había subido el vestido para ocultar su desnudez.

–¡De todas las faenas que se le pueden hacer a un hombre, esta es la peor! –la acusó él–. No eres mejor que las fulanas que lo hacen por dinero. Pero ellas, al menos, no calientan a los hombres para luego dejarlos con las ganas. Vístete –dijo bruscamente antes de salir de la habitación.

Esperó en la cocina mientras ella se vestía, demasiado aturdido y furioso como para pensar racionalmente. Josette lo había excitado deliberadamente, sabiendo que no podía tener relaciones íntimas con él. Aquella barrera física no desaparecería sin una intervención quirúrgica. Ella debía de saberlo.

En ese momento, la verdad golpeó a Marc como un puño. Josette era virgen. Había pruebas irrefutables de ello.

Fue entonces cuando comprendió que aquel chico de Jacobsville había mentido en el estrado, cuando lo acusaron de haber intentado violar a Josette. Fue entonces cuando comprendió que sí había habido agresión sexual. Pero aquella barrera había detenido al agresor. Como había detenido a Marc esa noche...

El sonido de un claxon lo devolvió al presente. El semáforo había cambiado, de modo que Marc pisó el acelerador. Aún podía ver el rostro, avergonzado y horrorizado, de Josette. Lloraba desconsoladamente, y Marc comprendió que nada de lo que pudiera decirle cambiaría las cosas, de modo que optó por guardar silencio. Ya había dicho bastante, cosas que ya jamás podría retirar. Ella parecía incapaz de mirarlo a los ojos, y tenía las mejillas anegadas de lágrimas. Marc deseó explicarle la razón de su enojo, por qué le había dicho aquello tan horrible. Pero Josette se negaba a hablar, a escuchar, a mirarlo, de modo que las palabras murieron en sus labios antes de ser pronunciadas.

Marc pensó que quizá había recordado el intento de violación, que tal vez su ardor viril había traído a su memoria la experiencia más desagradable de su vida. Al fin y al cabo, él había perdido el control casi enseguida, algo que jamás le había ocurrido con anterioridad. Josette había permitido que la desnudara y la tocara, y se había mostrado dispuesta a entregarse a él. Pero sabía que no podía tener relaciones con ningún hombre. Tal vez, se dijo Marc, solo había querido vengarse de él por haber declarado contra ella en el juicio. Aquella sospecha le hizo guardar silencio cuando ella apareció en la puerta de la cocina, ya completamente vestida.

Marc la llevó a su casa en medio de un doloroso silencio. Deseó disculparse por haber ayudado al abogado del chico, por no haberla creído.

Las duras palabras que le había dirigido aún seguían doliéndole. Josette era virgen, y él la había tratado como a una criminal. Sin embargo, antes de que Marc pudiera decir nada, ella lo miró y dijo:

–No me llames nunca más. No vuelvas a acercarte a mí –advirtió con voz rota–. Era sexo lo único que querías, ¿verdad? ¡Y creíste que conmigo te sería fácil por lo que me pasó cuando tenía quince años!

Marc recordó haberla mirado con una mezcla de rabia y frustración.

–Esta noche me excitaste deliberadamente, sabiendo que no podría poseerte. Ha sido tu venganza por no haberte creído en el juicio de Jacobsville, ¿verdad? Pura y simple venganza.

Ella se ruborizó.

–¡Empezaste tú!

–Y no opusiste mucha resistencia, ¿verdad? Pero no te preocupes. No tengo ningún deseo de volver a verte. ¡Nunca has sido lo bastante mujer para mí!

Y la dejó, con aquellas frías y despiadadas palabras perdiéndose en la noche antes de que Josette tuviera tiempo de llegar a la puerta de su casa.

Después de eso, Marc se emborrachó. Unos días más tarde, abandonó los rangers e ingresó en el FBI. Josette había aceptado ir con Dale Jennings a la fiesta de Bib

Webb. Y, a raíz de aquella fiesta, se produjo la muerte de Garner y el juicio. Marc no había facilitado ninguna información acerca del juicio por violación, lo que permitió al fiscal dejar a Josette por mentirosa en el estrado. En realidad, fue Bib Webb, que conocía el caso, quien puso la información en conocimiento del fiscal, aunque Josette pensara que había sido el propio Marc. Pero él no volvió a acercarse a ella, porque no podía soportar la acusación que le lanzaban sus grandes ojos castaños cada vez que lo miraba.

Finalmente, Marc se marchó de la ciudad.

En realidad, no necesitaba haberse ido de San Antonio, puesto que Josette se trasladó a Austin poco después del juicio para huir de la publicidad. Su madre murió de un derrame cerebral dos meses más tarde, y su padre falleció de un infarto al poco tiempo. No tenía hermanos, de modo que tuvo que llorar a sus padres a solas, amargamente.

Marc dejó el coche alquilado en el aeropuerto y subió en el avión que había de llevarlo a San Antonio. Dejó el sombrero en el asiento de al lado, que se hallaba vacío, y se reclinó con los brazos cruzados, cerrando los ojos mientras el enorme avión despegaba y se elevaba hacia el cielo azul.

Era curioso cómo sus recuerdos más vívidos estaban relacionados con Josette Langley y su familia. Conoció al padre de Josette cuando formaba parte de la policía de Jacobsville. Marc estaba intentando conseguir que cierto conductor borracho reincidente ingresara en una clínica de rehabilitación para alcohólicos. El hombre pertenecía a la iglesia de Langley, y el padre de Josette intervino personalmente en el caso. Marc y el señor Langley tenían muchas cosas en común, pues Langley había iniciado la carrera de policía en sus comienzos, antes de sentir la llamada del púlpito. A partir de entonces, Marc se hizo amigo suyo y visitó con frecuencia su casa, donde conoció a Josette.

Al principio, le pareció una jovencita mona y traviesa.

O, al menos, se lo había parecido hasta que una noche la encontró sin ropa, en compañía de un chico medio desnudo.

El chico había sido muy convincente. Según él, Josette había salido a escondidas de su casa para encontrarse con él. Lo deseaba, había acudido a él voluntariamente. Sin embargo, a la hora de la verdad, empezó a resistirse y a gritar. ¿No era un comportamiento muy propio de una chica? Marc, para su vergüenza, creyó al joven. Incluso había sentido lástima de él. De modo que, a pesar de su amistad con el padre de Josette, colaboró en la investigación del incidente. El médico del hospital donde habían atendido a Josette aquella noche declaró taxativamente que no había habido violación, aunque no especificó el motivo. Eso bastó para convencer a Marc de que Josette temía contar la verdad de lo ocurrido, por miedo a herir a sus padres.

En el juicio, Marc declaró en favor del chico, repitiendo lo que este le había explicado en el lugar de los hechos. Y el chico ganó. Josette quedó públicamente como una embustera. Sus padres sufrieron una gran humillación. Toda la familia cayó en desgracia. Y cuando Josette intentó acabar el instituto en Jacobsville, las constantes provocaciones y las crueles bromas de sus compañeros le hicieron imposible seguir adelante.

La familia se trasladó a San Antonio y, más tarde, cuando Josette cursaba el último año de universidad, trasladaron al propio Marc a la comisaría de los rangers en San Antonio. Marc hizo un curso de derecho criminal y coincidió con Josette en la misma clase, cuando ella contaba veintidós años.

Al principio, ella se había mostrado reacia a hablar con él. Recordaba su actuación en el juicio, y aún no lo había perdonado. Pero Josette era muy hermosa, y Marc se había sentido atraído hacia ella contra su voluntad. Finalmente, con amabilidad e insistencia, consiguió acercarse a Josette pese a la desaprobación de sus padres, que seguían sin perdonarlo. Así se inició la relación que acabó bruscamente tras la cita de aquella noche fatídica.

La azafata se detuvo junto a Marc con el carrito de las bebidas, pero él negó con la cabeza y la mujer siguió adelante.

Tenía que dejar de pensar en el pasado y concentrarse en el presente, se dijo. Josette y él tenían que encontrar al asesino antes de que murieran más inocentes. Y tenían que encontrarlo deprisa.

# 5

San Antonio era más grande de lo que Josette recordaba. Había cursado sus estudios universitarios allí, y también se había enamorado. Ahora se hallaba metida hasta el cuello en la investigación de un asesinato, enfrentada a un enemigo al que había amado con todo su corazón y que la había traicionado.

Sus conocimientos sobre el caso de Jennings le daban ventaja sobre otros investigadores. Aun así, la investigación se adivinaba complicada. La víctima se había fugado de la cárcel, donde cumplía una larga condena por el asesinato del socio de Bib Webb. Cómo se había fugado, y por qué había sido asesinado, eran preguntas que aún no tenían respuesta.

Josette paseó la mirada por la oficina del fiscal del distrito y sonrió. Le recordaba a su propia oficina, repleta y empantanada de papeles y archivadores.

Una puerta se abrió, y una esbelta joven de pelo castaño la invitó a pasar a otra oficina, también atestada de archivos.

–Soy Linda Harvey, una de las ayudantes del fiscal

del distrito –dijo la joven afablemente–. Hablé con usted por teléfono.

–Encantada de conocerla. Me estaba fijando en la abundancia de archivos –añadió con una sonrisa mientras le estrechaba la mano–. Me siento como en casa.

Linda Harvey meneó la cabeza.

–Espero irme a la tumba con una caja de archivos pendientes –admitió–. Si le apetece un café, hay una cafetera junto a la puerta. No tiene más que introducir una moneda y servirse.

–Gracias, pero ya he tomado dos tazas. Una más, y me liaré a dar botes por la habitación.

Linda emitió una risita.

–La entiendo. Por favor, siéntese –se acomodó en su propia silla–. Tengo entendido que estuvo usted implicada en este caso.

–Más implicada de lo que me hubiera gustado –dijo Josette–. La víctima era mi acompañante la noche en que, supuestamente, asesinó a Henry Garner. Jamás creí en su culpabilidad.

–He leído el archivo –contestó Linda–. Al parecer, sospechaba usted que Bib Webb estuvo involucrado.

Josette hizo una mueca.

–Eso no me hizo ganar muchos puntos, se lo aseguro. Tan solo dije que Webb era la persona que podía salir más beneficiada con la muerte de Garner, lo cual era cierto. La prensa lo exageró, convirtiéndolo en una acusación, y empezó a especularse sobre la implicación de Webb en los hechos. Una auténtica bomba, teniendo en cuenta que por entonces, Webb aspiraba al puesto de vicegobernador.

–Sí –Linda frunció el ceño pensativamente–. Su oponente se retiró en el último momento, dejándole el campo libre. Siempre me pareció curioso, sobre todo porque Webb había caído en las encuestas después del juicio –sonrió a Josette–. Creo recordar que el fiscal fue muy duro con usted cuando intentó declarar en favor de Jennings.

–Sacó a la luz un caso de violación en el que me vi envuelta cuando tenía quince años –explicó Josette, sorprendiendo ostensiblemente a su interlocutora. Esta asintió con la cabeza–. Sí, estaba segura de que constaría en mi expediente –se inclinó hacia delante–. Ese chico intentó violarme –dijo con firmeza–. Hasta mucho después no comprendí que había puesto algo en mi refresco.

La otra mujer exhaló un suspiro.

–Le agradezco que haya sido honesta conmigo. De hecho, lo que oí me incomodó tanto, que rastreé a ese abogado y le pedí que me explicara personalmente por qué se sobreseyó el caso. Se deshizo en disculpas. Afirmó que entonces era muy joven, y que los familiares y amigos del chico lo convencieron de que este había sido el agraviado.

Josette respiró hondo lentamente.

–Muy amable por su parte. Y con solo nueve años de retraso.

–Al menos, ese individuo no amenazará a nadie... nunca más. El año antepasado, violó y casi estranguló a una mujer en Victoria. Murió al intentar escapar de la policía.

Josette hizo una mueca.

–Lo sé. Recibí muchas llamadas de gente de Jacobsville. Incluida una del fiscal que intervino en el juicio. Él siempre creyó en mí, antes y después del veredicto.

–Al menos, la exoneraron –dijo Linda–. Le ha ido bien, a pesar de todo.

Josette se encogió de hombros.

–Tenía una motivación. Deseaba poder ayudar a otras víctimas inocentes.

–Nos alegrará mucho contar con su ayuda en el caso. Si necesita algo, lo que sea, no tiene más que pedirlo.

–Puede que necesite más de lo que están dispuestos a dar –dijo Josette con calma–. Se trata de un caso importante, relacionado con un miembro del gobierno del estado. De ahí la participación de Marc Brannon, de los rangers de Texas, en la investigación. Tendremos que cruzar muchos límites jurisdiccionales. Con suerte, quizá logremos echarle el guante a ese mafioso local, Jake Marsh. Pero es posible que también haya que proceder contra alguien de las altas esferas.

Linda asintió.

–Ninguno de nosotros teme la mala publicidad.

Josette exhaló un suspiro de alivio.

–Eso era lo que quería oír. Gracias.

Linda se levantó.

–Tendrá que compartir una oficina con Cash Grier. No es tan malo, a pesar de lo que pueda decir Brannon. Solían trabajar juntos.

–Lo recordaré. Gracias por su ayuda.

Linda sonrió.

–Para eso estamos aquí.

Al final de la jornada, Josette ya había conocido a varios miembros del personal, aunque entre ellos no se encontraba Grier, y se sentía más o menos cómoda en su nueva oficina. Cuando regresó al hotel Madison, donde tenía reservada una habitación, se encontró una sorpresa esperándola.

Brannon permanecía delante de la puerta del hotel, en un coche deportivo último modelo. Josette se apretó el bolso contra el pecho y se detuvo junto al coche, esperando a que se apeara y observándolo con una expresión calculadamente fría. Cosa harto difícil, dado que el corazón amenazaba con hacerle estallar las costillas.

Él se apoyó en el coche, cruzando los brazos, y la miró con su acostumbrada arrogancia. Era el hombre más atractivo que Josette había conocido nunca.

–¿Cómo ha ido el día? –inquirió Brannon.

–Acabo de instalarme en la oficina del fiscal –contestó ella sin preámbulos–. Imagino que tú operarás desde la comisaría.

Él asintió con la cabeza.

–¿Has recibido los archivos que te envié?

Él asintió de nuevo.

Josette enarcó una ceja y ladeó la cabeza.

–Como no me respondas directamente, empezaré a hablarte por señas.

Brannon se rio.

–No has cambiado nada.

Ella se ajustó las gafas con montura dorada.

–Oh, sí que he cambiado, Brannon –respondió–. Pero procuro que no se me note –volviéndose, añadió–: Si quieres hablar del caso...

–Sí, pero no en una habitación de hotel –respondió él fríamente, molesto al verla tan distante.

Josette no lo miró.

–Muy bien. Iré a ver si me han dejado algún mensaje y enseguida estoy contigo.

Aquello irritó a Brannon. No parecía capaz de hacerle perder la calma, pese a sus intentos. Aquel comportamiento tan medido lo ponía nervioso.

Josette subió a su habitación, llamó a recepción y, tras comprobar que no tenía mensajes, se retocó el maquillaje y volvió a salir. Apenas tardó cinco minutos.

Brannon se mostró visiblemente sorprendido.

–Cinco minutos. Para una mujer, eso es un récord mundial.

–Y para un hombre sería un milagro –murmuró ella cínicamente–. Dime adónde quieres ir y me reuniré contigo allí.

–No seas absurda –Brannon le abrió la portezuela del pasajero.

Ella se encogió de hombros y subió al coche. Él se acomodó al volante y, después de ponerse el cinturón de seguridad, se incorporó al tráfico. Conducía con gran facilidad y maestría. Josette observó sus bronceadas manos sobre el volante y recordó las caricias de aquellas manos sobre su piel desnuda...

–He hablado con el fiscal –dijo Brannon–. Están encantados de tenerte en su oficina.

–Sorprendente, ¿verdad? –ironizó ella.

–No quería decir eso.

Josette se giró para mirarlo.

–¿De qué querías hablar?

–De cómo un asesino convicto fue incluido en un destacamento de trabajo.

Ella frunció los labios.

–Buena pregunta. No suele ser una política habitual dejar que los asesinos recojan basura en el borde de la carretera.

–Exacto –Brannon la miró de soslayo–. Y otra cosa. La penitenciaría de Wayne no es una prisión federal, sino estatal. Jennings fue destinado a una prisión federal.

–Así que te extraña que estuviera en Wayne, ¿verdad?

–Exacto –Brannon se detuvo en un restaurante de carretera–. ¿Te conformas con un café y una hamburguesa? Es lo único que puedo permitirme hasta que cobre.

–Yo pagaré lo mío, ranger. Tú pide lo que quieras –contestó Josette sin inmutarse–. ¿Has hablado con el alcaide?

–Aún no. Pero está claro que alguien tocó algunas teclas para que lo trasladaran allí.

Ella emitió un silbido.

–¡Y vaya teclas!

–Estoy esperando.

–¿El qué?

–La deducción obvia. Que, probablemente, el vicegobernador de Texas tiene contactos capaces de conseguir algo así.

–Eso es evidente.

–Bib no asesinó ni a Henry Garner ni a Dale Jennings –declaró Brannon con firmeza.

–Nadie puede acusarte de ser desleal a tus amigos –comentó Josette–. Pero no quiero dar nada por seguro en este caso, y tú tendrás que hacer lo mismo –añadió mirándolo fijamente–. Ambos estamos predispuestos en favor de las personas que pensamos que son, o fueron, inocentes. Por eso mismo, debemos ser extremadamente cautelosos antes de acusar a nadie.

Brannon detuvo el coche en silencio y apagó el motor. Seguidamente, ambos entraron en el restaurante y ocuparon una mesa del fondo. Una camarera, joven y atractiva, acudió enseguida, visiblemente encantada de tener allí a Brannon.

–¿Qué van a tomar? –preguntó entusiasmada.

Brannon le sonrió. Aquel gesto confirió a su expresión un aire atractivo y pícaro al mismo tiempo. Era la misma mirada que solía dirigirle a Josette dos años atrás.

–Café, un bistec medio hecho y una ensalada de la casa.

–Muy bien –la joven miró a Josette–. ¿Y usted, señora?

–Café solo y una ensalada de la casa.

–Enseguida estará. Les iré trayendo el café –la camarera dirigió a Brannon una última mirada, entre tímida y fascinada, y se alejó presurosa.

–Esa estrella plateada las hipnotiza –Josette señaló la placa de los rangers de Texas que Brannon llevaba en la pechera.

Él se reclinó en el asiento y colocó un brazo sobre el respaldo, haciendo que su camisa se tensara sobre los recios músculos del pecho. Unos músculos, salpicados de vello, que ella recordaba con dolorosa nitidez.

–Menos mal que aún quedan algunas mujeres a las que les gustan los hombres –Brannon sonrió fríamente.

Estaba absolutamente irresistible, se dijo Josette observándolo.

–Me gustaría saber cómo, y por qué, pudo Jennings ser trasladado de una prisión de máxima seguridad a una estatal –dijo en lugar de responder a su comentario–. Para lograr algo así no hace falta solamente influencia, sino también dinero. Mucho dinero.

–Aún me estoy preguntando el motivo –respondió él socarronamente, irritado con su aparente frialdad. La mujer a la que había conocido años antes, pese a su trágico pasado, era alegre, divertida y estaba llena de vida. Cada vez que lo miraba le hacía el amor con los ojos. Pero, ahora, esos ojos estaban vacíos.

–Si logramos encontrar una prueba, daremos con el asesino –dijo Josette, haciendo una pausa mientras la camarera les servía la comida y sonreía de nuevo a Brannon.

Él le devolvió la sonrisa y le guiñó el ojo. La joven se sonrojó, emitiendo una ahogada risita antes de dirigirse a la mesa de al lado, en la que acababa de acomodarse otra pareja.

Josette se dijo que no le molestaba el coqueteo de Brannon con la camarera. ¡No, en absoluto!

Brannon añadió azúcar y crema a su café, y lo removió hasta que adquirió el color adecuado. A continuación, lo probó con la cuchara antes de llevarse la taza a los labios.

–El motivo es evidente –dijo al cabo de un momento, soltando cuidadosamente la taza en la mesa de formica–. Jennings tenía en su poder alguna prueba incriminatoria.

–Estoy de acuerdo –ella bebió el café solo pensativamente, paladeándolo con agrado. En muchos restaurantes servían un café que parecía agua sucia.

–¿Sucede algo? –inquirió él.

Josette había olvidado lo observador que era. A aquellos ojos grises no se les escapaba nada.

–Estaba pensando en el café –respondió–. Está delicioso.

Brannon esbozó una leve sonrisa.

–Por eso me gusta comer aquí –comentó alzando la taza–. Aunque la comida no sea perfecta, el café siempre lo es –tomó un sorbo y soltó la taza de nuevo–. Esta mañana fui a ver a la señora Jennings. Está en un hogar de acogida del centro. No tiene ni para llamar por teléfono.

Su expresión indicó a Josette cómo se sentía al respecto. Pese a sus defectos, Brannon tenía buen corazón.

–Dale no le dio nada para que lo guardara por él, ¿verdad?

–Una pregunta interesante –contestó Brannon–. Porque la casa de la señora Jennings fue destruida poco antes de consumarse el desahucio. Una asistente social la llevó al hogar de acogida. Pensaba llevarla de nuevo a la casa para ayudarla a recoger sus cosas, pero, cuando llegaron, la casa estaba ardiendo. No se salvó ni un palillo de dientes.

Josette frunció el ceño.

–Así que decidieron cortar por lo sano, por si se les escapaba algo. Si la prueba estaba allí, se convirtió en humo.

–No creo que sepan donde está –contestó Brannon–. Aunque la señora Jennings no la tuviera, quizá sí sepa donde está, por mucho que no quisiera admitirlo cuando se lo pregunté. El incendio pudo ser una advertencia para obligarla a cooperar. He hablado con el jefe de policía para que vigilen el hogar de acogida dentro de lo posible. No cuentan con el presupuesto necesario para enviar una unidad de vigilancia las veinticuatro horas –añadió con impaciencia–. Apenas tienen para cubrir las necesidades más básicas.

–Es como en todas partes –dijo Josette–. Si gastáramos en seguridad y servicios sociales un dos por ciento de lo que se destina a ayudar a otros países, no habría crimen en las calles.

–Niños pequeños pasando hambre –añadió Brannon. Luego se encogió de hombros. Sus ojos grises se fijaron en los de ella–. Ambos hemos conocido la pobreza.

Josette sonrió melancólicamente.

–Es cierto. Y ahora tu hermana Gretchen es prácticamente una reina.

–Lo lleva bien –señaló él con un suspiro–. El poder y la riqueza no la han cambiado en absoluto. Está haciendo mucho en Qwai por los menos privilegiados, y la ONU le ha pedido recientemente que colabore con ellos en trabajos de recaudación de fondos.

–Tiene un talento natural para ello.

A Brannon le incomodaba que Josette supiera tanto acerca de su historia y de su familia. Probablemente, también sabía que su padre había bebido como un cosaco y que solo su muerte prematura salvó al rancho familiar de la bancarrota.

–¿Qué vamos a hacer con respecto a la señora Jennings? –inquirió Josette de repente–. Puede convertirse en el objetivo de los responsables.

–Si yo fuera el responsable, no me contentaría con haber quemado la casa. Intentaría hacer hablar a la señora Jennings.

Josette hizo una mueca.

–Un pensamiento poco tranquilizador. ¿Tienes alguna idea, aparte de esa vigilancia policial esporádica?

–Me alegro de que lo preguntes. La señora Jennings podría trasladarse contigo al hotel durante las próximas semanas. Así la tendríamos más vigilada –explicó Brannon.

–Excelente idea. Pero ¿quién va a costearlo? Nuestro presupuesto no da para tanto –observó Josette.

–Dile a Grier que hable con el fiscal. Cuando se toma la molestia de pedir algo, consigue que se lo den sin poner pegas.

–¿Grier? –preguntó ella, momentáneamente despistada.

–Cash Grier. El experto en delitos informáticos de la oficina del fiscal –Brannon la miró con curiosidad–. ¿Aún no lo conoces?

–No. Me dijeron que compartiría una oficina con él,

pero nada más. Bueno, y que no creyera nada de lo que me dijeran de él.

–Pues te dirán mucho. Estuvo trabajando con nosotros brevemente, pero se fue porque odiaba al comandante.

–Ya sois dos –comentó ella sin poder remediarlo.

Brannon no le dijo el verdadero motivo por el cual había dejado los rangers.

–El comandante Buller se ganó muchos enemigos. No lo cesaron, pero lo invitaron a renunciar voluntariamente, después de habernos perdido a Grier y a mí al mismo tiempo.

–Ay. Supongo que escondería algunos trapos sucios.

–Buller ha sido la única manzana podrida que ha habido jamás en nuestro departamento –dijo Brannon orgullosamente–. Y solo estuvo un par de meses en el cargo, haciendo una sustitución. Pero todos tenemos nuestros trapos sucios –añadió con calma, sin mirarla a los ojos. Con un último sorbo apuró la taza de café–. He llamado a la oficina del forense para hablar con Jones, pero a la pobre se le amontonan los cadáveres. Dice que el personal está desbordado, y que hasta mañana por la mañana no sabremos nada de la autopsia de Jennings.

–Jones –Josette frunció los labios–. ¿No hablarás, por casualidad, de Alice Mayfield Jones, de Floresville?

Brannon arqueó las cejas.

–¿La conoces, acaso?

Ella se echó a reír.

–Fue compañera mía en la universidad –explicó. Su expresión seria se relajó por unos instantes–. Era una gran bromista.

–No ha cambiado mucho –dijo Brannon.

Pasaron los siguientes minutos comiendo en silencio. Mientras tomaban la segunda taza de café, abordaron nuevamente la cuestión de Jennings.

–Creo que el asesinato de Jennings está relacionado con el de Henry Garner –dijo Josette.

–¿Por qué?

–Por la enorme cantidad de dinero que hay por medio.

–No digas ni una palabra sobre Bib Webb –advirtió Brannon fríamente–. Tú no lo conoces como yo. Apreciaba realmente a Henry Garner. El viejo era como un padre para él. El padre de Bib abandonó a la familia cuando él era un niño. Tuvo que trabajar para mantener a su madre y a su hermana, antes incluso de haber terminado el instituto. Tras la muerte de su madre, cuidó de su hermana hasta que esta murió de una sobredosis de droga. Nadie hizo nunca nada por Bib... salvo Henry. Bib ni siquiera pudo asistir a su funeral.

Josette asintió, escuchando atentamente.

–Tuvimos que llamar a un médico para que lo sedara –prosiguió Brannon–. ¡Se hallaba fuera de sí, como un maníaco homicida! Estaba convencido de que Jennings había planeado el asesinato porque Henry iba a despedirlo. Quería estrangular a Jennings con sus propias manos. Hubo que darle dos tabletas de Valium para que se durmiera. Y cuando despertó, se pasó dos días seguidos llorando. Odiaba a Jennings.

Josette no mencionó lo obvio, y era que aquello daba a Webb un motivo para haber asesinado a Jennings. No obstante, en todo aquel episodio había algo que le intranquilizaba. Recordó a Silvia, la esposa de Bib Webb, en el funeral, vestida con un traje negro de Versace y sonriendo a los demás dolientes.

–La esposa de Webb tiene gustos muy caros –comentó.

–Silvia perdió a su padre y a su hermano poco antes de empezar a salir con Bib. A los dieciséis años, no tenía ni para comprarse unos zapatos, y Bib se casó con ella.

–Demasiado jovencita –dijo Josette con cautela.

–Él pensaba que tenía veinte años. En cualquier caso, Silvia tenía edad suficiente para quedarse embarazada –contestó Brannon. No le caía bien Silvia, y se notaba.

–No sabía que tuvieran hijos –comentó Josette.

–No los tienen. Silvia abortó –respondió él–. En el segundo mes de embarazo. Fue de compras a Dallas y, por lo visto, se cayó por las escaleras del hotel donde se hospedaba. Según explicó la propia Silvia, el médico le dijo que no podría volver a quedarse embarazada a causa de la lesión interna.

–Es una mujer muy posesiva, ¿verdad? –murmuró Josette–. Aunque la noche de la fiesta, apenas prestó atención a su marido.

–Sí, Silvia es así –Brannon la estudió, jugueteando con la taza vacía–. ¿Así que no estuvo con él durante toda la velada?

–En realidad, no –dijo Josette sinceramente–. No los vi ni a ella ni a Dale durante todo el rato que estuve dentro de la mansión. Recuerdo que tu amigo Bib estuvo bailando con una morena muy atractiva, y no parecía echar de menos a su esposa.

–Becky Wilson –murmuró Brannon, recordando a la ayudante personal de Webb. Solía ser invitada a las fiestas importantes, pese a las protestas de Silvia–. ¿Estuviste toda la velada acompañada de Henry Garner?

–Casi toda –contestó Josette–. Fui a servirme una copa de ponche y charlé con otra invitada junto a la ponchera. Al cabo de unos minutos, busqué al señor Garner, pero no pude encontrarlo. Fue entonces cuando me di cuenta de que el ponche contenía alcohol. Me mareé, y Silvia se ofreció a llevarme a casa –con ojos tristes, añadió–: Me caía bien el señor Garner. Era honesto, amable y bondadoso. No hacía nada más que hablar de Bib Webb, de lo mal que lo había tratado la vida. Lo apreciaba de veras.

–Se trataba de un afecto mutuo –dijo Brannon–. ¿Y qué hacías hablando con Garner? ¿No era Jennings tu acompañante? –no le resultaba fácil hablar de ello. En aquel entonces, cuando se enteró de que Josette había aceptado salir con Jennings días después de que rompieran, se sintió destrozado.

–Dale me conocía desde hacía poco, y necesitaba a una acompañante para la fiesta –se sinceró Josette, tras haber llegado a la conclusión de que las mentiras no resolvían los problemas–. Fue muy amable conmigo. Y yo no sabía nada de su relación con los bajos fondos. Me enteré esa noche, porque me lo dijo Henry Garner.

–¿Qué te dijo, exactamente? –inquirió Brannon, animándose.

–Que había asistido a la fiesta expresamente para despedir a Dale, por haber cometido un robo en su casa. Garner había guardado algo en su caja fuerte y, poco después, comprobó que había desaparecido.

Brannon casi contuvo el aliento.

–¡Bingo! –exclamó.

# 6

–No lo entiendo –dijo Josette, frunciendo el ceño.

Brannon se inclinó hacia delante, entrelazando las manos.

–Piensa en lo que acabas de decir, Josette. Garner iba a despedir a Dale porque creía que le había robado algo. ¿Y si Garner fue asesinado no por su dinero, sino porque poseía pruebas de alguna actividad criminal? ¿Y si lo mataron para silenciarlo, y luego no pudieron encontrar las pruebas que había tenido en su poder?

–Da escalofríos pensarlo –contestó ella.

–Arroja una nueva luz sobre el asunto –convino Brannon–. Quizá estuvimos indagando en la dirección equivocada durante el juicio de Jennings.

–No creo que Dale lo hiciera... –empezó a decir Josette.

–Ni yo creo que lo hiciera Bib –Brannon enarcó una ceja–. Quizá ambos tengamos razón.

Ella asintió lentamente. Luego repitió el gesto con más entusiasmo.

–¡Es cierto!

–Supongamos que Henry tenía pruebas de algún delito, y amenazó con entregarlas a la policía. Fue asesinado y el asesino no logró encontrar dichas pruebas. Supongamos que Jennings las robó y las ocultó, con la intención de chantajear luego a los culpables, en lugar de delatarlos directamente.

–Son muchas suposiciones –no obstante, Josette empezaba a verlo claro–. Y Dale Jennings negó haber cometido el asesinato...

–Solo al principio –le recordó Brannon–. Lo negó todo, y después, repentinamente, hizo que su abogado negociara una sentencia más reducida confesando un delito inferior al asesinato en primer grado. ¿Por qué?

Los ojos de Josette se iluminaron.

–Alguien le ofreció algo –conjeturó–. Dinero.

Brannon hizo girar la taza vacía, pensativo.

–Pero, si hubo soborno, ¿por qué esperaron dos años para eliminarlo?

–Su madre –se apresuró a decir Josette–. Se había quedado sin ahorros y sin casa, y estaba inválida. Quizá Dale se puso en contacto con los culpables y les exigió más dinero. Mucho más dinero.

–No está mal la hipótesis.

–Tengo una lista de las personas con las que Dale mantuvo contactos desde la cárcel, por teléfono y por carta –Josette rebuscó en su bolso y sacó una libreta–. Sus direcciones y números de teléfono –añadió mientras le pasaba la lista a Brannon.

Él la miró entrecerrando los ojos.

–Tendrías que haber sido médico. ¡Esto no hay quien lo lea!

–Cualquiera se las da de crítico –ironizó ella al tiempo que recuperaba la libreta–. El primer nombre de la lista pertenece a Jack Holliman. Vive en Floresville, al sur de aquí, en Wilson County. Es tío de Dale.

Brannon arqueó una ceja.

–Qué oportuno que viva tan cerca de la prisión.

–Demasiado oportuno. Pero por algún sitio hay que empezar –Josette recogió la cuenta y se levantó. A continuación, después de haber pagado, ambos volvieron al coche.

Minutos más tarde, enfilaron el camino de entrada de un pequeño rancho en un estado de palpable abandono. El camino estaba lleno de hoyos y las cercas medio derribadas. Cuando se detuvieron delante de la pequeña casa, vieron que la pintura de la pared de la fachada estaba descascarillada y que faltaban algunos tramos de la barandilla del porche. Mientras subían las escaleras, el cañón de una escopeta asomó por la puerta entreabierta, y se oyó el chasquido del arma siendo amartillada. Josette titubeó.

–¡Policía! –advirtió Brannon sin detenerse.

La puerta se abrió de inmediato, y un hombrecillo de pelo blanco, encorvado por la edad, se fijó en la pechera de su camisa.

–Sí, es una placa de los rangers –dijo con voz débil y rasposa–. Muy bien, pasen ustedes.

El interior de la casa era tan lúgubre como el exterior. Olía a humo de pipa, leña quemada y sudor. Hacía mucho calor, aunque el anciano no parecía notarlo. Se sentó pesadamente en una mecedora cubierta por una desgastada manta afgana. Hizo un gesto a sus invitados para que ocuparan los otros dos asientos que había en la habitación, un par de sillas con fondo de mimbre y cojines que nunca habían visto el jabón.

–Estamos buscando a Jack Holliman –explicó Brannon después de sentarse.

–Soy yo –dijo el hombre trabajosamente–. Imagino que vienen por lo de mi sobrino, Dale –hizo una mueca–. Vaya una forma de morir, ¿eh? Acribillado en un callejón, como un perro. Era el único familiar que me quedaba, aparte de mi hermana.

–¿Dale Jennings era su único sobrino? –inquirió Josette.

–Sí –contestó el viejo–. El único hijo de mi hermana. Su padre murió cuando él tenía diez años –sus ojos azules se clavaron en la descolorida moqueta del suelo–. Siempre andaba metido en líos. De hecho, él enseñó a Dale a violar la ley.

–¿Sabe de alguien que pudiera haber tenido interés en matar a su sobrino? –preguntó Brannon con calma.

–No –respondió el hombre–. Todo el mundo dijo que había matado a ese tal Garner, pero yo nunca lo creí. Dale era capaz de falsificar un talón o robar una tarjeta de crédito, pero no de asesinar. Era de esas personas que detienen el coche al ver un animal herido y se lo gastan todo en un veterinario para salvarlo.

–Lo sé –dijo Josette en tono quedo, sin mirar a Brannon–. Su sobrino y yo nos conocíamos. Jamás creí que fuese culpable. Y ahora quiero descubrir quién lo ha asesinado. Si se le ocurre algo que pueda ayudarnos a encontrar al culpable, le estaremos muy agradecidos.

El anciano frunció sus finos labios, asintiendo lentamente.

–Yo le escribía a la cárcel. Dale me mandó una postal el mes pasado. Se la traeré –se levantó con visibles molestias, haciendo una mueca de dolor mientras se acercaba a un pequeño escritorio y abría un cajón. Luego sacó un sobre y se lo pasó a Josette.

Ella lo abrió.

La postal, escrita con pésima caligrafía, era muy escueta. En ella, Dale se limitaba a preguntar por la salud del viejo y a recordar la última vez que había montado con él a caballo, antes de ser detenido por el asesinato de Garner.

–Siempre hablaba de esa última vez que cabalgamos juntos –recordó el anciano con tristeza–. Adoraba el campo. Pero prefirió quedarse en la ciudad para cuidar de su madre.

Brannon examinó la postal y luego se la pasó de nuevo a Josette.

–No consigo dar con mi hermana –prosiguió el viejo–. No he hablado con ella desde que me comunicó lo de Dale. El teléfono de su casa parece estar desconectado. ¿Se encuentra bien?

Brannon y Josette intercambiaron miradas cautelosas. Parecía tan frágil, que detestaban tener que darle aquellas noticias.

–Sí, se encuentra bien –dijo Josette–. Pero su casa se quemó en un incendio. Ahora se hospeda temporalmente en un asilo. Pediré el número de teléfono para enviárselo a usted.

El anciano suspiró cansadamente.

–Gracias, muchacha –dijo en tono derrotado–. Nunca imaginé que la vejez sería así, que me vería incapaz de valerme por mí mismo –sus pálidos ojos se clavaron en los de Josette–. No desaproveche la vida, jovencita. Exprima hasta la última gota, mientras pueda.

Ella sonrió.

–Eso intento.

Brannon volvió a tomar la postal.

–¿Conocía a alguno de los amigos o compañeros de trabajo de Dale?

–¿Compañeros de trabajo? Que yo sepa, el chico solo trabajó una vez, para ese hombre que fue asesinado –dijo Holliman–. Estaba muy orgulloso de ese trabajo. Aunque, la última vez que estuvo aquí, me dijo algo muy extraño –recordó ceñudo–. Dijo que había hecho algo que lamentaba. Quería proteger al viejo de algún peligro. Y añadió que esperaba haber hecho lo correcto –miró de reojo a Brannon–. ¿Tienen idea de lo que quiso decir?

–Aún no –respondió Brannon levantándose–. Pero lo averiguaremos, se lo prometo.

Holliman se puso en pie lentamente.

–Gracias por la visita. Eh, lamento haberlos apuntado con la escopeta –añadió–. Dale me advirtió de que cerrara siempre la puerta y tuviera cuidado si se acercaba algún desconocido. Nunca me dijo por qué, pero me pareció un buen consejo.

–Tranquilo, no hace falta que nos acompañe a la salida –le dijo Brannon–. Cerraremos la puerta al salir. ¿Tiene usted teléfono?

–Sí. Y, además, tengo mi escopeta.

–Téngala siempre cerca de usted –prosiguió Brannon–. Pediré al sheriff que envíe más coches a patrullar esta zona.

Holliman sonrió.

–Gracias, hijo.

Brannon miró hacia la pared y titubeó, con la mano en el pomo de la puerta.

–El entierro de Dale es mañana a la dos. Si quiere ir, no tiene más que decirlo. Vendré a recogerlo.

El anciano tragó saliva.

–¿Haría eso por un desconocido?

Brannon tocó una vieja y raída pistolera en la que Josette no había reparado. Estaba colgada en un gancho, al lado de la puerta. Junto a ella había una desgastada placa plateada de los rangers de Texas.

–No somos desconocidos –dijo en tono quedo.

Holliman asintió con la cabeza.

–Entonces, me gustaría ir. Gracias.

–No hay de qué. Estaré aquí a la una y media.

–Gracias por habernos concedido tantos minutos de su tiempo, señor Holliman –dijo Josette, despidiéndose del anciano. Una vez en el porche, se giró hacia Brannon, mientras este cerraba la puerta, y dijo–: Ni siquiera me había fijado en la pistolera. Eres muy observador.

–Tiene gracia que lo digas, después de los errores que he cometido en el pasado –respondió él secamente.

Ella dejó pasar el comentario.

–¿Crees que pueden intentar hacerle algo? –inquirió mientras volvían al deportivo negro.

–Un asesino que ya ha matado dos veces no se detendrá ante nada. Al fin y al cabo, solo pueden ejecutarlo una vez –Brannon encendió el motor–. Cualquiera relacionado con Jennings corre peligro. Y aún sigo pensando que Jake Marsh está metido hasta las orejas en esto –hizo una pausa, pensativo–. Es una lástima que un hombre como Holliman, que dedicó su vida a proteger a los demás, tenga que vivir así.

–No, no hay derecho.

Siguió un largo y tenso silencio. Josette se sentía agotada. Los dos días anteriores habían sido frenéticos, y apenas había dormido. El cansancio empezaba a pasarle factura.

–Iremos a visitar a la señora Jennings mañana, después del funeral –dijo Brannon–. Entretanto, hablaré con el alcaide de la prisión.

–¿Crees que sabrá quién movió los hilos para que trasladaran a Jennings? –inquirió Josette con voz somnolienta.

–No. Pero quizá tenga contactos que puedan averiguarlo –respondió él. La observó de reojo, fijándose en las líneas de su joven rostro. Su trágica vida estaba escrita allí. Brannon lamentó de nuevo el modo en que la había tratado–. De todos los errores que he cometido en mi vida, el que más lamento es haber ayudado al chico que intentó violarte. Fui un estúpido.

–Eso pertenece al pasado, Brannon –repuso Josette impasible–. Ya no se puede cambiar.

–Dios sabe que me gustaría poder cambiarlo –dijo él–. Te juzgué mal. Arruiné tu vida.

–Yo también hice mi parte –contestó ella sin mirarlo–. Salí de mi casa a escondidas para ir a esa fiesta. Me rebelé contra mis rígidos padres. Y ¿sabes qué? Luego comprendí que tenían razón. Era demasiado joven para salir con chicos experimentados, habituados al alcohol y las drogas. Con mi conducta, también les arruiné la vida a ellos.

Brannon apretó la mandíbula. Se sentía tan culpable como ella de lo sucedido.

–Nunca entendí por qué dejaste los rangers –siguió diciendo Josette–. Siempre deseaste ese puesto. Y justo cuando iban a ascenderte, lo dejaste. Así, sin más.

–Lo dejé por ti.

Ella parpadeó.

–¿Qué?

–Aun cuando parecías una mujer decente, una parte de mí nunca dejó de pensar que habías mentido sobre el intento de violación. Que estabas asustada y acusaste al chico para librarte de culpa –Brannon se detuvo ante un semáforo en rojo. Sus ojos se clavaron en el rostro de Josette–. Luego te hice el amor.

Ella sintió una oleada de calor por todo el cuerpo al evocar el recuerdo.

–Fue una verdadera revelación –prosiguió Brannon–. Ese chico no pudo consumar la violación en las condiciones en que estabas.

–¿Podemos dejar el tema, por favor? –pidió ella con voz tensa, eludiendo su mirada.

–Entonces comprendí el error que había cometido –continuó él, haciendo caso omiso–. Ayudé al abogado defensor a poner el último clavo en tu ataúd, cuando eras la auténtica víctima. Todo tu sufrimiento, y el sufrimiento de tus padres, era por culpa mía. No podía soportarlo, de modo que sentí la necesidad de irme, de escapar.

–Pues lo hiciste muy bien –dijo Josette rígidamente–. Me insultaste, me llevaste a mi casa y te fuiste. No volví a verte hasta el juicio de Dale Jennings. Después, el fiscal me dejó por mentirosa en el estrado.

–Bib le dio esa información –se apresuró a decir Brannon–. Recordaba lo sucedido, porque yo le había hablado de ello en nuestros primeros años de amistad. Pero yo jamás lo habría utilizado contra ti. Y menos –añadió–, después de conocer la verdad. Cuando me enteré de que el fiscal pensaba utilizar esa información, ya era demasiado tarde.

Josette se encogió de hombros.

–Ya no te culpo de lo sucedido.

Lo cual era mucho más de lo que se merecía. Estaba claro que aún sentía algo por él. ¿Cómo era posible, después de lo que le había hecho?

Brannon detuvo el coche en la calle donde estaba situado el hotel.

–¿Quieres ir al funeral de Jennings mañana?

–Sí –contestó Josette–. Quiero ver si reconozco a alguno de los asistentes.

Él esbozó una débil sonrisa.

–Por eso mismo deseo ir yo. Vendré a recogerte a la una. Luego iremos a buscar al señor Holliman.

Ella titubeó. Pasó los dedos por la superficie de piel de su maletín.

–Es lo más lógico, Josette –insistió Brannon con calma–. Debemos trabajar juntos.

–Lo sé –Josette abrió la portezuela–. Muy bien. Te estaré esperando en el vestíbulo del hotel.

–Quizá para entonces ya tengamos alguna pista más –Brannon la miró con ojos entornados–. ¿Llevas pistola?

–No, ni pienso llevarla. Porto en el bolso un pequeño artefacto que emite una fuerte descarga eléctrica, y no soy ninguna enclenque. Me las arreglaré.

–Una pistola es más segura.

–Solo si no te da miedo usarla –le recordó Josette–. Y a mí me da. Tú vigila tu propia espalda, Brannon. Sé cuidar bien de mí misma –cerró la portezuela y entró en el hotel.

Él observó cómo le sonreía al portero que le abría la puerta. Josette siempre había sido así, amable, amistosa y compasiva. Sintiéndose de nuevo mal al recordar cómo la había tratado, Brannon utilizó el móvil para concertar una cita con el alcaide de Wayne, que casualmente tenía la tarde libre. Luego puso el coche en marcha.

Josette entró en su habitación y se derrumbó en una de las dos camas dobles. Estaba muerta de cansancio.

Necesitaba darse una larga ducha para relajar sus doloridos músculos.

Mientras se soltaba el cabello, cerró los ojos y se llevó una mano al cuello. Pese a los dos años transcurridos, aún sentía el cálido contacto de los labios de Brannon, descendiendo por su garganta. El pulso se le aceleró. Había tratado de desterrar de su mente aquellos recuerdos, pero eran tenaces.

Josette se miró en el espejo. Tenía los ojos enormes y suaves, y los labios ligeramente hinchados. Su aspecto era... sensual.

Josette se apartó del espejo, detestando su reacción. Brannon no la deseaba. Nunca la había deseado. Tenía un pésimo concepto de ella. Había llegado a decir que no era lo bastante mujer para él. ¿Por qué no conseguía olvidarlo? Por mucho que intentara fijarse en otros hombres, solamente uno seguía ocupando su corazón, pese al sufrimiento que le había causado.

Se despojó de la ropa y entró en el cuarto de baño para ducharse. Minutos más tarde, cuando volvió a salir, vio que la luz del indicador de mensajes de su teléfono parpadeaba.

Se sentó en la cama y descolgó el auricular para llamar a recepción.

Era la secretaria de la oficina del fiscal.

–¿Señorita Langley? –dijo con su agradable voz–. Solo quería darle la nueva dirección de la señora Jennings. La asistente social ha encontrado para ella un bonito apartamento en Pioner Village, cerca de Elmendorf... una urbanización para jubilados de la localidad.

–Qué bien –dijo Josette–. Me preocupaba que estuviese en ese hogar de acogida. No puede valerse por sí misma...

–Eso dijo la asistente social –respondió la secretaria–. La señora Jennings está muy contenta con su nuevo hogar. ¿Tiene papel y bolígrafo a mano?

–Sí, un momento –Josette rebuscó en su bolso–. Adelante –fue anotando la dirección conforme la otra mujer la dictaba–. ¿Tiene teléfono?

–Todavía no –dijo la secretaria–. Pero su vecina, la señora Danton, ha accedido amablemente a pasarle cualquier mensaje. Le daré su número de teléfono –a continuación, se lo dictó también a Josette.

–Gracias. Brannon y yo iremos con el hermano de la señora Jennings al funeral de mañana. Telefonearé a la señora Danton para que le pregunte a la señora Jennings si desea que la llevemos. Su hermano está disgustado porque no sabe nada de ella.

–¿El señor Holliman? Oh, sí, Grier sabe muchos detalles acerca de su vida. Por lo visto, el señor Holliman fue el ranger más notorio de la localidad en los cuarenta y los cincuenta.

–Me encantaría saber más sobre él –dijo Josette, sonriendo para sí–. Gracias por la información.

–Ha sido un placer. Hasta la vista.

Josette colgó y volvió a guardar la libreta en el bolso. Ya estaba pensando en la ceremonia del día siguiente. En realidad, no había querido asistir al funeral de Dale. Hacía poco que había perdido a sus propios padres, en menos de dos años. Pero aquello formaba parte de su trabajo, de modo que tendría que afrontarlo.

# 7

El alcaide de la penitenciaría de Wayne, ubicada cerca de Floresville, era un hombre corpulento y taciturno llamado Don Harris.

Le ofreció a Brannon una silla, entrelazó las manos encima de su mesa y luego escuchó atentamente lo que tenía que decirle.

Finalmente, pulsó un botón del intercomunicador.

–Jessie, ¿eres tan amable de traerme el expediente de Dale Jennings?

–Señor, puede usted consultarlo en su ordenador –empezó a decir la secretaria.

–Ah. Ah, sí, es verdad. Déjalo –desconcertado, Harris se giró hacia el ordenador y tecleó la información utilizando solo dos dedos–. Odio estos malditos trastos –musitó–. Un día de estos, alguien tirará del enchufe y desconectará la civilización.

Brannon dejó escapar una risotada.

–Estoy de acuerdo. Por eso hago siempre copias de seguridad de todos mis archivos.

El alcaide sonrió mientras seguía atento a la pantalla.

–Sí, aquí está. Jennings fue trasladado aquí hace dos semanas, procedente de una prisión estatal de Austin...

–¿De Austin? –Brannon se levantó rápidamente, rodeó la mesa y miró la pantalla por encima del hombro del alcaide, murmurando una disculpa.

En efecto, allí figuraba el expediente de Jennings, salvo que había sido alterado. No constaba en él ninguna condena por asesinato. Según el archivo, Jennings estaba en prisión por un delito de agresión, cometido en su adolescencia.

–Lo han alterado –dijo tajantemente al alcaide–. Jennings cumplía condena por asesinato. Estaba en una prisión federal de Austin, no en una penitenciaría del estado. Y ese delito de agresión es muy antiguo, de cuando era un quinceañero.

El alcaide palideció.

–¿Quiere decir que dejé a un asesino convicto salir en un destacamento de trabajo?

Brannon le tocó levemente el hombro.

–No fue culpa suya –lo tranquilizó–. Está claro que manipularon los archivos. La fuga de Jennings fue cuidadosamente planeada. Al parecer, nos enfrentamos a un pirata informático, además de a un habilidoso asesino –añadió escuetamente.

–Perderé mi puesto –empezó a murmurar el alcaide.

–Oh, no, en absoluto –dijo Brannon–. Trabajo para Simon Hart, el fiscal general del estado de Texas. Me aseguraré de que conozca la situación. Usted no puede controlar personalmente los historiales de cientos de reclusos. No es culpa suya.

–Es mi prisión –se lamentó Harris–. Debería poder hacerlo.

–Somos humanos –insistió Brannon–. Si no le importa, me gustaría tener una copia del expediente.

–Al menos, eso sí puedo hacerlo –dijo Harris cabizbajo. Pulsó el botón de la impresora y, tras recoger los folios impresos, los guardó en una carpeta y se los pasó a Brannon–. Encuentren a la persona que ha hecho esto –pidió.

–¿Ve esto? –inquirió Brannon señalando su placa de ranger–. Nosotros jamás nos rendimos.

El alcaide logró esbozar una sonrisa.

–Gracias.

–Gracias a usted –Brannon tomó la carpeta y se marchó.

El sol se dignó salir para el funeral de Jennings. Era un día cálido, y no había mucho tráfico mientras Brannon detenía el coche delante del cementerio, con Josette a su lado y un señor Holliman con olor a alcanfor en el asiento de atrás.

Brannon ayudó a Holliman a salir y lo acompañó hasta el camposanto, seguido por Josette.

No había mucho público presente, y en su mayoría se trataba de agentes de la ley. Brannon reconoció al sheriff, al jefe de policía, a un par de detectives de paisano, y a la señora Jennings, ataviada con un vestido obviamente prestado. Josette había llamado a la señora Danton, como prometió, pero esta volvió a telefonearle para decirle que el sheriff ya se había ofrecido para llevar a la frágil anciana al funeral.

Un funeral obviamente sufragado con dinero de los contribuyentes, dado que a la señora Jennings no le quedaba nada después del incendio. Había un hoyo y un ataúd, pero ninguno de los detalles propios de una ceremonia adecuada.

Josette se fijó en el modesto ataúd de madera de pino y recordó, con excesiva nitidez, los funerales de sus padres. También recordó a Dale, cuatro años mayor que ella. Alto, rubio y algo pagado de sí mismo.

Siguió contemplando el ataúd con tristeza. Si Dale se hubiese quedado en prisión... Aun cuando hubiese actuado pensando en su madre, su codicia había acabado reportándole una bala en la nuca. El chantaje era una práctica execrable, independientemente del motivo, se dijo. Existía un precio para aquella conducta ilícita, y Dale lo había pagado.

Un movimiento captó su atención, y vio cómo Jack Holliman se acercaba a su hermana y la abrazaba con fuerza.

–Mataron a mi chico, Jack –se lamentó la anciana, con las pálidas mejillas llenas de lágrimas–. Le dispararon en la calle, como a un perro.

–Lo sé. Lo siento. Lo siento mucho –Holliman le dio una palmadita en la espalda.

El servicio religioso fue muy breve. El reverendo se mostró algo nervioso mientras hablaba de Dale Jennings, a quien nunca había conocido. Leyó un par de salmos, ganándose la simpatía de Josette al atascarse en la pronunciación de algunas palabras. Luego entonó una oración, también con cierta dificultad, antes de acercarse a los ancianos para darles el pésame, con la Biblia fuertemente asida en la mano. Un grueso anillo de oro relucía al sol en su dedo meñique.

Fue entonces cuando Josette reparó en que iba vestido de forma muy parecida a la señora Jennings y su hermano, con ropas más funcionales que elegantes. Comprendió que probablemente se había ofrecido a dar la misa más por generosidad que por una compensación económica.

Josette decidió buscar en su bolso algún dinero para gratificarle, pero llegó tarde. Vio cómo Brannon se detenía junto al reverendo y le colocaba amablemente un billete en la mano. Luego, Josette desvió su atención hacia el reducido grupo de asistentes, mientras Brannon se paraba a hablar con el sheriff. También él recorría con los ojos al grupo, buscando a alguien sospechoso. Pero el asesino, evidentemente, no había asistido.

–A menos que creas que el sheriff o alguno de esos detectives es el culpable, no hemos tenido suerte –murmuró Brannon tras acercarse a Josette. Hizo una pausa y añadió–: Esto debe de ser muy duro para ti.

Ella alzó los ojos para mirarlo. Luego se encogió de hombros.

–Tú también has perdido a tus padres –señaló.

–Sus muertes estuvieron más distanciadas en el tiempo –contestó Brannon. Luego miró hacia la tumba con expresión grave–. Y no me importó que mi padre muriese.

Josette nunca lo había oído hablar de su padre. Recordaba haber oído algunos cuchicheos en Jacobsville, referentes a la dura infancia de los hermanos Brannon, pero pensó que se debían a que la madre era viuda y estaba mal de salud.

–¿No lo querías? –preguntó casi sin darse cuenta.

–No.

Una única palabra, pronunciada con un sarcasmo y una amargura de los que quizá Brannon no era consciente.

Josette esperó, pero él no dijo nada más. El reverendo se retiró por fin, y Brannon fue a acompañar a los ancianos de vuelta al coche.

–Nosotros la llevaremos, señora Jennings. Así el sheriff se ahorrará un viaje –dijo a la anciana.

El sheriff le dio las gracias y se despidió del grupo, junto con los dos detectives.

Brannon ayudó a los ancianos a meterse en el coche y luego se acomodó en el asiento delantero, junto a Josette.

Pocos minutos después, llegaron al pequeño apartamento que la asistente social había encontrado para la señora Jennings, cerca de Elmendorf.

–No es mucho –dijo la anciana mientras sacaba la llave–. Pero, al menos, tengo un techo bajo el que cobijarme –abrió la puerta y los invitó a pasar–. Prepararé un poco de café.

–Oh, no, ni hablar –dijo Josette. Se llevó a Brannon

aparte y le pasó un billete de diez dólares–. ¿Por qué no vas a por un pollo asado y algo de café?

Él le devolvió el dinero, cerrándole los dedos en torno al billete.

–Sigues teniendo debilidad por las causas perdidas –dijo con voz ronca–. Traeré el pollo y el café. Mientras tanto, a ver qué consigues sacarle. Vuelvo enseguida.

Josette lo observó mientras se iba, casi sin respiración. Aún tenía la virtud de dejarla sin aliento. Era algo inquietante.

Se acomodó en el sofá, al lado de la señora Jennings, y le pasó un pañuelo de papel. La anciana se había mostrado muy digna y sosegada durante el funeral, pero por fin estaba dando rienda suelta a su dolor. Se deshizo en lágrimas. El señor Holliman hacía lo posible por permanecer estoicamente sentado en su silla, mientras su hermana se calmaba.

–Era muy bueno conmigo –sollozó la señora Jennings–. A pesar de lo que pudiera haber hecho, siempre fue un buen hijo.

–Él no asesinó a nadie, señora Jennings, y menos a Henry Garner –dijo Josette con firmeza y convicción–. Jamás lo dudé ni por un instante. Pero no logré convencer a los demás, habiendo tantas pruebas en su contra.

–Dale nunca tuvo ninguna cachiporra –dijo la anciana–. Detestaba la violencia física.

–Sí, sí, la detestaba –corroboró Holliman firmemente–. Jamás conseguí enseñarle a disparar con un arma. Les tenía miedo.

–Sé que hizo algunas cosas malas, señorita Langley –prosiguió la señora Jennings, sonándose la nariz–. Pero jamás habría lastimado a un anciano.

–Estoy segura de ello –contestó Josette. Luego se inclinó hacia delante–. Señora Jennings, ¿alguna vez le dejó Dale algún paquete, o algo para que lo guardara usted por él?

El viejo Holliman se removió en la silla. La señora Jennings frunció el ceño, evitando la mirada de Josette.

–Una vez me dijo que tenía que poner algo a buen recaudo, pero no llegó a traérmelo –explicó.

–¿Le dijo qué había hecho con ello? –insistió Josette.

–No. Solo dijo que esa mujer lo quería.

–¿Mujer? –se apresuró a preguntar Josette–. ¿Qué mujer?

–Sé poco de ella –dijo la anciana–. Dale la mencionó un par de veces. Dijo que lo estaba ayudando en su nuevo trabajo. La consideraba una mujer muy especial, pero nunca llegó a presentármela, a pesar de que se lo pedí. Dijo que era muy tímida, ¿sabe usted? Hablaba de casarse con ella, pero no tenía dinero suficiente para hacerla feliz. Ella deseaba que él guardara ese paquete en un lugar seguro. Incluso insistió en guardarlo ella misma, pero Dale no se lo permitió. Dijo que correría peligro si lo tenía en su poder –añadió, mirando de soslayo a Josette–. Dale jamás me dijo de qué se trataba.

Aquello era una novedad. Lo que había parecido un callejón sin salida empezaba a resultar prometedor.

–¿Le dijo dónde vivía esa mujer, o a qué se dedicaba?

–No. Pero se veía con ella antes de meterse en ese lío, mientras trabajaba aquí en San Antonio. Supongo que sería una chica de la localidad. Ah, sí, dijo que le encantaban los caramelos de menta. Y de los caros. Se los compraba continuamente, incluso cuando iba a la farmacia por mis medicinas.

Caramelos de menta. Josette sacó su libreta y tomó nota.

–¿Mencionó alguna vez a alguien llamado Jake Marsh?

La señora Jennings y su hermano intercambiaron una mirada, pero la anciana se limitó a negar con la cabeza.

–Que yo recuerde, no. Solo me habló de esa mujer.

En ese momento, llegó Brannon con la comida y el

café, interrumpiéndolos. Para cuando acabaron de comer, ya se había perdido el hilo de la conversación.

Más tarde, Brannon llevó a Holliman al rancho y luego acompañó a Josette al hotel, contándole lo que el alcaide y él habían descubierto.

–En la oficina de Austin tenemos un verdadero experto en piratería informática –dijo Josette–. Phil Douglas. No hay nada que no sepa de ordenadores. Quizá pueda rastrear a la persona que alteró los archivos.

–Ya hay gente trabajando en ello, pero dile que lo intente –contestó Brannon–. Tuvo que ser alguien muy especializado.

–Hay algo más. La señora Jennings dijo que Dale estaba liado con una mujer cuando asesinaron a Garner. Insinuó que estaba obsesionado en conseguir dinero para hacerla feliz, y habló de cierto paquete que nunca llegó a ver.

Brannon ya había estacionado el coche en los aparcamientos del hotel. Se reclinó en el asiento y cruzó los brazos sobre el pecho.

–Una mujer. ¿Te dijo qué aspecto tenía?

–No. Dale no le dijo mucho, solo que era muy inteligente y que le gustaban los caramelos.

–Probablemente esa información no lleva a ninguna parte.

–Lo mismo pensé yo –convino Josette.

–Mañana inspeccionaré las cuentas bancarias de Jennings, para ver si hizo algún ingreso considerable de dinero recientemente. Tú puedes llamar a tu oficina para que ese experto en informática se ponga manos a la obra.

–Lo haré. Gracias por el viaje. Te llamaré por la mañana.

–Pasaré fuera casi todo el día –respondió él lacónicamente.

–Entonces, te dejaré un mensaje –Josette abrió la portezuela del coche.

Brannon se giró para mirarla, reparando en sus ojeras, en su expresión fatigada.

–Descansa un poco.

–Estoy bien –Josette cerró la portezuela y, girándose, entró en el hotel. El portero le sonrió mientras se apresuraba a abrirle la puerta. Ella no miró atrás.

Brannon se puso en marcha, con una mezcla de sentimientos encontrados. Recordaba perfectamente el tacto de Josette, su sabor, mientras la estrechaba entre sus brazos. Eran recuerdos lejanos, pero vívidos. Se preguntó si ella se acordaría de la magia que habían compartido, antes de que sus vidas se separaran por segunda vez. Él jamás había conseguido olvidarlo.

Dentro del hotel, Josette se sentía completamente exhausta. Pidió que le subieran la cena a la habitación y, después de cenar tranquilamente, se dio un baño y se puso su bata de felpilla, envolviéndose la larga melena dorada en una toalla. A continuación, se sentó en el borde de la cama para repasar sus notas.

El expediente de Dale Jennings era muy grueso, y estaba plagado de referencias a Jake Marsh. Josette no podía olvidar que Dale había ayudado a un amigo de Marsh a conseguir un trabajo en la campaña electoral de Bib Webb. Aquel dato, se dijo, debía de ser importante.

Josette había tardado mucho tiempo en reunir aquellas pruebas e imprimirlas. No deseaba dejar ningún cabo suelto. Además, tendría que compartir aquella información con la policía y con el fiscal del distrito, para darles acceso a todo lo que había averiguado.

Dejó los documentos en la mesita de noche y se recostó en la cabecera de la cama, sobre los dos almohadones. Luego encendió la televisión, pero volvió a apagarla al ver que no emitía nada de interés. En realidad, no tenía sueño, pero ¿qué podía hacer en una habitación de hotel, a kilómetros de su apartamento? Echó de menos a su gato,

Barnes, que solía acurrucarse a su lado en la cama, encima del edredón.

Sonrió tristemente mientras pensaba en el pobre Barnes, que se había quedado en la residencia para animales mientras ella estaba ausente.

Josette se disponía a apagar la luz cuando oyó que llamaban bruscamente a la puerta de la habitación.

# 8

Josette saltó de la cama y se acercó a la puerta, descalza, consciente de que solo llevaba una bata sobre su piel desnuda. Titubeó, recordando todas las razones por las que no debía abrir la puerta. Al otro lado podía encontrarse el asesino, y ella no tenía ninguna pistola para defenderse. Su bolso, con el arma inmovilizadora, estaba en el otro extremo de la habitación.

El corazón empezó a latirle con fuerza. Se notó la boca seca. Oyó una segunda llamada, mucho más insistente. Se pegó a la puerta y se asomó por la mirilla. Era Brannon, despeinado y lleno de polvo, con un corte al lado de su firme y perfecta boca.

Exhalando un suspiro de alivio, Josette abrió enseguida para dejarlo entrar.

–¿Qué demonios te ha pasado? –exclamó.

Él se enjugó la sangre del corte con la mano.

–Me atacaron junto a mi apartamento, al bajarme del coche –dijo, con una nota de ira aún perceptible en su profunda voz–. No sabía si tenían planeado un doble ataque, de modo que decidí venir para ver cómo estabas.

–Podrías haber telefoneado –señaló Josette.

–De mucho habría servido eso si hubieran entrado en tu habitación –respondió Brannon con sarcasmo.

Su preocupación, visiblemente sincera, la conmovió.

Josette se quedó mirándolo. Luego hizo una mueca mientras alzaba la mano para acariciarle con el pulgar la piel cercana al corte.

–Bueno, al menos no te han hecho nada serio. ¿Cuántos eran?

–Dos.

–¿Los reconociste?

Él negó con la cabeza.

–Estaba demasiado oscuro, y llevaban caretas.

–¿Por qué te atacarían? –se preguntó Josette en voz alta.

–Supongo que para advertirnos de que nos estamos acercando demasiado a algo que ellos desean que siga oculto –respondió Brannon. Luego entornó los ojos–. ¿Tienes el pelo mojado?

Ella asintió.

–Me puse a revisar mis notas y olvidé secármelo –añadió con una sonrisita tímida.

Brannon se giró hacia la puerta para echar la cadena de seguridad antes de dejar su Stetson en una silla. Seguidamente, tomó a Josette de la mano y la llevó hasta el cuarto de baño.

Ella no necesitó preguntar para qué. Brannon esperó pacientemente mientras Josette empapaba una toalla para limpiarle la herida.

–Aquí no hay antiséptico ni gasa –murmuró mientras le enjugaba el corte.

–Ya me pondré algo cuando vuelva a casa. Gracias.

Brannon se lavó las manos y la cara. Tras secarse, se volvió hacia ella y alargó la mano hacia la toalla que llevaba en la cabeza.

–¿Qué estás haciendo? –protestó Josette.

Brannon le retiró la toalla y, a continuación, enchufó el secador de pelo que había junto al lavabo.

–Eso es lo bueno de los hoteles hoy en día –murmuró–. Te proporcionan todo lo necesario para viajar con estilo. No te muevas.

Él había dejado que le limpiara la herida. De modo que Josette dejaría que le secase el cabello. Brannon siempre había sido muy especial con ella, y eso, al parecer, no había cambiado. La caricia de sus grandes dedos producía un efecto relajante, casi hipnótico. La proximidad de su cuerpo, esbelto y musculoso, resultaba inquietante. Había pasado mucho tiempo desde la última vez que tuvo a Brannon así de cerca. Josette recordó el contacto de aquellas manos sobre su piel desnuda, su aroma, el fresco olor del jabón con el que se lavaba.

Cerró los ojos y dejó que la inundaran los recuerdos de la última vez que estuvieron juntos, antes de que Brannon desapareciera de su vida. Deseó fervientemente cobijarse entre sus brazos y olvidar el pasado. El confort de aquellos brazos había sido la gloriosa culminación de su vida, durante los felices meses que habían compartido tras el último año de Josette en la universidad.

–Pareces encoger cada vez que te veo –murmuró Brannon, fijándose en su diferencia de estatura.

–Me pongo tacones altos para trabajar –contestó ella.

–Yo también –susurró él cínicamente.

Josette bajó la mirada y observó los tacones de las botas camperas que Brannon llevaba puestas. Emitió una suave risita.

–Ya veo. Pero tú aún los llevas, y yo no.

Él le revolvió el pelo mientras el cálido chorro de aire lo hacía volar en hebras de puro oro.

–Siempre me ha encantado el pelo largo –musitó.

–Podrías dejártelo crecer –señaló Josette.

–No es lo mismo –le dio la vuelta para secarle la parte de atrás. Sus ojos coincidieron con los de ella en el espejo–. Aún recuerdo cómo eras cuando tenías quince años –dijo suavemente–. Estás prácticamente igual.

Josette notó que se le inflamaban las mejillas.

–No es un recuerdo que me agrade mucho –dijo desviando la mirada.

–¿Te he contado alguna vez que, antes del juicio por violación, vi cómo metían a un hombre en la cárcel por una violación que no cometió?

–¿Qué?

–Era un joven atractivo y elegante que trabajaba en una oficina. Tenía una ayudante que parecía adorarlo. Un día, al salir del trabajo, ella llamó a la policía y dijo que la había violado.

–¿Era verdad?

–No. Quería su puesto. Y lo consiguió. Él fue a la cárcel.

–¡Pero eso fue una injusticia!

–Sí. Y aún seguiría en prisión, de no ser porque ella cometió el error de presumir con un amigo acerca de su hábil ascenso, y su amigo acudió a la policía. Se celebró un nuevo juicio, donde declaró como testigo. El joven fue absuelto y a ella la despidieron. Pero él jamás volvió a ser el mismo. Dijo que jamás podría confiar de nuevo en ninguna mujer.

–No me extraña –Josette suspiró, mirando los ojos claros de Brannon en el espejo–. Con razón no me creíste aquella noche. Hay personas que son peores que serpientes, ¿verdad, Brannon?

–Ya nunca me llamas por mi nombre de pila –dijo él quedamente–. ¿Por qué?

–Somos colegas de trabajo –respondió ella, evitando otra vez su mirada–. Quiero que nos mantengamos en un nivel profesional.

–En la actualidad, casi todos los colegas se llaman por sus nombres.

Josette notó cómo le soltaba el cabello y aprovechó

la ocasión para apartarse de él, pasándose nerviosamente los dedos por las sedosas hebras.

–Gracias –su tono de voz fue distante.

Brannon se giró para soltar el secador. Antes de que ella pudiera reaccionar, tomó dos grandes mechones de su melena dorada y se los acercó a la boca. Tenía los ojos cerrados y el ceño fuertemente fruncido, como si sintiera dolor.

Turbada, Josette tomó las manos de él, como para soltarse, pero Brannon las hizo girar y atrapó las suyas, acercándolas a su camisa. Ella sintió en los dedos el frío metal de la placa que llevaba en el pecho y, percibió el aroma de su colonia mezclado con el de su propio champú.

–Cometí un error contigo. Un grave error. Jamás podré disculparme lo suficiente –murmuró Brannon inclinándose–. Quizá me parezca a mi padre más de lo que creo, Josie...

Situó suavemente los labios sobre los suyos. En el silencio de la habitación, Josette sintió el calor y la fuerza que emanaban de él mientras, rodeándola con sus brazos, la apretaba contra su poderoso cuerpo, reteniéndola allí.

Debía resistirse, pensó Josette. Sería más digno que jadear bajo el cálido y dulce asalto de sus labios. Las manos de ella se aferraron a su camisa, aún limpia pese al duro día de trabajo y a la pelea que acababa de tener. Su mente se llenó de imágenes de Brannon muerto de un tiro en un callejón, como el pobre Dale. Lo rodeó con sus brazos aún más fuertemente, temerosa de lo que había imaginado.

Él se inclinó de repente, tomándola en brazos. Sin dejar de besarla, la llevó a una de las dos camas dobles y la tumbó en su suave superficie, situándose encima de ella.

–No –susurró Josette sin aliento.

–Sí –Brannon siguió besándola, reteniéndola entre

sus brazos–. Sé lo que te pasa –resolló contra su boca–. Ambos sabemos que no podría seducirte aunque quisiera, así que relájate.

A Josette le resultó inquietante que él supiera, o creyera saber, detalles tan íntimos sobre ella.

–Se supone que no deberías saber eso –susurró trémulamente.

Brannon sonrió contra sus labios.

–Lo sé todo sobre ti. Siempre lo he sabido –le retiró el cabello de la cara y se incorporó sobre un codo para contemplar sus suaves ojos–. Odiaba el FBI –murmuró en un tono profundo e íntimo.

Josette enarcó las cejas.

–¿Y por qué estuviste con ellos dos años?

Él se encogió de hombros mientras acariciaba sus labios suavemente hinchados.

–Pensé que podría irme de Texas y librarme de los malos recuerdos. Pero me persiguieron –exhaló un suspiro–. Pareces cansada.

–Lo estoy –afirmó Josette, consciente de la suave caricia de su mano en su cuello, de cómo se enredaba en la tersura de su pelo–. Últimamente he estado trabajando doce horas diarias, en un nuevo proyecto de Simon para recopilar información en una base de datos informática.

–Te gusta tu trabajo, ¿verdad? –inquirió Brannon.

–Qué remedio. Además, vivo bien.

–Y yo, pero nunca seré millonario –añadió él–. A menos que los precios del ganado se disparen y los del pienso caigan antes del invierno.

–La sequía ha sido muy perjudicial para los rancheros y los granjeros.

Brannon asintió.

–Al menos, no tendré pérdidas. Me conformaré con eso, si así puedo conservar el rancho para la familia.

–No tienes hijos –señaló Josette.

–Pero Gretchen sí –respondió él–. Su hijo casi ha cumplido dos años.

–Ya, pero ella es prácticamente una reina –repuso Josette–. ¿Crees que sus hijos querrán venirse a vivir a Texas? Su primogénito heredará el trono de Qwai.

A Brannon no le gustó la pregunta. Hizo una mueca.

–Puede que yo también tenga hijos algún día –afirmó.

–Solo si te los trae el Ratoncito Pérez –dijo ella entre dientes.

Él arqueó las cejas.

–Eso ha sido un golpe bajo.

–Dijiste que no querías casarte nunca –le recordó Josette.

–Tengo treinta y tres años, casi treinta y cuatro –contestó Brannon–. Y dos sueldos siempre vienen bien en un hogar. Podría comprar pienso del bueno y fundar mi propia ganadería.

–¿Y dejarías tu puesto en los rangers de Texas? –le pinchó Josette.

–Los rangers tienen un puesto en Victoria –contestó él–. Judd Dunn trabaja allí ahora. Fuimos compañeros hasta que dejé el Cuerpo. Podríamos serlo otra vez.

–Victoria está cerca de Jacobsville –recordó ella.

–Exacto –Brannon le acarició la ceja–. ¿Quieres tener hijos?

–Algún día –contestó ella cambiando de postura–. Supongo.

–Tienes malos recuerdos que debes superar, y lo comprendo –dijo él lentamente–. En tu caso, tendría que ser con un hombre en el que confiaras plenamente. A no ser que te hayas sometido a esa intervención quirúrgica menor en estos dos últimos años, supongo que nunca has encontrado a un hombre merecedor de tu confianza.

Josette notó que se le acaloraban las mejillas. No deseaba decirle que solo había un hombre con el que deseara tener relaciones íntimas. Ni tampoco deseaba confesar lo que había hecho, después de aquella última y desastrosa cita...

–La psicóloga dijo que aún no había acabado de superarlo –respondió evasivamente.

–Tenía razón –dijo Brannon, acordándose de la guapa psicóloga a la que Josette había visto–. Deberías haberte tratado con ella un tiempo.

–No quería recordar el pasado –respondió incómoda.

–Yo tampoco quería –afirmó él tajantemente–. Pero los problemas no se solucionan ocultándolos. A veces, hay que revivir los antiguos recuerdos para poder desterrarlos.

–Los míos son muy desagradables –dijo ella apesadumbrada.

–Ya lo sé –Brannon entrecerró los ojos–. ¿Te sentiste tentada de entablar una relación con Jennings?

–No –contestó Josette con sinceridad–. Lo conocía de verlo en la cafetería situada cerca del campus, y éramos amigos ocasionales. La cosa debería haberse quedado ahí. Jamás llegué a saber por qué me invitó a esa fiesta.

–Y seguro que sé por qué aceptaste acompañarlo –dijo Brannon–. Yo acababa de dejarte sin ninguna explicación. Esperabas que también asistiera a la fiesta, para ponerte a coquetear con Jennings delante de mí, ¿verdad?

Josette hizo una mueca y luego emitió una débil risita.

–Pues sí, eso es lo que esperaba. Debo de ser muy transparente.

Brannon se incorporó un poco y señaló su placa.

–Soy un ranger de Texas. Tengo experiencia en deducir cosas.

Josette le hizo un mohín.

–Pues deja de leerme la mente.

–Supuse que Jennings era culpable por lo que sabía de sus conexiones con la mafia –dijo Brannon–. Ahora estoy empezando a dudar.

–Y yo estaba segura de que el culpable no era Dale,

sino tu amigo Bib. Pero ahora, conforme ahondamos en la investigación del caso, empiezo a no tenerlo tan claro.

–Como me pasa a mí con Jennings. Es muy fácil hacer juicios precipitados.

Josette alzó la mano y lo acarició alrededor del corte.

–Es una suerte que tengas la cabeza tan dura –comentó con una leve sonrisa.

–Uno de mis agresores tardará bastante en poder sonreír de nuevo –respondió Brannon, irritado con el recuerdo. Luego buscó sus ojos lentamente–. Cierra bien la puerta cuando me vaya –advirtió con firmeza–. Y no le abras a ningún desconocido, bajo ningún pretexto. ¿Entendido?

–¿Vas a desempeñar el papel de macho protector? –inquirió ella perversamente, sonriendo–. ¡Oh, qué sexy!

–Corta ya –musitó él revolviéndole el cabello–. No puedo resolver este caso solo, y tampoco me darán más ayudantes.

–Lo que significa que tienes que aguantarte conmigo –Josette le rodeó el cuello con los brazos. Era sorprendente lo cómoda que se sentía allí, tumbada junto a él, cuando era la mujer más distante del mundo en lo que se refería a los hombres.

–Lo mismo digo –la provocó Brannon.

–Pues entonces, tú también tendrás que ser cuidadoso y vigilar bien tus espaldas –advirtió ella.

Él se acercó un mechón de su pelo a los labios y lo besó.

–Me alegro de que no me odies, Josette, aunque tengas razones de sobra para ello –dijo con voz ronca.

–No sabría cómo empezar.

Brannon le apartó el cabello lentamente y jugueteó con la boca en su labio superior, mientras proyectaba perezosamente la punta de la lengua en rápidas acometidas. Josette se preguntó si lo haría para excitarla del todo. Probablemente. Deseó saber más acerca de los hombres.

Brannon le mordisqueó el labio antes de abrirle por completo la boca. Luego volvió a besarla, con una ternura extrañamente titubeante, mientras le acariciaba la mejilla con su enorme mano. Fue descendiendo por el cuello y jugueteó con la abertura de la bata. No obstante, al ver cómo ella jadeaba y crispaba las manos detrás de su cabeza, se detuvo.

Sabía que lo que sentía no era miedo. Podía notar el cálido soplo de su aliento, percibir la tensión de su cuerpo y casi oír los frenéticos latidos de su corazón. Ya estaba excitada. Igual que él. Pero era demasiado pronto. Esta vez, se dijo Brannon, tenía que ir más despacio.

De modo que se separó de sus labios ansiosos y la miró a los ojos. Luego se retiró de ella con un largo y trémulo suspiro, poniéndose en pie con un único y grácil movimiento. La miró y vio que parecía frustrada. Muy frustrada. Bien.

–¿Te vas? –preguntó Josette bruscamente, incorporándose. Tenía los ojos muy abiertos–. ¿Te vas ahora?

Él se alisó la camisa y se enderezó la corbata, antes de recoger el sombrero.

–¿Para qué voy a quedarme? –preguntó con un brillo de diversión en los ojos y una leve risita–. No llevo condones en mi cartera. Y, aunque los llevara, ¡si tratáramos de hacer lo que estás pensando, acabaríamos en una sala de urgencias! –frunció los labios al ver que Josette emitía un jadeo ahogado–. Claro que, si lo prefieres, podemos ir al hospital y preguntar si hay algún ginecólogo de guardia para que realice una operación de emergencia...

Ella se ruborizó al comprender lo que quería decir. Se levantó y metió las manos en los bolsillos de la bata.

–¡No hace falta que sigas, maníaco sexual! –exclamó con arrogancia–. ¡Operación o no, yo no me acuesto con cualquiera! ¡Y me importa un rábano que digan que eso es perfectamente normal en una mujer moderna!

Él sonrió.

–Esa sí es la mujer que conozco. Siempre admiré eso en ti –añadió con un leve brillo en sus ojos grises–. Nunca has seguido las tendencias de los demás.

Josette se encogió de hombros.

–Mi padre jamás se guardó sus opiniones para sí mismo –dijo, y luego sonrió–. ¡Él me enseñó a ser políticamente incorrecta!

Brannon dejó escapar una risotada, acordándose de los rígidos sermones que solía soltar el reverendo en los viejos tiempos.

Luego siguió un extraño silencio.

–Gracias por haber venido.

Se acercó a ella, le alzó el mentón y la miró a los ojos. Se dio cuenta de que no llevaba puestas las gafas. Las había dejado junto al lavabo, cuando él empezó a secarle el cabello.

–¿Puedes verme? –le preguntó.

–Un poco borroso –confesó Josette.

Él sonrió.

–Y eso te hace sentir vulnerable –asintió al ver su expresión de sorpresa–. Sí, lo recuerdo. No llevabas gafas aquella noche, cuando te encontré acurrucada en un rincón del cuarto de aquel chico, y lo primero que me dijiste fue que te sentías vulnerable porque no podías ver bien. Luego, años más tarde, cuando estuvimos saliendo, no te ponías gafas mientras estabas conmigo. Ni lentes de contacto –añadió.

Josette sonrió.

–Siempre pensé que estaba mejor sin gafas. No puedo usar lentillas –explicó–, porque me provocan infecciones. No soy lo bastante meticulosa como para mantenerlas limpias.

–Excusas, excusas –la reprendió Brannon, riéndose.

–Tu vista es perfecta, ¿verdad?

Él asintió.

–Hasta ahora, sí. Espero que, cuando me haga viejo, las gafas de lectura me favorezcan.

Josette cambió de tema.

–¿Le pediste a la policía que mantuviera vigilada a la señora Jennings?

Brannon hizo una mueca.

–Iba a hacerlo, pero me despisté –se apartó de ella y sacó su teléfono móvil. A continuación, marcó un número y explicó la situación al agente de guardia, dándole las gracias antes de colgar–. Él se ocupará –aseguró a Josette. Después, meneó la cabeza–. Telefoneé al sheriff para hablarle de Holliman y de su rancho, pero me olvidé de la señora Jennings.

–Has estado muy ocupado –contestó ella.

–No tanto –Brannon regresó junto a Josette–. Te recogeré mañana a primera hora. Después de desayunar, nos entrevistaremos con otras personas de la lista.

–Muy bien –Josette le sonrió con vacilación–. Ten cuidado en el camino a casa.

Él le acarició la nariz.

–Y tú ten cuidado aquí. Recuerda lo que te he dicho.

–Lo haré.

Brannon abrió la puerta y luego aguardó en el pasillo mientras ella cerraba y echaba la llave. A su vez, Josette se asomó por la ventana mientras Brannon se subía en el coche y se alejaba del hotel. Estaba muy preocupada. ¿Y si el asesino enviaba a más hombres tras él? Aquel caso se estaba convirtiendo en una pesadilla.

Josette se sentó en la cama, notando que el corazón se le llenaba de placer al evocar el calor de los labios de Marc sobre los suyos, el contacto de sus largos dedos en su piel desnuda. Se estremeció de deseo. Estaba ocurriendo de nuevo. Otra vez estaba enamorada, otra vez viviría pendiente de Marc, de una llamada suya, de una caricia.

Cerró los ojos con fuerza. No podía recorrer ese camino dos veces. Marc la había dejado dos años antes, sin mirar atrás. Lo que significaba que podía hacerlo de nuevo. Josette no soportaría un segundo rechazo. Así que más le valía pensar en el dolor, además de en el placer, para que este no se le subiera a la cabeza.

Al día siguiente, Josette telefoneó a Simon Hart y lo informó de todo lo sucedido, incluida la intrusión en los ordenadores del sistema penitenciario.

–No me gusta –dijo él escuetamente–. No me gusta nada.

–Bueno, disponemos de nuestro propio pirata informático –le recordó ella–. Phil Douglas podría resolverlo en un santiamén. Es el mejor experto que tenemos.

–Lo envié a Mala Suerte, ¿recuerdas? –contestó Simon con un gruñido.

–¡Pues que vuelva! No tardará ni una hora en descubrir quién se introdujo en los archivos para que trasladaran a Jennings.

Simon titubeó.

–Hay otros profesionales más experimentados en la unidad de delitos informáticos.

–Déjate de evasivas, Simon.

Él emitió un bufido.

–Está bien, se lo he cedido temporalmente al FBI, para que colabore en otro caso.

–Nunca has cedido mis servicios al FBI –dijo Josette desconcertada–, y eso que llevo contigo dos años. ¡Phil solamente lleva ocho meses!

–Quería vengarme de ellos –dijo Simon sonriendo–. ¿Recuerdas a Russell, ese agente del FBI que tanta lata nos ha dado con el asunto Marsh?

–¿El mismo al que Marc casi derribó en su rancho, cuando su hermana estaba allí con el jeque de Qwai? –inquirió ella.

–Sí. Russell está intentando probar la implicación de Marsh en dos asesinatos anteriores, cometidos en San Antonio. Y cree que lo de Jennings también es cosa suya.

–Sí, Jake Marsh también es nuestro principal sospechoso –convino Josette–, pero nadie parece conocer su paradero actual. Pese a los esfuerzos de los forenses y los técnicos, lo único que se sabe es el calibre del arma utilizada para asesinar a Jennings. Una pistola de nueve milímetros.

–Qué lástima. Si hubiera más pruebas, podría encasquetarte a Russell. En cualquier caso, necesitaba a un experto en informática para examinar la base central de datos, así que le cedí a Phil.

–Puede que hayas hecho bien. Necesitamos toda la ayuda que podamos conseguir. Me gustaría saber quién fue el responsable del traslado de Jennings.

–Y a mí. Pediré a los especialistas del FBI que investiguen también al respecto –dijo Simon.

–Gracias, Simon. Estaremos en contacto.

Cuando Brannon llegó al hotel, Josette lo puso al corriente de su conversación con Simon Hart.

–Otra vez Jake Marsh –murmuró él frunciendo el ceño–. Sé que Simon tiene tantas ganas como nosotros de quitarlo de la circulación.

–Sí. Y también tu viejo colega, Russell –añadió Josette.

–Curt Russell –los ojos de Brannon brillaron–. Aún no comprendo qué hace metido en este caso. La última vez que lo vi, estaba con el Servicio Secreto.

–Pues ahora está con el FBI. Y va tras Marsh –dijo Josette.

–Cree que Marsh está implicado en el asesinato de Jennings –asintió Brannon pensativamente–. Igual que nosotros. Pero aún no conocemos el móvil.

–A menos que esa información que poseía Dale estuviera relacionada con Marsh y algunas de sus actividades. Si tenía pruebas de un delito concreto –dijo ella con un ceño de curiosidad–, eso podría haber constituido un móvil.

–Sí –convino él lacónicamente.

Se dirigieron hacia los aparcamientos donde Brannon había estacionado el deportivo negro. Al llegar, vieron a un niño, vestido con vaqueros y un jersey de manga larga, que deambulaba entre las interminables hileras de coches, llorando a grito pelado. No tendría más de cuatro años.

–Eh, socio –le dijo Marc suavemente mientras lo tomaba en brazos–. ¿Qué te pasa?

–No sé dónde está mi mamá –gimió el pequeño mientras se enjugaba las lágrimas con sus manitas regordetas–. ¡No sé dónde está!

–Bueno, nosotros la encontraremos –dijo Brannon apretando al pequeño contra sí.

A Josette se le encogió el corazón. De repente, aquel implacable agente de policía, con su temperamento explosivo y sus expresiones de furia, se había convertido en el ideal de padre soñado por toda mujer. Josette lo observó y supo cómo sería con sus propios hijos. Sintió el irreprimible deseo de sentir aquellos brazos grandes y fuertes abrazándola.

–No tendrá más de cuatro años –dijo acercándose. Luego acarició el limpio y sedoso pelo del pequeño y sonrió–. ¿Cómo te llamas, amiguito?

–Jeffrey –sollozó el niño–. Tengo tres años –dijo mostrando cuatro dedos.

Marc y Josette intercambiaron unas miradas divertidas.

Desde la puerta del hotel llegó un ruido de voces excitadas.

–¡Pero si estaba aquí mismo! –gimió una mujer–. ¡Solo he vuelto la espalda un segundo...!

–¡Siempre andas distraída! –repuso una enojada voz masculina–. ¿No podías dejar para luego esa llamada de teléfono?

–¿Alguien echa de menos a un crío? –preguntó Marc alzando la voz.

La pareja se acercó a ellos rápidamente. El hombre

parecía irritado. La mujer, rubia y menuda, estaba fuera de sí.

–¡Jeffrey! –sollozó alargando los brazos–. ¡Oh, menos mal! Si le hubiera dado por cruzar la calle... ¡Gracias, gracias! –estrechó al niño entre sus brazos y le llenó la carita de besos.

El hombre dirigió a Marc una mirada lenta y circunspecta.

–Gracias –dijo lacónicamente–. Nos lo llevaremos a casa.

–Los niños se despistan enseguida –dijo Marc a la mujer.

Ella tragó saliva.

–Sí. Lo siento. No volverá a ocurrir –miró con preocupación al hombre que tenía al lado–. Bueno, nos vamos ya.

El hombre asintió educadamente, pero semejaba una tormenta a punto de estallar.

–Eso es un matrimonio –musitó Marc, observándolos. Luego meneó la cabeza–. A veces, las diferencias pesan demasiado.

–Y otras veces, el problema es la falta de comunicación –respondió Josette.

Marc se giró hacia ella.

–Cierto. Es lo que nos ocurre a ti y a mí. Tendríamos que haber sido totalmente sinceros el uno con el otro. Así, ahora seríamos amigos, en vez de colegas forzosos.

Josette buscó sus ojos.

–Te gustan los niños, ¿verdad?

Él sonrió.

–Los adoro –admitió.

–Yo también.

Marc bajó la mano para tomar la de ella. Josette experimentó oleadas de placer por toda la superficie de su esbelto cuerpo.

–Será mejor que nos vayamos –dijo.

Él asintió.

Mientras caminaban hasta el coche, no le soltó la mano. Ella no hizo ningún intento de soltarse. Quizá, se dijo Brannon, podría hacerle olvidar lo cruel que había sido con ella en el pasado. Al menos, así lo esperaba. Se sentía vivo. Y era una sensación maravillosa.

# 9

Sandra Gates, que rondaba más o menos la edad de Marc Brannon, tenía el pelo teñido de rubio y las uñas pintadas de violeta. Su caravana estaba encajada entre otras dos con el mismo aspecto lamentable, en el camping para caravanas situado en las afueras de Floresville. No se alegró al ver a Marc y Josette. Los dejó entrar solo cuando Marc la amenazó con ir en busca de una orden de registro.

Se sentaron cautelosamente en el sofá, cubierto de hojas de periódico y envoltorios de caramelos. Mientras Marc explicaba las razones de la visita, Josette se guardó en el bolsillo disimuladamente uno de los envoltorios, movida por una corazonada. Sandra se reclinó en su silla.

–Solo era amiga de Dale –dijo con frío énfasis, agitando una mano lánguida. Josette advirtió que llevaba un anillo de diamantes en la derecha. Si era falso, no lo parecía–. No tuve nada que ver con su muerte –añadió–. ¡Nada en absoluto!

–No la estamos acusando de nada, señorita Gates –se apresuró a decir Josette–. Solo queremos saber si le escribió algo acerca de su traslado a la penitenciaría de Wayne.

Ella los observó con recelo durante unos segundos, y luego desvió sus ojos hacia la ventana, antes de respirar hondo y responder sin mirarlos directamente.

–Claro, yo sabía que iban a trasladarlo. Me lo dijo en una carta.

–¿Le dijo cómo lo había conseguido? –inquirió Brannon con calma, observando sus reacciones con ojos atentos.

Ella lo miró de soslayo, sorprendida, y luego volvió a apartar la mirada.

–¿Qué... quiere decir con eso?

–La penitenciaría de Wayne es una prisión estatal, señorita Gates. Jennings cumplía condena en una prisión federal de Austin hasta pocos días antes de que lo asesinaran, después de conseguir que lo trasladaran aquí y lo dejaran salir en un destacamento de trabajo.

Ella cruzó los brazos y miró a Brannon con frialdad.

–No me dijo nada de eso –aseguró–. Solo sé que así me resultaba más fácil ir a verlo. Es decir, habría sido más fácil si no lo hubieran asesinado.

Brannon le dirigió una mirada cargada de intención.

–Sé que fue a verlo tanto en Austin como en San Antonio, señorita Gates.

Ella pareció irritada.

–Sí. ¿Y qué? –cruzó las piernas y empezó a mover un pie con impaciencia.

Brannon pasó por alto la pregunta y miró a su alrededor, reparando en un caro ordenador y una impresora. Teniendo en cuenta la pobreza que rodeaba a Sandra Gates, aquello le pareció raro. Igual que el diamante que lucía.

–¿Le gustan los ordenadores? –preguntó amablemente, cambiando de tema–. Yo no soy muy entendido en la materia, pero estamos obligados a utilizarlos.

Ella pareció relajarse un poco.

–Sí, me encantan los ordenadores. Seguí unos cursillos de programación en la escuela local de formación profesional –señaló un diploma colocado en la pared, encima del ordenador. Brannon se levantó y se acercó para echarle un vistazo, apoyando una mano en la mesa. Sus ojos bajaron hasta el ordenador. Se trataba de un equipo caro, y había varios CD desperdigados alrededor. Uno de ellos contenía un editor de fotografías, y otro una sofisticada hoja de cálculo.

Brannon se enderezó.

–Impresionante –dijo mientras regresaba al sofá–. ¿Cuánto tardó en realizar esos cursillos?

–Un año y medio –contestó Sandra, sonriendo nerviosamente–. Los pagué con el dinero de las propinas. Trabajaba de camarera en un bar de carretera situado en las afueras de San Antonio.

–Fui ayudante de camarero en mi adolescencia –dijo Brannon con una sonrisa–. En esos trabajos se gana poco sin las propinas.

–No se gana nada –musitó ella–. Estaba tan harta de ser pobre... –se rio nerviosamente–. No es que ahora sea rica, pero diseño *software* para juegos. El último ganó un premio de una revista de informática –explicó con evidente orgullo–. He mejorado mucho.

–Obviamente –dijo Brannon–. Ese ordenador es muy caro. De los mejores.

Sandra volvió a ponerse en guardia.

–Necesito un buen equipo para poder ganarme la vida –dijo, consultando rápidamente el reloj que llevaba en la muñeca–. Lamento meterles prisa, pero voy mal de tiempo.

Ellos se levantaron.

–Tranquila –le dijo Brannon con una sonrisa cortés–. Gracias por su ayuda, señorita Gates.

–¡Yo no sabía nada! –protestó Sandra.

–Y siento lo de Jennings –añadió él, reparando en el ligero temblor de sus párpados–. No creo que él asesinara a Henry Garner.

Ella enrojeció. El labio inferior empezó a temblarle, y tuvo que mordérselo para aquietarlo.

–Era un fracasado –dijo con voz ronca–. ¡Un estúpido confiado e inocentón...!

–No era tan malo –terció Josette–. Tenía algunas cualidades magníficas.

–Para lo que le sirven ahora... –dijo Sandra fríamente–. El mundo está lleno de personas que utilizan a los demás y luego no pagan por ello.

Josette empezó a formular una pregunta, pero Brannon le tomó la mano y la sacó por la puerta, después de despedirse amablemente de la señorita Gates.

Mientras iban de camino a San Antonio, Josette le preguntó a Brannon por qué la había sacado de la caravana tan bruscamente.

–Porque ibas a preguntarle a quién conocía que hubiese utilizado a otras personas, y eso habría sido contraproducente –explicó él–. Está metida en esto hasta el cuello. Si ganara tanto dinero, no viviría en esa mísera caravana, conduciendo un coche herrumbroso y calzando zapatos viejos. Por otra parte, el diseño de *software* no explicaría lo del anillo de diamantes y el ordenador. En la mesa tenía algunos programas que valen seiscientos dólares cada uno.

–¿Crees que Dale le compró el anillo?

–Si es auténtico, sí, lo creo –contestó Brannon–. Y apuesto a que fue ella quien se introdujo en el sistema informático e hizo que trasladaran a Jennings aquí.

–Yo también lo pensé, pero no podemos probarlo.

–Aún no –Brannon meneó la cabeza–. Debes solicitar la ayuda del experto en informática de la oficina del fiscal, y la de ese tal Phil, de tu oficina. Se lo comentaré también a nuestro especialista. Esa mujer no será fácil de atrapar. Supongo que habrá hecho lo posible por borrar su rastro electrónico. Pero quizá consigamos descubrir algo.

–Como, por ejemplo, quién le pagó por hacer que trasladaran a Jennings –aventuró Josette–. No creo que corriera tantos riesgos simplemente para disfrutar del placer de su compañía.

–Aunque dudo que supiera que el fin último de la maniobra era la ejecución de Jennings. Parecía sentir algo por él. Seguramente la engañaron.

–La señora Jennings comentó que a la mujer con la que salía Dale le gustaban los caramelos de menta caros. Así que me guardé esto –Josette le mostró el envoltorio.

Brannon lo observó con curiosidad.

–Es importado. Un gusto muy caro para una mujer que vive en una caravana de segunda mano.

–Sí, ¿verdad?

–¿Dijo la señora Jennings algo más sobre esa mujer?

–No mucho. Fue un comentario que hizo de pasada, pero se me quedó grabado.

–Me alegro. Todas las pistas son importantes.

–¿Por qué no querías que la señorita Gates sospechara? –inquirió Josette llena de curiosidad.

–Porque voy a solicitar una orden del juzgado para que pinchen su teléfono –se limitó a decir él–. Hay pruebas suficientes, aunque sean circunstanciales, para demostrar su implicación en el caso. Además, si Sandra Gates está involucrada en esto, su vida corre peligro. El asesino no permitirá que cuente lo que sabe a la policía.

–De modo que es prescindible.

–Exacto.

Josette sacó el expediente que llevaba en el bolso y lo hojeó.

–Hay otra persona a la que debemos interrogar. Un colega de Jake Marsh –dijo, frunciendo el ceño mientras leía las notas–. Se llama Johnny York, y tiene una lista de detenciones tan larga como mi brazo. Pero solo lo condenaron una vez. El año pasado lo detuvieron como sospechoso de asesinato, pero lo dejaron libre por falta de pruebas. De acuerdo con mis averiguaciones, frecuenta la sala de billar que hay en Mesquite Street. Podríamos llegarnos para ver si lo encontramos.

–No estará allí a estas horas –aseguró Brannon. Luego detuvo el coche en el arcén e introdujo el nombre de York en su ordenador portátil.

–Esa es nuestra base de datos –murmuró Josette complacida.

–Sí. Yo tampoco podría trabajar sin ella –un archivo repleto de datos apareció en la pantalla. Figuraba una fotografía. York era un hombre de aspecto corriente, con el pelo ralo y los ojos pequeños. Era curioso, pero le resultaba familiar. Brannon buscó su dirección y sonrió–. ¿No es genial la tecnología moderna? Podríamos haber tardado horas en conseguir esta información con los métodos tradicionales.

–Sí, ahorra mucho tiempo –convino Josette–. ¿Dónde vive?

–A unas seis manzanas de aquí. Probablemente, aún estará durmiendo. Lo despertaremos.

Tardaron menos de cinco minutos en llegar a la dirección que constaba en la pantalla. Cuando Brannon y Josette se apearon del coche, una cortina se retiró y luego volvió a su sitio en la ventana frontal de la casa. Conforme se acercaban a las escaleras, oyeron un portazo.

–¡Está tratando de escapar por detrás! –exclamó Brannon–. Quédate aquí. Puede que vaya armado –sacó su propia pistola y rodeó rápidamente la casa.

Josette sintió que el corazón se le aceleraba mientras desobedecía la orden de Brannon y rodeaba la casa por el lado opuesto. Al instante, se oyó un disparo. ¡Brannon!

Josette dobló presurosa la esquina, a tiempo de ver cómo un hombre menudo, de aspecto extrañamente familiar, se giraba al oírla llegar. Notó un dolor punzante en la parte superior del brazo, al tiempo que oía la detonación de un arma. De repente, se notó el brazo muy pesado.

Se oyó otro disparo, y el hombre se dio la vuelta, dejando caer la pistola. Brannon se le echó encima dos segundos después, tumbándolo en el suelo e inmovilizándolo. Seguidamente, lo esposó y lo ayudó a levantarse. Luego miró a Josette, para asegurarse de que se encontraba bien, pero vio que tenía una creciente mancha roja en la blusa beis, y que parecía estar a punto de desmayarse.

Farfullando una maldición, guardó de nuevo su arma en la pistolera y corrió hacia ella, con el teléfono móvil ya en la mano y activado. Mientras corría, llamó al 911 para pedir urgentemente una ambulancia.

Llegó hasta ella justo cuando empezaba a caerse. Se aflojó la corbata antes de tumbarla en el suelo y desabotonarle la blusa para dejar al descubierto el brazo herido.

Ella lo miró con los ojos empañados. Luego empezó a tiritar incontrolablemente y se rio.

–Me siento rara –dijo con voz entrecortada.

–No te muevas –contestó él con gesto grave mientras le rasgaba la manga para echar un vistazo a la herida. Por suerte, la bala no había perforado el hueso, sino que había entrado y salido por el bíceps, destrozando una arteria.

Brannon le hizo un torniquete improvisado con la corbata y un bolígrafo que se sacó del bolsillo, para cortar el flujo de sangre.

–¡Vamos, vamos, maldita sea! –masculló, mirando a su alrededor en busca de la ambulancia. Aún no se oía ninguna sirena.

Josette miró el sombrío semblante de Brannon.

–Alcanzó... una arteria, ¿verdad? –inquirió. Su voz sonaba extraña. Se notaba la lengua tan espesa, que apenas podía hablar.

–Sí –contestó él mientras seguía presionando el punto por donde la bala había entrado y salido.

Las manos de Brannon estaban ensangrentadas, igual que su chaqueta. La sangre tenía un olor metálico, pensó Josette, debilitándose por momentos.

–¡De todas las estupideces que has hecho en tu vida...! Aguanta, Josie –dijo él suavemente–. Aguanta –alzó de nuevo la cabeza–. ¿Dónde estará esa dichosa ambulancia? –rugió, pues sus esfuerzos apenas lograban contener el flujo de sangre. Josette podía desangrarse hasta morir.

Los ojos de ella buscaron su rostro. Parecía más pálido de lo normal, y sus ojos brillaban con furia e impotencia.

–Marc –susurró Josette, aturdida por la pérdida de sangre–, ¿por qué no te despediste?

Él seguía pendiente de la ambulancia. Por fin, se oyó un sonido distante de sirenas acercándose.

–¿Qué? –murmuró.

–Ni una llamada ni una nota. Simplemente... te fuiste, sin mirar atrás. Quise morirme –Josette hizo una mueca y gimió, tratando de zafarse de sus manos–. ¡No! –resolló–. ¡Me duele!

–Es preferible el dolor a la muerte –dijo él entre dientes.

–¿Tú crees? –Josette se mordió el labio para no gritar.

Marc musitó más maldiciones ante la lentitud de la ambulancia. Finalmente, al llegar los enfermeros, les gritó en unos términos que más tarde lamentaría. Mientras tanto, Josette cerró los ojos, ajena al ajetreo que la rodeaba, y se rindió al dolor.

En el hospital, Josette se encontró sumida en una agradable somnolencia provocada por el calmante que le habían administrado por vía intravenosa.

Brannon no se separó de su lado en ningún momento. Un médico entró en la habitación y, tras examinar la herida, determinó que no era grave. Seguidamente, después de aplicarle un antibiótico y anestesia local, procedió a darle unos puntos de sutura. Mientras tanto, Brannon permaneció junto a ella, agarrándole la otra mano con fuerza.

–Lo atrapaste, ¿verdad? –inquirió Josette con voz somnolienta.

–Sí. También está ingresado –contestó él–. Lo trasladarán a una zona de seguridad cuando le extraigan la bala. Salió mucho peor parado que tú, créeme.

–Siempre tuviste buena puntería –suspiró ella.

–Has tenido suerte –dijo Brannon, ignorando el elogio–. Pero vas a aprender mucho sobre las heridas de bala antes de que esto acabe.

–Cierto –dijo el joven médico mientras seguía trabajando–. Le va a doler mucho durante el próximo par de días. Y tendrá que tomar antibióticos durante los próximos diez. ¿Tiene a alguien que pueda quedarse con usted esta noche?

–No –contestó Josette.

–Sí –respondió Brannon al mismo tiempo.

El médico carraspeó.

–Podemos ingresarla, si lo prefiere.

–Ni hablar –dijo Josette–. Es solo un rasguño.

–Cambiará de opinión cuando pasen los efectos del sedante –murmuró el médico–. Le recetaré uno, además del antibiótico, antes de que se marche –miró de reojo a Brannon–. Habrá que rellenar un informe de lo ocurrido.

–Es investigadora, y trabaja en la oficina del fiscal general –explicó Brannon–. Pero no sabe utilizar un arma, algo que debió haber tenido en cuenta cuando intentó ayudarme a detener a un sospechoso –hizo una mueca–. No vuelvas a hacer nunca algo así, Josie –añadió con ternura.

–No lo haré, Brannon –respondió ella–. Pero soy fuerte. ¡Además, piensa en la emoción que esto dará a mis memorias!

–Ha sido culpa mía, por haberte puesto en peligro –prosiguió él apesadumbrado–. Así pues, cuidaré de ti hasta que puedas ponerte en pie de nuevo –alzó una mano cuando ella empezó a protestar–. Tú harías exactamente lo mismo por mí.

Josette exhaló un suspiro.
–Está bien.

Mientras el médico preparaba las recetas de Josette, Brannon fue al ala del hospital donde atendían al prisionero. Enseguida reconoció al ayudante del sheriff de Wilson County, que permanecía apostado junto a la puerta. Al ver a Brannon, sonrió y le ofreció la mano.

–Buen trabajo, Brannon –lo felicitó–. Llevábamos meses detrás de esa comadreja.

–Le disparó a mi compañera –dijo Brannon furioso–, a pesar de que ni siquiera iba armada.

–Eso no es obstáculo para York –contestó el agente–. Es capaz de hacer cualquier cosa, incluso de asesinar. Se sospecha que es uno de los matones de Jake Marsh. De hecho, la comisaría de San Antonio lo señalaría como sospechoso del asesinato de Jennings, si se demostrara su implicación en el caso.

–Danos tiempo –Brannon titubeó–. Figuraba una foto suya en el archivo al que accedí en mi ordenador. Su cara me sonaba de algo.

–Ayer asististe al funeral de Jennings, ¿verdad?

–Sí.

–¿Te acuerdas del reverendo? –murmuró el ayudante del sheriff.

Brannon respiró hondo.

–¡Maldita sea...! Y yo que pensé que el reverendo simplemente era novato y estaba nervioso. ¿Qué diablos estaría haciendo allí?

–Supongo que echar un buen vistazo a algún objetivo que le habían encargado eliminar –respondió el agente–. Solo Dios sabe a quién.

Brannon se metió las manos en los bolsillos del pantalón caqui, pensativo. Si aquel hombrecillo era un asesino a sueldo, y estuvo en el funeral, ya habría elegido a su próxima víctima. Y, de no haber ido Brannon y Josette a su casa, movidos por una corazonada, podría haber tenido éxito en su misión. Pero, si el ayudante del sheriff tenía razón, ¿quién era el objetivo? ¿Y por qué?

No estaba más cerca de las respuestas cuando ayudó a Josette a subirse en el coche y la llevó a su piso.

Estaba demasiado mareada para caminar, así que la subió en brazos.

En el camino, se topó con uno de los guardias de seguridad.

–Eh, Bill, ¿quieres abrirme la puerta?

–Claro –contestó el hombre, mirando con curiosidad la carga de Brannon.

–Venimos del hospital –empezó a explicar Brannon–. Le han disparado. No podía quedarse sola y no tiene familia.

–¿Disparado? –el guardia tomó la llave y abrió la puerta del piso–. ¿Y no debería estar ingresada?

–No es grave –murmuró Josette, con la mejilla apretada contra el pecho de Brannon–. Oh, Brannon, tengo tanto sueño...

–Muy bien, estaremos dentro en un santiamén. Gracias, Bill.

–A mandar –Bill le devolvió la llave y sonrió a Josette–. Pero la próxima chica que traigas del hospital será para mí –dijo divertidamente, mirando a Brannon–. Qué suerte tienes, amigo. ¡Yo nunca encuentro preciosidades así! –se alejó por el pasillo antes de que Brannon pudiera pensar en una respuesta aguda.

Una vez dentro del piso, Brannon llevó a Josette al cuarto de invitados y, tras acomodarla en la cama, le quitó los zapatos y la falda. A continuación, hizo lo propio con la chaqueta y la blusa, dejándola en braguitas y sujetador. Trató de no fijarse demasiado en su bonita figura mientras hacía lo que era necesario.

La alzó lo suficiente para retirar la colcha y arroparla,

advirtiendo el leve aroma de rosas que desprendía su piel lechosa.

Brannon la contempló en silencio. Tenía la coleta medio deshecha, y varios mechones de cabello cubrían su rostro ovalado. Brannon le quitó las gafas y le retiró el pelo de la cara. Luego, movido por un impulso, le quitó la gomilla que lo mantenía en su lugar. Las doradas hebras cayeron en cascada sobre sus manos.

–Se me enredará mientras duermo –murmuró ella.

–Que se enrede. Tienes el pelo más bonito que he visto nunca –lo recorrió con los dedos mientras sonreía dulcemente–. ¿Cansada?

–Mucho –Josette respiró hondo–. Lamento ocasionarte tantas molestias.

–Ninguna molestia. Tengo que volver al trabajo, pero estaré aquí a las cinco y media. Duerme. Necesitas recuperarte para seguir con la investigación.

–Está bien –Josette buscó sus ojos lentamente–. No ha sido culpa tuya.

–Tendría que haber imaginado que intentarías hacer de heroína.

–No te culpes.

–Debería haber recibido el disparo yo, no tú.

Ella consiguió esbozar una sonrisa.

–Me pondré bien.

–Claro que sí. Pero tendrás que descansar un par de días. Has perdido mucha sangre –Brannon se inclinó impulsivamente y le dio un suave beso en los labios–. Duérmete, cariño. Nos veremos esta tarde. ¿Quieres que te deje algo de beber junto a la cama?

¿La había llamado «cariño»? No, lo habría imaginado.

–Por favor. ¿Algo fresco?

–¿Zumo de naranja? –sugirió Brannon, recordando que a Josette le gustaba mucho.

Los ojos de ella se iluminaron.

–Sí, por favor.

Brannon fue por el zumo. Cuando volvió y lo depositó en la mesita de noche, Josette ya se había dormido.

Permaneció junto a la cama, contemplándola durante largo rato con una expresión extraña. Jamás había llevado a ninguna mujer a su casa. No podía explicar qué impulso lo había movido a responsabilizarse de Josette. Pero ella necesitaba protección, cuidado. Lo necesitaba a él.

Brannon se conmovió al comprender que le gustaba sentirse necesitado. ¡Aunque eso era algo que jamás reconocería delante de Josette!

Josette se despertó al cabo de varias horas. El brazo le dolía, con una hinchazón y unas palpitaciones decididamente desagradables. Se incorporó con esfuerzo y miró hacia la mesita de noche. Brannon le había dejado una botella de zumo de naranja y dos frascos de pastillas: unas eran para el dolor y las otras eran un potente antibiótico. Josette tomó una de cada frasco y las tragó con el fresco y delicioso zumo.

Siguió acostada durante unos minutos, pero estaba demasiado inquieta para dormir, de modo que se levantó y buscó algo que ponerse. Finalmente, encontró unos pantalones vaqueros y una camisa de manga larga a la que le faltaba un bolsillo. Se dejó el cabello suelto, pues no pudo encontrar la gomilla, y utilizó el peine de Brannon para quitarse los enredos. Luego fue hasta la cocina, con el brazo en cabestrillo, y buscó algo de comida.

Era evidente que Brannon sabía cocinar, pues su frigorífico estaba muy bien surtido. Josette preparó unas galletas y las metió en el horno. Mientras se hacían, colocó al lado un pequeño pollo y después se atareó cocinando unas patatas y unas alubias.

Las galletas quedaron perfectas. El pollo tardó algo más.

A las cinco y media en punto, Josette lo tenía todo listo y había puesto la mesa.

Brannon llegó con una bolsa de pollo frito. Se detuvo en la puerta de la cocina y olisqueó. Algo olía deliciosamente.

–¿Eso es pollo? –inquirió señalando la cacerola–. ¡Huele que alimenta!

–Sí, porque lo preparo con romero –explicó ella tímidamente.

–Y has hecho galletas –Brannon soltó la bolsa en la encimera y se acercó a la mesa para echar un vistazo a la comida–. No deberías haberte molestado, pero me chiflan las galletas caseras –murmuró con una afable sonrisa–. No he probado ninguna decente desde que salíamos. Solía acercarme a desayunar contigo con frecuencia, porque siempre las hacías en casa.

–Sí –el recuerdo entristeció a Josette. En aquel entonces, había pensado que tenían un futuro juntos.

–Ha sido un comentario estúpido –murmuró él–. No era mi intención evocar recuerdos desagradables.

–No todos son desagradables –comentó Josette–. Vamos, siéntate y prueba una antes de que se enfríen.

Ambos se sentaron y empezaron a comer. No obstante, Brannon vio que ella apenas probaba un bocado de pollo.

–¿No tienes hambre?

–No mucha. Aún tengo el estómago algo revuelto. Espero que las galletas estén buenas –añadió Josette–. Tuve que amasarlas con una sola mano.

Él mordisqueó una.

–Están exquisitas.

Ella sonrió.

–Me alegro. ¿Eres feliz ahora que has vuelto con los rangers? –inquirió cambiando de tema.

–Adoro los rangers –contestó–. Supongo que seguiré trabajando con ellos hasta que pueda jubilarme con una pensión. Pero aún tendré el rancho. Me aporta buenos beneficios. Destino las ganancias a la compra de más ganado y maquinaria, y lo que queda lo invierto. De hecho, creo que puedo permitirme el lujo de dejar de trabajar cuando quiera.

Josette sonrió.

–Tú no estás hecho para quedarte sentado en un rancho y ver cómo los demás trabajan.

–Tienes razón. Al menos, toma un poco más de zumo –la animó Brannon al ver que hacía ademán de levantarse–. Y no te preocupes por los platos. Son cosa mía. Y mañana por la noche, cocinaré yo.

–¿Sabes cocinar? –inquirió Josette.

–No soy ningún gourmet, pero hago unos rollos de carne estupendos.

–¡Mis favoritos! –exclamó ella.

–Siempre que comíamos fuera pedías rollo de carne. No lo he olvidado.

–Me encanta.

–Rollo de carne y tarta de melocotón –murmuró Brannon sonriendo mientras recordaba–. Y *crêpes* y dulces de chocolate –su sonrisa se desvaneció–. Ojalá pudiéramos volver atrás en el tiempo. He cometido muchos errores. No sé si alguna vez podré expiarlos.

Josette rehuyó sus ojos.

–El pasado es mejor dejarlo atrás. ¿Qué has descubierto acerca de York?

Brannon se lo contó todo, incluido el hecho de que York había sido el nervioso reverendo del funeral de Dale Jennings.

–¡Creí que estaba tan nervioso porque sería novato! –exclamó ella–. ¿Qué estaría haciendo allí?

–Probablemente –dijo Brannon sin ambages– echando un vistazo a su siguiente blanco.

# 10

Josette sintió que el corazón le daba un vuelco.

–¿Crees que él asesinó a Dale? –inquirió.

–No lo sé. Es posible. Pero ¿qué relación podía tener Jennings con York, o con Jake Marsh? ¿Participarían con él en algún plan de chantaje? ¿O están conchabados con alguna otra persona? Pese a las investigaciones que hemos hecho, aún quedan muchas preguntas sin respuesta.

–Lo sé –Josette lo miró con preocupación–. Aunque York está ahora bajo custodia. Ya no puede hacerle daño a nadie.

–York es igual que Marsh. Resbaladizo. Ya ha escapado antes de la justicia. Seguramente, tendría preparados un billete de avión y documentos falsos para huir, después de haber eliminado al objetivo. U objetivos –Brannon hizo una mueca–. Este condenado caso es como un pozo sin fondo. Por cada centímetro que desciendes, descubres que aún quedan varios metros más que investigar. Alguien tiene mucho que perder, y está dispuesto a asesinar a quien haga falta para mantener su secreto.

–Puede que la señora Jennings corra peligro. Al fin y

al cabo, han atentado una vez contra ella. Quizá York ya no pueda amenazarla, pero sí algún otro.

Brannon observó a Josette con ojos entornados.

–No deberías haberte esforzado tanto –dijo suavemente–. Acuéstate. Yo recogeré todo esto.

–Me siento un poquito mareada –reconoció ella débilmente mientras se levantaba–. Mañana estaré mejor.

Volvió al cuarto y se dejó caer pesadamente en la cama, débil y temblorosa. Un minuto más tarde, Brannon entró en el cuarto y le pasó la parte superior de un pijama. Era nuevo, y parecía sin estrenar.

–Siempre tengo uno por si me disparan y he de ir al hospital –murmuró él cínicamente–. Nunca uso pijama.

Josette se ruborizó, mirando la prenda, que probablemente le llegaría hasta las rodillas.

–Me pondré la parte de abajo mientras estás aquí –añadió–. Mañana iré a tu hotel y te traeré algo de ropa.

–Gracias.

–No hay de qué. Intenta dormir un poco. Buenas noches.

–Buenas noches.

Brannon cerró la puerta. Ella se puso el pijama y se metió debajo de las sábanas. Pocos minutos después, se quedó dormida. Pero su sueño no duró mucho. Se despertó en plena noche, ardiendo de fiebre y aterrada.

Brannon abrió la puerta y se acercó a la cama, palpándole la frente con la mano.

–¡Estás ardiendo! –susurró con voz ronca.

Encendió la lamparilla de noche y, seguidamente, fue al cuarto de baño a empapar una toalla. Le frotó con ella la frente y las manos cuidadosamente, después de darle un analgésico para bajar la fiebre. Finalmente, temiendo dejarla sola en el cuarto, se metió junto a Josette debajo de las sábanas y la atrajo hacia sí, abrazándola mientras tiritaba por la fiebre.

–Oh, Marc –susurró Josette en su delirio–. ¿Por qué te fuiste?

Brannon apretó los dientes mientras ella revivía aquella última y desastrosa cita que había puesto fin a su relación. Josette siguió llorando y temblando hasta que el analgésico hizo efecto. Entonces, se quedó dormida, con las mejillas bañadas en lágrimas.

Cuando se despertó, Brannon ya estaba levantado y vestido. Josette ni siquiera sabía que había pasado con ella toda la noche. Pero, por la mañana, continuaba sin sentirse bien. El brazo le palpitaba y seguía teniendo algo de fiebre. Brannon no se separó de su lado en todo el día. Le hizo la comida, la ayudó a bañarse y le dio las medicinas, y finalmente, ya por la noche, la acomodó en la cama, tumbándose junto a ella y recostando su cabeza sobre su pecho.

–Imagino que te habrán disparado –dijo Josette cansadamente cuando el dolor empezó a remitir un poco.

–Dos veces –contestó él–. Una en la pierna y otra en el hombro.

–¿Quién cuidó de ti? –inquirió ella con aire ausente.

Hubo una pausa.

–Me las arreglé solo –respondió Brannon.

–¿Gretchen no se enteró?

–Prefiero no disgustar a mi hermana con estas cosas –contestó él rígidamente–. Además, ya tenía bastantes responsabilidades, cuidando del rancho y de mi madre. Gretchen pasó mucho con el cáncer de mi madre. Por eso, cuando esta murió, se fue de vacaciones al extranjero, donde conoció a su marido.

–Siempre me ha caído bien Gretchen –Josette suspiró.

–Tú a ella también.

–¿Cómo está el asesino a sueldo?

Brannon emitió una risita, sorprendido por el súbito cambio de tema.

–En una habitación del hospital, fuertemente custodiado. Grier lo está sometiendo a un implacable interrogatorio. No querría a ese tipo como enemigo.

–Aún no lo conozco.

–No te pierdes gran cosa. Probablemente lleva una placa cosida en los calzoncillos y un tatuaje en el trasero.

–Aunque no una placa de ranger –murmuró Josette somnolienta.

–Esas son difíciles de conseguir. Pero, en realidad, Grier tuvo una hasta hace dos años.

Ella cerró los ojos.

–Mañana estaré mejor.

Brannon le alisó el despeinado cabello, disfrutando con su olor a rosas.

–Vuelve a dormirte –le dijo suavemente.

Josette notó que él se movía, y lo agarró por la camisa.

–No te vayas –susurró, demasiado débil para fingir que no le importaba quedarse sola.

Se relajó sobre el pecho de Brannon y volvió a dormirse. Y, como le ocurrió la noche anterior, mientras ella yacía entre sus brazos en la oscuridad, él tuvo que combatir una ansiedad que no había menguado en el transcurso de aquellos dos años. Solo cuando la primera luz del alba penetró por la ventana, Brannon la dejó para irse a su cama. Era mejor que Josette no supiera que había pasado toda la noche con ella.

Al día siguiente, Josette se levantó antes que Brannon. Cuando este salió de su cuarto, la encontró en la cocina, preparando el desayuno.

–Creía haberte dicho que te quedaras en la cama –comentó acercándose a ella.

Josette intentó quedarse mirándolo. Tenía el ondulado cabello castaño despeinado, y su pecho desnudo resultaba increíblemente sexy. Ella ya había visto antes aquel pecho, musculoso y salpicado de un vello negro que se perdía por la cintura de sus vaqueros. Y lo había tocado y besado...

Josette se sonrojó, apartando los ojos.

–Estoy mucho mejor –dijo–. Me duele un poco, pero puedo soportarlo. Parece que ya no tengo fiebre.

–¿De veras? –se acercó a ella y le colocó una mano en la mejilla.

Josette notó que el corazón se le paraba. Él notó la súbita aceleración de su pulso. La camisa que llevaba puesta parecía palpitar con la fuerza de sus latidos.

Brannon extendió los dedos sobre su mejilla y, utilizando el pulgar, le acarició los carnosos labios, sensibilizándolos en medio de un silencio roto únicamente por el siseo del beicon que se freía en la sartén.

–El beicon –dijo ella ahogadamente.

Brannon la miró a los ojos con fijeza durante un segundo, antes de bajar la mano e ir hasta la mesa. El impacto de aquellos ojos, suaves y oscuros, le causó dolor. Él no le había hecho más que daño en el pasado, pero ella seguía deseándolo. Se preguntó qué diría Josette si supiera con cuánta ansiedad sus manos habían recorrido el pecho de él, mientras dormía entre sus brazos durante las dos noches anteriores.

Con manos temblorosas, Josette utilizó una paleta para colocar el beicon en una bandeja, que luego depositó en la mesa, junto a los huevos revueltos que había preparado previamente.

–Quiero volver al trabajo hoy –dijo mientras servía el café.

–Ni hablar.

Ella lo miró con agresividad.

–¡No me pagan para que me quede metida en la cama...!

–Tienes derecho a unos días de baja, como cualquier otro empleado del gobierno –repuso Brannon mientras untaba mantequilla en una galleta–. Apuesto a que no has librado ni un solo día desde que trabajas en la oficina de Simon –añadió mirándola a los ojos.

Josette retiró la mirada y tomó una galleta.

–Nunca me pongo enferma.

–Ni yo, por lo general, pero has recibido un disparo. Hoy te quedarás en casa –agregó Brannon, arrebatándole impacientemente la galleta que intentaba untar de mantequilla con una sola mano, y untándola él mismo.

Ella volvió a tomar la galleta cuando Brannon se la ofreció.

–Está bien –asintió escuetamente–. Un día más. Solo uno.

–Ya veremos.

Josette se fijó en su pecho, y retiró la mirada rápidamente. No era excesivamente musculoso, pero sí fornido y fuerte.

Brannon se terminó el beicon y los huevos revueltos, y se reclinó en la silla con la taza de café en la mano, observando su intento de no mirarle el pecho. Le hizo gracia que siguiera siendo tan tímida.

–Tú también podrías quitarte la camisa –comentó mientras tomaba un sorbo de café–. Así podríamos comparar heridas.

–Tú ya has visto la mía –señaló ella, tratando de no reaccionar.

–Y mucho más –añadió Brannon con una sonrisa traviesa.

Josette se sonrojó, y estuvo a punto de derramar el café.

–Ya es suficiente, Brannon.

–Otra vez con esas, ¿eh? Tal vez piensas que no nos conocemos lo bastante para llamarnos por nuestro nombre de pila.

Ella soltó la taza y se limpió la boca con la servilleta.

–Dado que no me dejas salir, volveré a acostarme.

Brannon se levantó, bloqueándole el paso. Sus manos, grandes y cálidas, tomaron su rostro y la obligaron a mirarlo a los ojos.

–Sigues resentida por la forma en que te dejé.

–Sí, bueno, algunos recuerdos son más vívidos que otros –la voz de Josette sonaba extraña. El contacto de aquellas manos recias en sus mejillas hacía que se derritiera por dentro.

–En el juicio, declaré en favor del chico basándome en sus afirmaciones y en el informe del médico. ¿Cómo crees que me sentí cuando comprendí que aquella noche decías la verdad?

Josette buscó sus ojos.

–De eso hace mucho tiempo.

–Para mí, no. Cometí un error. Un error terrible. En vez de recibir apoyo, comprensión y justicia, fuiste tratada como si tú hubieras cometido el delito. Eso te marcó. Aún llevas las heridas. Unas heridas que no son tan fáciles de tratar como la de tu brazo.

La mirada de Josette descendió hasta su pecho.

–Puedo vivir con mis cicatrices.

–Bueno, pues yo no –dijo Brannon tajantemente. Sus ojos brillaban como dos puntos de plata iluminados por el sol–. ¡No puedo soportarlas! Vistes como una solterona. No sales con nadie... Sí, lo sé –añadió cuando ella alzó los ojos, sorprendida–. Me lo ha dicho Simon. Dice que no dejas que ningún hombre se acerque a ti. Y todo es culpa mía, Josette. ¡Culpa mía!

Ella cerró los ojos. Casi todo era cierto, se dijo. Se había negado a pensar en el pasado. Pero el pasado y el presente estaban entrelazados, formando un círculo interminable.

Las cálidas manos de Brannon bajaron hasta su cintura.

–No podía soportarlo, por eso dejé los rangers e ingresé en el FBI. Pero ni siquiera eso resultó. Los recuerdos siguieron atormentándome –acarició suavemente la pequeña cintura de ella–. Gretchen me dijo que no me culpabas.

Ella observó su duro semblante, sorprendida por la indecisión que se reflejaba en él.

–Es cierto –dijo–. Pero yo creía que tú me guardabas rencor por haber acusado a Bib Webb de la muerte del señor Garner. Pensaba que, después de aquello, no querrías verme nunca más...

–Dios santo –Brannon la atrajo hacia sí, abrazándola tan tiernamente como pudo. Recorrió con los labios la suave superficie de su cabello–. Suelo tener diferencias de opinión con mucha gente, pero eso no me incita a dejar mi trabajo e irme del estado.

Josette sonrió para sí.

–Lo tendré en cuenta.

–Me fui porque sabía que te había juzgado mal. A pesar de nuestra relación, aún tenía mis dudas –confesó Brannon–. Si eras una mujer capaz de acusar a un chico inocente de violación... En fin, era una cuestión de confianza. Soy desconfiado por naturaleza. Y, teniendo en cuenta tu pasado, o lo que yo creía que era tu pasado, fui demasiado receloso. Y luego, aquella noche, perdí la cabeza por completo –cerró los ojos–. Después de dejarte, di vueltas con el coche durante horas, tratando de aceptar que me había equivocado.

Josette lo miró a los ojos.

–Siempre estaremos en bandos opuestos, Brannon –dijo sin sonreír–. No confías en los demás. Ni yo tampoco. Ya no.

–Al menos, se demostró tu inocencia cuando ese canalla murió huyendo de la policía, tras violar y casi estrangular a esa mujer de Victoria –dijo Brannon, intentando ver el lado bueno de lo sucedido.

–No es que ya importe mucho –contestó Josette–. Tengo un buen empleo, colegas amables y una carrera prometedora.

Él entrecerró los ojos.

–¿Y qué me dices de iniciar una familia? ¿De tener hijos?

Josette se giró.

–No quiero casarme.

De repente, Brannon lo comprendió todo. Una mujer como ella, con su trágico pasado, se había entregado a él por completo aquella noche fatídica. No habría sido capaz de acostarse con ningún hombre después de sus terribles experiencias. Si se entregó a Brannon aquella noche, fue porque lo amaba. Era la única explicación posible.

Josette lo amaba. Y él, al descubrir que era virgen, se sorprendió tanto que se apartó de ella como si fuera una leprosa. Luego la llevó a su casa y, exceptuando la torpe llamada telefónica que le hizo aquella misma noche para ver cómo estaba, no volvió a dirigirle la palabra nunca más.

Brannon se metió las manos en los bolsillos de los vaqueros, con el semblante más grave que nunca.

–Podríamos haber resuelto muchos problemas aquella noche, si hubiéramos sido sinceros el uno con el otro.

Ella desvió la mirada.

–Me sentí avergonzada.

La mandíbula de Brannon se tensó.

–No hasta que yo paré –murmuró en tono culpable.

Josette se ruborizó y salió al pasillo.

–¡No pienso discutir contigo! –rugió–. Estoy dolida. ¡Déjame en paz!

Brannon la siguió hasta el dormitorio.

–No vas a huir esta vez –dijo acercándose a ella–. Nunca más.

Josette alzó ambas manos, haciendo una mueca al sentir un pinchazo en el brazo izquierdo.

–Tonta –murmuró él mientras la atraía hacia su pecho desnudo–. Eres vulnerable.

–¡No quiero que me abraces! –exclamó ella furiosa.

–Es curioso, porque estas dos últimas noches has dormido abrazada a mí.

–¿Qué? –Josette lo miró.

Él le apartó el largo y terso cabello de la mejilla.

–Si yo hubiera recibido un disparo y estuviera ardiendo de fiebre, ¿me habrías dejado durmiendo solo en otra habitación?

–Por supuesto que no –respondió ella sin pensar.

–Pues eso.

–Pero habría sido algo impersonal.

–Y fue casi impersonal.

–¿Casi?

Brannon le deslizó las yemas de los dedos por el cuello, provocándole escalofríos.

–Para un hombre es difícil ver las cosas de forma impersonal cuando está duro como una piedra.

Josette no daba crédito a lo que oía. Sus ojos se abrieron como platos.

–Lo consideré como una penitencia –murmuró él–. No dejabas de acariciarme el pecho y de susurrar cuánto me deseabas. Solo soy humano, Josie.

–¡Yo nunca...! –exclamó ella, horrorizada.

Brannon enarcó una ceja y sonrió lentamente. Resultaba endiabladamente atractivo cuando hacía eso.

–No es cierto, pero estuve toda la noche fantaseando con que lo hicieras –se encogió de hombros–. Hace mucho que no estoy con una mujer. Me excito fácilmente cuando llevo tanto tiempo de abstinencia.

Ella lo miró a los ojos fijamente, fascinada.

Brannon vio en ellos la pregunta que Josette no se atrevía a formular. Le acarició los labios con la boca, entreabriéndolos suavemente.

–Dos años –susurró–. Llevo dos años sin acostarme con nadie, Josie. Desde aquella noche en que perdí la cabeza contigo.

Mientras ella intentaba asimilar lo que oía, Brannon deslizó una mano en el interior de su camisa. Le acarició un seno con los dedos mientras seguía jugueteando con su boca, mordisqueándole el labio superior, pellizcándole con suavidad un pezón. Brannon notó que el cuerpo de Josette se tensaba, oyó el suave y atónito jadeo que emitía contra su boca.

–Sí –murmuró mientras devoraba ávidamente sus labios. Conforme seguía besándola, le abrió la camisa y luego se retiró un poco para quitársela, dejando sus senos, pequeños pero hermosos, al descubierto–. Ni siquiera en mis sueños eres tan bella –musitó.

Luego se inclinó, y Josette sintió cómo su boca descendía con delicadeza hasta los pezones.

Se estremeció.

Él alzó la cabeza un milímetro.

–No voy a morderte –susurró–. Solo quiero saborearte.

Ella sintió cómo su lengua lamía el duro pezón, y arqueó la espalda, experimentando un ardiente calor en el abdomen y una súbita humedad más abajo. Enterró sus manos temblorosas en el rizado cabello de Brannon.

Él intentó desabrocharle los pantalones con la mano libre, pero ella lo detuvo agarrándole la muñeca. Brannon suspiró contra su seno, pero no insistió. Segundos después, alzó la cabeza y atrajo la desnudez de Josette contra la suya propia, haciéndole sentir el contacto del vello de su pecho sobre los sensibles pezones, mientras la miraba a los ojos.

–Aún no te has hecho esa operación –conjeturó.

Ella tragó saliva, intentando recobrar el resuello.

–Ya te lo he dicho... y te lo repito. No tengo relaciones con hombres –vio que los ojos de Brannon brillaban de deseo. El pulso le latía con fuerza en el cuello. Su cuerpo permanecía rígido–. Sí, lo sé, vivo en la Edad Media.

–La castidad no es algo por lo que debas disculparte –dijo él con calma, observándola–. Yo la respeto.

Josette bajó la mirada hasta sus senos desnudos, apretados contra el pecho de él.

–Claro, ya lo veo.

Brannon sonrió suavemente.

–Estos son juegos preliminares –dijo en tono amable y provocativo–. Perfectamente admisibles, incluso entre la gente más devota.

Las manos de Josette se posaron en su amplio pecho.

–Suéltame.

Él así lo hizo, lentamente y con visible desgana. Luego volvió a cerrarle la camisa, después de dirigir una última y larga mirada a sus pechos.

–Ni siquiera una estatua griega podría compararse contigo –murmuró mientras le abrochaba los botones–. Tienes los senos más bonitos que he visto jamás.

–No deberías decirme esas cosas –contestó Josette azorada.

–Pues tú puedes decírmelas cuando te apetezca.

–Tú no tienes senos.

Una sonrisita lenta y traviesa arqueó los labios de Brannon.

–Pero tengo otras cosas...

Josette lo empujó con fuerza.

–¡Ya basta!

Él se echó a reír. La tomó en brazos con facilidad y la llevó hasta la cama, inclinándose para contemplar su enojado semblante.

–Podrías preguntarme por qué hace dos años que no tengo relaciones sexuales.

–¿Por... qué?

Él la miró a los ojos.

–Creo que lo sabes, Josie –dijo antes de incorporarse y salir del dormitorio. Pocos minutos después, se despidió de ella en voz alta mientras cerraba la puerta principal. Josette seguía sentada en la cama, tratando de descifrar aquel críptico comentario. No estaba más cerca de resolverlo cuando volvió a quedarse dormida.

# 11

Cuando Brannon volvió, traía consigo el maletín de Josette y ropa suya. Se mostró amable y educado, pero completamente distante. Josette se preguntó si lamentaría lo sucedido pocas horas antes. No tuvo ocasión de preguntárselo, porque volvió a marcharse tras dejarle sus cosas.

Al final del día, cuando Brannon regresó del trabajo, encontró a Josette hablando por teléfono, con sus notas diseminadas sobre la cama y una libreta y un bolígrafo al lado.

Se había cambiado de ropa. Llevaba un pantalón de chándal gris y un holgado jersey de manga larga y cuello vuelto, y el pelo recogido en una pulcra coleta.

Alzó la cabeza para mirarlo mientras hablaba, sintiendo curiosidad por la extraña expresión de su semblante mientras se dirigía a la cocina.

Cuando acabó de hablar, Josette colgó el teléfono, recogió su libreta y fue a reunirse con él.

Brannon estaba preparando unos sándwiches.

–¿Jamón, queso o salami? –le preguntó.

–Me preparé una ensalada poco antes de que llegaras –explicó ella–. Es lo que suelo tomar de cena.

Él asintió y siguió con lo que estaba haciendo.

–He estado seleccionando algunas pistas –siguió diciendo Josette–. Simon consiguió que Phil volviera del FBI, de modo que llamé a Phil para pedirle que investigara los antecedentes de Sandra Gates. Luego telefoneé a la ayudante del fiscal para comentarle cómo va la investigación. Pondrá a su experto en delitos informáticos en contacto con Phil. Ese experto es Grier, supongo.

Brannon asintió de nuevo.

–¿Me estás escuchando? –inquirió ella, exasperada.

Él acabó de preparar los sándwiches y los colocó en un plato antes de mirarla. Sus ojos reflejaban una dureza que Josette no había visto en mucho tiempo.

–¿Es una declaración de intenciones? –preguntó, señalando con el mentón la ropa que llevaba puesta.

–¿Una declaración de intenciones? –inquirió Josette desconcertada.

–Vas vestida como una vagabunda –respondió Brannon–. Con ropa típicamente unisex.

–¿Y qué querías? –repuso ella acalorada–. ¿Que te esperara con un salto de cama transparente, y me pusiera a jadear al verte entrar por la puerta?

Él entornó los ojos.

–No –respondió con calma.

–Entonces, ¿qué sucede?

–No consigues olvidarlo, ¿verdad, Josie? –dijo Brannon en tono suave y cauteloso–. No harás nada que pueda incitarme... Ni siquiera dejarte el cabello suelto.

Ella clavó los ojos en las notas que tenía en la mano. Instantes después, alzó la vista para mirarlo de nuevo. No consiguió articular palabra. El dolor resultaba bien patente en sus ojos negros.

–Aún te falta confianza, ¿verdad? –prosiguió él–. Sigues viéndome como el hombre que te dejó sin darte ninguna explicación.

–Supongo que eso es cierto –contestó Josette–. Aunque no se trata únicamente de confianza. Tú me deseas, pero solo eso. No necesitas una mujer en tu vida, Marc. Eres una persona autosuficiente. Solitaria por naturaleza –se encogió de hombros–. Yo también lo soy, en realidad. Me gusta estar sola, disponer de mi propio espacio, no tener que responder ante nadie. No... no quiero cambiar de vida ahora. Me he acostumbrado a las cosas tal como están.

–¿Qué sabes de mí?

Era una pregunta curiosa. Josette no acababa de entenderla.

–Naciste en Jacobsville. Has sido ranger de Texas desde los veintiséis años, exceptuando el tiempo que estuviste con el FBI. Tienes treinta y tres años, y tu hermana está casada con un jefe de estado extranjero.

–Lo único que conoces son detalles externos –Brannon se sirvió café antes de seguir hablando–. ¿Qué clase de música me gusta? ¿Qué libros leo? ¿Cuáles son mis aficiones? ¿Qué quiero hacer durante el resto de mi vida?

Ella podría haber respondido aquellas preguntas, pues conocía la mayoría de las respuestas. Pero no pensaba arriesgarse a sufrir otro rechazo. No confiaba en él.

–No lo sé –se limitó a decir.

–Exacto. Ni quieres saberlo –Brannon la observó durante largos instantes–. Te traicioné una vez y no consigues olvidarlo.

–Me traicionaste dos veces –repuso Josette.

Él arqueó las cejas.

–¿Dos veces?

–Me vendiste al fiscal en el juicio de Dale.

–No es verdad. Ya te dije que fue Bib quien le dio esa información, sin conocimiento mío.

–Pero tú le contaste a Bib todo acerca de mi pasado.

Brannon no pudo negarlo.

–Sí, se lo conté –respondió–. Y cuando supe lo que

Bib había hecho, le dije la verdad. Él se disgustó tanto como yo, pero ya era tarde para cambiar lo sucedido.

–Ya no tiene importancia, Brannon –dijo Josette dándose media vuelta–. Volvamos a ser simples colegas y no compliquemos más el asunto. De todos modos, seguro que puedes tener a todas las mujeres que quieras.

Se oyó un fuerte golpe seco tras ella, como si él acabara de dar un puñetazo en la mesa. Josette no se volvió. Siguió caminando en dirección al dormitorio. Una vez allí, soltó la libreta, descolgó el teléfono y continuó trabajando en el caso.

A partir de entonces, Brannon y ella volvieron a ser enemigos. Se trataban con educación y cordialidad, pero nada más. Al día siguiente, Josette regresó al hotel, agradeciendo a Brannon que hubiese cuidado de ella. Un agradecimiento que él apenas escuchó.

Dos días más tarde, después de intentar telefonear a la señora Jennings, sin obtener noticias de ella ni del guardaespaldas contratado para protegerla, Josette se subió en su coche alquilado y condujo hasta Elmendorf, sin avisar a Brannon.

Al llegar al apartamento de la anciana, llamó a la puerta, pero no hubo respuesta. Josette decidió acercarse al apartamento de al lado, donde vivía la señora Danton, que tan amablemente había accedido a tomar recados para la señora Jennings mientras le instalaban a esta el teléfono.

–No, no la he visto desde anteayer –explicó la señora Danton con el ceño fruncido–. Pero ayer recibió visita –se apresuró a añadir–. Un hombre y una mujer muy bien vestidos, con un lujoso coche negro. Ella llevaba puesto un sombrero con velo. Era rubia, muy atractiva.

–¿Cuánto tiempo estuvieron aquí? –preguntó Josette con inquietud.

–No mucho. Una hora, quizá. Salieron, se subieron

en el coche y se fueron. Supuse que quizá eran parientes suyos, puesto que se llevaron algunas de sus cosas.

–¿Qué cosas?

–Una pequeña caja de madera, parecida a una caja de puros, y una especie de libro. Una Biblia, tal vez. El hombre llevaba un cigarrillo en la mano, pero no fumaba. Lo aplastó en el suelo del camino de entrada con el zapato, poco antes de marcharse. Y qué zapatos tan elegantes. Negros, de esos con la puntera calada.

Josette empezó a intranquilizarse de veras. Fue al camino de entrada, situado delante de la casa, y vio el cigarrillo aplastado. Cautelosamente, sacó un pañuelo y lo recogió, envolviéndolo con cuidado y guardándolo en su maletín. Seguidamente, dejó el maletín en el coche, además del bolso, y recogió el teléfono móvil, que se guardó en el bolsillo.

Luego volvió al apartamento de la señora Jennings, acompañada de la vecina, y se asomó por las cortinas. No se veía nada. Fue hasta la puerta trasera y acertó a ver la cocina a través del cristal, pero no había nadie allí, y las luces estaban apagadas. Josette encontró, sin embargo, una ventana entreabierta, y el olor que salía por la abertura era inconfundible.

Josette activó el teléfono y marcó el número de los servicios de urgencias, así como el de la patrulla del sheriff que vigilaba aquella zona, pidiéndoles que enviaran no solo una ambulancia, sino también un equipo de investigación criminal. Luego llamó a Brannon. No estaba en la comisaría, pero consiguió que le remitieran el mensaje.

–Cree que le ha pasado algo, ¿verdad? –preguntó nerviosamente la señora Danton.

–Váyase a casa –le dijo Josette amablemente–. Le agradezco su ayuda, pero no hará falta que esté aquí cuando entremos.

La anciana hizo una mueca. Se giró, con los brazos cruzados sobre el pecho, y regresó a su apartamento.

Josette esperó fuera hasta que llegaron la ambulancia y un coche del sheriff conducido por un joven agente.

–Un olor inconfundible sale del apartamento –explicó al agente después de presentarse–. Creo que probablemente ha muerto. Estaba relacionada con un caso en el que estoy trabajando, con la colaboración de un ranger de Texas y la oficina del fiscal. Si la señora Jennings ha muerto, se trata seguramente de un asesinato.

–¿Está segura? –inquirió el joven, algo dubitativo.

–Absolutamente –contestó Josette.

Tuvieron que forzar la puerta principal. Un fuerte hedor los asaltó en cuanto la abrieron. No tardaron en encontrar a la señora Jennings. Estaba tumbada boca arriba junto a la puerta de la cocina, con los ojos abiertos y marcas redondas de quemaduras en los tobillos y las muñecas. Había un pequeño agujero de bala en el talle de su vestido de algodón.

Encontraron al guardaespaldas encerrado en un armario, maniatado y amordazado, pero ileso. Sin embargo, no pudo aportar ninguna información de valor, pues lo habían noqueado por la espalda y no llegó a verles la cara a los agresores.

Al cabo de unos minutos, se oyó un chirrido de frenos en el exterior.

Josette salió a tiempo de ver cómo Brannon se apeaba de su coche, seguido de otro vehículo conducido por Alice Jones, de la oficina del forense.

Josette asintió a Brannon y esperó a Alice.

–¿Ahora trabajas en homicidios, Langley? –bromeó Alice mientras subía las escaleras.

–Y tú sigues diseccionando gente, supongo.

Alice se echó a reír y la abrazó.

–Da para comer.

Los tres entraron en el apartamento. Lo habían destrozado por completo. Era como si un tornado hubiese barrido las habitaciones escasamente amuebladas. Todos los muebles de la anciana habían sido registrados y vaciados. Y allí, en medio del caos, yacía el cadáver, ahora cubierto con una sábana.

Josette recordó lo mucho que la señora Jennings había querido a su hijo, el dolor que había sentido con su muerte. Quizá ahora ambos volvían a estar juntos.

Brannon y Josette se hallaban fuera, con el agente y dos investigadores del departamento del sheriff, ayudando a mantener alejados a los curiosos, cuando Alice Jones salió y se los llevó aparte.

–Recibiréis un informe completo cuando le hayamos hecho la autopsia –les dijo–. Pero puedo adelantaros que lleva muerta unas veinticuatro horas, probablemente, y que la torturaron antes de dispararle.

–Quemaduras de cigarrillo –aventuró Josette.

–Exacto.

–Espera un momento, Alice –le dijo Josette por encima del hombro mientras iba al coche en busca del maletín. Extrajo un pañuelo y lo desdobló–. Encontré esto en el camino de entrada.

–¡Eh, Bill! –Alice llamó a uno de los técnicos–. ¡Ven a recoger esto!

El técnico salió del apartamento, con las manos enfundadas en guantes desechables. Mientras se los quitaba, observó la colilla que Josette estaba mostrando. Josette explicó dónde la había encontrado y dio la descripción de la pareja que visitó a la señora Jennings, añadiendo el nombre de la vecina que le había proporcionado la información.

–No es seguro –dijo Alice en tono profesional–, pero, en un siete por ciento de los casos, podemos obtener un perfil de ADN a partir de rastros de saliva. Cruzad los dedos.

–Cruzados están. Buen trabajo, Josie –dijo Brannon.

–Suerte –respondió Josette–. Pura suerte. Si la vecina no me hubiera dicho nada, jamás me habría fijado en el cigarrillo. Me he dado cuenta de otra cosa. No es una marca de cigarrillos habitual.

–Lo he visto –Brannon parecía furioso–. Quiero que esa gentuza vaya a la cárcel. ¡Hace falta ser muy retorcido para torturar a una anciana de esa forma!

–Según la vecina, se llevaron una caja pequeña y un libro, quizá una Biblia, del apartamento. La señora Jennings sabía algo. Pero nunca sabremos el qué.

–Tengo más noticias –dijo Brannon–. York noqueó a un celador y burló al agente que lo custodiaba en el hospital.

–¡Oh, estupendo! –musitó Josette–. Lo que nos faltaba, un asesino a sueldo rondando por ahí, y un posible objetivo, cuya identidad desconocemos, en peligro –miró de soslayo hacia el apartamento–. ¿No supondrás que...?

–La descripción que dio la vecina de ese hombre no encaja con la de York –dijo Brannon. Entrecerró los ojos–. Pero he consultado los archivos. Jake Marsh siempre lleva zapatos de puntera calada.

–¿Tiene mujer o novia? –inquirió Josette.

Brannon enarcó una ceja.

–He oído decir que tiene dos esposas –murmuró–. Pero nadie ha podido demostrarlo.

–La señora Danton dijo que lo acompañaba una rubia muy atractiva, con un elegante sombrero con velo –siguió diciendo Josette.

–No es una pista muy reveladora.

–Ya. Lo sé –Josette hizo una mueca–. Supongo que alguien le habrá comunicado al pobre señor Holliman la muerte de su hermana.

–Aún no –contestó–. He pensado que debíamos darle la noticia nosotros personalmente, porque ya lo conocemos.

–¿Te fijaste en que vaciaron todos los cajones? –preguntó Josette mientras Brannon y ella se dirigían al rancho del señor Holliman.

–Sí.

–Eso quiere decir que lo que estaban buscando, fuera lo que fuese, era lo bastante pequeño para caber en un cajón.

Brannon asintió lentamente.

–Buena deducción.

–Soy una investigadora entrenada –dijo ella arrastrando la voz.

–Y eso es lo único que le pides a la vida, ¿verdad? –inquirió Brannon–. ¿Trabajar hasta que tengas edad suficiente para jubilarte?

Josette frunció el ceño.

–¿Tiene eso algo de malo?

–Antes te encantaban los niños –le recordó Brannon–. Recuerdo que los mirabas ensoñadoramente mientras jugaban, cuando íbamos a almorzar al parque.

–No se puede tener hijos sin sexo –señaló ella.

–Qué directa.

–Es el único lenguaje que entiendes –respondió Josette mirándolo de reojo.

–¿Y qué problema tienes con el sexo? Es un componente fundamental de la vida. Una experiencia hermosa entre dos personas que se quieren.

–Si están casadas.

Brannon meneó la cabeza y se rio suavemente.

–Debes de ser la única mujer que conozco que piensa así.

–Siempre he tenido mi propia forma de pensar, como tú me recuerdas continuamente –dijo Josette mirando por la ventanilla.

–Si te operaras, podrías tener relaciones sexuales conmigo.

Ella se reclinó en el asiento, cerrando los ojos.

–Y luego me dejarías por la siguiente conquista. Me deseas solamente porque no puedes tenerme.

Brannon se rio.

–Eso tiene gracia.

Josette se giró hacia él.

–¿Por qué?

Brannon enfiló el largo camino que conducía al rancho y la miró un momento antes de acelerar.

–Porque podría haberte tenido cuando quisiera hace dos años –dijo con calma.

–¡Eso es...!

–Si vas a decir «mentira», no malgastes saliva –la interrumpió él–. Fui yo el que se echó atrás aquella noche –le recordó–. Tú me suplicabas que no parase.

Josette apretó los dientes.

–¡Basta! –gimió.

–¿Por qué estás tan avergonzada? –insistió Brannon–. Somos dos personas adultas, Josette. No es ninguna perversión hacer el amor.

Ella cerró los ojos, angustiada.

–Disfrutaste conmigo. Y yo disfruté contigo. Jamás me excité tanto con unos escarceos tan inocentes –añadió Brannon con delicadeza.

–¡Inocentes! –exclamó Josette, casi atragantándose con la palabra.

–Sí, inocentes. Siento lo que ocurrió aquella noche, Josette. Lo siento de veras. Llevaba mucho tiempo deseándote. Estábamos solos en mi apartamento, y tú te mostraste tan receptiva que perdí el control. Jamás me había ocurrido.

–Oh.

–Y no fui el único –añadió él–. Tú también perdiste el control, Josie. Por eso no puedes afrontar lo que sucedió. Me deseabas hasta tal punto, que sollozabas de puro deseo. Me suplicaste que no parara. Y yo me sentí tan mal cuando comprendí lo que eras, lo que habías pasado por mi culpa, que solo podía pensar en salir por la puerta.

Brannon se detuvo ante una señal de stop y se giró hacia ella.

–Agravé mis errores al no explicarte por qué me iba.

Me consumía la vergüenza por lo que te había hecho. Y por haberte abordado sexualmente, después de lo que había ocurrido en tu pasado. Tendrían que haberme azotado con un látigo.

–Pero no fue del todo culpa tuya –dijo Josette–. Yo te... –desvió la mirada y aferró con fuerza el maletín que tenía sobre las piernas–. Te...

–Me deseabas –dijo Brannon por ella–. No es una palabra sucia. El deseo sexual es el medio concebido por Dios para perpetuar las especies. No es malo –alargó la mano y tomó fuertemente la de ella–. Aquella noche deseaba desesperadamente hacerte el amor. Pero no como un rollo de una noche o una aventura pasajera. En absoluto –sonrió débilmente–. Cada vez me costaba más separarme de ti. Incluso me resultaba difícil volver a mi casa, por las noches –confesó–. Busqué las excusas más absurdas para encontrarme contigo, en el campus, en la ciudad, donde fuera. Hasta empecé a ir a misa, para poder verte los domingos.

Josette lo miraba sorprendida, con los ojos muy abiertos.

–Lo que sentía por ti no era una simple atracción física –siguió diciendo Brannon.

Ella titubeó.

–¿No?

Él entrelazó sus dedos con los de Josette.

–Posees muchas cualidades maravillosas, Josie –dijo suavemente–. Eres generosa, tienes un gran corazón y aprecias a los demás. Eres honesta, detestas las mentiras y jamás te arredras ante un trabajo porque este sea duro o peligroso. Y eres la mejor compañía que he tenido jamás. Incluso me encantaba ir al parque contigo, ver cómo mirabas a los demás. Pero entonces no comprendía que lo que sentía por ti era algo más que puro deseo.

–¿Era... algo más? –inquirió ella con voz ronca.

–Tú eso ya lo sabes –respondió Brannon–. Pero no

te decides a confiar en mí, porque sigues anclada en el pasado. Mientras no destierres de tu corazón esa ira y ese resentimiento, no tendremos esperanzas de iniciar una nueva relación.

Josette se removió incómoda en el asiento.

–¿Qué clase de relación podríamos tener?

Él le acarició la palma de la mano con el pulgar.

–La que tú quieras –contestó abiertamente–. Deseo ser tu amante. Eso ya lo sabes. Pero me conformaré con lo que quieras darme, aunque solo sea amistad.

Los ojos de Josette se suavizaron, llenos de desconcierto y curiosidad.

–No quiero presionarte –añadió Brannon–. Pero me gustaría que nos conociéramos de nuevo.

Ella tragó saliva.

–Tú vives en San Antonio. Y yo vivo en Austin.

–Podrías trabajar aquí, en la oficina del fiscal –señaló él–. Sé que necesitan personal. O yo podría trasladarme a Victoria, y tú solicitar un puesto con el fiscal de Jacobs County y trabajar en Jacobsville.

–Sería como un... compromiso.

Brannon asintió.

–Sí. Un compromiso.

Josette exhaló un suspiro.

–Y... ¿qué esperarías de mí?

–¿Ahora o a la larga?

–Ahora.

Él esbozó una sonrisa.

–Una acompañante para la ópera, el ballet y el teatro –dijo–. Solíamos compartir esas aficiones.

El rostro de Josette se iluminó.

–Sí. Disfrutaba mucho saliendo contigo.

–Y yo disfrutaba simplemente estando contigo –Brannon se llevó la mano de ella a los labios y la besó ávidamente, provocándole un cosquilleo–. No trataré de seducirte –prometió.

–Tendré que pensármelo –dijo Josette al cabo de un

minuto. Tenía el corazón acelerado. Su cuerpo rebosaba de sensaciones, de esperanza.

Brannon lo vio en la expresión de sus ojos y sonrió.

–Tómate el tiempo que necesites.

Le soltó la mano y prosiguió el camino hacia el rancho de Holliman. Parecía un nuevo principio, se dijo. Solo esperaba no estropear las cosas esa vez.

# 12

El señor Holliman los esperaba en el desvencijado porche cuando detuvieron el coche delante de la casa. Sonrió, hasta que les vio las caras de cerca.

–Ha ocurrido algo, ¿verdad? –preguntó inseguro, con expresión tensa.

–Sí. Lamento tener que decirle que su hermana ha sido asesinada –dijo Brannon sin rodeos.

–¿Asesinada? –el anciano se quedó mirándolos unos segundos, sin hablar–. ¿Cómo?

–De un tiro –contestó Brannon sin entrar en detalles–. No sabemos quién lo hizo. Saquearon su apartamento, de modo que pensamos que los agresores buscaban algo. Se llevaron dos objetos, pero ignoramos si contenían lo que andaban buscando. Suponemos que se trataba de algo que había pertenecido a Dale Jennings. Lo estamos investigando.

El señor Holliman se dejó caer pesadamente en la mecedora del porche.

–Tendré que encargarme de los trámites... –alzó la mirada–. ¿Está en el hospital? –inquirió.

–Sí. El forense tendrá que hacerle la autopsia, y las pruebas pasarán a un laboratorio para ser analizadas. Una vez acabada la autopsia, se harán las gestiones para que pueda ser enterrada. Puede usted llamar a Alice Jones, de la oficina del forense. Ella le dirá todo lo necesario.

–Lo haré. Y llamaré a la funeraria –dijo el anciano, irguiendo la cabeza–. No esperaba tener que hacer frente a dos funerales en menos de una semana –suspiró–. Ahora soy el único que queda de la familia –murmuró con tristeza–. El único...

–¿Hay algo que podamos hacer? –preguntó Josette, interrumpiéndolo amablemente.

–Sí –los ojos acuosos del anciano brillaron–. Capturen al asesino. Asegúrense de que sea castigado. ¡Porque seguro que quien mató a mi hermana asesinó también a mi sobrino!

Brannon dejó a Josette en la oficina del fiscal. Ella abrió la portezuela del coche y se detuvo, volviéndose para mirarlo.

–He estado pensando –dijo–. ¿Y si Jennings tenía una caja de seguridad?

Brannon asintió lentamente.

–Es posible. Lo comprobaré. Luego te llamo.

–De acuerdo.

–Una cosa más –añadió Brannon suavemente.

Josette enarcó las cejas, sonriendo.

Él se inclinó hacia ella.

–Si te sientes mal, pide a alguien que te lleve a mi piso y telefonéame. No quiero que te quedes sola bajo ningún pretexto. Ese asesino a sueldo sigue suelto.

Se refería a York. Josette se quedó mirándolo, con una extraña sonrisa en los labios. Brannon se mostraba muy protector. Y eso a ella no debería gustarle. Pero le gustaba.

–Está bien.

Cerró la portezuela del coche y luego observó cómo se alejaba, antes de entrar en la oficina para informar de sus progresos. Por fin le presentaron a Grier, quien la invitó a entrar en su oficina.

Cash Grier tenía treinta y ocho años, era alto, de ojos negros, y llevaba el pelo largo recogido en una coleta. Iba vestido con vaqueros, camiseta negra y botas. Era el experto en informática y, sin duda, conocía su trabajo, como pudo comprobar Josette al cabo de unos minutos de conversación.

–Sandra Gates fue la responsable del traslado de Jennings a una prisión estatal –declaró Grier–. He rastreado todas las conexiones que ha hecho en estos últimos tres meses, además de examinar su cuenta bancaria –añadió–. Por sus trabajos de *software* cobra comisiones fijas, de cuatro cifras. Pero tiene cincuenta mil dólares en su cuenta de ahorro. Fueron ingresados de golpe, el mismo día en que Jennings murió.

–¡Bingo! –exclamó Josette sonriendo–. ¿Puedes demostrarlo?

–Sí. De hecho, he reunido pruebas suficientes para solicitar una orden de arresto. Solo hay una pequeña pega.

–¿Cuál?

–Ha volado del nido –contestó Grier, reclinándose en la silla, con sus ojos negros firmes e impacientes bajo las pobladas pestañas–. Sacó el dinero del banco, tomó un taxi y fue directamente al aeropuerto. Tu colega, Phil Douglas, la ha localizado en Argentina. Pero no podemos solicitar su extradición.

–Al menos, sabemos que está involucrada en todo esto –dijo Josette.

–Sí, pero eso no nos sirve para determinar su relación con el asesinato de Jennings, o con Jake Marsh. No tuvo contacto con nadie por Internet, exceptuando los ordenadores en los que se introdujo para alterar el expediente de Jennings. Le resultó fácil, porque el sistema informático de la prisión había fallado, con la consecuente pérdida de expedientes de algunos reclusos.

–Eso lo explica.

–Me gustaría tomar un vuelo a Argentina, meter a esa mujer en un saco y traerla de vuelta para interrogarla.

–Pídele al fiscal un billete de avión –sugirió Josette bromeando.

–Ya lo hice –Grier parecía asqueado–. Dijo que podía ponerme en la calle con una lata y un letrero para recaudar el dinero necesario.

Josette se echó a reír.

–Aún nos quedan las conexiones de Jennings con Jake Marsh. Por desgracia, York, el asesino a sueldo, se escapó del hospital.

–Sí, me he enterado –comentó Grier cruzando sus largas piernas–. Menuda chapuza por parte de la policía.

–Nadie esperaba que un hombre con una herida de bala fuese capaz de caminar.

Grier se fijó en su brazo en cabestrillo.

–A ti no parece que la herida te haya frenado mucho.

–De acuerdo. El caso es que York sigue libre y no sabemos cuál es su próximo objetivo. Aunque no creemos que él asesinara a la señora Jennings. Una vecina describió al sospechoso, y dijo que llevaba zapatos de puntera calada, los mismos que suele usar Jake Marsh.

–Sí, y trajes de dos mil dólares –añadió Grier. Se levantó y sacó su revólver de un cajón. Tras cerciorarse de que tenía echado el seguro, se lo guardó en la pistolera. Llevaba su placa en la parte delantera del cinturón, observó Josette–. Tengo cierto contacto en el hampa. Por lo general, sabe lo que se cuece en los bajos fondos. Iré a verlo.

–¿Puedo acompañarte?

Grier arrugó la frente.

–¿Para qué?

–Conozco el caso de Jennings mejor que tú –dijo ella–. Puedo hacerle preguntas que quizá a ti no se te ocurrirían.

Grier pareció absolutamente perplejo, y sus ojos brillaron de forma extraña.

–Seré discreta –insistió Josette–. Puedes decirle que soy tu colega.

–¿Brannon sabe que vendrás conmigo?

–No tengo por qué informarlo de todos mis movimientos –aseguró Josette–. Además, no le importará.

Grier entrecerró los ojos.

–Brannon es muy especial en lo que respecta a las mujeres. Le he oído hablar de ti. Tiene un genio casi tan malo como el mío, y prefiero no invadir su territorio.

–Es un asunto estrictamente profesional. Trabajo en la oficina del fiscal, igual que tú. No hay nada personal en todo esto. Bueno, ¿nos vamos?

Grier se encogió de hombros y se apartó para dejarla pasar.

Conducía un coche de policía camuflado. Al cabo de unos minutos de trayecto, detuvo el vehículo junto a una sala de billar local. Josette esbozó una sonrisita, pero Grier no lo notó.

Había dos hombres junto a una enorme mesa de billar, y otros tres sentados a una mesa próxima, jugando a las cartas.

–Hola, Bartlett –saludó Grier al mayor de los dos hombres. Luego le estrechó la mano–. ¿Cómo va eso?

–Nada mal, Grier –el hombre miró de soslayo a la mujer que lo acompañaba–. ¿Ahora te dedicas a lisiar a las mujeres?

–No le disparé yo –respondió Grier jocosamente.

Bartlett emitió una risotada. Tenía una voz ronca, propia de quien llevaba fumando muchos años. Tosió y volvió a concentrarse en la partida. Consiguió meter una bola en la tronera.

–Buen tiro –lo felicitó Josette.

Bartlett la miró con curiosidad.

–¿Juega usted al billar?

–Un poco –respondió ella sonriendo–. Me enseñó una compañera de universidad.

–No creo que ahora pueda jugar mucho –dijo Bartlett señalando su brazo. Luego miró a Grier–. ¿Qué quieres?

–Hablar contigo en privado.

–Claro –Bartlett soltó el taco y se dirigió con Grier y Josette a la cafetería de al lado, que a esas horas estaba vacía.

–¿Has oído algo últimamente acerca de la posible implicación de Jake Marsh en un asesinato? –le preguntó Grier.

El otro hombre enarcó las cejas.

–¿Y tú cómo lo sabes?

–Eso no importa. ¿Qué has oído?

–Bueno, oí decir que Marsh contrató a un conocido para que eliminara a un chantajista por él. Luego descubrió que el muerto no tenía las pruebas que lo incriminaban, las utilizadas en el chantaje. Y ahora está como loco, buscándolas y liquidando a todo aquel que se cruce en su camino.

–¿Sabes si las ha encontrado ya?

–No, pero lo dudo –dijo Bartlett arrastrando la voz–. Dicen que está muy preocupado, temiendo que lo condenen por el asesinato de Jennings. Y no es que él lo asesinara.

–¿Quién lo hizo? ¿York? –inquirió Grier.

–Yo diría que sí –respondió Bartlett–. York lleva muchos años en el negocio. Puede parecer un crío, pero es capaz de hacer cualquier cosa por dinero. Marsh lo contrata para los trabajos más sucios.

Grier le dio la descripción del hombre que había entrado en el apartamento de la señora Jennings y la había asesinado.

–No es York –convino Bartlett–. Pero tampoco es el estilo de Marsh. Él no tortura a las ancianas.

–Lo acompañaba una mujer, con un elegante sombrero y velo.

–Marsh tiene una querida. Yo nunca la he visto. Dicen que está casada con un ricacho al que Marsh conoce. Se rumorea que ella está a punto de dejar al marido por algo que va a pasarle a este.

–¿Algo relacionado con el chantaje? –preguntó Grier.

Bartlett sonrió.

–¿A ti qué te parece? Tú eres el detective, ¿no?

En el camino de regreso a la oficina, Josette permaneció callada. La presencia de aquella mujer en el apartamento de la señora Jennings resultaba inquietante. Nadie parecía considerar a Jake Marsh capaz de torturar a una anciana. De modo que, ¿y si la había torturado la mujer?

Aquello complicaba todavía más la situación. Una mujer casada con un rico, que tenía relación con Dale Jennings, quien, a su vez, poseía pruebas de alguna clase de delito. En medio de todo ello, Jake Marsh, el jefe del hampa local, y un asesino a sueldo, además de dos víctimas recientes relacionadas con lo ocurrido.

–Alguien –reflexionó Josette en voz alta– está corriendo riesgos extremos para apoderarse de esas pruebas incriminatorias.

–Alguien relacionado con Marsh y con Jennings –añadió Grier.

–Esa mujer de la que habló tu contacto, la amante de Marsh –empezó a decir Josette–. ¿Y si fue ella quien torturó a la señora Jennings, para hacerle confesar lo que sabía?

–Ya lo he visto antes.

–Hay mujeres que son peores que algunos hombres –dijo Josette.

La expresión de Grier se endureció todavía más.

–Brindaré por eso.

Josette tuvo la impresión de que lo decía por alguna experiencia personal, pero Grier era un colega, no un amigo, de modo que no le preguntó al respecto.

–¿Cómo podemos averiguar quién es esa mujer?

–Esa es la gran pregunta.

Grier detuvo el coche en los aparcamientos, justo a tiempo de ver cómo Brannon se apeaba de su deportivo negro. Se plantó las manos en las caderas y los observó con severidad mientras se bajaban del coche.

–¿Dónde diablos has estado? –preguntó a Josette.

Grier la miró, como diciéndole «ya te lo advertí», y luego se alejó tras dirigir un seco gesto de saludo al ranger de Texas.

–He ido con Grier a hablar con uno de sus contactos –explicó ella con calma.

–Puedes contármelo todo mientras comemos algo. Estoy hambriento.

–Escucha, Brannon... –empezó a decir Josette.

–¿No tienes hambre?

–No –su estómago gruñó audiblemente mientras contestaba–. Sí –se corrigió.

–Podemos hablar y comer al mismo tiempo.

–Está bien.

Se subieron en el coche y, pocos minutos después, Brannon se detuvo en un restaurante cuyos aparcamientos estaban llenos a rebosar, pese a que aún no era mediodía.

Acompañó a Josette al interior, y ambos esperaron a que les entregaran la carta. Ella pidió un surtido de pescado y café. Él también se decantó por el pescado, aunque sustituyó el café por té helado.

–Muy bien –dijo al fin–. ¿Qué habéis averiguado?

Josette se lo contó todo, abundando en la huida de Sandra Gates y en sus sospechas acerca del papel que había desempeñado aquella mujer misteriosa en la muerte de la señora Jennings.

–Demasiadas generalizaciones –comentó Brannon.

–Lo sé –ella suspiró–. Si supiéramos quién es esa mujer...

–¿El contacto de Grier no sabía nada de ella? –inquirió él en un tono excesivamente casual.

–Solo que es rica.

–¿Te pidió que lo acompañaras? –inquirió Brannon mientras pinchaba un trozo de pescado con el tenedor–. Grier conoce a muchos tipos peligrosos. Resulta arriesgado ir con él.

–¿Por qué? No parece temer a esos individuos.

–Porque es aún más peligroso que ellos –Brannon entornó los ojos–. No sabes nada de él, ¿verdad?

–Es el experto en ordenadores de la oficina –contestó Josette mordisqueando la comida.

Él se echó a reír. Se terminó el pescado y las patatas, y luego se limpió con una servilleta, tomando un sorbo de té helado antes de responder.

–¿Encaja con tu idea de un experto en ordenadores?

Josette pensó en Phil, comparándolo con Grier.

–Bueno, no –confesó.

Brannon entrecerró sus ojos grises.

–No te acerques demasiado a él –dijo sin rodeos.

Ella arqueó las cejas.

–¿Y por qué no?

Brannon se inclinó hacia delante repentinamente, de modo que su rostro quedó a escasos centímetros del de Josette.

–Porque eres mía.

Mientras Josette trataba de pensar una respuesta madura y aguda, él se levantó y tomó la cuenta. Seguidamente, llevó a Josette hasta la barra y pagó de su bolsillo.

–Tienes que dejar de darme de comer –se quejó ella mientras Brannon la acompañaba hasta el coche.

–No puedo. Estás demasiado delgada –se detuvo junto a la portezuela del pasajero. Los aparcamientos estaban vacíos. Brannon arrinconó a Josette contra el coche, aprisionándola entre sus brazos.

–Brannon –protestó ella sin respiración, mientras le aferraba la camisa.

Marc la miró a los ojos durante largos instantes, haciendo que el corazón empezara a martillearle el pecho. Josette sabía que él podía percibir su respiración entrecortada, el ardiente rubor de sus mejillas. Pero le era imposible oponer resistencia.

Brannon bajó la mirada hasta su boca, contemplándola ansiosamente.

–Está bien –dijo con voz ronca–. Lo haremos a tu manera. Con flores. Bombones. Entradas para la ópera.

–¿Qu... qué? –tartamudeó ella.

Él se inclinó para rozarle los labios con los suyos.

–Me encanta besarte, Josie –susurró–. Siempre me ha encantado.

Era difícil resistirse a un hombre como él, capaz de mostrarse tan provocativo y tan tierno. Josette abrió la mano sobre su pecho, palpando los recios músculos. Cerró los ojos.

–Nos van a detener por escándalo público –jadeó.

–Besarse no va contra la ley –musitó él contra sus labios entreabiertos.

Josette abrió los ojos brevemente y vio su expresión. Supo que no estaba fingiendo. Adoraba besarla. Y eso no era todo. Josette sentía una presión, flagrante e insistente, contra su vientre.

–Marc –susurró–. Viene un coche.

Los ojos de él parecían vacíos. Empañados. Parpadeó y respiró hondo. Luego alzó la cabeza y vio el coche que llegaba, con un único ocupante.

Josette seguía aturdida. Detrás de ella, al otro lado del deportivo negro, se oyó una risita profunda.

–Dijo que no te importaría si venía conmigo. ¡Ja!

Era la voz de Grier, que ya caminaba hacia el restaurante antes de que ninguno de los dos pudiera decir nada.

–Oh, Brannon –gimió ella, retirándose de Marc con

los ojos muy abiertos, los labios hinchados y un asomo de sonrisa.

–¿Eso le dijiste? –inquirió él suavemente.

Josette suspiró.

–Sí. Pero sí te importa –añadió comprendiéndolo de repente.

Brannon le acarició el cabello.

–Llevo la mitad de mi vida en este trabajo, pero Grier ha hecho cosas que yo jamás hubiera podido imaginar –se encogió de hombros–. Odia a las mujeres, pero ellas lo siguen como los pollos a las serpientes, prácticamente hipnotizadas.

Vaya... ¡estaba celoso! ¿Cómo no se había dado cuenta antes?

Él la miró con severidad.

–No estoy celoso –aseguró, leyendo su expresión–. Simplemente, no creo que sea seguro que vayas a ningún sitio con Grier.

Josette lo contempló. Su cabello castaño claro, sus ojos grises, su rostro atractivo y bronceado, su boca perfecta. Se echó a reír.

–Siempre he pensado que eras consciente de tu atractivo –dijo–. Pero no es así, ¿verdad?

Él cambió de postura, como si se sintiera incómodo.

–El físico no importa mucho.

Ella sonrió.

–Serías sexy y atractivo aunque tuvieras un narizón enorme y las orejas de elefante.

Brannon enarcó una ceja.

–¿Sí?

Aquel leve atisbo de inseguridad masculina conmovió A Josette. ¿De veras tenía dudas de que ella lo encontrara atractivo? Impulsivamente, le rodeó el cuello con los brazos y lo besó en los labios. Brannon pareció sorprendido, pero correspondió al beso con ternura.

–Tu único problema es ese temperamento –susurró Josette–. A tu lado, Grier parece un pacifista.

Él emitió una risita, sin sentirse ofendido.

–Me sosegaré dentro de unos cuantos años.

–¿Tú crees?

–Dicen que los niños liman las asperezas de un hombre.

–¿Los niños? –Josette observó sus ojos, perpleja, pero no encontró nada en ellos–. ¿Y tienes muchas asperezas?

–Ya hablaremos de eso. Y de los niños. Mientras tanto, ¿qué te parece si vamos a un concierto de ópera? Hay uno el sábado por la noche.

Josette titubeó.

–Estamos aquí para investigar un asesinato.

–Bien. Podemos investigar al director de orquesta y al primer violinista –contestó Brannon con desenfado–. Serán buenos sospechosos. Incluso rellenaré un informe después.

–¡Brannon! –exclamó ella exasperada.

–Los detectives podemos tomarnos una noche libre de vez en cuando. La noche del sábado será para nosotros –la besó una última vez antes de abrir la portezuela del pasajero.

–¿Averiguaste algo acerca de una posible caja de seguridad? –inquirió Josette una vez que estuvieron de nuevo delante de la oficina del fiscal.

–Nada. Lo comprobé en todos los bancos de la ciudad que no exigían una orden del juez. Y pienso comprobarlo en los demás. Pero, de momento, ninguno tiene constancia de que Dale Jennings alquilara una.

–Supón que estuviera a nombre de esa mujer.

–Podría ser –convino Brannon–. Pero, de todos modos, desconocemos su identidad. Aparentemente, no era Sandra Gates.

–Apuesto a que Grier puede averiguar quién es –dijo Josette sin pensar–. Parece desenvolverse muy bien en los bajos fondos.

–Pues deja que haga su trabajo él solo. Lo digo en serio, Josie. No estoy dispuesto a que corras ningún riesgo.

–¿Sabes algo sobre Grier que no quieres decirme?

–Información clasificada, Josie. Pero confía en mí y hazme caso, ¿de acuerdo? –insistió Brannon–. Que recibieras ese disparo ya afectó bastante a mis nervios. No quiero que te arriesgues dos veces.

Las líneas del rostro de Josette se suavizaron como por ensalmo.

–¿No? –inquirió con aire ausente, sintiendo un hormigueo de placer por todo su cuerpo.

Brannon le acarició un mechón de cabello.

–Josie, ¿cómo te sentirías si yo recibiera un disparo?

Su involuntaria exclamación fue lo suficientemente reveladora. De repente, fue como si todas las máscaras hubieran desaparecido y lo estuviera mirando con el corazón reflejado en el rostro.

La esbelta mano de él se posó en su mejilla, mientras su pulgar le acariciaba los labios.

–Al menos, aún sientes algo por mí –susurró Brannon inclinándose hacia ella. Tuvo que hacer un esfuerzo por no prolongar el beso. Irguió la cabeza. Al hacerlo, se encontró mirando directamente los ojos negros de Grier a través del cristal de la ventanilla.

–Dijo que no te importaría si la llevaba conmigo –repitió con cara de póquer.

–Pues sí, me importa –contestó Brannon tajantemente, sus ojos grises emitiendo un brillo posesivo y amenazador.

–Alégrate, Brannon. Ahora solo soy un experto en ordenadores.

–¡Y antes Putin era solo un policía!

Grier estalló en carcajadas antes de darse media vuelta y alejarse, con las manos metidas en los bolsillos.

La mente de Josette aún seguía dando vueltas.

–¿Putin?

Él la miró con fijeza.

Rusia. El presidente. Excoronel de la KGB.

–¡Ah, Putin! ¡Vladimir Putin! –exclamó Josette–. Ya.

–No importa. Sal y ve a trabajar. Pero no con Grier. Y lo digo en serio.

–No soy tu criada.

Él parpadeó.

–¿Qué?

–No acepto órdenes –respondió Josette mientras se apeaba del coche.

Brannon se inclinó hacia la portezuela abierta.

–Quiero tener hijos.

–¿Y qué?

–Que tengas cuidado y hagas lo que te digo –él alargó la mano y cerró la portezuela antes de que Josette tuviera ocasión de pedirle que explicara lo que había querido decir.

# 13

Cuando Josette acabó de repasar los archivos locales, de recabar información sobre Jake Marsh y de hablar con los agentes y detectives que lo habían interrogado en el pasado, se sorprendió al encontrar a Brannon esperándola a la salida de la oficina del fiscal.

–Sube –le dijo abriendo la portezuela del pasajero–. Te llevaré al hotel.

Era como en los viejos tiempos, cuando acudía a recogerla después de las clases. Ella se conmovió al comprobar que seguía siendo tan atento como entonces.

Brannon la miró durante largos instantes. Luego suspiró y se encogió de hombros.

–Creí que tal vez Grier se ofrecería a llevarte –confesó a desgana.

Josette emitió una risita queda ante aquella prueba involuntaria de celos.

–Salió cuando yo volvía de almorzar y no ha vuelto –explicó–. Ni siquiera he podido hablar con él.

–Bien –Brannon arrancó el coche y se incorporó al tráfico con cuidado.

–He estado reuniendo información sobre Jake Marsh –empezó a decir Josette–. Un policía recuerda haberlo interrogado sobre Dale Jennings, coincidiendo más o menos con el juicio por el asesinato de Garner. Marsh explicó que Jennings trabajaba para él como mensajero, llevándolo y trayéndole recados y ese tipo de cosas, pero que prescindió de él cuando empezó a frecuentar la casa de Bib Webb.

Brannon frunció el ceño.

–No frecuentaba la casa de Bib. Trabajaba para Garner.

–Solo estoy repitiendo lo que dijo el policía –contestó ella–. Consta en el informe que redactó después de la entrevista.

–Si Bib vuelve a la ciudad este fin de semana, iré a preguntarle.

–Buena idea.

–¿Te pidió Jennings alguna vez que salieras con él antes de la fiesta de los Webb?

Josette lo miró cautelosamente, porque aquel era un terreno delicado.

–No. Solíamos vernos siempre en la cafetería de la esquina. La mujer de Bib Webb estaba asistiendo a unas clases en el campus ese año. Incluso llegué a verla en la cafetería.

Brannon se puso instantáneamente alerta.

–¿Silvia iba a tomar café allí?

–No muy a menudo –recordó Josette–. Solo la vi una o dos veces. Sentada a una mesa, sola.

Era extraño. Bib nunca había mencionado que Silvia hubiera asistido a unas clases en la universidad. Dado que ni siquiera tenía estudios medios, parecía un poco pillado por los pelos.

–¿La viste hablar con alguien?

–No me fijé, la verdad. Siempre iba con prisas. Solía pararme allí un momento para tomar un café o uno de los bollos caseros que servían, que me gustaban mucho.

También eran los favoritos de Dale Jennings, y así fue como empezamos a hablar. Casualmente. Me sorprendí cuando me pidió que fuera con él a la fiesta de los Webb.

–¿Se te insinuó?

–En absoluto –contestó Josette, sonriendo levemente–. No teníamos esa clase de relación. Yo le caía bien, pero no se sentía atraído hacia mí. Simplemente necesitaba una acompañante aquella noche, según dijo.

Brannon frunció el ceño. Sospechaba que Jennings podía haber tenido segundas intenciones al pedirle aquella cita. ¿Había planeado asesinar a Garner y quería servirse de Josette como coartada? ¿O tenía otros motivos?

–Te estás preguntando por qué me lo pidió, ¿verdad? –murmuró ella–. Yo también me lo he preguntado. Sobre todo porque, una vez en la fiesta, no estuvo conmigo en ningún momento.

Brannon arrugó la frente.

–¿Dónde estuvieron los Webb?

–Bib estuvo bailando con su ayudante... ya sabes, la morena tímida. Parecía nerviosa e incómoda. Imagino que por eso Webb le dedicaba tantas atenciones.

–Becky –murmuró Brannon con aire ausente–. Becky Wilson. Está colaborando en la campaña electoral de Bib. Le es absolutamente leal. De hecho, creo que haría cualquier cosa para protegerlo.

–A mí también me dio esa impresión. Pero me cayó bien –recordó Josette.

Brannon la miró de soslayo.

–¿Y cómo te caía Silvia?

Ella hizo una mueca.

–Nada bien. Dale dijo que ella le había pedido que me invitara, pero apenas me prestó atención hasta que me mareé con el ponche. Entonces, insistió en llevarme a casa. Silvia estaba totalmente sobria –Josette esbozó una sonrisa socarrona–. Pero su marido no. Cada vez que lo miraba, tomaba otra copa de ponche. Incluso le dio una a Becky, pero esta tuvo la precaución de olerla y la soltó sin tocarla.

Brannon estaba intentando recordar algo. Algo importante. Estaba ahí, pero no lograba precisar de qué se trataba.

En ese momento, sonó el teléfono del coche. Brannon pulsó el botón del receptor, y la voz de Jones se oyó fuerte y clara.

–Brannon, soy Alice Jones, de la oficina del forense. Ya conocemos la causa de la muerte.

–Adelante, Jones –respondió él, deteniéndose en un semáforo.

–La señora Jennings no murió a consecuencia del disparo, sino de un severo traumatismo craneal. Hemos detectado una extraña hendidura a la altura de la nuca...

–¿Como la que podría provocar una cachiporra? –inquirió Brannon enseguida.

Hubo una pausa.

–Pues ahora que lo dices...

–Jones, busca en los archivos los resultados de la autopsia de Henry Garner, practicada hace dos años, en junio. Quizá encuentres un equivalente a esa extraña hendidura. Comunícame enseguida lo que averigües, ¿de acuerdo?

–Lo haré. Pero no te acostumbres a estos favores, Brannon –dijo Alice con voz ronca–. Ya sabes la de tíos buenos que hay haciendo cola, esperando oír el sonido embelesador de mi dulce voz. Así que... ¿Brannon? ¿Oiga?

Brannon había colgado, riéndose.

–Alice Jones es única –comentó Josette–. La eché de menos tras mudarme a Austin.

–Pareces encajar muy bien en la oficina de aquí –dijo él fijando de nuevo la mirada en el tráfico.

–Encajo bien en casi todas partes. Pero me gusta Austin.

–¿Por qué? –insistió Brannon–. ¿Porque yo no estoy allí?

Josette aferró con fuerza su maletín.

–Tampoco estuviste aquí durante dos años, Brannon –le recordó.

–Ya sabes por qué me fui –contestó él. Su voz profunda bajó de tono–. Cuando quieras, puedes preguntarme por qué volví.

–No es asunto mío –repuso Josette con rotundidad.

Inesperadamente, Brannon giró y tomó la vía de acceso que conducía a su edificio, a través de una callejuela, con expresión tensa e implacable.

–Quiero ir a mi hotel –protestó Josette.

–Y yo quiero que hablemos.

–Pues llámame por teléfono.

Brannon no hizo caso. Estacionó el coche en el garaje subterráneo y apagó el motor. Luego se volvió hacia Josette.

–¿No estás cansada de huir del pasado? –le preguntó seriamente.

La mirada fija de Brannon incomodaba a Josette, a pesar de que no podía verle bien los ojos, ocultos bajo la ancha ala de su Stetson en la penumbra del garaje.

–Solo he venido para resolver un asesinato –contestó Josette–. Después volveré a Austin, a mi propia vida...

–A un apartamento solitario, con la única compañía de la televisión –la interrumpió Brannon–. Pasarás la mayor parte de los días trabajando. Y, por las noches, cuando te acuestes, seguirás estando sola. ¿Qué clase de vida es esa?

–La tuya –repuso ella lacónicamente.

Las facciones de Brannon se tensaron, y luego se relajaron.

–*Touché*.

–Eres feliz viviendo así –señaló Josette.

–¿Tú crees? –contestó él–. Vivo para mi trabajo. Así he vivido durante los últimos catorce años, con encuentros esporádicos que ni siquiera podrían llamarse experiencias amorosas. Exceptuando el breve tiempo que pasé contigo hace dos años –añadió con énfasis–. He vivido como un ermitaño.

Josette notó que el corazón le daba un vuelco. No fue capaz de responder nada.

–Y tú aún eres virgen –prosiguió Brannon–. ¿Por qué?

Ella abrió la boca, pero no consiguió articular palabra.

–No me vengas con eso de que tienes tus principios –dijo él–. Me deseas. Me deseabas entonces y sigues deseándome.

–Todos tenemos pequeñas debilidades que no podemos superar.

Brannon enarcó una ceja y bajó la mirada hasta los labios de ella.

–¿Y por qué hemos de intentar superarlas?

–No quiero tener una aventura contigo.

Él se encogió de hombros.

–A mí tampoco me van mucho las aventuras.

–Peor aún –dijo Josette en tono gélido–. Estoy menos dispuesta aún a tener rollos de una sola noche.

–Tampoco eso me va.

Ella frunció el ceño y lo miró fijamente. No lograba entender lo que le estaba diciendo.

Brannon suspiró.

–¿No se te ha ocurrido pensar que alguien puede tener tus mismas ideas con respecto al sexo?

Josette arqueó las cejas.

–No me voy a creer ni por un segundo que seas virgen, Brannon –dijo arrastrando la voz.

–No lo soy –contestó él–. Pero tampoco soy promiscuo. Ya te lo he dicho, hace dos años que no estoy con una mujer.

Los preocupados ojos de Josette observaron su rostro, buscando respuestas.

–¿Por qué?

–¿Por qué no te has acostado tú con otros hombres? No deseo a ninguna otra persona –Brannon hizo una pausa, y sus ojos se entrecerraron–. Y lo mismo te ocurre a ti, aunque no estés dispuesta a admitirlo.

Josette guardó silencio unos instantes.

–¿Por qué me has traído aquí? –inquirió, evitando responder.

Brannon frunció los labios, y los ojos le brillaron.

–Porque, aparte del rollo de carne, sé preparar pollo y *crêpes* de brécol –dijo inesperadamente.

Era lo último que ella había esperado oír.

–¿Perdón?

–Siempre te gustaba ir al mismo restaurante francés cuando estábamos saliendo –le recordó Brannon–, porque te encantaban esas *crêpes*. El restaurante cerró, pero conseguí dar con el cocinero para que me pasara la receta.

–¿Por qué?

Brannon frunció los labios.

–Un poco de galantería, un plato exquisito, algo de música clásica... –se inclinó hacia ella con una sugerente sonrisa–. ¿Y una pequeña intervención quirúrgica...?

Ella se sonrojó y le sacudió con el boletín informativo que había en la guantera.

Él suspiró.

–Ah, en fin, otro día será –se apeó del coche y lo rodeó para abrirle la portezuela–. Puedes dejar ahí el maletín. No me gusta hablar de negocios durante la comida.

Le tomó la mano mientras subían en el ascensor. Una vez dentro del piso, Brannon arrinconó a Josette con su cuerpo contra la puerta cerrada y plantó las manos a ambos lados de su cabeza, mirándola a los ojos durante largos instantes.

–Después de dos años –murmuró–, aún sigues estremeciéndote cuando me acerco a ti –se inclinó sobre ella, apretándose contra su cuerpo–. Puedo sentir tu corazón latiendo contra el mío –susurró al tiempo que iniciaba un lento movimiento circular con las caderas. Su erección fue instantánea.

–¡Marc! –exclamó Josette, azorada.

Él le mordisqueó con los dientes el labio superior, cerrando los ojos para degustar su sabor.

–Menta y café –resolló, entreabriéndole los labios–. Siempre sabías a café y olías a rosas –encajó una pierna entre los muslos de Josette. Esta vez, ella no protestó. Clavó las uñas en su pecho mientras sentía la presión de sus labios.

–Diablos, no seas tímida. ¡Tócame! –Brannon guio sus dedos hacia los botones de su camisa.

Josette no necesitó más incentivos. Desabrochó los botones hasta la hebilla plateada de su cinturón, con el logotipo de los rangers de Texas. Sus manos encontraron un esponjoso vello rizado sobre los recios músculos de su pecho. Él sonrió mientras seguía besándola con deleite.

–Abre la boca un poco más, Josie.

Su pierna empezó a moverse provocativamente entre los muslos de ella, haciéndola temblar. Josette correspondió a sus besos con un débil gemido de puro placer, mientras alzaba los brazos para rodearle el cuello.

–Espera... un momento –musitó Marc mientras le desabotonaba la blusa, contemplando sus suaves senos. Luego pasó las manos por su superficie, y Josette gimió de nuevo–. Sí –jadeó, oprimiéndola contra su pecho desnudo–. ¡Oh, Dios, sí...! Acércate más, nena. Acércate más.

Bajó las manos hasta sus estrechas caderas y tiró de ella con fuerza, apretándola contra la dureza de su deseo.

Josette notó que se le saltaban las lágrimas mientras hundía las manos en su espeso cabello castaño, haciendo que se le cayera el sombrero al empujar su cabeza hacia sus senos. Luego arqueó la espalda, susurrando, suplicando.

Marc no pudo resistirse. Abrió la boca sobre un pezón y empezó a chuparlo, en medio de un tórrido y tempestuoso silencio parecido al relámpago que precede al trueno. Ella gritó suavemente, su cuerpo palpitando de ansiedad.

Al cabo de unos deliciosos segundos, Brannon se retiró bruscamente.

–De momento, no pasaremos de aquí. De momento –dijo mirándola a los ojos–. Y lo siento si he ido demasiado lejos.

Era una disculpa inesperada. Poco a poco, la aturdida mente de Josette comprendió que para Brannon aquello no era ningún juego. Se quedó mirándolo con desconcertado afecto. Y cierta timidez.

–Además –prosiguió él–, hablaba en serio cuando te prometí esas *crêpes*.

–Muy bien –contestó Josette sonriendo suavemente.

Aquella sonrisa hinchó el pecho de Brannon. Sus ojos eran luminosos, suaves, llenos de secretos. Contempló una vez más sus senos desnudos, dándose un festín visual hasta que ella se rio nerviosamente y empezó a abrocharse la blusa.

Él hizo lo mismo. Luego la miró con melancolía. Tenía la boca hinchada por la presión de sus labios. Parecía desconcertada y aturdida, pero también feliz. Brannon sonrió. Quizá, se dijo. Quizá...

Brannon preparó las *crêpes* mientras Josette preparaba una ensalada y unas natillas para el postre. Colaboraron en silenciosa armonía, como si hubiesen vivido juntos desde siempre.

Ella saboreó cada minuto de aquella inesperada experiencia, sorprendida con la pericia culinaria de Brannon.

–Estás impresionada –dijo él con una sonrisa–. Se te nota.

–Muy impresionada –contestó Josette mientras daba cuenta del último trozo de *crêpe* y luego observaba la de Brannon con clara envidia.

Él emitió una risita. Pinchó con el tenedor el último pedazo de su *crêpe* y se lo ofreció, acercándoselo a los labios.

–No hace falta que me des las gracias –murmuró–. Con un halago me conformo.

–Estaban realmente deliciosas –admitió ella con una sonrisita traviesa.

–Piénsalo. Si viviéramos juntos, podrías comer *crêpes* todos los días.

Josette, que se disponía a tomar un sorbo de café, se quedó inmóvil y lo miró, insegura e inquieta.

Brannon no sonreía. Sus pálidos ojos grises brillaban mientras permanecían fijos en los de ella, reflejando determinación y quizá algo más. Algo más profundo.

El súbito sonido del teléfono bastó para romper la tensión entre ellos.

Brannon se levantó, maldiciendo entre dientes, para contestar.

–¿Sí? –dijo lacónicamente. Pareció titubear mientras escuchaba a quien estuviera al otro lado de la línea. Miró de soslayo a Josette y frunció el ceño–. ¿Ha de ser ahora? ¿No puede esperar hasta mañana? –preguntó con impaciencia.

Titubeó de nuevo. A continuación, exhaló una lenta bocanada de aire.

–De acuerdo –contestó–. Si tan importante es... Sí, dentro de veinte minutos.

Brannon colgó el teléfono y se quedó mirándolo inexpresivamente antes de girarse hacia Josette.

–Bib –explicó lentamente–. Está en su casa de San Antonio y quiere que vaya enseguida. Cierto periodista dice conocer el verdadero móvil de los asesinatos. Por lo visto, le expuso su teoría a Becky, y ahora Bib está muerto de miedo.

–¿Y qué quiere que hagas, que detengas al periodista? –inquirió Josette.

–Quiere que le dé consejo. Y, dada la naturaleza de la historia, creo que tú también deberías venir.

–¿Por qué?

–Porque el periodista afirma que alguien de los bajos fondos ha encontrado pruebas que pueden incriminarlo, y que planea utilizarlas para hacerle chantaje.

Los ojos de Josette se iluminaron.

–¡Por fin! ¡Las pruebas, y quizá el mismísimo culpable!

–Si tenemos suerte. Vamos.

Condujeron rápidamente hasta la inmensa mansión donde vivía Bib Webb cuando no estaba en la capital. Josette se dijo, no por primera vez, que había heredado todo un imperio tras el asesinato de Henry Garner.

Había otros dos coches en el sendero de entrada que serpenteaba hasta la puerta principal de la mansión. Uno era un pequeño Beetle de color gris, el otro un lujoso Lincoln oscuro.

–¿Está su mujer ahí? –inquirió Josette con curiosidad, señalando el Beetle.

–Silvia conduce un Ferrari –comentó Brannon–. Ese es el coche de Becky.

–¿Otro escándalo en ciernes? –musitó ella.

–Creo que vas a descubrir que Bib está cansado de vivir una mentira –respondió él crípticamente–. Ahora, un escándalo con Becky es la menor de sus preocupaciones.

–¿No sospecharás, a estas alturas, que tuvo algo que ver con la muerte de Garner?

–En absoluto –contestó Brannon con absoluta convicción.

–¿No vas a decirme a qué hemos venido?

–Dejaré que lo explique Bib –Brannon paró el motor y rodeó el coche para abrirle la portezuela.

–Qué educado eres, Brannon –comentó Josette con una sonrisa.

–Mi madre era muy estricta. Igual que la tuya –añadió él con delicadeza. Luego le tomó la mano y la acompañó hasta la puerta de entrada de la mansión.

Bib Webb acudió a abrir personalmente. Tenía en la mano una lata de Coca-Cola sin azúcar y parecía terriblemente cansado. Llevaba la camisa abierta por el cuello y estaba algo despeinado. Unas grandes ojeras ensombrecían sus ojos.

–Adelante –dijo arrastrando la voz. Consiguió esbozar una sonrisa dirigida a Josette–. Ha sido muy amable al venir, señorita Langley, dadas las circunstancias.

–Celebro que no le importe, señor Webb –contestó ella con amabilidad.

Becky Wilson permanecía de pie en el centro de la sala de estar, con aspecto nervioso. Llevaba un vestido largo que le llegaba a los tobillos, y el cabello recogido en una coleta. Tenía gafas. Era todo lo contrario a Silvia.

–Ya conoces a Becky –dijo Bib.

–Sí. Me alegro de verla –la saludó Brannon.

–Será su ruina. Su ruina –gimió Becky de pronto–. ¿Qué vamos a hacer?

Bib alzó una mano.

–No tires la toalla todavía –le dijo con una débil sonrisa–. Antes, exploremos las opciones que nos quedan.

–¿Qué opciones, por Dios santo? –sollozó Becky.

–Siempre hay opciones –le respondió Bib amablemente–. Siéntate, Becky.

Ella se dejó caer en un sillón, pero se inclinó hacia delante, como si le resultara imposible relajarse.

Bib se sentó en el sofá. Brannon se acomodó junto a él, haciendo un gesto a Josette para que se sentara a su lado.

–¿Qué sabe ese periodista, exactamente? –inquirió Brannon sin andarse por las ramas.

–Tiene una declaración jurada de un conocido de Jake Marsh, en la que afirma que, casualmente, oyó a Marsh hablar de un dietario que demostraría que yo había aceptado sobornos de gente vinculada a la mafia, para comprar votos y chantajear a mi oponente a fin de que retirara su candidatura en la campaña de hace dos años –explicó Webb–. Ese individuo afirma que Marsh no tiene el dietario, pero que sabe quién lo tiene.

–Un dietario. ¡Pues claro! –exclamó Brannon mirando a Josette, que parecía igual de sorprendida. Eso encajaría con los hechos que conocían hasta entonces. Frunció el ceño y preguntó a Bib–: ¿Aceptaste esos sobornos?

Bib lo miró cínicamente.

–Me conoces desde hace años. ¿Me consideras capaz de comprar votos?

Brannon se limitó a reírse.

–Claro que no.

–Pero despedí a un individuo, que formaba parte del personal de mi campaña, por haber intentado hacer eso mismo –prosiguió Bib–. Fue hace dos años, la semana anterior a la fiesta. Ese hombre era amigo de Jake Marsh y conocido de Dale Jennings. Pero yo no sabía nada de ningún dietario. Solo sabía que, un día antes de la muerte de Henry Garner, Jennings se había peleado con él a cuenta de algo que, según Henry, había desaparecido de su caja fuerte. De hecho, Henry y yo discutimos acerca de Jennings. Él quería mantenerlo cerca hasta que devolviera algo que se había llevado. Yo sabía que ese hombre tramaba algo, y así se lo dije –meneó la cabeza–. Daría lo que fuera por poder borrar aquella discusión.

–¿Sabías que han asesinado a la madre de Jennings? –le preguntó Brannon.

–Pobre mujer.

–Le estafaron sus ahorros, la echaron de su casa, quemaron sus pertenencias y luego la torturaron hasta la muerte para sacarle una información que el asesino pensó que ella conocía.

Bib hundió la cabeza entre las manos.

–¡Dios santo!

–Vieron a un hombre y una mujer salir del apartamento de la señora Jennings el día en que fue asesinada –añadió Josette con calma–. Identificamos provisionalmente al hombre como Jake Marsh. También hemos identificado al asesino a sueldo que mató a Dale Jennings, y a la experta en ordenadores que manipuló los archivos para que trasladaran a Jennings a Floresville.

Bib irguió la cabeza enseguida.

–¿Quién es el asesino?

–Un hombre llamado York –contestó Brannon–. Estamos seguros de que ya le tenía echado el ojo a su siguiente objetivo. Intercambiamos unos disparos y Josette resultó herida. Conseguimos detenerlo, pero se escapó. No sabemos a por quién irá ahora.

Bib crispó las manos sobre sus rodillas, preocupado.

–A Marsh no le gusta dejar cabos sueltos. Cualquiera que tenga conocimiento de ese dietario corre peligro –jugueteó con su anillo de boda. Luego miró de reojo a Becky e hizo una mueca–. Eso también te pone a ti en la línea de fuego –dijo intranquilo–. Y a Silvia –añadió con menos preocupación.

–A propósito de Silvia, ¿dónde está? –preguntó Brannon.

–Ha ido de compras otra vez –contestó Bib tomando un sorbo de Coca-Cola–. Quiere un guardarropa nuevo para poder vestir como la esposa de un senador –emitió una risotada hueca–. Le dije que me conformaba con ser vicegobernador, pero ella insistió en que presentara mi candidatura al Senado. Diablos, solo llevo en el cargo dos años. No quiero ir a Washington –añadió, mirando a Becky melancólicamente–. Ahora parece que ni siquiera podré conservar el cargo que tengo.

–El periodista prometió no publicar la historia todavía,

mientras no la confirmara –señaló Becky–. Al menos, acudió a mí primero. Podría haber publicado sus sospechas directamente. No es un mal tipo, y no quiere que luego lo acusen de haber destrozado vidas. Además –añadió con una sonrisa–, le cae bien Bib.

–No le caeré bien a nadie si se publica una noticia así –dijo Bib afligido–. Y puedo ir despidiéndome de ese puesto en el Senado. Es curioso –añadió mirando a Becky–. Lo de la candidatura al Senado fue idea de Silvia, no mía. Anhela la sensación de poder que uno experimenta al codearse con gente importante –meneó la cabeza–. Yo solo anhelo dejar la política cuando acabe mi mandato. Pero no quiero irme dejando tras de mí una nube de sospechas. Nunca he chantajeado a nadie. Y quiero que me ayudes a demostrarlo, tanto si ese periodista publica lo que sabe como si no.

–Eso es pedir mucho, Bib –contestó Brannon con sinceridad.

–De un modo u otro, todo esto está relacionado con el asesinato de Dale Jennings –prosiguió Bib–. Y no puedo evitar pensar que Jake Marsh está metido hasta las orejas en el asunto.

–Yo he llegado a la misma conclusión –contestó Brannon. Luego miró de soslayo a Josette–. Estamos dedicando mucho tiempo extra a este caso. Y hemos hecho algunos progresos. Si consiguiéramos dar con esa mujer...

Becky abrió la boca para decir algo, pero Bib alzó la mirada, silenciándola.

Josette frunció el ceño al reparar en un pequeño cuenco de caramelos que había sobre la mesita de café. Se levantó y se acercó para echarle un vistazo.

–Oh, solo son caramelos de menta –explicó Bib–. Sírvase a su gusto. Yo no los soporto. Becky se los encarga a un fabricante de caramelos francés.

Josette contuvo la respiración y miró directamente a Brannon.

Ambos establecieron la conexión al mismo tiempo. «Caramelos caros», había dicho la señora Jennings. ¡A la mujer que estaba intentando quitarle ese dietario a Dale Jennings le gustaban los caramelos de menta caros!

Brannon la miró fijamente y negó con la cabeza. Ella captó el mensaje. Tomó uno de los caramelos y, tras quitarle el envoltorio, se lo metió en la boca. Luego observó de reojo a Becky Wilson, que miraba a Bib Webb ostensiblemente angustiada. Becky no era rubia. Pero podía haberse puesto una peluca...

–Delicioso –dijo Josette, sonriendo–. Gracias.

–¿A que están buenos? –murmuró Becky, sin dejar de mirar a su jefe. Inhaló aire trémulamente–. ¿A por quién cree que va el asesino, señor Brannon? –preguntó con preocupación–. ¿No creerá que piensa matar a Bib?

–Eso daría al traste con su plan –contestó Brannon–. Piénselo. Ese dietario debe de contener información que puede enviar al asesino a la cárcel, o no estaría tan dispuesto a correr tantos riesgos para conseguirlo. De hecho, apuesto a que esa información exoneraría a Bib y condenaría a otra persona. Por eso el asesino está tan desesperado por conseguirlo.

–Probablemente forma parte de mi propio personal –conjeturó Bib abatido–. Pero ¿a quién conozco que esté tan desesperado como para cometer asesinato con tal de mantener el secreto?

Brannon tenía una buena idea al respecto, pero no podía decir nada. Todavía.

–Te mantendremos informado. Mientras tanto –añadió Brannon dirigiéndose a Becky–, sígale el juego a ese periodista. Intente conseguir que guarde silencio un poco más.

–Pero ¿dónde está ese dietario? –inquirió Bib preocupado–. ¿Quién lo tiene? ¿Y qué es lo que contiene?

–Eso es lo que tenemos que averiguar –contestó Brannon–. Y lo averiguaremos. Te lo prometo.

Bib se levantó, sonriendo con tristeza.

–Tú siempre me has apoyado –dijo–. Incluso cuando trataron de acusarme de asesinato en el juicio de Jennings. Nunca creíste que yo estuviese implicado.

–Te conozco –se limitó a decir Brannon.

Bib le tendió la mano.

–Y yo a ti –contestó–. Eres el mejor amigo que he tenido. Creo que voy a necesitar más de uno antes de que todo esto acabe.

–No pienso abandonarte –dijo Brannon con una sonrisa.

–Ni yo –terció Becky firmemente–. Y me da igual que a la señora Webb le guste o no. Debería estar aquí, y no de compras en otra ciudad. Nunca está aquí. ¡Ni en Austin!

–Becky, no –le suplicó Bib suavemente–. Ambos sabemos que a Silvia no le importa lo que me ocurra. Solo le importan el dinero y el prestigio.

–No quiere a nadie, salvo a sí misma –musitó Becky–. Tendrías que haber tenido una casa llena de hijos...

–Eso me encantaría –musitó Bib, sonriendo a Becky de un modo que hizo que ella se sonrojara y desviara la mirada.

–Será mejor que nos vayamos –se apresuró a decir Josette.

–Sí. Tranquilízate un poco –aconsejó Brannon a Bib–. Y no firmes nada.

–Soy licenciado en Derecho –le recordó Bib.

–Lo sé, pero nunca está de más dar consejos a los amigos... aunque sean abogados.

Bib asintió.

–Cuidaos. Ya han muerto dos personas. Tres, si contamos a Henry. Quienquiera que sea el asesino no dudará en atentar contra otro par de personas si se cruzan en su camino.

–Ya lo sé –dijo Brannon. Sonrió para sí–. De hecho, cuento con ello. Estaremos en contacto –titubeó un momento–. Una cosa más. ¿Sabes si Silvia estuvo matriculada en la universidad?

Bib se rio a mandíbula batiente.

–¿Silvia? Dios mío, si ni siquiera acabó el bachillerato. Nunca hubo forma de conseguir que continuara sus estudios. ¡Le quitaría tiempo para ir de compras!

# 14

En cuanto Brannon y Josette se subieron en el coche, ella se giró hacia él con excitación.

–Silvia no estuvo matriculada en la universidad. Entonces, ¿qué hacía en aquella cafetería, y en el campus?

–Ojalá lo supiera –dijo Brannon.

–¿Y qué me dices de los caramelos de menta? –prosiguió Josette mostrando el envoltorio que se había guardado en el bolsillo–. ¡La señora Jennings dijo que a la amiga de su hijo le gustaban, y que conocía la existencia de las pruebas! Becky encargó esos caramelos, y tú mismo dijiste que sería capaz de hacer cualquier cosa para proteger a Bib Webb...

–Cualquier cosa menos asesinar –respondió Brannon, mirándola a los ojos mientras ponía el motor en marcha–. Y no es rubia.

–Pudo ponerse una peluca –insistió ella.

–Josie, ¿de veras te imaginas a Becky torturando a una anciana con un cigarrillo? –inquirió él.

Josette titubeó.

–No –tuvo que admitir–. Pero es obvio lo que siente

por Bib Webb. La gente enamorada hace cosas irracionales.

Brannon suspiró.

–Lleva años enamorada de él. Silvia y ella nunca se han llevado bien. De hecho, Silvia ha intentado despedirla muchas veces, pero Bib se niega. Ese es otro motivo de fricción entre ellas. Silvia es ambiciosa. Becky, no.

–Becky quiere tener hijos –murmuró Josette, recordando la angustia y la ansiedad reflejadas en los ojos de la mujer cuando miraba a Bib.

–Igual que Bib. Pero Silvia no puede tenerlos. Quedó estéril a raíz de la caída que sufrió hace años. O eso dijo.

Josette frunció los labios.

–¿Crees que es cierto?

Él emitió una risita.

–Creo que ni un tiro podría afectarle. Es dura como el acero, y manipuladora. Consigue todo lo que desea.

–Quizá Silvia estaba en esa cafetería por un motivo concreto. ¿Engaña a Bib? –preguntó Josette.

Brannon la miró de reojo mientras salían a la carretera.

–No lo sé. Es posible.

–Tenían una fotografía de Jake Marsh en la oficina del fiscal –murmuró ella pensando en voz alta–. Es un hombre muy atractivo y elegante. Y dicen que tiene mucho dinero –prosiguió–. ¿Y si la ausente señora Webb tiene un idilio que su marido desconoce?

Brannon frunció el ceño. Hasta entonces, no había considerado seriamente tal posibilidad.

–Silvia valora su posición más que ninguna otra cosa. ¿Lo arriesgaría todo por una aventura con otro hombre? ¿Especialmente con un hombre como Marsh?

–Algunas mujeres se ven atraídas al peligro como las abejas a la miel.

Brannon la miró perversamente.

–¿En serio? Pongamos a prueba esa teoría. ¿Te apetece jugar una partidita de billar?

–Oh, no –se quejó Josette–. ¡Otra incursión en los bajos fondos, no!

–Fuiste allí con Grier –señaló él–. ¿No puedes ir conmigo? Soy tan duro como él, y sé cómo hacer hablar a la gente.

–Tú me gustas más que él –comentó Josette con aire ausente.

–¿Por qué?

Ella lo miró a los ojos.

–Porque Grier no sabe cocinar.

Brannon estalló en carcajadas.

La sala de billar estaba llena, a pesar de la hora. Encontraron a Bartlett inclinado sobre una de las mesas, efectuando un tiro difícil. Tras ejecutarlo, sonrió y alzó la mirada, reparando en Brannon.

Soltó el taco y levantó ambas manos.

–Nunca he hablado mal de los rangers de Texas –dijo con énfasis–. Y no tuve nada que ver, absolutamente nada, con ese intento de atropello que sufrió Judd Dunn el mes pasado. ¡Ni sé quién fue el responsable!

Josie miró de reojo a Brannon y se sorprendió. Allí, entre los elementos de los bajos fondos, su porte era absolutamente amedrentador. No sonrió mientras se acercaba a Bartlett.

–¡Te juro que no sé nada, Brannon! –se apresuró a repetir el hombre.

–No he dicho que lo supieras –contestó Brannon, sin dejar de acercarse–. Vamos a dar un pequeño paseo.

–¡No hasta que jures delante de testigos que conservaré intactas las piernas! He oído historias sobre ti, Brannon. No quiero correr riesgos.

Josie estaba intrigada.

Tendría que hablar con Brannon sobre esas «historias».

–Las conservarás intactas –aseguró Brannon al hombre–. Los rangers no actuamos como matones delante de testigos. Tenemos una tradición que respetar.

–Entonces, de acuerdo.

Brannon y Josie salieron con el soplón al callejón escasamente iluminado.

–¿Qué es lo que quieres, Brannon? –preguntó Bartlett incómodo.

–Quiero que me hables de la compañera de juegos de Jake Marsh.

El hombre respiró hondo.

–Mira, Grier estuvo aquí hace unos días y me preguntó lo mismo...

–Y no averiguó absolutamente nada –Brannon avanzó implacablemente hacia el hombrecillo, con los ojos fijos e imperturbables–. Pero tú vas a decirme lo que necesito saber. No quieres verte envuelto en un asesinato. No es tu estilo.

–No –respondió Bartlett–. No pienso pagar el pato, por mucho que Marsh me amenace. Sabe algo de mí que...

–De poco le servirá cuando esté en la cárcel –lo interrumpió Brannon–. Bueno, empieza a hablar.

–Está bien –el otro hombre exhaló una larga bocanada de aire–. Tiene en el bolsillo a una tipa rica. Según dice, se ha asegurado de que ella tenga que ayudarlo a encontrar el dietario desaparecido. Se verá tan perjudicada como él si ese paquete acaba en poder de la policía. O más aún. Marsh dice que no seguirá siendo rica por mucho tiempo si esa información cae en malas manos.

–¿La has visto alguna vez? –inquirió Brannon.

–Sí, la he visto. Es una preciosidad. Tanto Marsh como ella visten como figurines.

Brannon miró de reojo a Josette, que fruncía el ceño con curiosidad. No parecía que se tratara de Becky. Por otra parte, quizá Sandra Gates tuviera un guardarropa oculto, y ella sí era rubia. Y estaba el detalle de los caramelos de menta que vieron en su caravana...

–Parece que es tan dura como él –prosiguió Bartlett–. Por lo que he oído, fue ella quien torturó a la vieja.

–¿Ha oído hablar de una mujer llamada Sandra Gates? –terció Josette.

–¿Gates? Sí. Hace maravillas con los ordenadores. A veces, Marsh le encarga trabajos de investigación, cuando quiere averiguar algo comprometedor sobre alguien. Es una tía dura –Bartlett pareció preocupado–. Oye, Brannon, no le dirás a Marsh que has hablado conmigo, ¿verdad? Mandaría a York a por mí...

Otra pieza del rompecabezas que encajaba perfectamente con el detalle de los caramelos de menta. «Una mujer dura», acababa de decir Bartlett.

–No delato a mis informadores. Una última pregunta –dijo Brannon–. ¿Qué relación tenía Jennings con Marsh y la rubia?

El hombre se detuvo para encender un pitillo con manos temblorosas, exhaló una bocanada de humo y emitió una risita.

–Esa es la mejor parte. Jennings estaba teniendo una aventura con ella. Marsh lo descubrió y mandó que les hicieran unas fotografías, sin que ellos se enteraran. Según Marsh, ella se puso blanca como la cera cuando se lo dijo. Parece que su marido quiere el divorcio y ella se lo niega –se rio de nuevo–. Si esas fotos salieran a la luz, no tendría más remedio que concedérselo, ¿verdad?

Josette enarcó las cejas. Si esas fotos eran de Sandra Gates, ¿acaso esta tenía un marido secreto? El rompecabezas empezaba a deshacerse de nuevo...

–Muy bien –dijo Brannon al cabo de unos instantes–. Es todo lo que quería. Gracias, Bartlett. No olvidaré esto.

–¡Si Marsh se entera...!

El puño de Brannon salió disparado con tal rapidez, que Josette no llegó a ver el golpe, solo que la cabeza de Bartlett se bamboleaba hacia atrás y el hombrecillo se llevaba la mano al mentón con una mueca.

–Puedes enseñarle eso a los tipos de ahí dentro –dijo

Brannon señalando la puerta de la sala de billar–, y decirles que te he interrogado sobre el atentado contra Dunn.

Bartlett se echó a reír, pese al dolor.

–Gracias, Brannon –hizo una pausa–. A todo esto, ¿quién intentó atropellar a Dunn? ¿Lo sabes?

–No, no lo sé. Pero Judd dice saberlo, por desgracia para el perpetrador –añadió con una risita–. Gracias.

–No hay de qué –Bartlett sonrió y luego volvió a entrar rápidamente en la sala de billar.

–Sandra Gates –dijo Josette–. Es rubia y no tiene reparos a la hora de cometer actos ilícitos; había caramelos de menta en su caravana; conoce a Marsh y era, probablemente, la misteriosa amante de Dale. Marsh pudo chantajearla para que lo ayudara a conseguir el dietario. ¡Todo encaja!

–Aparentemente –convino Brannon–. Pero si tiene marido, este está bien oculto. Y Gates no vive como la mujer de un rico. Hay otra cosa que no cuadra.

–¿Cuál?

Brannon se metió las manos en los bolsillos.

–No lo sé –dijo irritado–. No puedo precisarlo –la miró de reojo y sonrió–. Estoy cansado. Igual que tú –titubeó–. No te lo tomes a mal, pero voy a llevarte al hotel en vez de a mi piso. Así los dos podremos dormir bien. Mañana intentaremos encajar todas las piezas.

–Aguafiestas.

Él la miró durante largos instantes.

–Se supone que la tortura va contra la ley –le recordó con una sonrisa traviesa. Minutos después, mientras la llevaba al hotel, comentó–: Veo que esta noche no llevas el cabestrillo.

Josette flexionó el brazo.

–La herida no es tan grave. Y odio el cabestrillo. Me estorba.

–Si ves que el brazo se te hincha, o...

–Tendré cuidado –lo interrumpió ella–. Y gracias por las *crêpes*.

–De nada. A mí también me gustan –Brannon detuvo el coche y le colocó la mano en la nuca, atrayéndola hacia sí–. Acércate y dame un beso de buenas noches –murmuró con voz suave y profunda.

Ella se rio.

–¿Quieres que te lea un cuento también? –susurró.

–Claro. ¿Qué tal un relato de misterio de Agatha Christie?

–Ya tenemos un asesinato entre manos. Sería redundante.

Brannon se inclinó para besarla con ternura, mordisqueándole el labio inferior hasta que ella exhaló un ronco suspiro.

–Creo que esto va a convertirse en un hábito.

–¿De veras?

Él la estrechó entre sus brazos.

–¿Estás segura de que quieres volver a Austin? –murmuró, besándola con apremio.

Josette sintió una explosión de calor en su bajo vientre, y alzó los brazos para rodearle el cuello, mientras correspondía al beso con más entusiasmo que pericia. A Brannon no parecía importarle. Empezó a desabotonarle la blusa para explorar sus senos. Ella jadeó al sentir sus caricias, lentas y ansiosas.

El sonido de un coche acercándose hizo que él levantara la cabeza.

–¡Maldición! –exclamó Josette tan lastimeramente, que Brannon se echó a reír.

–Quizá haya sido lo mejor –dijo resignado–, dadas las circunstancias.

Josette tragó saliva.

–En realidad... bueno, podrías... podrías subir conmigo –consiguió decir en tono entrecortado.

–¿Para hacer qué, Josie? –inquirió Brannon–. No podemos...

–Me la hice hace dos años –dejó escapar ella.

Él frunció el ceño.

–¿Qué te hiciste?

Josette carraspeó y clavó la mirada en el pecho de Brannon.

–La... operación –confesó.

Él se quedó muy quieto. Estaba totalmente excitado, y su mente no funcionaba a derechas. La miró fijamente, tratando de recobrar la compostura.

–¿Hace... dos años? –susurró.

Ella asintió.

–Creí que... me dejaste porque no podía tener... relaciones sexuales –explicó entrecortadamente–. Así que me operé –cerró los ojos, dolorida–. Pero tú no volviste. No me llamaste ni me escribiste... Incluso fui a la fiesta de Webb porque creí que podría verte allí y decirte... –su voz se extinguió.

–Oh, nena –susurró Brannon con voz ronca. La atrajo hacia sí y la abrazó con fuerza–. ¡Lo siento tanto...! Estaba demasiado avergonzado para volver contigo.

–¿Avergonzado? –inquirió ella sin comprender.

–Cuando supe que eras virgen e inocente, quise volver contigo. Pero en el juzgado, durante el juicio de Jennings, vi cómo me mirabas, con odio en los ojos. Después de eso... –Brannon suspiró–. Me fui de la ciudad e intenté olvidarlo todo.

–Tú no sabías la verdad, Marc. No te culpé tanto a ti como a mí misma. Solo eres humano.

Él apretó el abrazo hasta el punto de que casi le hacía daño.

–No debí dejarte nunca –resolló Brannon, buscando sus labios–. ¡Nunca en la vida...!

Ella sonrió contra su boca, sintiendo su falta de control, su pasión desbordada. La deseaba tan desesperadamente, que apenas podía contenerse. Se trataba de un deseo sincero, halagador. Quizá no era lo que Josette anhelaba realmente, pero vivir el resto de sus días sola, sin él, le parecía aún peor.

Le deslizó los labios hasta el oído.

–Puedes subir conmigo –susurró, entregándose a él sin resistirse.

Brannon no respondió. Sus manos emprendieron un perezoso viaje a lo largo de su espalda, mientras saboreaba el contacto suave de su cuerpo, el ligero olor a rosas que impregnaba su piel.

–No –dijo al fin.

Josette no se había esperado tal respuesta. Arrugó la frente.

–¿Por qué no?

–Porque no quiero reducir lo que siento por ti a media hora en la cama.

Ella notó que el corazón le daba un vuelco. Se retiró un poco, tratando de verle la cara.

Brannon tomó una de sus manos y se la llevó a los labios.

–Y tú tampoco quieres –dijo con convicción–. Si tan solo hubiese querido seducirte, Josie, no habría necesitado aprender a cocinar rollos de carne y *crêpes* –le besó la palma de la mano–. No sabes lo que sentí al verte en la oficina de Simon. Fingir indiferencia fue lo más duro que he tenido que hacer en toda mi vida.

–¡Creí que me odiabas! –susurró ella.

–Me odiaba a mí mismo. Y, en cierto sentido, sigo odiándome –Brannon le besó los párpados, recorriéndole suavemente las pestañas con la punta de la lengua–. Ha sido una tortura saber que ocupabas la misma oficina que Grier.

–Pero ¿por qué?

–Le atraen las mujeres como tú –Brannon deslizó los ojos por sus delicadas facciones–. Posees una cualidad poco común. Ternura.

Josette le acarició los labios.

–Tú también –susurró.

Brannon respiró hondo mientras pasaba las yemas de los dedos por el pequeño vendaje de su brazo.

–Tendré que cuidar de ti mejor.

Ella sonrió.

–Sé cuidarme sola. Pero si quieres cuidar de mí, tendrás que dejar que yo también cuide de ti.

Brannon contuvo la respiración, observándola ansiosamente. Pensó en cómo sería la vida con ella, en cómo sería despertarse a su lado por las mañanas y llevarla a la cama por las noches. Tendría a alguien con quien hablar, con quien compartirlo todo, tanto lo bueno como lo malo; alguien a quien consolar y con quien consolarse.

–¿Son profundos tus pensamientos? –murmuró Josette, pasando el dedo por sus espesas cejas.

–Muy profundos –Brannon frunció el ceño–. ¿Y tus gafas?

–Puedo verte –respondió ella con un rictus burlón.

–A mí, pero a nadie más –dijo él con calma–. Póntelas.

–Oh, está bien. Pero no me gusto con ellas.

–A mí sí. Hacen que tus ojazos negros parezcan aún más grandes –dijo Brannon sonriendo–. Y más sexys, si quieres saber la verdad.

–Mañana mismo iré a comprarme otros tres pares –prometió Josette.

Brannon le acarició la nariz, observándola con una extraña sensación de felicidad.

–Cierra bien la puerta.

–¿Por qué? ¿Planeas echarla abajo para raptarme? –bromeó ella.

–No me des ideas –advirtió él–. Aún estoy excitado.

Josette frunció los carnosos labios.

–Vaya, vaya –susurró acercándose más a él.

Brannon la detuvo.

–El coche se bambolearía –dijo muy serio–. Y la gente se daría cuenta. Acudiría la policía. Grier, probablemente. No sabes de lo que es capaz...

Josette se echó a reír, dándose por vencida.

–Está bien, me rindo.

Brannon le dio un último beso.

–Asegúrate de cerrar bien la puerta.

–Lo haré –prometió ella mientras abría la portezuela–. Pero dime que tú harás lo mismo –miró hacia atrás con preocupación–. Esos hombres que te atacaron... –empezó a decir–. ¿Y si vuelven?

–¿Ves esto? –inquirió él con la mano en la culata de su Colt 45.

–De todos modos, ten cuidado –Josette se señaló el corazón–. ¿Ves esto? Si algo te pasara, dejaría de latir.

Brannon sonrió con ternura.

–Creo que ya lo sabía, pero me alegra oírtelo decir. Evitaré las balas. Buenas noches, cariño.

Josette sintió que el corazón le daba un vuelco.

–Buenas noches, Marc –contestó soplándole un beso antes de entrar en el hotel. Subir hasta su habitación supuso una auténtica agonía. Pero, nada más entrar, oyó que sonaba el teléfono.

–¿Señorita Langley?

–¿Sí?

–Soy Holliman –dijo el anciano–. He estado pensando en lo que dijeron ustedes, acerca de eso que mi sobrino tenía en su poder. Creo que tengo cierta idea. ¿Podrían venir mañana por la mañana?

–Por supuesto. Allí estaremos –respondió Josette antes de despedirse y colgar.

Por fin, se dijo, estaban empezando a reunir pistas suficientes para resolver el caso. Esperaba que Brannon se alegrara tanto como ella cuando le diera la noticia al día siguiente.

El teléfono volvió a sonar a las cinco de la mañana, despertando a Josette.

–¿Diga? –murmuró con voz somnolienta.

–Oficina del fiscal de San Antonio –respondió una profunda voz masculina–. Necesitamos saber su plan de trabajo para hoy.

Josette se incorporó en la cama, instantáneamente alerta.

–¿Para qué? –preguntó enseguida.

Hubo una leve pausa.

–No queremos duplicar esfuerzos innecesariamente. Creemos tener una pista sobre el caso Jennings.

Josette casi se fue de la lengua. Casi. Pero había algo en aquella llamada que no parecía convincente. En primer lugar, Josette no reconocía la voz. En segundo lugar, en la oficina no necesitarían conocer su plan de trabajo. No funcionaban así.

–Bueno –dijo bostezando deliberadamente–, primero pienso dormir hasta las ocho y media. Y luego Brannon quiere que recoja a una testigo para enseñarle algunas fotografías en la oficina.

Hubo otra pausa.

–¿Para qué?

–Bueno, creemos tener cierta información sobre el cabecilla del hampa local –dijo arrastrando la voz. Deseó poder ver la expresión del hombre en el otro extremo de la línea–. Se lo contaré todo cuando llegue a la oficina.

La comunicación se cortó.

Josette telefoneó a Brannon inmediatamente.

–¡Son las cinco de la mañana! –exclamó él, antes incluso de preguntar quién era–. ¡Como seas tú, Grier, te juro que te utilizaré como blanco en mis prácticas de tiro!

–No soy Grier –murmuró Josette suavemente–. Hola.

–¿Josette? ¿Qué sucede? ¿Te encuentras bien?

Su preocupación la conmovió.

–Estoy bien –contestó–. Pero acabo de recibir una interesante llamada de alguien que fingía pertenecer a la oficina del fiscal. Quería saber mi plan de trabajo para hoy. Es solo una conjetura, ojo, pero creo que estamos molestando mucho a alguien con nuestras pesquisas. No me extrañaría nada que estuvieran siguiéndonos.

–Mmm –murmuró Brannon–. A mí tampoco me extrañaría. ¿Te apetece salir a jugar al corre que te pillo?

Ella se rio.

–Me encantaría, pero antes tendrás que llevarme a desayunar. Estoy hambrienta y necesito un café.

Josette percibió el tono risueño de su voz.

–Lo mismo digo. Hay una bonita cafetería cerca de aquí. Pasaré a recogerte dentro de unos diez minutos.

Brannon colgó antes de que ella pudiera decirle que necesitaba al menos veinte para vestirse. Pero consiguió hacerlo en diez, de todos modos.

Brannon observó con aprobación su chaqueta de color melocotón y su blusa de color crema, sobre todo porque se había dejado el cabello suelto sobre los hombros.

–Qué atractiva estás –comentó frunciendo los labios mientras Josette se subía en el coche–. Me alegra no tener que desayunar con Grier –tras una pausa, añadió–: Te he echado de menos.

–Bien.

Brannon la miró de soslayo.

–No volverás a Austin cuando resolvamos este caso –dijo rotundamente.

Ella enarcó las cejas.

–Trabajo allí.

–Puedes conseguir un empleo aquí –repuso él con calma–. Nos turnaremos para cocinar, limpiar y hacer la colada. Y los fines de semana iremos al cine. Podremos compartir los gastos. Piensa en lo que podríamos ahorrar en calefacción durmiendo juntos –añadió con una sonrisita perversa.

# 15

–¿Que duerma contigo? –inquirió Josette.

–Oh, sería algo estrictamente platónico –respondió Brannon con desenfado–. Puedes ponerte un camisón y una bata, y yo un pijama grueso. No te tocaré en absoluto. Podemos vivir juntos y ser amigos –sonrió lentamente–. Te daré mi palabra de *girl scout.*

Josette lo estaba observando como si temiera por su cordura, hasta que oyó aquel último comentario. Entonces prorrumpió en carcajadas.

–No creas que he dicho mi última palabra al respecto –añadió él–. Para volver a Austin, tendrás que pasar por encima de mi cadáver. Aunque tenga que llevarte a mi rancho a caballo y tenerte allí prisionera hasta que cedas.

Josette hizo ademán de protestar, pero en ese momento sonó la radio y Brannon hizo una pausa para responder. Luego fueron a desayunar.

Llegaron al rancho del viejo Holliman en menos de veinte minutos, pero nadie los siguió. Brannon efectuó varios desvíos y paradas súbitas, que no revelaron la presencia de ningún vehículo sospechoso que pudiera estar siguiéndolos subrepticiamente.

–Qué extraño –murmuró mientras se detenían ante la destartalada casa de Holliman–. Deben de estar vigilándonos, pero no he visto señal alguna de que alguien nos siga –sacó su Colt, lo examinó y volvió a guardarlo en la pistolera. Luego miró a Josette–. Al salir, camina a mi lado y dirígete directamente hacia la puerta. No descarto una emboscada. Esa gente está desesperada.

–Muy bien –respondió ella sin discutir. Lo único que sabía con certeza era que Brannon se mantendría firme, ocurriera lo que ocurriese. Eso le tranquilizaba.

Avanzaron rápidamente hacia la casa, y Holliman los recibió en las escaleras del porche. Parecía como si no hubiera pegado ojo en toda la noche, y tenía fuertemente agarrada la escopeta con la que amenazó a Brannon y Josette durante su primera visita.

El anciano miró en torno disimuladamente y les hizo un gesto para que pasaran. Apenas habían entrado cuando cerró rápidamente la puerta y luego se recostó en ella, con el aspecto de quien acababa de escapar de la muerte.

–No deseaba tener que contárselo a nadie –dijo con tristeza–. Esperaba que todo pasaría, que se olvidarían de lo que Dale tenía. Pero no se olvidarán, ¿verdad? –preguntó a Brannon.

–No –contestó Brannon–. Ya han muerto demasiadas personas intentando proteger el secreto. Si usted sabe de qué se trata, tendrá que decírnoslo. O probablemente –añadió seriamente–, usted será la próxima víctima.

–Nunca creí que le harían algo así a mi hermana –dijo Holliman meneando la cabeza–. Pertenecí al Cuerpo de policía durante veinte años. Y jamás, jamás, me topé con nadie capaz de torturar a una anciana indefensa –cerró los ojos y se estremeció. Luego volvió a abrirlos y miró compungido a Brannon–. Debería habérselo dicho desde el principio. Quería proteger a mi hermana de un sufrimiento peor que el que ya había padecido. Me equivoqué –Holliman respiró hondo–. Dale tenía un dietario –dijo observando sus expresiones–. Ustedes ya lo sabían, ¿verdad?

–Sabíamos que ese dietario existía –explicó Josette–, pero ignoramos qué contiene exactamente.

–Pruebas –dijo el anciano–. Pruebas que demuestran que alguien de la dirección de la campaña del vicegobernador pagó a Jake Marsh para que le proporcionara votos en las elecciones. Según dijo Dale, también había algo que comprometía a la esposa de Webb y valía un buen pico en materia de chantaje. Una de las entradas del dietario, dijo Dale, era de casi un millón de dólares.

Brannon contuvo la respiración.

–Silvia Webb –dijo mirando de reojo a Josette–. ¡Esa era la conexión del chantaje!

–Ignoro lo que sabían de ella –prosiguió el anciano–. En el dietario solo figuraban las cantidades pagadas a Jake Marsh y, al menos, otros dos profesionales que orquestaron una campaña de desinformación que le costó las elecciones al adversario de Webb. Parece que desenterraron un viejo escándalo familiar y lo amenazaron con revelarlo ante la prensa. Dado que involucraba a su madre directamente, optó por retirarse en el último momento y Webb ganó las elecciones. El dietario contiene pruebas concretas de ello.

–El hombre al que Webb despidió –dijo Josette reflexionando en voz alta.

–Sí, pero antes de que Bib supiera lo que había hecho en realidad –respondió Brannon. Luego miró a Holliman–. Tendría que habérnoslo dicho mucho antes.

–Es cierto –murmuró el anciano–. Pero sigo sin saber dónde está el dietario –añadió con gesto adusto–. Dale me dijo lo que contenía, pero no dónde lo guardó. Intenté que acudiera a las autoridades, pero se negó. Incluso cuando lo detuvieron prefirió no hablar. Creía que ese dietario era su seguro de vida. Ni siquiera le importaba ir a la cárcel, dijo, porque conocía a personas que lo sacarían en un par de años –hizo una mueca–. Y lo hicieron, aunque no como él esperaba.

–¿Mencionó alguna vez a Sandra Gates o a Becky Wilson? –preguntó Josie.

Holliman negó con la cabeza.

–Solo hablaba de esa tal señora Webb, y siempre en un tono extraño...

–¿Extraño, en qué sentido? –inquirió Brannon.

–No sé. Casi reverente. ¡Como si ella significara mucho para...!

La ventana próxima a Brannon se rompió, en el mismo momento en que el estallido de un disparo interrumpía al anciano.

Maldiciendo, Brannon sacó la pistola en una fracción de segundo y apartó a Josie de la ventana.

–¡Al suelo! –dijo rápidamente.

Se agazapó junto a la ventana y retiró la descolorida cortina lo justo para echar un vistazo.

–Aún tengo buena puntería –dijo Holliman–. ¿Dónde me sitúo?

–Vigile la puerta –le dijo Brannon. Luego miró fijamente al anciano–. No deje que lleguen hasta Josie.

–No lo harán –prometió Holliman.

–¿Adónde vas? –inquirió Josie al ver cómo salía de la habitación.

–Voy a salir por detrás. No te muevas.

Brannon salió por la puerta trasera y rodeó la casa sigilosamente, con el arma fuertemente asida con ambas manos. Se detuvo y cerró los ojos, escuchando.

De todas las cosas que había aprendido en el Cuerpo de policía, el sigilo era la más importante. Sabía que podía confiar en su oído, sobre todo en una zona tan silenciosa como aquella, alejada del tráfico y del estrépito callejero.

Oyó un crujido de ramas cerca, seguido de un sonoro chasquido. Quien estuviera merodeando por allí no sabía moverse por el campo. Allí, lo primero que delataba una presencia humana eran las vibraciones rítmicas. Los animales del bosque nunca se movían así, ni siquiera los más grandes.

Brannon también captó un fuerte aroma, como de perfume. Perfume de mujer.

Retrocedió y se introdujo lentamente en el cobertizo próximo, procurando caminar sin hacer ruido. A continuación, se escondió detrás de las balas de heno que Holliman guardaba, seguramente, para la única vaca que había en el cobertizo.

La vaca reparó en él y mugió, pidiendo comida.

Se oyó un sonido de pasos apresurados. El olor a perfume se hizo más fuerte. Segundos después, Silvia Webb entró en el cobertizo, con una pistola entre sus manos enguantadas en negro. Llevaba unos pantalones estrechos negros, una camisa de seda, también negra, y el cabello rubio recogido en una gorra. Resultaba difícil reconocerla, pero Brannon conocía su perfume y su complexión.

–¡Sal de ahí! –gritó ella mirando en torno, con la pistola alzada–. ¡Sal ahora mismo!

Brannon se guardó el revólver en la cartuchera y arrancó un fragmento de tierra endurecida, adherida a una de las balas de heno. Luego esperó, contando hasta veinte.

Entonces, rápidamente, lanzó el puñado de tierra al lado de donde se encontraba Silvia, con fuerza. Ella se giró al oír el ruido, y Brannon se le echó encima con presteza, derribándola y haciendo que la pistola se le escapara de las manos. Luego rodó por el suelo para recoger el arma. Cuando Silvia hubo recuperado el resuello, él ya le estaba apuntando al pecho.

Ella emitió un jadeo ahogado. Se puso en pie, respirando con dificultad.

Brannon se quedó mirándola, con un intenso brillo en sus ojos grises.

–Tú. Fuiste tú desde el principio. ¿Mataste a Garner, u ordenaste a Jennings que hiciera el trabajo sucio por ti?

Silvia pestañeó.

–¿De qué estás hablando? –inquirió con altivez.

–Ríndete, Silvia –dijo Brannon fríamente–. No podrás salir de esta.

–En esa pistola no hay huellas mías –repuso ella con una sonrisa igualmente fría–. ¡No podrás demostrar nada!

–Sí, si encuentro el paquete que Jennings dejó aquí –le aseguró él con los ojos entrecerrados.

Silvia se quedó inmóvil.

–¿Qué te hace pensar que está aquí?

–¿Para qué habrías venido, si no?

Ella titubeó. Se quitó la gorra y sacudió la cabeza. Luego sonrió con vacilación.

–Vamos, Marc –empezó a decir–. Estamos del mismo lado. Del lado de Bib. ¿No querrás que tu amigo vaya a la cárcel?

–Bib no irá a la cárcel –respondió él convencido.

–Sí, si encuentran ese dietario –insistió Silvia. Avanzó hacia Brannon–. Lo tomaré y me iré. Nadie tiene por qué enterarse. ¡Nadie lo sabrá nunca!

–Yo lo sabré –contestó él fríamente.

–Bib quedará como un criminal de la peor calaña –insistió Silvia–. Lo echarán de su cargo. ¡Lo condenarán!

–Bib despidió al hombre que contrataste para echar a su oponente de la campaña, Silvia –dijo Brannon con calma–. Conozco su nombre. Lo buscaré. Y hablará, con el incentivo adecuado.

Era una eventualidad que ella no había previsto. Entreabrió los labios. Pareció momentáneamente insegura. Luego, se enderezó.

–¿Y qué si habla? ¡Será Bib quien sufra las consecuencias, no yo!

–Al menos dos testigos te vieron entrar en el apartamento de la señora Jennings con Jake Marsh.

Silvia se quedó boquiabierta.

–¡No! ¡No pueden identificarme! ¡Llevaba sombrero y velo...!

–¿Ah, sí?

Ella apretó los puños.

–¡Te mataré a ti también! –gritó, con los ojos vidriosos y frenéticos–. ¡Mataré a la tal Langley y a ese viejo estúpido! ¡Moriréis todos! Haré que Jake os ate y luego usaré un cuchillo con vosotros. Sé usarlo. Vi cómo mi padre le cortaba la mano a mi hermano con un hacha cuando era pequeña. Mi hermano se portaba mal. Mi padre dijo que me haría lo mismo si no le obedecía –sus ojos relucían con el brillo de la locura.

Brannon respiró hondo. No deseaba oír aquello. ¡Después de lo que Silvia había hecho, no podía sentir lástima por ella!

–Me enseñó que el dolor nos hace fuertes –prosiguió ella, abstraída. Se echó a reír–. Me enseñó a utilizar un cuchillo. Solía decir que yo era como él, fuerte, y no débil y patético como mi hermano. Íbamos con frecuencia a la ciudad, yo atraía a los hombres y luego... –miró de soslayo a Brannon–. Lo maté, ¿sabes? Maté a mi padre. Ya le había dicho a Bib que estaba embarazada, para que se casara conmigo. Bib trabajaba para el viejo Garner, y Garner tenía millones. Mi padre dijo que nos haríamos ricos, pero era demasiado codicioso, así que lo empujé de cabeza al viejo pozo. Tardaron varios días en encontrarlo. Yo dije que había ido a visitar a mi primo. Cuando lo encontraron, lloré desconsolada, y todos se compadecieron de mí –se rio–. Nadie sospechó nada.

»Mi padre se habría sentido orgulloso de mí, ¿no crees, Marc? Él me enseñó –parpadeó–. Bib no sabe dónde estoy. Le dije que iría de compras. Siempre me cree –frunció el ceño–. Jake cree que no sé lo que hago, pero se equivoca. Maté a Garner porque él sabía que Dale se había llevado el dietario. Lo golpeé con la cachiporra y luego la puse en el coche de Dale. Dale y yo estábamos teniendo una aventura, así que intenté deshacerme de él, o Bib se habría divorciado de mí. A Dale no le importó ir a la cárcel si le pagaba a cambio, así que sustraje dinero de la cuenta de Bib para mantenerlo callado. Yo aún no sabía lo de las fotografías –añadió con furia–. Después, Dale se volvió muy codicioso y amenazó con hacer público lo que sabía de Bib y de mí.

»Pagué a Sandra para que hiciera que lo trasladasen a otra prisión, y luego soborné a algunos funcionarios para que lo dejaran escapar. Dale prometió entregarme el dietario y unas fotografías que había hecho, en las que aparecíamos juntos –meneó la cabeza–. Tuve que matarlo para protegerme. Pero el tiro me salió por la culata, porque el dietario que llevaba consigo estaba en blanco, y solo había dos fotografías, sin los negativos.

»Tenía que encontrar el dietario, ¿sabes? La vieja se negó a hablar, a pesar de todo lo que le hice. Jake había ido al dormitorio a buscar el dietario. Cuando la vio, al regresar, me pegó. Jamás me había pegado antes. Dijo que no quería implicarse más en el asunto. Incluso ordenó a ese tal York que desapareciera. Jake había contratado a York para matar a Dale, pero yo no necesitaba que hicieran las cosas por mí. Sé hacer el trabajo sucio, como mi padre. Por eso le dije a Jake que me encargaría de Holliman. No necesitaba a York para encontrar el dietario. Y voy a encontrarlo. Está aquí. ¡Tiene que estar aquí!

Estaba loca, se dijo Marc incrédulamente. Era increíble que nadie hubiese reparado antes en su enfermedad, para proporcionarle ayuda.

Avanzó hacia ella, oyendo un ruido de pasos que se acercaban. Luego sacó las esposas que llevaba en el cinturón y le esposó las manos en la espalda. Silvia ni siquiera se resistió.

–¡Oh, gracias a Dios! –dijo Josie en la puerta, al ver que Marc se encontraba bien–. ¡¿Silvia?! –exclamó asombrada al reparar en su prisionera.

La rubia se giró y la miró con ferocidad.

–Soy la esposa del vicegobernador –dijo con altivez–. Nadie me llama por mi nombre de pila, a menos que yo le dé permiso.

Brannon dirigió a Josie una elocuente mirada.

–Naturalmente, señora Webb –dijo ella complaciéndola.

–El dietario –murmuró Brannon mirando en torno–. ¿Sabes si está aquí, Silvia?

–Dale no quiso decírmelo –respondió ella–. Me acosté con él y seguía negándose. Luego hizo que un detective privado nos siguiera y tomara fotos –añadió–. Yo no lo supe hasta que me las enseñó. Me amenazó con mostrarlas a la prensa si no le daba el dinero que pedía. Y dijo que entregaría el dietario a la policía. Habría sido la ruina, ¿no lo entiendes? Bib habría perdido su cargo, y yo ya no sería nadie especial. Debemos proteger el nombre de la familia. Mi abuela siempre lo decía. Solía llorar continuamente cuando mi hermano murió.

»Papá lo mató también, ¿sabes? Lo golpeó demasiado fuerte. Y luego lo lamentó, pero tuvimos que asegurarnos de que nadie se enterara. Así que lo arrojamos a los pies de los caballos, y dijimos que se había descuidado y lo habían pisoteado –Silvia sonrió a Brannon–. Me gusta montar a caballo. Dale y yo solíamos venir aquí a montar cuando el viejo iba a visitar a su hermana. Dale tenía una silla especial, hecha a mano –frunció el ceño–. Este año no iré al baile del gobernador –dijo de repente, cariacontecida.

Brannon y Josie intercambiaron miradas. Las sillas de montar. Brannon miró hacia la pared, donde estaban colgadas. Había solo dos. Una era vieja y estaba descolorida por el uso. La otra, algo más nueva, también estaba hecha a mano, y tenía accesorios de color plateado.

Guiándose por una corazonada, Brannon se acercó a la segunda silla y descolgó las alforjas. Abrió la primera y la encontró vacía. La segunda, sin embargo, contenía un grueso paquete envuelto en una bolsa de plástico.

Josie se acercó mientras Brannon abría la bolsa y sacaba un gran sobre. Dentro había algunas fotografías en color, muy explícitas, de Dale Jennings y Silvia Webb. Brannon volvió a introducir las fotos en el sobre y extrajo un pequeño dietario. Entre las páginas había varios recibos y, como mínimo, dos notas escritas a mano, con la firma de Jake Marsh. También había cuatro resguardos de cheques, firmados por Silvia Webb. Y allí, escritas con bolígrafo negro, figuraban todas las transacciones realizadas por el asociado de Marsh que había chantajeado al oponente de Bib Webb para que retirase su candidatura, con nombres, direcciones, fechas y cantidades exactas. Era pura dinamita. Pruebas que podían enviar a cualquiera a la cárcel.

–A Bib no le va a gustar –dijo Silvia con una sonrisa vacía–. Perderá su cargo.

–No lo creo –respondió Brannon fríamente.

–Pues Jake cree que sí. ¿Verdad, cariño? –dijo Silvia de repente, mirando hacia la amplia entrada del cobertizo.

–Sí. Gracias por encontrar las pruebas por mí, Brannon –dijo una voz lenta y sombría desde la puerta.

Brannon y Josie se giraron para ver a un apuesto hombre de unos treinta y tantos años, que portaba una pistola automática.

–Dame el dietario –ordenó extendiendo una mano enguantada–. Ahora.

Brannon lo dejó caer al suelo.

–Ven a por él –contestó.

–¡Yo tengo la pistola, Brannon! –rugió Marsh.

Brannon se dirigió a Josie, sin mirarla.

–Apártate, Josie. ¡Ya!

Josie prefirió no discutir, aunque temía por él. Se colocó al lado de Silvia, abriendo mucho los ojos, presa del temor, al ver cómo Marc cambiaba ligeramente de postura. ¡No pensaría medirse con un hombre que le apuntaba con una pistola automática ya amartillada...!

Brannon observó a su oponente. Sabía que, de todas formas, pensaba dispararles. Tenía demasiado que perder como para dejar testigos. Al igual que Silvia, no dudaría en asesinar a todo aquel que amenazara su libertad.

De repente, Holliman gritó, distrayendo a Marsh. El anciano había entrado a hurtadillas en el granero. Llevaba su escopeta.

Brannon sacó su revólver. Y disparó con tal celeridad y precisión, que Marsh se encorvó y se desplomó en el suelo antes de poder apretar el gatillo de su propia arma. El anciano había proporcionado al ranger de Texas el segundo de ventaja que necesitaba. El jadeo ahogado de Josie resultó perfectamente audible en el silencio que siguió.

Brannon se acercó a Marsh y le arrebató la pistola, mientras el hombre se apretaba el muslo herido e intentaba detener el flujo de sangre.

–¿Cómo... has hecho eso? –preguntó Marsh con voz entrecortada, sin dar crédito a lo ocurrido.

–Nadie me ha ganado nunca a la hora de desenfundar –explicó Brannon con calma–. Y me alegro, dadas las circunstancias.

–Le has disparado a Jake –dijo Silvia con ojos que parecían nublados–. Y yo le disparé a Dale. Me estaba chantajeando con esas fotos, ¿sabes? Pero hace un par de semanas me llamó y me dijo que estaba dispuesto a devolvérmelas, junto con el dietario, si le daba dinero para ayudar a su madre.

–Oh, Dios, ¿queréis dejar de hablar y llamar a una ambulancia? –gimió Marsh.

Brannon se sacó del bolsillo el teléfono móvil e hizo la llamada. Luego advirtió que Holliman miraba a Silvia con furia en los ojos.

El anciano se acercó a ella y levantó la escopeta.

–¡Para cuando lleguen aquí, harán falta dos ambulancias!

–No me obligue a dispararle –le dijo Brannon, acercando la mano a la culata del revólver por segunda vez en menos de cinco minutos. Se inclinó levemente, y sus ojos grises brillaron.

Holliman vaciló, pero solo por un segundo. Bajó la escopeta con un suspiro de resignación.

–Está bien. Pero era tentador –miró a Marsh y luego a Silvia, que simplemente sonreía y miraba al vacío–. ¿Qué le pasa?

–Que está loca, eso es lo que le pasa –farfulló Marsh–. ¡Ojalá no la hubiese conocido nunca!

–Esa no es forma de hablar del amor de tu vida –dijo Silvia suspirando–. Y menos después de todo lo que he hecho por ti.

–¡Me han disparado y probablemente iré a la cárcel, gracias a ti!

–Está perdiendo mucha sangre, ¿eh? –comentó Holliman sin ninguna emoción en particular.

–Eso parece –respondió Brannon con indiferencia.

–Podríais hacerle un torniquete, por el amor de Dios –dijo Josie irritada, mirándolos mientras se agachaba junto a Marsh–. Necesito algo consistente y un pañuelo.

–Tiene usted clase, señorita –rezongó Marsh.

–No lo toques –terció Silvia frenéticamente–. ¡Es mío!

–Estoy de nuevo a la venta –bromeó Marsh, haciendo una mueca de dolor mientras Josie utilizaba un bolígrafo y dos pañuelos entrelazados, que le había pasado Brannon, para hacerle el torniquete. Apretó hasta que el flujo de sangre disminuyó.

Por fin, la ambulancia entró en el rancho, seguida por un coche del sheriff de Bexar County. Era extraño, se dijo Josette, porque Floresville quedaba más allá de los límites de Bexar County, en Wilson County.

Un joven agente se apeó del coche y entró en el cobertizo detrás de los enfermeros, que enseguida atendieron a Marsh.

–Agente, arreste a estas personas –le dijo Silvia firmemente–. Soy la esposa del vicegobernador. Esta gente... –señaló a Brannon y a Josie–. ¡Esta gente tiene algo que me pertenece y quiero que usted se lo quite inmediatamente!

El agente miró al hombre alto con la placa de los rangers en la camisa y la pistola en la cadera. Luego se fijó en la herida de Jake Marsh.

Frunció los labios.

–¿Otra vez has estado disparando, Brannon? –bromeó. A continuación, miró a Silvia–. ¿Quieres que detenga a esta señora por ti?

–Sí, gracias. Te seguiré con las pruebas –Brannon mostró la bolsa de plástico–. Estás a punto de ver cómo un maligno imperio se desmorona gracias a un dietario –añadió mirando al herido, mientras era transportado a la ambulancia–. Jake Marsh, exjefe del hampa y personaje escurridizo. Le sentarán bien los pantalones a rayas.

–¡No... no iré a la cárcel! –rugió Marsh.

–Ni yo tampoco –dijo Silvia altivamente.

–Vamos, señora. Puede decirle eso al juez –contestó el agente.

–¡Lo denunciaré! –lo amenazó Silvia.

–Me pondré mi mejor traje para el juicio –repuso el agente mientras la introducía cuidadosamente en la parte trasera del coche patrulla.

Josie tomó la mano de Brannon.

–Me alegro de que estés bien –le dijo con voz ronca–. Por un momento, me pareció que ibas a suicidarte –de hecho, aún temblaba al recordarlo.

Él la rodeó con el brazo.

–A un ranger de Texas solo se le mata clavándole una estaca en el corazón.

–Esos son los vampiros, cariño –le recordó Josie.

Brannon arqueó las cejas.

–¡No me digas!

Les llevó el resto del día redactar el informe, entregar las pruebas y hablar con el ayudante del fiscal que iba a hacerse cargo del caso. Grier permanecía sentado con el pequeño grupo en la sala de juntas.

–Es la historia más increíble que he oído jamás –dijo meneando la cabeza–. Llevábamos años intentando echarle el guante a Marsh, sin conseguirlo. ¡Y llegáis vosotros dos y lo cazáis!

–Tuvimos suerte –respondió Brannon con calma.

–¿Qué hay del asesino a sueldo, York? –inquirió Josie preocupada–. Sigue suelto, ¿no?

Grier miró al joven ayudante del sheriff que había estado en el rancho de Holliman. Ocupaba una silla en la oficina, junto a Brannon y los demás, pues había participado en la detención.

El joven se retrepó en la silla.

–No hace falta preocuparse por York –dijo con una sonrisa–. Resulta que iba conduciendo tan ricamente por la 410, cuando, de repente, me pasó de largo un coche a toda pastilla. Aunque era la hora del almuerzo, lo perseguí y le di el alto. Y, ¡sorpresa!, allí estaba York en persona, con un sucio vendaje en la herida de bala –frunció los labios–. Ahora mismo está en la cárcel del condado. Y si Marsh canta, como creo que hará, tendremos a York justo donde lo queremos.

–Pero él no mató a nadie –señaló Josie–. Silvia asesinó a Garner y a Jennings.

–Sí, pero Marsh lo contrató para asesinar a un hombre. Además, York trató de atropellar a Judd Dunn hace dos meses, cuando Judd empezó a investigar los asesinatos en los que se sospechaba que Marsh estaba implicado –el agente sonrió–. Dunn ha trabajado día y noche tratando de reunir pruebas para quitarlo de la circulación definitivamente. Gracias a él conocía la marca y el modelo del coche de York. Llevaba toda la semana buscándolo –añadió con un suspiro–. A York le encantará la cárcel. Y a los reclusos les encantará un jovencito atractivo como él, ¿no os parece?

Brannon creyó mejor no responder, pero sonrió interiormente.

# 16

Lo más duro fue decirle a Bib Webb lo que habían descubierto, y lo que su esposa había hecho. Brannon se llevó a Josie consigo, pero telefoneó a Becky Wilson antes de salir de San Antonio, para que acudiera también.

Bib parecía como si acabara de encajar un tiro. Salió al jardín y permaneció cerca de la piscina, con las manos en los bolsillos y la mirada perdida.

–Deja que hable a solas con él un momento –le dijo Brannon a Becky, que obviamente ansiaba acudir al jardín con Bib.

–Está bien –ella se sentó en el sofá con un suspiro y sonrió tímidamente a Josie–. ¿Quieres un caramelo de menta? –ofreció, y se mostró sorprendida cuando Josette se echó a reír. Aquellos caramelos habían ayudado a resolver un asesinato.

Bib oyó cómo Brannon se acercaba e hizo una mueca.

–Qué ciego fui –se lamentó. Luego miró a su mejor amigo–. ¿Sospechabas de ella?

–No –contestó Brannon con rotundidad–. Había apostado por la experta en ordenadores. Pero luego descubrimos que la «amiga» de Marsh era casada y que le gustaban los caramelos de menta.

Bib se sacó la mano izquierda del bolsillo y observó su anillo de boda.

–Llevo prácticamente soltero desde que Silvia tenía unos diecisiete años –murmuró–. Al principio, le gustaba el sexo, pero yo no era lo bastante duro para satisfacerle. Empezó a echarse «amigos». Y yo empecé a beber.

–El juicio va a ser complicado –dijo Brannon al cabo de un momento–. Si te soy sincero, no apuesto ni cinco centavos a que consigas ese sitio en el Senado cuando todo esto acabe.

–No me importa –Bib se giró hacia él–. Ni me importa perder el cargo de vicegobernador. Tengo una empresa que me encanta, buenos empleados, y estamos iniciando proyectos experimentales que podrían beneficiar a millones de personas hambrientas del Tercer Mundo. ¿Qué es un cargo político comparado con eso?

–Jake Marsh cumplirá condena, por muy buenos que sean sus abogados. Y Silvia también, desgraciadamente, a menos que la juzguen demente. Algo muy posible –añadió Brannon–. Has de estar preparado para eso. Hizo una confesión espeluznante sobre su pasado. Tendré que contar lo que oí.

–¿Qué confesó? –inquirió Bib horrorizado.

–Ya habrá tiempo para eso –respondió Brannon, dispuesto a darle a su amigo unas horas más de paz, hasta que los medios de comunicación irrumpieran como un vendaval en su vida.

Bib se mesó el cabello.

–Bueno, llamaré a nuestro abogado para ver si puede hacer algo por Silvia. Quizá pueda conseguir un informe psiquiátrico para que la declaren demente. Llevaba mucho tiempo mostrando síntomas de ello. Yo simplemente fingí no darme cuenta –añadió con un profundo suspiro–. Pero ya no tiene ningún sentido.

–Haré lo que pueda para ayudarte.

Bib le sonrió.

–Lo sé. Y te lo agradezco. Eres el amigo más leal que he tenido. Siempre has defendido mi inocencia cuando me han acusado de algo deshonesto.

–Te conozco –señaló Brannon–. Y jamás abandono a los míos. Jamás. Deja que Becky salga y hable contigo. Ella te salvará de los medios.

–Sí, lo hará –dijo Bib con una sonrisa–. Pienso casarme con ella cuando todo esto acabe.

–Eso no me sorprende. Será una buena esposa para ti.

Brannon regresó al interior de la casa y pidió a Becky que saliera.

–¿Qué hacemos ahora? –preguntó Josie a Marc, pues se sentía algo perdida.

Él frunció los labios y esbozó una lenta sonrisa.

–Iremos a cenar, por supuesto. Y luego empezaremos a hacer planes.

A ella le intrigó aquel último comentario, pero no le preguntó hasta que hubieron cenado y se hallaban sentados en el coche, en los aparcamientos del hotel.

–Ese parecía el coche de Grier –comentó Marc mientras paraba el motor–. ¿Qué estará haciendo aquí?

–No sé. No lo he visto hoy –Josie lo miró abiertamente–. Antes dijiste que haríamos planes. ¿Qué clase de planes?

Brannon sonrió y le acarició los labios con ternura.

–Te operaste por mí. Creo que mereces una recompensa.

Ella se ruborizó.

–Si te refieres a irnos a la cama...

Él sonrió burlón.

–Vaya, qué desvergonzada –bromeó. Señaló la estrella que llevaba en la pechera–. ¿Ves esto? He hecho voto de castidad. No tonteo con mujeres –añadió altivamente.

–Oh, seguro que todos los que te conocen estarán de acuerdo –dijo Josie con una mirada cínica.

–No tonteo con mujeres que no se llamen Josette. Además, espero ser un esposo y padre ejemplar.

Ella se quedó mirándolo, con los ojos muy abiertos, llenos de incertidumbre.

La sonrisa de Brannon se desvaneció. Le tomó la mano y se la acercó a la boca para besarle los nudillos.

–Te quiero –dijo quedamente–. Siempre te he querido. Y estoy cansado de intentar vivir sin ti.

Josie siguió mirándolo, como hipnotizada.

–Tengo una profesión peligrosa, pero no correré riesgos innecesarios. Puedo trabajar en la oficina de Victoria. Tendremos el rancho y dos salarios, y cada uno conoce lo mejor y lo peor del otro. Saldrá bien. Lo sé.

Josette inhaló una larga y trémula bocanada de aire, mientras contemplaba sus ojos grises.

–Es muy precipitado –empezó a decir.

–Lo sé. No digo que nos metamos en la cama juntos esta misma noche y nos casemos por la mañana –dijo Brannon muy serio–. Quiero que dejes tu trabajo y pases tres semanas en el rancho conmigo –alzó una mano–. Mi capataz y su esposa también viven allí. No nos faltarán carabinas. Puedes pedirle trabajo al fiscal del distrito de Jacobsville, seguro que le irá bien un poco de ayuda. Yo pediré el traslado a la oficina de Victoria.

Josie meneó la cabeza.

–Parece que te lo has pensado muy bien.

–No he hecho otra cosa desde que llegaste a San Antonio para trabajar en el caso –Brannon la miró a los ojos–. Todo depende de si puedes perdonarme o no por lo que ocurrió en el pasado. Sé que es pedir mucho. Cometí errores. Errores graves.

Ella alzó la mano para acariciarle los firmes labios.

–Ambos los cometimos. Debí intentar hablar contigo después del juicio.

–Lo mismo digo –respondió él–. No te di ninguna oportunidad. Me fui de la ciudad.

–Pero ahora sé por qué te fuiste. Me he sentido muy perdida sin ti...

Brannon la abrazó y la besó con tanta fuerza que casi le hizo daño.

–Me odiaba a mí mismo –susurró roncamente–. No podía soportar la idea de haberte hecho daño –su aliento le acarició el oído–. Oh, Dios, te quiero... ¡te quiero con toda mi alma! ¡Cuando me muera, la última palabra que susurre será tu nombre!

Josette lo besó con ansiedad, silenciando sus palabras, su dolor.

Llorando, le dijo con los labios que jamás lo abandonaría, que nunca dejaría de amarlo.

Ninguno de los dos reparó en que las ventanillas se empañaban mientras la pasión los consumía a ambos. Hasta que, de pronto, oyeron unos golpes firmes e insistentes en la ventana del conductor.

Brannon, medio aturdido, soltó a Josette antes de bajar el cristal.

Grier permanecía inclinado junto a la ventanilla, con una histriónica mueca de disgusto.

–Jamás creí que sorprendería a un ranger dándose el lote en un coche, frente a la puerta de un hotel.

–¿Y adónde quieres que vayamos? –repuso Brannon, mirándolo con furia–. ¡No puedo llevarla a mi piso y tampoco podemos subir al hotel, por razones obvias! ¡Acabamos de prometernos!

Grier lo miró con los ojos muy abiertos.

–¿En serio?

Brannon permaneció inmóvil.

–Oye, escucha...

–Prometidos –Grier sonrió burlón. Luego se echó a reír, se giró y empezó a alejarse.

–¡No estás invitado! ¡Como te presentes en la boda, asegúrate de llevar puesto el chaleco antibalas! –le gritó Brannon.

Grier no se detuvo.

Con un gruñido, Brannon subió de nuevo la ventanilla y miró a Josette.

–¿A qué ha venido eso, Marc? –inquirió ella.

–Grier tiene fama de, eh, presentarse en las bodas –explicó él lentamente.

–¿Fama?

Brannon carraspeó.

–No te preocupes, no irá a la nuestra. Te lo prometo.

–Bueno –Josette abrió los brazos para ver qué sucedía.

Él se refugió en ellos sin titubear, y empezó a besarla de nuevo. Grier y su fama era lo último que ocupó su mente en los turbulentos minutos que siguieron. Y, por si acaso, echó el seguro de todas las portezuelas...

Varias semanas después, Josette se encontraba de pie junto a Marc en una pequeña iglesia de Jacobsville, Texas, tras haber firmado los documentos legales e intercambiado los votos que la convirtieron en la señora Josette Anne Langley Brannon.

Llevaba un sencillo vestido blanco y un improvisado velo. Miró al hombre con el que se había casado, con ojos rebosantes de amor.

–Ha sido una ceremonia preciosa –dijo Josette al reverendo y a su esposa, que hizo de testigo junto con su hija.

–Ha sido un placer –respondió el reverendo estrechándoles la mano a ambos–. ¿Seguro que no querían algo más solemne? Ambos son muy conocidos en Jacobsville. Su madre se bautizó aquí –le recordó a Brannon.

–Sí, pero ahora mi hermana es una reina –explicó Marc–. Y no queríamos que nos acosara la prensa.

El reverendo se aclaró la garganta.

–Claro, claro. ¡En fin, enhorabuena! Y espero verlos por aquí algún domingo, si tienen a bien visitarnos.

Josette miró a su marido.
–Sí –respondió por los dos–. Creo que sí.

Brannon no le soltó la mano en ningún momento mientras regresaban al rancho. Habían pasado allí tres semanas maravillosas, montando a caballo y visitando a los amigos. Pero Marc había insistido en que durmieran en camas separadas. Quería tener una noche de bodas convencional, afirmó.

Iban a pasar una semana de luna de miel en el rancho. El capataz y su esposa vivían aparte, de modo que tendrían la casa para ellos solos. O eso habían pensado.

Al llegar, encontraron una multitud esperándolos.

Marc se lamentó en voz alta.

–Oh, no. ¡No! ¡Grier, voy a atarte a un caballo y a arrastrarte por un macizo de cactus! –juró.

Josie emitió una risita.

–Por eso no querías que Grier viniera.

–Le hizo lo mismo a Bud Handley –explicó él irritado–. Y su esposa incluso le disparó –entrecerró los ojos–. ¡Lástima que fallara...!

–Vamos, vamos –lo calmó ella–. Seguro que se irán pronto. Solo querrán felicitarnos.

–Que te crees tú eso –musitó Marc, aminorando la velocidad–. ¡Te juro que como vea una sola cámara...!

–¡Ahí está Grier, en el porche! ¿Y no es ese Judd Dunn? –preguntó Josie al ver a un hombre alto y esbelto, con una estrella de los rangers en el bolsillo de la pechera–. Pero ¿quiénes son los demás? –añadió.

–Gente de los rangers, de la policía local, del departamento del sheriff y, como mínimo, dos exmercenarios locales –dijo Marc entre dientes–. ¡Parece que haya venido el Cuerpo entero!

–Están aquí para darte la bienvenida a la comunidad –exclamó Josie feliz–. ¡Qué detalle!

Sí, todo un detalle. Brannon recordó aquella maldita

sonrisa burlona de Grier. ¿Y el que se hallaba a su lado no era Curtis Russell, del FBI? Gimió en voz alta.

–Sé amable –le advirtió ella–. Su intención es buena.

Brannon la miró como si acabaran de salirle plumas verdes en la cabeza.

–Les ofreceremos café y tarta, y se irán –añadió Josie.

–¿Y por qué crees que se irán?

–Pues porque no tenemos ni café ni tarta –contestó ella con una risita.

Él estalló en carcajadas.

–Cariño, eres un tesoro.

–También lo es mi marido –Josie se acercó a él, tanto como se lo permitía el cinturón de seguridad, y recostó la cabeza en su hombro–. ¿Llamaste a Gretchen, Marc?

–Sí. No estaba, pero su secretaria prometió pasarle el mensaje.

–¡Eso me recuerda que ahora estoy emparentada con un jefe de estado!

Brannon detuvo el coche delante del sonriente grupo.

–¡Enhorabuena! –los felicitó Judd Dunn, y luego se acercó a una enorme nevera portátil y la abrió, mostrando dos botellas dobles del mejor champán.

–No te olvides de la comida –le recordó otro ranger.

–No me olvido de nada –Judd abrió otra nevera que contenía una bandeja de camarones, acompañada de un cuenco de salsa.

–¡Mi comida favorita! –exclamó Josie–. ¡Muy amables, muchachos!

–Y muchachas –dijo una morena asomando la cabeza. Había otras cuatro mujeres, todas sonrientes.

–¡Y muchachas! –añadió Josie con una risita–. ¡Os lo agradezco mucho!

Brannon se quitó el sombrero y sacudió a Judd con él.

–Gracias por el champán. ¡Ahora, marchaos!

–¡Marc! –exclamó Josie.

Él volvió a sacudirle a Judd con el sombrero.

Grier se acercó al grupo solemnemente, con una hoja de papel en la mano.

—«Señor y señora Brannon» –empezó a leer, mirando a Marc muy serio–. «Les deseamos lo mejor en su vida de casados. Si alguna vez tienen problemas y necesitan ayuda, recuerden que solo tienen que llamarnos».

A continuación, los presentes formaron una cola para estrecharles la mano. Josette no conocía sus nombres, pero sabía que acabaría conociéndolos con el tiempo.

Cuando todos se hubieron ido, Josie se giró hacia su marido y lo miró cariñosamente.

–Vamos a vivir en un lugar muy agradable.

Él asintió. Luego contempló su suave y hermosa faz, enmarcada en una nube de cabello rubio. Sonrió con ternura.

–Es usted una novia preciosa, señora Brannon.

–Y usted un novio muy guapo.

Marc suspiró y se giró hacia las neveras con el champán y los camarones.

–¿Qué te apetece primero? –le preguntó.

Josie cerró las neveras y lo tomó de la mano.

–Eso puede esperar –dijo mirándolo a los ojos.

Aún era de día. Pese a que el dormitorio principal estaba en penumbra, Josie se sintió algo inquieta al encontrarse allí a solas con Marc.

Él la atrajo hacia sí y contempló sus ojos preocupados.

–La he esperado mucho tiempo, señora Brannon –dijo suavemente–. Te prometo que la espera habrá valido la pena. Para ambos. Ahora, deja de preocuparte, ¿de acuerdo?

Mientras hablaba, le acarició con ternura los costados. Luego empezó a besarla delicadamente, despacio, hasta que notó cómo su cuerpo se relajaba.

–¿Ves? –dijo mordisqueándole el labio superior–. Despacio y con calma, Josie. Tenemos todo el tiempo del mundo.

Ella suspiró.

–Estaba algo nerviosa –confesó.

–Yo también.

Josette se retiró un poco para observar sus chispeantes ojos.

–Tú no eres un primerizo –señaló.

–Contigo, sí –contestó Marc con calma–. En el pasado, solo buscaba satisfacer una necesidad física. Contigo, es un acto de amor.

Josette sonrió. A continuación, él la atrajo hacia sí, haciéndole sentir la intensidad de su deseo. Ella vaciló, pero solo durante unos segundos. Marc le entreabrió los labios con la lengua mientras le deslizaba la mano debajo del vestido, iniciando una caricia íntima.

Josie emitió un jadeo. Marc solo la había tocado así una vez, hacía mucho tiempo. Pero, en esta ocasión, no halló ningún obstáculo físico. Josie estaba abierta a sus caricias, a su deseo, y arqueó la espalda mientras él la acariciaba rítmicamente.

Se aferró con fuerza a Marc, clavándole las uñas, sujetándolo como si temiera que fuese a parar.

–Calma –susurró él mientras Josie se retorcía–. Esto es solo el comienzo.

–¡Marc...! –suplicó ella con voz torturada. Estaba ciega, muda, sorda. Lo único que percibía era el placer que estaba descubriendo su cuerpo.

Cerró los ojos para poder saborearlo completamente. Segundos más tarde, cayó por un tórrido y palpitante precipicio y empezó a estremecerse, aferrándose a él mientras se entregaba al éxtasis.

–Y ahora que has probado un anticipo de lo que te espera –le susurró él perversamente–, podremos aprender a compartir.

–¿A... compartir?

–Ajá.

Marc la despojó del vestido y de la ropa interior, y se agachó para pasarle los labios por los tensos pezones.

–Me encanta tu sabor –dijo suavemente–. Contenerme ha sido lo más duro que he tenido que hacer en mi vida. Pero esta vez tiene que ser perfecto. Absolutamente perfecto.

Se enderezó y empezó a quitarse su propia ropa. Josie había dejado las gafas en la mesita, pero tenía a Marc tan cerca que podía verlo perfectamente. Cuando se quitó los calzoncillos negros que llevaba puestos, ella miró hacia otro lado, azorada.

–No hagas eso –dijo él tiernamente–. Mírame, Josette.

Josette sabía que sus mejillas estaban teñidas de escarlata mientras se obligaba a mirarlo. Estaba tan excitado que era imposible no notarlo.

Sorprendentemente, verlo así hizo que se sintiera presa de una gran ansiedad.

–No... comprendo lo que me pasa –consiguió decir, temblando.

Él sonrió lentamente.

–Ya lo comprenderás –dijo mientras se tumbaba con ella en la cama.

# 17

En los tempestuosos minutos que siguieron, Josette descubrió sobre su propio cuerpo cosas que jamás había sabido.

Las manos de Marc la acariciaban con pericia, provocándole un orgasmo tras otro.

–¡Me vas a matar! –protestó frenéticamente mientras él se colocaba encima de ella e inclinaba la cabeza para lamer sus pezones.

–Esa es la idea –murmuró Marc.

–¿Qué?

–Voy a matarte de placer.

–Marc –jadeó Josie mientras él fundía los labios con los suyos. Luego la penetró por fin. Ella lo sintió en su interior, experimentando una sensación de asombro y de maravilla, mientras su cuerpo protestaba levemente ante la novedad de la intrusión.

Marc alzó la cabeza para contemplar sus desorbitados ojos. Josie notó cómo su cuerpo se estremecía con cada acometida de sus caderas. Solo entonces comprendió que él había alcanzado el límite de su resistencia.

–Ayúdame –susurró él roncamente–. No podré aguantar mucho tiempo más.

–Yo no... –titubeó ella sin resuello.

–Mueve tu cuerpo contra el mío hasta que te inunde el placer, ¿de acuerdo, cariño?

–Sí –jadeó Josie, arqueando la espalda–. ¡Oh, sí!

Él abrió la boca para devorar la de ella. Notó cómo el cuerpo de Josie bailaba al compás del suyo propio, sintió cómo se arqueaba y empujaba.

Por fin, Marc emitió un fuerte gemido de placer, notando cómo su ser se elevaba hacia un glorioso éxtasis, hacia una satisfacción cegadora. Esperó que ella lo hubiese compartido, porque había perdido el control por completo. Se estremeció una y otra vez, jadeando su nombre mientras las sucesivas oleadas de placer lo dejaban casi inconsciente.

Ella sintió su placer, incluso a través de la violenta satisfacción que le había proporcionado. Abrió la boca contra su hombro desnudo y tembló por la intensidad de la experiencia. Al fin comprendía lo que había querido decir al asegurar que lo anterior solo había sido un anticipo. Las palabras no podían hacer justicia a las sensaciones que recorrían su esbelto cuerpo.

Josie besó el tenso músculo de su hombro con avidez mientras él se dejaba caer en el colchón con un último y agonizante estremecimiento.

Le resultaba difícil respirar. No podía dejar de temblar. Tenía el cuerpo dolorido, pero gloriosamente satisfecho. Notó la capa de sudor que le cubría la piel y el cabello. Acarició con los dedos la amplia espalda de Marc y encontró en ella la misma humedad. Luego bajó con la mano, introduciéndola en aquel lugar secreto, y se rio suavemente.

–Para ser una nerviosa principiante, aprendes rápido –murmuró él contra su cuello.

Josie dejó escapar una carcajada y lo abrazó con más fuerza.

–Eres un sinvergüenza –le susurró cariñosamente, besándole el cuello–. ¡Un sinvergüenza maravilloso!

Marc también se rio, completamente exhausto, pero sintiéndose relajado por primera vez en años.

–Dos años de estoica abstinencia –dijo–. ¡Dios, cuánto me alegra haber esperado!

–A mí también –Josie le besó el pecho, y el vello le hizo cosquillas en la nariz–. Hemos olvidado una cosa.

Él le pasó la mano por el cabello.

–¿Qué?

Josie le dio un codazo en los riñones.

–Tú sabes el qué.

Marc se limitó a suspirar.

–Están en el cajón.

–¡Pues de mucho nos sirven allí!

Los labios de él le recorrieron el mentón.

–Lo sé –suspiró de nuevo–. Me encantan los niños, y no me importaría tener uno ya. Pero deberíamos tener más cuidado la próxima vez.

–Claro –murmuró Josie. Luego bostezó–. Tengo sueño.

–Yo también.

–¿No deberíamos...? –empezó a preguntar ella, retirándose ligeramente.

Marc la rodeó con su largo brazo.

–Quédate donde estás –susurró–. No quiero que te alejes de mí ni un centímetro.

Ella sonrió y se acurrucó contra su cuerpo, exhalando un suspiro.

–Me gusta estar casada.

–Y a mí.

Fue lo último que Josette oyó antes de que se quedaran dormidos.

La luna de miel concluyó oficialmente al cabo de una semana, pero los habitantes de Jacobsville repararon en que no tenía visos de ir a acabarse nunca, en realidad. Jamás se veía a Marc sin Josie. Ella trabajaba en la oficina del fiscal, y él en la comisaría de los rangers en Victoria, pero, cuando no estaban trabajando, eran inseparables.

Unos meses más tarde, Josie estaba barriendo el porche, un domingo por la mañana, cuando dos enormes limusinas negras, con insignias diplomáticas, aparecieron en el polvoriento patio delantero.

Josie llevaba unos vaqueros y un jersey, el cabello suelto y algo enredado, y estaba sin maquillar. Tenían que ser Gretchen Sabon y su marido, el jeque, se dijo. Al parecer, los Sabon habían decidido presentarse por sorpresa. Josie meneó la cabeza y gimió. ¡Ni siquiera estaba bien peinada!

Marc salió del cobertizo, sonriendo al reconocer al alto guardaespaldas que se había apeado del coche y procedía a abrir la portezuela trasera.

–¡Hola, Bojo! –lo saludó, acercándose para estrecharle la mano. Luego abrió los brazos mientras Gretchen salía de la limusina, con aspecto joven, feliz y elegante.

–¡Hola, hermano mayor! –dijo entre risas, abrazándolo–. Hemos venido para darle a Josie la bienvenida a la familia. Ya conoces a Philippe.

Su marido estaba de pie junto a ella, alto y atractivo, sonriendo de oreja a oreja a su esposa.

–Bienvenido al club –le dijo a Marc.

–Imagínate, casado, y con una mujer tan buena como Josie –dijo Gretchen afectuosamente. Miró hacia el porche–. ¡Hola, Josie!

Josette soltó la escoba, se limpió las manos en los pantalones y bajó las escaleras, sintiéndose tímida y nerviosa.

–Yo también me pongo vaqueros y jerséis para estar en el palacio –se apresuró a decir Gretchen, comprendiendo cuál era el problema–. Y nunca voy maquillada en presencia de mi marido –añadió dirigiendo una mirada pícara al sonriente hombre que tenía al lado.

–Es una pérdida de tiempo –dijo Philippe arrastrando la voz. Miró a Marc y sonrió burlón–. Como tú sabrás, supongo.

–Sí, lo sé –Marc atrajo a Josie hacia su costado–. Te presento a tu nuevo cuñado, Philippe Sabon. Es el gobernante de Qwai.

–Es un honor para mí –empezó a decir Josette.

Philippe le tomó la mano y se la acercó a los labios con una sonrisa.

–Mucho gusto en conocerla, señora –dijo–. Pensamos que también le gustaría conocer a su sobrino –a continuación, dijo algo en árabe, y una mujer salió del vehículo con un niño de dos años en los brazos–. Nuestro hijo, Rashid –dijo sonriendo al pequeño, que alargó los brazos ansiosamente hacia su padre.

–¿Lo veis? –dijo Gretchen suspirando–. Lo primero que aprendió a decir fue «papá». Y siempre llora a menos que Philippe le lea un cuento antes de dormirse.

Él sonrió y besó a su hijito en la mejilla.

–¿Sabes hacer café? –preguntó a su cuñada, tuteándola–. Ha sido un viaje muy largo.

–Hago un café excelente –respondió Josie entre risas–. Trabajo en la oficina del fiscal del distrito. Allí vivimos gracias al café.

–Sí, he oído lo de tu nuevo trabajo –terció Gretchen tomándola del brazo–. Me gustaría hablar contigo de ciertas cuestiones legales...

–Oh, Dios mío –gimió Philippe.

Marc le dio una palmadita en el hombro.

–Vamos, vamos. Seguro que esas cuestiones solo tienen que ver con la contaminación de las aguas y el efecto invernadero.

–Necesitamos hacer más reformas en el sistema penitenciario de Qwai –estaba diciendo Gretchen mientras entraba en la casa con Josie.

Philippe intercambió con Marc una mirada de complicidad.

–Tengo un whisky excelente en mi despacho –dijo Marc.

–Sí. Y copas grandes –contestó Philippe en tono divertido.

–Eh, ¿Alteza...?

Philippe se giró. Curtis Russell permanecía de pie junto a la limusina, al lado de otro agente del Servicio Secreto y dos guardaespaldas personales de Philippe.

–¿Sí?

Russell se aclaró la garganta.

–¿Sobre ese asunto del que hemos hablado...?

Philippe exhaló un suspiro.

–Complicaciones, complicaciones –miró a Marc de soslayo–. En el FBI están dispuestos a darle a Russell trabajo si tú lo recomiendas.

Marc se mostró sorprendido.

–Parece ser que no estuvo muy afortunado en su última misión –siguió diciendo Philippe.

–Estaba investigando el crimen organizado la última vez que supe de él –señaló Marc–. ¿En Austin, creo recordar?

Russell tragó saliva.

–Solo quería demostrar que puedo ser un buen agente. Y ayudé a ese tipo, Phil Douglas, a conseguir pruebas que nos permitieron localizar a Sandra Gates y traerla de vuelta para el juicio.

–Sí, es cierto –tuvo que reconocer Marc.

–Por desgracia –terció Philippe–, se identificó como agente del FBI.

–¡Y eres del Servicio Secreto! –estalló Marc.

Russell hizo una mueca.

–Bueno, técnicamente digamos que sí –tosió–. Por entonces estaba de vacaciones. Escuchen, yo sería un buen agente. Con el debido respeto, protegiendo a dignatarios políticos solo malgasto mi talento. Sé resolver crímenes. ¡Tan solo necesito una oportunidad!

Philippe enarcó una ceja y miró a Marc, que se encogió de hombros.

–Está bien –dijo Marc–. Intercederé por ti. Con una condición –añadió deliberadamente.

–¡Lo que sea! –exclamó Russell encantado.

Marc entornó los ojos.

–¡Que trabajes en cualquiera de los restantes cuarenta y nueve estados!

Russell le dirigió un férreo saludo.

–Claro. Sí, señor. Florida me parece bien. Me encanta la playa –añadió sonriendo con picardía.

Marc alzó ambas manos y luego se dirigió hacia la casa.

Esa noche, después de haber acomodado a sus huéspedes en el cuarto de invitados, custodiado por los guardaespaldas, Marc y Josie permanecían abrazados en la cama, mientras el resplandor de la luna trazaba blancas franjas sobre el edredón.

–Las Navidades son el mes que viene –murmuró ella con una sonrisa, acurrucándose contra él–. Me gustaría poner un árbol de verdad.

–Hecho.

–Y poner algunos adornos.

–Tienes todas las cuerdas y espuelas que quieras.

Josette se rio.

–Y añadir un adorno especial.

–¿Mmm?

–Ya sabes, uno de esos en los que figuran nuestros nombres y la fecha de nuestra boda.

–Suena bien.

–El año que viene podremos añadir otro más.

Marc estaba adormilado.

–Otro. Ajá.

–Uno que diga: «La primera Navidad de nuestro hijo».

–La primera Navidad. Muy bonito. Me gusta... ¿Qué? –Marc se incorporó dando un respingo–. ¿Has dicho lo que yo creo que has dicho?

Josie sonrió burlona.

–Nunca llegamos a abrir ese cajón de la mesilla –le recordó.

Brannon no estaba escuchando sus explicaciones. Le presionó suavemente el vientre con la mano y luego la miró a los ojos, como si acabara de descubrirle el misterio de la vida.

–Mi pequeño ranger de Texas, ya sea niño o niña –se rio suavemente–. ¡Qué regalo de Navidad! Soy muy, muy afortunado –susurró al tiempo que se inclinaba para besarla con ternura.

Ella sonrió contra su boca y alzó los brazos para atraerlo hacia sí.

–Oh, no –musitó–. ¡La afortunada soy yo!

En el exterior soplaba el viento. Al fin y al cabo, era otoño. Pero dentro de aquella habitación había un calor que ni toda la nieve de Alaska podría haber disipado. Iba a ser, se dijo Josie, la Navidad más maravillosa de sus vidas.

Y lo fue.

# ENTRE EL AMOR Y EL ODIO

DIANA PALMER

# 1

El rancho de las afueras de Houston era extenso aunque irregular. Estaba circundado por una valla blanca impecable, que ocultaba otra eléctrica para retener a las reses Santa Gertrudis de Cord Romero. También había un toro, un toro especial, al que el padre de Cord, Matías Romero, uno de los toreros más famosos de España, había salvado de una lidia por su bravura excepcional, poco antes de que la muerte lo sorprendiera en Norteamérica. En cuanto Cord se hizo mayor y ganó dinero, viajó al cortijo que su tío abuelo tenía en Andalucía para organizar el traslado del viejo toro a Texas. Cord lo bautizó Hijito. Seguía siendo todo músculo, en particular en su enorme pecho, y seguía a Cord por todo el rancho como un perrito faldero.

Cuando Maggie Barton salió del taxi con la maleta, el enorme toro resopló y sacó la cabeza por encima de la valla. Maggie apenas le dedicó una mirada después de pagar al taxista. Había regresado a Houston precipitadamente desde Marruecos en un barullo de aviones perdidos, retrasos, cancelaciones de vuelos y otros obstáculos que la habían obligado a estar tres días de viaje. Cord, mercenario profesional y hermano de acogida de Maggie, se había quedado ciego. Lo más sorprendente de todo era que la había hecho llamar a través de su amigo común, Eb Scott. Maggie lo dejó todo para reunirse lo antes posible con él. Los retrasos habían sido pura agonía. Quizá, por fin, Cord se hubiera dado cuenta de que sentía algo por ella...

Con el corazón desbocado, pulsó el timbre del amplio porche delantero con su balancín, columpio y mecedoras verdes. Había tiestos de helechos y flores por todas partes.

Unos pasos bruscos y rápidos resonaron en los suelos de madera sin tratar de la casa, y Maggie frunció el ceño mientras se retiraba el pelo largo, negro y ondulado de sus consternados ojos verdes. No parecían las pisadas de Cord. Su hermano se movía con elegancia natural, con pasos largos, masculinos pero sigilosos, y lo que oía eran las pisadas cortas y delicadas de una mujer. Se quedó helada. ¿Tendría una novia de cuya existencia no había tenido noticia? ¿Habría malinterpretado la llamada de Eb Scott? Su aplomo se fue a pique.

La puerta se abrió y una rubia esbelta de ojos oscuros la miró con fijeza.

–¿Sí? –preguntó con educación.

–He venido a ver a Cord –barbotó Maggie. Empezaba a sufrir los efectos del *jet lag*. Ni siquiera se le ocurrió decir su nombre.

–Lo siento, pero ahora mismo no recibe visitas. Ha sufrido un accidente.

–Ya lo sé –afirmó Maggie con impaciencia, pero suavizó sus palabras con una sonrisa–. Dígale que soy Maggie. Por favor.

La joven, que debía de tener al menos diecinueve años, la miró con temor.

–Me matará si la dejo pasar. Ha dicho que no quiere ver a nadie. Lo siento mucho...

El *jet lag* y la irritabilidad se unieron para hacerle perder los estribos.

–Oiga, he recorrido casi cinco mil kilómetros... ¡Al diablo con todo! ¿Cord? –gritó hacia el interior de la casa–. ¿Cord?

Hubo una pausa. Después, una exclamación fría y áspera.

–¡Déjala pasar, June!

June se hizo a un lado enseguida. Maggie se inquietó al oír la aspereza de la voz grave de Cord; dejó en el porche la maleta, que June miró con curiosidad antes de cerrar la puerta.

Cord estaba de pie junto a la chimenea en el espacioso salón. Solo de verlo a Maggie se le alegraba el corazón. Era alto y delgado, aunque musculoso en su delgadez, un tigre humano que no temía nada ni a nadie en este mundo. Se ganaba la vida como soldado profesional, y pocos podían comparársele. Era apuesto, de tez cetrina y pelo azabache ligeramente ondulado. Tenía los ojos grandes, hundidos, de color castaño oscuro. Cuando Maggie entró en el salón, estaba exhibiendo un ceño borrascoso pero, salvo las señales rojas en torno a los ojos y a las mejillas, parecía el mismo de siempre. Como si pudiera verla. Lo cual era ridículo, claro. Le había estallado una bomba en la cara mientras intentaba desactivarla. Eb le había dicho a Maggie que se había quedado ciego.

Se lo quedó mirando. Aquel hombre era el amor de su vida; en su corazón nunca había dejado espacio a nadie excepto a él. Le asombraba que Cord nunca se hubiera percatado de ello en los dieciocho años que sus vidas llevaban entrelazadas. Ni siquiera el matrimonio trágico y fugaz de Cord había alterado aquellos sentimientos. Al igual que él, Maggie estaba viuda... pero no lloraba la muerte de su marido como él lloraba la de Patricia.

Bajó la vista inexorablemente a su boca amplia y cincelada. ¡Qué bien recordaba sus besos en la oscuridad! Había sido una delicia estar en los brazos de Cord después de años de angustioso anhelo. Pero el placer no tardó mucho en convertirse en dolor. Cord no sabía que ella era inocente, y estaba demasiado ebrio para darse cuenta cuando ocurrió. Fue justo después de que su esposa se suicidara, la noche en que la madre de acogida de él y de Maggie murió...

–¿Cómo estás? –inquirió desde el umbral. Cord tensó ligeramente la mandíbula, pero sonrió con frialdad.

–Hace cuatro días, me explotó una bomba en la cara. ¿Cómo diablos crees que estoy? –replicó con sarcasmo.

Menos alegrarse de verla, cualquier cosa. Adiós a sus fantasías; Cord no la necesitaba, no quería tenerla a su lado, como en los viejos tiempos. Y ella había acudido veloz como una centella. Qué risa.

–Me sorprende que incluso una bomba haya podido alterarte –comentó con su autodominio acostumbrado. Hasta sonrió–. El Hombre de Hierro repele las balas, las bombas y, sobre todo, a mí.

Cord no se inmutó.

–Te agradezco que hayas venido a verme. Y con tanta prontitud –añadió.

Maggie no entendía el comentario; daba la impresión de creer que había demorado la visita.

–Eb Scott me llamó y me dijo que estabas herido. Dijo... –vaciló, sin saber si debía revelar todo lo que Eb le había dicho. «De perdidos, al río», pensó, pero rio para camuflar sus emociones–. Dijo que querías que viniera a cuidarte. Tiene gracia, ¿eh?

–Es hilarante –afirmó Cord, muy serio.

Maggie no intentó disimular el dolor que le produjo aquel latigazo sarcástico. A fin de cuentas, Cord no podía verla.

–Así es nuestro Eb –corroboró–. Un bromista empedernido. Imagino que... ¿Cómo se llama? June. Imagino que ella ya está cuidándote –añadió con una alegría forzada.

–Así es. June me cuida. Estaba aquí cuando volví a casa –recalcó por motivos que solo él comprendía–. No necesito a nadie más. Es dulce y bondadosa, y se preocupa por mí.

–Y bonita –añadió Maggie con una sonrisa falsa.

–¿Verdad que sí? Bonita, inteligente y buena cocinera. Y además, rubia –apuntó con una voz suave y fría que desató escalofríos por la espalda de Maggie. El comentario no le extrañó; Cord sentía debilidad por las rubias. Su difunta esposa, Patricia, lo había sido. Había amado a Patricia...

Deslizó los dedos por la correa del bolso que llevaba colgado del hombro y advirtió con sorpresa lo cansada que estaba.

Había vagado de aeropuerto en aeropuerto durante tres días, arrastrando la maleta, preguntándose con agonía lo grave que estaría Cord mientras hacía lo posible por volver a casa, con él... para que Cord la tratara como si se estuviera inmiscuyendo. Quizá fuera así. Eb debería haberle dicho la verdad, que Cord seguía sin quererla en su vida, ni aun estando ciego.

Le dirigió una larga mirada de angustia y encogió los hombros con desazón.

–Bueno, más claro no has podido ser –dijo en tono agradable–. Yo, desde luego, no soy rubia. Me alegro de ver que sigues en pie, aunque siento lo de tus ojos –añadió.

–¿Qué pasa con mis ojos? –preguntó con aspereza y un ceño fiero.

–Eb me dijo que te habías quedado ciego.

–«Temporalmente» ciego –la corrigió–. Ahora ya veo bastante bien, y el oftalmólogo espera que me recupere por completo.

A Maggie le dio un vuelco el corazón. ¿Podía ver? Advirtió entonces que la estaba observando y no solo mirando al vacío. Le incomodaba saber que había podido vislumbrar la desolación y la preocupación en su rostro.

–¿En serio? ¡Eso es maravilloso! –exclamó, y forzó una sonrisa convincente. Empezaba a tomarle el tranquillo. Mantendría un semblante alegre en todo momento, como una escultura de pedernal. Podría alquilarla para celebraciones, aunque aquella situación no lo fuera.

–¿Verdad que sí? –afirmó Cord, pero su sonrisa no resultaba agradable.

Maggie volvió a ajustar la posición de la correa del bolso; le daba vergüenza haberse precipitado a volver a Houston. Se había quedado sin trabajo, no tenía dónde vivir y solo sus ahorros para mantenerse hasta encontrar un empleo. Nunca aprendía.

–Gracias por venir –dijo Cord con expresión hostil y tono apenas cortés–. Siento que tengas que irte tan pronto –añadió–. Te acompañaré hasta la puerta.

Maggie enarcó la ceja y lo miró con sarcasmo.

–No hace falta que me eches a patadas –dijo–; ya he captado el mensaje. No soy bienvenida. Perfecto. Me iré tan deprisa que patinaré por el pasillo.

–Siempre tan bromista –la acusó con frialdad.

–Es mejor que llorar –repuso Maggie en tono agradable–. Iré a que me vea un psiquiatra. ¡No sé por qué me he molestado en venir!

–Yo tampoco –corroboró él con tono ácido–. Tarde, mal y nunca.

Era un comentario enigmático, pero Maggie estaba demasiado furiosa para interrogarlo.

–No hace falta que te extiendas en indirectas; ya me voy –lo tranquilizó–. De hecho, solo será cuestión de unas cuantas entrevistas más y lo arreglaré todo para que no tengas que volverme a ver.

–Eso sería un placer –repuso Cord con mordacidad. Seguía mirándola con enojo–. Organizaré una fiesta.

Estaba cargando las tintas, como si estuviera furioso

con ella por alguna razón. Quizá su presencia bastara para enfurecerlo; no era ninguna novedad.

Maggie se limitó a reír; llevaba años perfeccionando su camuflaje emocional. Resultaba peligroso bajar la guardia con Cord; no tenía el menor escrúpulo para hundir el cuchillo. Eran viejos adversarios.

–No espero una invitación –le dijo con complacencia–. ¿No has pensado en jubilarte pronto, ahora que todavía tienes la cabeza sobre los hombros?

Maggie le dirigió una última larga mirada, convencida de que sería la última vez que vería su hermoso rostro. Había leído que era un castigo divino atisbar el paraíso para luego ser arrojado de nuevo al mundo terrenal. Eso le pasaba a Maggie, que había conocido el placer absoluto de la pasión de Cord solo en una ocasión. A pesar del dolor y la vergüenza, y de la furia consiguiente de Cord, nunca había podido olvidar la maravilla de sentir sus labios sobre la piel por primera vez. Le dolía sentir el rechazo de Cord en aquellos momentos, y tenía que disimular. No era fácil.

–Gracias por preocuparte por mí –se burló él.

–Ah, cuando quieras –repuso Maggie en tono alegre–. Pero la próxima vez que metas las narices en una bomba y necesites cuidados, llámame tú en persona. Y puedes decirle a Eb que tiene un pésimo sentido del humor.

–Díselo tú misma –le espetó–. Estuvisteis prometidos, ¿no?

«Solo porque no podía tenerte a ti», pensó Maggie, «y tu matrimonio me estaba matando». Pero no dijo nada más. Sonrió con despreocupación, arrancó la mirada de él, giró limpiamente sobre sus talones y echó a andar hacia la puerta. Acababa de traspasar el umbral cuando Cord la llamó a regañadientes, con voz ronca.

–¡Maggie!

No vaciló ni siquiera un segundo. Ella también estaba furiosa: por haber recorrido cinco mil kilómetros en vano, por haber sido lo bastante estúpida para querer a un hombre que nunca le había correspondido, por haber creído a Eb Scott cuando le dijo que Cord quería verla.

June estaba en el pasillo con el ceño fruncido. El ceño se intensificó cuando vio el rostro de Maggie y el dolor que ella intentaba ocultar con valentía.

–¿Se encuentra bien? –preguntó en un rápido susurro.

Maggie era incapaz de hablar en aquellos momentos. June era el nuevo amor de Cord, y Maggie no soportaba tener que mirarla. Se limitó a asentir con brusquedad.

–Gracias –masculló sin detenerse.

Salió por la puerta principal y la cerró. A pesar de haberla llamado, Cord no había salido tras ella. Tal vez hubiera sentido unos remordimientos fugaces por haber sido tan grosero. Tenía un sentido de la hospitalidad muy arraigado, pero sabía por experiencias pasadas que a Cord no le remordía mucho la conciencia. Mientras tanto, solo pensaba en sacarle los ojos a Eb Scott. Estaba felizmente casado, y Maggie sabía que no la había llamado con malicia, pero le había creado una angustia inenarrable al hablarle del accidente de Cord. ¿Por qué se habría puesto en contacto con ella?

Permaneció de pie en el porche delantero, tratando de sobreponerse. Houston estaba a unos treinta kilómetros de distancia, y había despachado al taxista porque pensó que se quedaría en el rancho cuidando a Cord. ¡Qué ingenua!

Miró hacia la autovía. En fin, como decían, caminar era un ejercicio excelente. Se alegraba de haberse puesto zapatillas en lugar de tacones con su bonito conjunto gris de chaqueta y pantalón. Podría meditar en su estupidez durante el paseo a Houston; Cord ni siquiera se había dignado a ofrecerse a llevarla en coche.

Arrastró la maleta por los peldaños y echó a andar por la senda de entrada con creciente regocijo por lo absurda que era su situación. Bajó la vista a la maleta con soporte de ruedas con una sonrisa caprichosa.

–Ni siquiera tengo un caballo sobre el que perderme en el horizonte. Bueno, estamos solas tú y yo, vieja amiga –dijo, y dio una palmada a la maleta–. ¡Andando!

En el salón, Cord Romero seguía de pie junto a la chimenea, paralizado de ira. June se asomó, consternada.

–Parecía preocupada por usted –empezó a decir.

–Claro –exclamó con una fría carcajada–. Estamos a veinte minutos de Houston y no ha podido venir antes. ¡Menuda preocupación!

–Pero si tenía una... –intentó decir June, dispuesta a hablarle de la maleta que Maggie había dejado en el porche. Pero Cord la interrumpió alzando una mano.

–No sigas –le ordenó con firmeza–. No quiero oír ni una palabra más sobre ella. Tráeme una taza de café, ¿quieres? Después, dile a Red Davis que venga.

–Sí, señor –dijo June.

–Y dile a tu padre que quiero verlo cuando haya terminado de supervisar el cargamento de esas reses que hemos escogido –añadió, porque el padre de June era el capataz.

–Sí, señor –repitió la muchacha, y se fue.

Cord maldijo entre dientes. Hacía semanas que no veía a Maggie; era como si hubiera desaparecido de la faz de la tierra. Hasta se había pasado por su apartamento una vez, aunque ella no se había dignado a abrir la puerta pese a su insistencia. Tampoco contestaba al teléfono. No quería reconocer que la había echado de menos, ni que le abrasaba el alma que hubiese esperado cuatro días a interesarse por su salud.

Sus vidas llevaban entrelazadas desde que él tenía dieciséis años y ella ocho, cuando la señora Amy Barton, una mujer de mundo cuya hermana trabajaba en el centro de acogida para menores, los acogió en su casa. Los padres de Cord habían muerto en un incendio durante sus vacaciones en Houston. A Maggie la había abandonado su familia más o menos por la misma fecha, y los dos se encontraban en el centro de menores. La señora Barton, una mujer sin hijos y solitaria, tuvo el impulso de hacer de madre de acogida para las dos criaturas. Con el tiempo, adoptó a Maggie.

Cord se metió en líos con la ley a los dieciocho años, y Maggie fue su roca. A los diez años, era tan madura con sus consejos y lealtad hacia él que la señora Barton se reía a pesar de lo que sufría por la situación difícil en la que se encontraba Cord.

Maggie sentía un fiero instinto protector hacia su hermano de acogida. Cord recordaba cómo le apretó la mano cuando lo llamaron a declarar ante el juez, y sus susurros de que todo saldría bien. Maggie siempre había cuidado de él. Cuando su esposa, Patricia, se suicidó, Maggie permaneció a su lado durante la investigación y el funeral. Cuando la señora Barton murió, Maggie le ofreció amoroso consuelo, y él la recompensó con dolor...

Le resultaba insufrible pensar en aquella noche; era uno de los peores recuerdos de su vida. Miró por la ventana hacia el pasto en el que vagaba su enorme toro Hijito e hizo una mueca al evocar el semblante de Maggie hacía escasos minutos.

La vida de su hermana de acogida tampoco había sido un camino de rosas. Cord no sabía nada sobre su infancia, ni por qué la habían apartado de su padrastro. La señora Barton se había negado a hablar del tema, y Maggie había rehuido la pregunta desde que la conocía.

Inexplicablemente, Maggie se casó menos de un mes después de la muerte de la señora Barton con un hombre que apenas conocía. No fue una relación dichosa. Su marido, un banquero acaudalado, le sacaba veinte años y estaba divorciado. Cord recordaba haber oído que ella había sufrido un accidente doméstico y que su marido había muerto en un accidente de tráfico cuando ella todavía se estaba restableciendo.

Cord regresó de África al enterarse, solo para ocuparse de ella. Maggie estaba en casa, demasiado enferma para asistir al funeral de su marido por motivos que nadie le explicó. No quiso saber nada de él. Se negó a hablarle, a mirarlo siquiera. Le dolió, porque conocía la razón. La noche en que la señora Barton murió, se acostó con Maggie. Había estado bebiendo; fue una de las dos únicas ocasiones en su vida en que se había emborrachado, y la había lastimado. Por increíble que pareciera, Maggie era virgen. No recordaba gran cosa de lo ocurrido, solo lágrimas y sollozos violentos, y la perplejidad que él había sentido al comprender que no era la mujer experimentada por quien la había tomado. La ira que sintió hacia sí mismo se tradujo en duras acusaciones contra Maggie por lo ocurrido. Incluso a través de la niebla del tiempo, todavía veía sus lágrimas de angustia, el cuerpo trémulo envuelto en la sábana mientras él se cernía sobre ella, desnudo y poderoso, descargando su rabia.

Desde entonces, solo se habían visto en contadas ocasiones, y la incomodidad de Maggie en presencia de él era obvia. Cuando enviudó, recuperó su apellido de soltera, se entregó a su trabajo como vicepresidenta de una firma de inversiones y rehuyó a Cord por completo. Debería haberlo complacido; él la había rehuido durante años antes de la muerte de Amy Barton. No sabía por qué se había casado con Patricia en un vano intento de cortar de raíz la inexplicable obsesión que sentía por Maggie; había hecho lo posible durante años para que ella no se acercara demasiado a él.

Cord había querido a su bonita madre norteamericana y adorado a su padre español. El final trágico de ambos en un incendio del que él había salido indemne lo marcó a una temprana edad: conocía el peligro que conllevaba el amor y que desembocaba en la agonía de la pérdida. El suicidio de Patricia intensificó su dolor, y el fallecimiento de la señora Barton fue la gota que desbordó el vaso. Le arrebataban todo lo que amaba, todos sus seres queridos. Era más fácil, mucho más fácil, dejar de albergar sentimientos profundos.

Su trabajo en la comisaría de policía de Houston, interrumpido por el servicio militar en la Operación Tormenta del Desierto, lo aficionó al peligro y lo condujo al FBI. Tras el suicidio de Patricia, del que se sentía culpable por razones que no había compartido con ningún otro ser vivo, empezó a trabajar como mercenario profesional. Estaba especializado en explosivos, y era eficiente en su trabajo. O lo había sido, hasta que se había dejado arrastrar a la trampa que le había tendido un viejo adversario de Miami. Su instinto lo había salvado de una muerte segura. Maggie no lo sabía, y él no tenía motivos para contárselo. Era evidente que no le preocupaba su salud, ya que se presentaba en el rancho con tanto retraso. Cord sabía que su adversario intentaría acabar con él otra vez, pero no pensaba dejarse sorprender en esa ocasión.

Se apartó de la ventana con un suspiro y lamentó profundamente el trato tan grosero que había dirigido a Maggie. Él era el único responsable del desagrado y la indiferencia que despertaba en ella. De haber albergado un poco de afecto hacia él, no habría esperado tanto a visitarlo; habría estado desesperada por verlo. Se rio de su propia idiotez.

La había hecho sufrir, la había tratado con frialdad y la había apartado de su vida siempre que había podido a lo largo de los años y, de pronto, estaba resentido porque no le preocupara mucho que lo hubieran herido. Solo estaba recogiendo la cosecha de sus malos actos; la culpa no era de Maggie.

En un instante de vulnerabilidad, la había llamado por su nombre mientras intentaba hallar las palabras adecuadas para disculparse, pero su orgullo le había impedido salir tras ella. Maggie se había ido y, seguramente, nunca volvería. Él se lo había buscado.

Maggie se encontraba a medio camino entre la casa y la carretera principal, caminando entre pulcras vallas blancas, cuando el ruido de una camioneta que se acercaba veloz por detrás la hizo apartarse del asfalto. Pero en lugar de pasar de largo, la camioneta se detuvo y la puerta del pasajero se abrió. Red Davis, uno de los capataces del rancho de Cord, se inclinó hacia delante con el sombrero de paja bien calado sobre su pelo rojo y ojos azules. Sonrió.

–Hace demasiado calor para arrastrar una maleta hasta Houston. Sube –le dijo–. Te llevaré.

Maggie rio entre dientes; aquel acto de bondad inesperado la había conmovido. Vaciló unos instantes.

–No te enviará Cord, ¿verdad? –preguntó con aspereza. De ser así, no pondría el pie en aquella camioneta de seis ruedas y doble cabina.

–No –contestó–. No sabía que traías equipaje, y yo no se lo diría aunque me torturara –juró llevándose una mano al corazón, y con un brillo travieso en la mirada. Maggie rio.

–Entonces, gracias –colocó la maleta en el asiento de atrás y se sentó en la cabina al lado de Davis. Se ajustó el cinturón de seguridad.

–Deduzco que no has venido de la ciudad –indagó el capataz cuando la camioneta volvía a rugir camino abajo.

–Déjalo estar, Red. No importa.

–Has venido con una maleta –insistió–. ¿Por qué?

–Eres un pelma, Davis.

–No puedo evitarlo –sonrió–. Vamos, Maggie. Dile al tío Red por qué has aparecido con ese baúl sobre ruedas.

–Está bien, vengo de Marruecos –reconoció por fin–.

Directamente de Marruecos, a decir verdad, a pesar de los retrasos y las anulaciones de vuelos. Hace treinta y seis horas que no duermo. Esperaba encontrarlo ciego e indefenso –rio–. Debí imaginármelo. Arremetió contra mí en cuanto puse el pie en la casa y me echó a patadas –movió la cabeza–. Como en los viejos tiempos. Hay cosas que no cambian nunca. Verme lo saca de quicio.

–¿Qué hacías en Marruecos? –preguntó el capataz, perplejo.

–Disfrutar de unas vacaciones antes de incorporarme a mi nuevo empleo –confesó–. Ahora será mi mejor amiga quien ocupe mi puesto. Así que aquí me tienes, con todas mis posesiones mundanas en una maleta, sin un lugar en el que vivir, ni trabajo... nada –suspiró y reclinó la cabeza en el respaldo de cuero con los ojos cerrados–. Ya debería haber escarmentado, ¿no crees?

A Red Davis no le pasó desapercibida la velada referencia a su hermano de acogida. Él no tenía una relación estrecha con Cord Romero, pero reconocía el amor no correspondido cuando lo veía. Le daba pena aquella mujer fuerte y bonita que se encontraba en apuros, y se preguntó por qué su jefe no se percataba de su interés por él. La trataba con suma indiferencia, al menos, desde que Davis trabajaba para él.

–Además –añadió en un tono que la delataba más de lo que imaginaba–, ahora tiene a June para que lo cuide, ¿no?

Davis le lanzó una mirada extraña.

–No como tú piensas –le informó. Maggie se puso alerta al instante.

–¿Cómo dices?

–June es la hija de Darren Travis –le explicó–. Es el encargado del ganado, cuida de las reses Santa Gertrudis. June está haciendo de gobernanta y cocinera temporalmente, hasta que Cord encuentre una sustituta para la mujer que llevaba antes la casa, y que se ha vuelto a casar. Además, June está enamorada de un policía de

Houston, y viceversa. Cord le da miedo. Le pasa a la mayoría. No es el jefe más agradable del mundo, y sus cambios de humor son impredecibles.

Maggie estaba muy confundida.

–Pero si me dijo... –bajó la voz–. Insinuó que June y él estaban juntos.

Davis rio entre dientes.

–June suele utilizar a su padre de intermediario para hacerle llegar sus peticiones a Cord; cree que es el terror en persona. Me dijo una vez que dudaba que existiera una mujer lo bastante valiente para plantarle cara. La sorprendía que hubiera estado casado.

–Nos sorprendió a todos, en su día –recordó Maggie a regañadientes. Su matrimonio la hirió terriblemente. Fue un noviazgo fugaz. Maggie deseó morir cuando lo vio entrar por la puerta con Patricia. Su madre de acogida, Amy Barton, se quedó igual de perpleja. Nadie tomaba a Cord por un hombre de familia.

–Hace años que no se le ve con ninguna mujer –dijo Davis en tono pensativo–. Sale de vez en cuando, pero nunca trae a nadie a casa, y nunca regresa muy tarde. Tiene gracia; es un hombre bien parecido de treinta y pocos años, rico, y de profesión arriesgada. Las mujeres tendrían que estar peleándose por él, pero vive como un recluso.

–Seguramente a causa de su profesión. Sabe que cada misión podría ser la última. Supongo que no se lo desea a ninguna mujer.

–Pero el peligro os atrae, ¿verdad?

–A mí, no –mintió con un bostezo–. Preferiría casarme con el empleado de una hamburguesería que con un especialista en explosivos. Entre hamburguesas y patatas fritas, no hay peligro de salir volando –añadió en tono jocoso, haciendo reír a Davis.

Maggie y Eb Scott habían estado prometidos fugazmente poco después de la boda de Cord y Patricia. Pensándolo bien, solo había sido un compromiso entre amigos, un intento fútil por parte de ella de olvidarse de Cord. No había existido atracción física entre Eb y ella; Cord había dado por hecho que se acostaban, de ahí su patente horror al descubrir la inocencia de Maggie años más tarde, la noche en que la señora Barton murió. Pero Maggie nunca había podido pensar de forma íntima en ningún hombre salvo en Cord... al menos, hasta que compartieron la intimidad. Sus recuerdos más temibles y lejanos de la sexualidad se habían mezclado con otros de incomodidad y vergüenza. ¿Por qué, Señor, por qué no podía quitarse a Cord de la cabeza, del corazón?

–Hace mucho que conoces a Cord, ¿verdad? –reflexionó Red.

–Desde que yo tenía ocho años y él dieciséis –murmuró con voz somnolienta, mecida por el balanceo de la camioneta–. Eso de que los hermanos están siempre como el perro y el gato se aproxima bastante a la realidad, ¿sabes? –murmuró–. Aunque seamos hermanos de acogida.

–¿En serio? –dijo Davis, casi para sus adentros.

–En serio –Maggie bostezó y el siguiente comentario de Red no llegó a sus oídos. Se sumergió en el breve olvido del sueño.

No era un trayecto largo, pero cuando Davis la zarandeó y se despertó, tuvo la sensación de que acababan de salir del rancho. Maggie abrió los ojos y advirtió que estaban en las afueras de Houston.

–Perdona que te haya despertado, pero ya hemos llegado. ¿Dónde quieres que te deje? –preguntó Davis con suavidad.

–En un hotel bueno, bonito y barato –murmuró Maggie con ironía–. Tendré que mantenerme de mis ahorros hasta que consiga otro trabajo, y no dan para mucho.

–Debiste decírselo –la regañó Red con una mueca.

–¡Ni hablar! –deslizó las uñas pintadas de rosa sobre

su bolso blanco–. No soy su responsabilidad; solo quería ayudarlo. Tiene gracia, ¿no? Cord no necesita a nadie; nunca ha necesitado a nadie –desvió la mirada hacia la ventanilla. No era una llorona, sino una mujer fuerte, independiente y enérgica. Los golpes de la vida la habían curtido, pero estaba cansada, con sueño, y el frío rechazo de Cord le había afectado mucho. Se sentía momentáneamente débil y no quería que Davis se diera cuenta.

–No está bien –masculló Davis con enojo–. No está bien que te haya dejado marchar sin ni siquiera saber si tenías un medio de volver a la ciudad.

–Ni se te ocurra mencionarle la maleta ni el viaje –declaró Maggie con impaciencia al ver su semblante–. ¡Ni se te ocurra, Red!

–No le diré lo de la maleta –accedió cruzando mentalmente los dedos–. Hay un buen hotel en el centro de la ciudad en el que se aloja mi madre cuando viene a verme. No es caro –añadió–. Te gustará.

–Está bien –asintió Maggie–. Servirá. Creo que podría dormir durante toda una semana.

–No lo dudo.

–Mañana, compraré el periódico y buscaré trabajo –volvió a bostezar–. Mañana será otro día.

–Siento que este haya sido tan duro –le dijo Davis mientras detenía la camioneta frente a un hotel agradable pero anodino del centro de la ciudad.

–Últimamente, siempre lo son –murmuró Maggie con una sonrisa–. La vida es una prueba de fuego, ¿lo sabías? Una carrera de obstáculos. Si sobrevives, te dan alas y puedes volar por ahí, sintiendo lástima de los vivos.

–¿Eso crees?

–Claro. Cuando pienso en Cord, deseo reencarnarme en un tocón para hacer que se tropiece dos veces al día –comentó con ironía. Se volvió hacia él–. Gracias por traerme, Red. Muchas gracias. Habría sido un paseo muy largo.

–De nada.

Rodeó la camioneta y le sacó la maleta. Maggie entró en el hotel arrastrándola. Se registró, subió a su habitación, cerró la puerta con llave, se quitó el traje, se puso el pijama y se dejó caer sobre la cama. Borró el hermoso rostro de Cord de su mente y cerró los ojos. Segundos más tarde, estaba dormida.

# 2

Después de pasarse casi toda la noche en vela, Cord se sentó en la cocina a desayunar. El día anterior había repasado los últimos datos sobre el ganado con el padre de June, y estaba satisfecho con el programa de crianza y las cifras de venta. Por la noche, telefoneó al barracón para tratar con Red Davis de un problema del sistema de irrigación, ya que Red era el encargado de los materiales y equipos del rancho, pero el vaquero que contestó a su llamada dijo que Davis había salido con una chica, como siempre. Cord se preguntó cómo un hombre tan bocazas y presuntuoso podía atraer a tantas mujeres. Su vida social estaba muerta, en comparación. Pero se avenía a sus necesidades, pensó. No tenía tiempo para mujeres.

La puerta de atrás se abrió justo cuando masticaba el último bocado de tostada con huevos revueltos, y Davis entró bostezando. Llevaba el sombrero bien calado y estaba fresco como una lechuga con unos vaqueros azules limpios y una camisa a cuadros de manga corta. Tenía veintisiete años, varios menos que Cord pero, a veces, parecía mucho más joven. Jamás pasaría los malos tragos que él había vivido a lo largo de sus treinta y cuatro años. ¿No decían que no era la edad, sino el kilometraje lo que envejecía a las personas? «Si yo fuera un coche usado», pensó, «estaría en el desguace».

–Me han dicho que anoche preguntó por mí, jefe –dijo Davis enseguida, y sacó una silla de la mesa para sentarse a horcajadas sobre ella–. Lo siento, había salido con una chica.

–Siempre estás saliendo con chicas –murmuró Cord mientras tomaba café. Davis sonrió con picardía.

–Hay que estar a la que salta. Algún día, estaré viejo y decrépito como usted.

–¡Y yo que estaba pensando en subirte el sueldo! –exclamó Cord con sarcasmo.

–Prefiero que me sobren las chicas, no el dinero –dijo Davis, y volvió a sonreír de oreja a oreja.

–Olvídalo. Volvemos a tener problemas con ese sistema de irrigación. Quiero que llames al técnico y le digas que esta vez quiero que lo arregle de verdad, que le cambie las piezas que hagan falta en lugar de sujetarlas con celo y alambre.

–Eso le dije la última vez.

–Entonces, llama al servicio de atención al cliente y diles que envíen a otro técnico. El sistema está en garantía –añadió–. Si no pueden arreglarlo, no deberían venderlo. Quiero que esté listo para mañana, ¿entendido?

–Entendido, jefe. Haré lo que pueda –pero no se levantó. Se quedó mirando a Cord, vacilando.

–¿Te preocupa alguna cosa? –preguntó Cord sin ningún preámbulo. Davis hizo un dibujo con el dedo en el respaldo de la silla de madera en la que estaba sentado.

–Sí, una cosa. Prometí no decirlo, pero creo que debería saberlo.

–¿Qué es lo que debería saber? –preguntó Cord en tono distraído mientras apuraba el café.

–La señorita Barton traía una maleta –declaró, y reparó en la repentina atención que le prestaba su jefe–. Vino directamente desde el aeropuerto. Se encontraba en Marruecos. Me dijo que tardó tres días en volver aquí. Apenas se tenía en pie.

Al recordar el trato frío que le había dispensado, Cord se quedó atónito.

–¿Que estaba en Marruecos? ¿Qué diablos hacía allí? –estalló.

–Al parecer, había aceptado un trabajo en el extranjero. Había aprovechado para irse de vacaciones con una amiga unos días antes. Vino en cuanto tuvo noticia de su accidente –la mirada del joven se tornó acusadora–. Regresaba a Houston a pie, arrastrando la maleta, cuando yo salía con la camioneta. La llevé a la ciudad.

Cord sintió el ácido en la boca del estómago. La expresión que afloró en sus rasgos disipó la indignación de los ojos de Davis.

–¿Adónde la llevaste? –preguntó Cord en tono contenido y sin mirar a los ojos a su empleado.

–Al hotel Estrella Solitaria, del centro de la ciudad.

–Gracias, Davis –dijo con aspereza.

–De nada. Me pondré manos a la obra con ese sistema de irrigación –añadió mientras se ponía en pie. Cord ni siquiera lo vio salir; estaba reviviendo los dolorosos minutos de conversación con Maggie. Había dado por sentado que le importaba un comino su salud cuando, en realidad, había recorrido medio mundo aprisa y corriendo solo para verlo. Había sacado unas conclusiones erróneas y la había puesto de patitas en la calle. Debía de estar dolida y furiosa, y volvería a marcharse; quizá a algún lugar remoto en el que ni siquiera él podría encontrarla. Aquello dolía.

Enterró el rostro entre las manos con un gemido. Conocer la verdad no resolvía el problema, solo complicaba las cosas. Se preguntó si no sería más bondadoso dejarla marchar, dejar que pensara que no significaba nada para él, que mantenía una relación íntima con June.

Pero se sentía extrañamente reacio a hacer eso. Lo avergonzaba pensar que Maggie hubiera sacrificado su trabajo por él.

Solo podía hacer una cosa. Debía buscarla y reconocer su error. Después, si Maggie se iba, al menos, no se despedirían con los puños en alto.

Le pidió a uno de los ayudantes del rancho que lo llevara a la ciudad y se puso gafas oscuras para mantener el engaño de que se había quedado ciego. No pensaba anunciar a los cuatro vientos su recuperación; todavía no. En recepción le dieron el número de la habitación de Maggie, le pidió a su ayudante que lo condujera al ascensor, subió a la planta correspondiente y se coló en el dormitorio con una destreza aprendida en una docena de operaciones secretas por todo el mundo.

Maggie dormía en una enorme cama de matrimonio, moviéndose con desazón. Hacía calor, pero estaba acurrucada bajo la colcha como si fuera invierno. Cord no recordaba haberla visto dormir nunca destapada, ni siquiera en pleno verano, cuando el aire acondicionado de la señora Barton se averiaba. Qué extraño, nunca se había fijado...

Parecía más joven cuando dormía. Recordó la primera vez que la vio, cuando Maggie tenía ocho años. Se aferraba a un osito de peluche deshilachado y parecía haber vivido un infierno. No sonreía. Se escondía detrás de la amplia cintura de la señora Barton y miraba a Cord como si fuera responsable de los siete pecados capitales.

Había tardado semanas en acercarse a él. Maggie quería a la señora Barton, pero se sentía incómoda entre chicos y hombres y rehuía cualquier acto social. Cord lo atribuyó a la edad. A medida que se hacía mayor, empezó a aferrarse a Cord. Él era su ancla, y a pesar de la diferencia de edad, se mostraba posesiva con él. Era introvertida por naturaleza, pero pareció intuir que Cord necesitaba a una persona alegre y feliz para sacar lo mejor de él y desarrolló su sentido del humor, empezó a pincharlo y a jugar con él. Maggie le había enseñado a reír.

Contempló su rostro pálido y cansado sobre la almohada blanca y se preguntó por qué siempre la había tratado como a una extraña. Con ella se mostraba hostil o sarcástico, pero nunca amable ni alegre. Maggie le había ayudado más que nadie en su vida excepto su madre de acogida. Quizá, pensó, fuera porque lo conocía demasiado bien. Maggie veía más allá de su fachada arisca. Sabía que tenía pesadillas sobre la noche en que sus padres murieron en un incendio de hotel; sabía que el suicidio de Patricia lo torturaba; sabía que cuanto más sarcástico era, más se esforzaba por ocultar sus heridas. No podía esconderle nada.

Ella, en cambio, le ocultaba toda su vida. Apenas la conocía. Había sido una niña triste, medrosa y asustadiza con manías y miedos extraños. Había rehuido las relaciones como si fueran el mismísimo diablo y, sin embargo, se había casado con un hombre mucho mayor al que apenas conocía y había enviudado a las pocas semanas. Nunca hablaba de su marido. Vivía para su trabajo y solía tener la cara de póquer de un juez.

Parecía tan frágil, tan vulnerable, tumbada sobre la cama... Incluso dormida, daba la impresión de estar atormentada. Y cansada. No era de extrañar; había viajado directamente desde Marruecos solo para que él le diera con la puerta en las narices. Ni siquiera le había preguntado si tenía algún medio de volver a la ciudad. Era imperdonable.

Vaciló un instante antes de alargar la mano y tocarle el brazo a través de la tela de algodón que lo cubría.

Maggie estaba soñando. Caminaba al sol por un prado de flores silvestres. A lo lejos, un hombre reía y le abría los brazos, un hombre alto y moreno. Echó a correr hacia él, lo más deprisa que pudo, pero no lograba salvar la distancia. Él la miraba desde lejos, como un gato jugando con un ratoncillo desesperado. Cord, pensó. Era Cord, y estaba jugando con ella, como siempre había hecho. Podía oír su voz, con la misma claridad que si estuviera en la habitación, con ella...

Una mano la estaba zarandeando. Gimió a modo de protesta; no quería despertarse. Si abría los ojos, ya no vería a Cord.

–¡Maggie! –dijo la voz grave e insistente. Ella profirió una exclamación de sorpresa y abrió los ojos. No estaba soñando. Cord estaba sentado en el borde de la cama, con una mano apoyada en la almohada, detrás de su cabeza.

Cord observó su rostro, exento de maquillaje, enmarcado por mechones negros y ondulados. Llevaba pijama, una chaqueta y un pantalón que la cubrían por completo. Solía desconcertarlo que Maggie comprara trajes caros para ir a trabajar y que durmiera con prendas unisex. Nunca se había puesto ropa provocativa, ni siquiera de adolescente, ni la había visto pasear por la casa en pijama de pequeña. No entendía cómo no se había fijado antes.

Maggie reparó por fin en él y su rostro se contrajo.

–¿Qué haces aquí?

Cord encogió se encogió de hombros. No le gustaba reconocer sus faltas, pero se lo debía a Maggie.

–No sabía que estabas en Marruecos. Pensaba que seguías en Houston y que habías esperado cuatro días enteros a interesarte por mi salud.

Maggie oía los latidos desenfrenados de su propio corazón. Cord nunca le había dado explicaciones. A lo largo de los años, se había acostumbrado a sus pullas, a su hostilidad, a su sarcasmo. Nunca se disculpaba ni daba muestras de preocuparse por lo que ella pensara de él. Devoró con la mirada su rostro fuerte y bello.

–Debo de estar soñando –murmuró.

–Qué pena –dijo Cord mientras observaba su rostro somnoliento con una leve sonrisa–. No suelo disculparme.

–No le dijiste a Eb que querías que viniera, ¿verdad?

Detestaba reconocerlo, pero no estaba acostumbrado a mentir.

–No.

Maggie rio con pesar.

–Debí imaginármelo.

–¿Por qué buscaste un trabajo en el norte de África? –le preguntó Cord de sopetón.

–Estaba cansada de la rutina. Necesitaba cambiar. Necesitaba correr una aventura.

–Has perdido tu trabajo por mi culpa –insistió con el ceño fruncido.

–¡Ya ves! Hay trabajos por todas partes, y tengo experiencia en inversiones. Ya encontraré algo. Preferiblemente –añadió en tono jocoso–, en una multinacional, para que puedan enviarme al extranjero y no tengas que verme el pelo otra vez.

–¿Por qué quieres marcharte del país? –preguntó con irritación.

–¿Qué hay aquí para mí? –se limitó a replicar–. Tengo veintiséis años, Cord. Si no hago algo, me marchitaré y me extinguiré. No quiero pasar los mejores años de mi vida desplazándome todos los días al centro de Houston para jugar con cifras; ya no soy una niña. Si tengo que trabajar, al menos que sea en un lugar exótico. Y, preferiblemente, en algo arriesgado y emocionante – dijo casi como una reflexión.

–¿Por qué tienes que trabajar? –preguntó Cord con el ceño fruncido–. Amy nos dejó a los dos un poco de dinero. Además, Bart Evans tenía muchas acciones y tú eres su viuda.

El rostro de Maggie se endureció.

–No me quedé con un solo centavo de su dinero. Ni propiedades, ni acciones, ni ahorros. ¡Nada!

Aquello era una sorpresa.

–¿Por qué no?

Maggie bajó los ojos a la colcha y los cerró fugazmente para ocultar una oleada de dolor.

–Casarme con él me costó lo que más quería en la vida –dijo en tono ronco y trémulo. Era una frase enigmática que Cord no comprendía.

–Nadie te obligó a casarte con él –señaló, y con más amargura de la que había imaginado.

«Eso crees tú», pensó Maggie, pero no lo dijo en voz alta. Cerró los dedos en torno a la colcha y lo miró con valentía.

–¿No fue un matrimonio feliz, Maggie? –preguntó Cord en voz baja.

–No –lo miró a los ojos sin pestañear–. Y eso es lo único que pienso decir –añadió con firmeza–. Remover el pasado no sirve de nada.

–Antes yo también pensaba así –repuso Cord–. Pero el pasado es lo que moldea nuestro futuro. Nunca superé la muerte de Patricia.

–Lo sé.

Lo dijo de una forma singular.

–¿Qué quieres decir?

–Que últimamente no eres un donjuán, que se diga.

Aquello lo hirió en su orgullo. Era cierto que no tenía relaciones y que no vivía como un casanova, pero no le agradaba que ella lo supiera. Sus ojos oscuros llamearon.

–No sabes nada de esa faceta de mi vida –le dijo con frialdad–, y nunca lo sabrás.

En el rostro de Maggie asomó una mirada de incredulidad, y Cord deseó haberse mordido la lengua. Se había acostado con ella en una ocasión, aunque el recuerdo no fuera grato para Maggie. Había sido un comentario irreflexivo.

–Pensándolo bien... –empezó a decir con brusquedad.

–Tú mismo lo has dicho –lo interrumpió Maggie alzando una mano–. No tengo por qué saber nada de esa faceta de tu vida.

Cord inspiró hondo con lentitud.

–Te hice daño.

Maggie se puso colorada como un tomate. No estaba dispuesta a dejarse arrastrar a aquella conversación.

–Olvídalo, Cord. Pasó hace mucho tiempo. Ahora tengo que levantarme y empezar a buscar trabajo. Si no te importa salir de aquí para que pueda cambiarme...

Pero Cord no quería olvidar.

–Tienes veintiséis años y eres viuda –dijo con aspereza, irritado por su pudor–. Y conozco cada centímetro de tu cuerpo, así que deja de hacerte la tímida.

Maggie apretó los dientes con tanta fuerza que temió rompérselos. Lo miraba con furia.

–No sabes cuánto aborrezco el recuerdo de aquella noche –le espetó. Las palabras lo hirieron, como Maggie había pretendido, porque se puso en pie con brusquedad.

–Sabías que estaba borracho –le recordó y advirtió que ella se tapaba con las sábanas hasta la barbilla, como si no soportara siquiera que él la mirara–. De no ser así, jamás te habría tocado.

–Yo también había bebido mucho –replicó Maggie–, o jamás habría dejado que me tocaras.

–Ahora que ya hemos aclarado ese punto... Siento lo que ocurrió.

–¡Dos disculpas en un solo día! –exclamó Maggie con sorpresa burlona–. ¿Tienes una enfermedad mortal e intentas ganar puntos ante Dios ahora que todavía puedes?

Cord prorrumpió en carcajadas genuinas. Lo transformaban. Se le iluminaban los ojos, y su rostro se volvía tan hermoso que dolía mirarlo. Maggie lo imaginaba riendo así con Patricia, su esposa. Quizá hubiera sido feliz también con otras mujeres a lo largo de los años, pero solo le sonreía a Maggie si ella lo hostigaba, así que procuraba hacerlo. Era una forma de llamar su atención, aunque fuese la única.

–Puedes venir al rancho y alojarte allí mientras buscas trabajo –sugirió Cord de repente. A Maggie le dio un pequeño vuelco el corazón, pero no lo miró a los ojos.

–No, gracias. Me gusta este lugar.

Era evidente que la negativa lo había tomado por sorpresa.

–¿Qué pasa? ¿Tienes miedo de que pierda los estribos y te eche en mitad de la noche?

–No me extrañaría –dijo con resignación, y elevó la vista para recorrer con la mirada los cortes y cicatrices recientes–. Es un milagro que no hayas perdido la vista –dijo con suavidad.

–Cierto. Pero no voy a hacer público que no ha sido así. ¿Te has fijado en las gafas de sol? –añadió, y señaló las lentes que llevaba en el bolsillo de la camisa–. Hasta le pedí a uno de mis empleados que me trajera aquí y subiera conmigo en el ascensor, para mantener el engaño –no dijo por qué, pero hizo tintinear las llaves que llevaba en el bolsillo–. Ándate con ojo mientras estás en la ciudad –añadió de improviso–. Estoy casi seguro de que mi accidente ha sido una trampa que me ha tendido un viejo enemigo. Si tengo razón, volverá a pisarme los talones dentro de poco, para asegurarse de que no lo echo del negocio. No descartaría que atacara a alguien cercano a mí.

–Entonces yo estoy fuera de peligro –replicó Maggie con insolencia. Cord le lanzó una mirada furibunda.

–Eres mi familia. Si no lo sabe ya, lo averiguará. Podrías correr peligro. Creo que tiene contactos aquí, en Houston.

–Has tenido muchos enemigos a lo largo de los años, y ninguno de ellos me ha considerado tu familia, aunque tú lo hagas.

–No sé qué te considero –dijo en tono casi distraído,

con mirada reflexiva–. Nunca me he tomado la molestia de pensar en ello.

–Podrías hacerlo entre sorbo y sorbo de café –rio.

–No te vendas barato –le regañó Cord de forma inesperada.

Maggie lo miró a los ojos con un intenso dolor reflejado en el semblante. A veces, los recuerdos le resultaban insufribles. Cord no sabía nada sobre su pasado, y esperaba que nunca lo descubriera. No entendía por qué estaba siendo tan amable con ella; debía de sentir remordimientos.

–Ahórrate los halagos, Cord –le dijo con una leve sonrisa–. Sé lo que piensas de mí.

Cord regresó a la cama y se sentó a su lado. Le puso una mano en la mejilla y le levantó el rostro para poder mirarla mejor. Notaba la tensión en su cuerpo, el aliento contenido, los latidos frenéticos de su corazón. Sus ojos verdes reflejaban la reacción involuntaria de su cuerpo. Aquello, al menos, nunca cambiaba. Tal vez detestara el recuerdo de su noche de intimidad, pero seguía atrayéndola irremediablemente. En cierto modo, saberlo lo consolaba.

–No sigas jugando conmigo –susurró Maggie con voz tensa, diciéndole con la mirada que odiaba la atracción que reflejaban sus ojos. Resultaba casi doloroso físicamente tenerlo tan cerca, ver el perfil cincelado de sus labios y recordar las sensaciones que despertaban, percibir la fuerza cálida de aquel cuerpo poderoso.

Cord leyó todas aquellas reacciones con precisión académica. Elevó su orgullosa cabeza y entornó los ojos. Desplegó la mano sobre la mejilla de Maggie y le rozó los labios con el pulgar, arrancándoles una exclamación. Hundió la otra mano en su gruesa melena y la empujó hasta tumbarla sobre él.

Los senos de Maggie quedaron aplastados contra el amplio pecho de vello recio envuelto en una delgada camisa de algodón. Lo miró con deseo incontenible. Cord deslizó la mano por su garganta, acariciándola, torturándola, al tiempo que elevaba la cabeza y sus labios se iban acercando a los de ella de forma enloquecedora.

–¿Qué te hace pensar que estoy jugando? –murmuró con aspereza.

Maggie le hundió las uñas en el hombro mientras permanecía inmóvil, vulnerable, ansiando que Cord salvara los centímetros que los separaban y uniera su boca a la de ella. Podía oler el café que había tomado para desayunar, y la fragancia limpia y silvestre de su piel. Por el cuello abierto de su camisa asomaba el vello que le cubría el pecho amplio y musculoso, y recordó sin querer el roce de aquel vello sobre sus senos en el único momento de sus vidas en que creyó que la deseaba de verdad. Incluso el recuerdo del dolor y el bochorno posteriores no reducía las reacciones que Cord despertaba en ella. Era suya, lo mismo que a los ocho años, y él lo sabía. Siempre lo había sabido.

Automáticamente, Maggie elevó los dedos fríos y trémulos a la mejilla de Cord, al pelo grueso y oscuro de la sien, donde una suave onda la perfilaba. Siempre lo sentía limpio al tacto, siempre olía bien. Se sentía a salvo a su lado, a pesar de su hostilidad. Era el primer hombre de su joven vida que le había procurado una sensación de seguridad. Era el único hombre en quien había confiado.

Cord tomó su mano y la sostuvo con fuerza mientras la miraba a los ojos. De pronto, se la llevó a los labios y le besó la palma con algo parecido a la desesperación, cerrando los ojos mientras saboreaba la suavidad de su piel.

Maggie percibía la fiebre en él, pero no la entendía. Cord no la deseaba; en realidad, no. Nunca la había deseado. Pero parecía... atormentado. La miró con pasión.

–Te hago sufrir siempre que te toco –susurró–. ¿Crees que no lo sé?

Maggie no podía arrancar la mirada de él.

–No puedes darme nada, lo sé. Siempre lo he sabido –rio con dolor–. Da lo mismo.

Cord la atrajo hacia él y la estrechó entre sus brazos para besarle el pelo. Inspiró hondo y sintió cómo lo abandonaba toda la ira y la tristeza de los últimos años. Apoyó la mejilla en su pelo negro y suave y cerró los ojos. Era como volver a casa.

Ella también lo abrazó, e inspiró la fragancia limpia de su cuerpo musculoso mientras se esforzaba por no responder a la pasión que despertaban sus caricias. Cord deslizó una mano por su melena y sonrió despacio.

–Me encanta el pelo largo –murmuró. Maggie no contestó, no hacía falta. Cord sabía que lo llevaba largo para él–. Somos veneno el uno para el otro. Tal vez –empezó a decir con lentitud–, convendría que empezaras de cero en alguna otra parte, en algún lugar... lejano.

–A mí me convendría, desde luego –murmuró con voz ronca. Con los dedos le acariciaba el pelo de la sien–. Pero ¿quién te cuidaría si me fuera? –añadió en tono bromista para camuflar el ansia que sentía por él.

Cord inspiró de forma audible y abrió los brazos, liberándola con brusquedad.

–¡No necesito que nadie me cuide! –exclamó con aspereza.

La tregua había acabado; había durado poco. Maggie sonrió con tristeza mientras contemplaba cómo se ponía en pie y se apartaba de la cama.

–No dejes que te dé un ataque por una forma de hablar –le regañó. Cord tenía una mirada candente.

–Me voy.

–Ya me he dado cuenta.

Llegó a la puerta del dormitorio, pero de pronto se acordó de Gruber. Casi había perdido la vista, si no la vida, por el deseo de venganza de aquel hombre. Maggie estaba sola y era vulnerable, y Gruber tenía contactos en Houston.

–Sigo queriendo que te alojes en el rancho –dijo con aspereza.

–No malgastes saliva –repuso Maggie en buen tono–; no pienso ir.

–Si te ocurriera algo... –empezó a decir con voz tensa, y le sorprendió el miedo que le oprimía el corazón. Si a Maggie le ocurriera algo, se quedaría solo en el mundo. No tendría a nadie.

–Tu vida sería más sencilla –terminó Maggie en su lugar, con insolencia.

–Eso no es cierto –le espetó Cord.

–Claro que lo es, pero no te gusta reconocerlo. Puedo llamar a la policía si necesito ayuda. Mientras tanto, buscaré un trabajo lo antes posible y saldré pitando de Houston –sonrió con deliberación–. Así podrás volver a sonreír. ¡Ni siquiera te pediré que me envíes una tarjeta por Navidad!

Cord quiso decir algo, pero no pudo. Se limitó a mirarla con irritación. Ella adoptó una pose seductora, consciente de que lo enfurecería. Apartó el cuello del pijama de su esbelto cuello.

–¿Quieres devorarme antes de irte? –sugirió con una mirada traviesa–. Puedo llamar al servicio de habitaciones y pedirles que nos suban un preservativo de emergencia –añadió, y movió las cejas de forma sugerente.

–¡Maldita seas! –masculló con furia. Se dio la vuelta con brusquedad y dio un portazo sin volver la cabeza. Maggie lo vio salir con ojos centelleantes. Siempre sabía sacarlo de sus casillas. Se enorgullecía de ello, porque ni siquiera su preciada Patricia había podido hacerlo. Era la única arma de su arsenal, y un estupendo flotador para su orgullo. Claro que era un farol. Se estremecía de pies a cabeza solo de imaginar qué habría pasado si Cord le hubiese seguido el juego.

# 3

La visita de Cord afectó a Maggie.

Transcurrieron varios minutos hasta que se sobrepuso lo bastante para ducharse, vestirse y bajar a desayunar.

Tomó algo ligero y buscó las direcciones de varias agencias de empleo en el listín telefónico. Después, empezó a recorrerlas.

Acababa de salir de la tercera oficina de la lista, sin ningún resultado, cuando tropezó con una morena alta a la que no había visto doblar la esquina.

–Vaya, lo siento –se disculpó Maggie, que la había agarrado del brazo para que no se cayera–. No miraba por dónde iba... –vaciló; la mujer le resultaba familiar–. ¡Eres Kit Deverell! –exclamó, y sonrió de oreja a oreja–. Nos conocimos en un seminario de inversiones hace dos años; estabas con tu marido. Nos hemos visto en otros seminarios desde entonces. Soy Maggie Barton.

Los ojos de Kit Deverell se iluminaron al reconocerla.

–¡Pues claro! Eres la hermana de acogida de Cord.

Maggie se puso seria al instante, a la defensiva. Kit hizo una mueca.

–Lo siento, lo he dicho sin pensar. Verás, mi jefe es Dane Lassiter, el dueño de la agencia de detectives Lassiter. Conoció a Cord hace varios años, cuando fundó la agencia... Uno de sus empleados cumplió el servicio militar con él.

–Sí. Le... Le he oído a Cord hablar de él un par de veces, en las contadas ocasiones en las que hablábamos –añadió con una sonrisa burlona.

–No os lleváis muy bien, ¿verdad? –preguntó Kit con mirada comprensiva–. No debí mencionar a Cord. Pero ¿qué haces en una oficina de empleo, si puede saberse? –añadió–. Eres vicepresidenta de la agencia de inversiones Kemp, ¿no?

–Lo era. Renuncié al puesto para aceptar un trabajo en Qawi, pero la cosa no cuajó –se limitó a decir–. Ahora estoy sin trabajo.

–Pues Logan tiene una vacante en su firma de inversiones –prosiguió Kit, y rio entre dientes–. ¿No parece cosa del destino? En serio, su socio lo dejó para irse a vivir a Victoria, en Canadá. Logan se está tirando de los pelos intentando llevar todas las cuentas él solo. Por favor, ven para que te haga una entrevista –añadió, y agarró a Maggie del brazo–. Me ha pedido que haga estudios bursátiles en mi tiempo libre, y lo odio. Verás, trabajo para Lassiter como rastreadora. Tuve que convencer a Logan, pero no es un trabajo muy peligroso y tenemos una niñera estupenda para nuestro hijo Bryce. Me salvarías la vida si pudieras quitarme esa carga. ¿Lo harías, por favor?

Maggie rio de puro deleite.

–Si hay algún puesto libre, me encantaría que me hicieran una entrevista. En realidad, tenía pensado buscar un trabajo en el que poder pedir un traslado al extranjero, pero podría aceptar este trabajo temporalmente mientras tu marido me busca un sustituto permanente y yo encuentro algo con más proyección internacional...

–Funcionaría –dijo Kit con una sonrisa–. ¡Vamos!

Maggie acudió a la entrevista. Logan Deverell era un hombre gigantesco de pelo moreno, alto y musculoso, pero sin un gramo de grasa. Era evidente que se desvivía por su esposa, y viceversa.

–Eres la respuesta a mis oraciones –le dijo a Maggie cuando se estrecharon la mano y se sentaron en el amplio despacho de Logan. Tenía el escritorio de roble repleto de fotos de Kit y de un granujilla de unos dos años de edad–. Tom Walker y yo éramos socios hasta que se fue a vivir a Jacobsville. Después, me asocié con otro, pero se casó hace algunos meses y se ha mudado a Victoria, donde vive la familia de su esposa, que ya espera su primer hijo. Así que, aquí me tienes, sin saber qué hacer y con trabajo hasta el cuello.

–Entonces, me alegro de haber aparecido en el momento justo –rio Maggie–. Renuncié a un puesto lucrativo para regresar corriendo a Houston cuando me enteré de que Cord se había quedado ciego –suspiró y sonrió con nerviosismo–. Confiaba en encontrar algo estable en el extranjero.

–Estaremos atentos por si nos enteramos de algo –prometió Logan–, si es eso lo que quieres. Pero, mientras tanto, ¿qué tal si trabajas para mí? Hasta podrás disfrutar de un despacho para ti sola –añadió con una carcajada–. Hemos ocupado la suite contigua. Lassiter y sus hombres ocupan toda la tercera planta; entre los dos, decidimos comprar el edificio. Lo que no utilizamos, lo alquilamos. Se paga solo.

–Y –señaló Maggie– es una buena inversión.

–Cierto –rio Logan.

Le explicó en qué consistía su trabajo, le habló del sueldo y Maggie aceptó encantada, aunque seguía queriendo irse de Houston. Vivir cerca de Cord resultaba doloroso una vez tomada la decisión de cortar los lazos con él. Ya había perdido demasiados años ansiando a un hombre que no sentía nada por ella.

Aunque, durante unos segundos, en la habitación del hotel, había visto el fuego del anhelo en su mirada. Cord la había deseado. Claro que Maggie no podía conformarse con eso; necesitaba su amor, y sabía que nunca lo tendría. Imaginaba que Cord quería vivir y morir solo. Maggie, no. Quizá algún día podría conocer a un hombre que la satisficiera, y hasta podría olvidarse de Cord. Todo era posible, incluso con su pasado.

Empezó a trabajar para Deverell a la mañana siguiente. Era un negocio complicado, pero le gustaban su apuesta por los bonos y acciones, y los fondos que recomendaba. Tenía un sistema informático de vanguardia y un experto cuyo trabajo se limitaba a escanear Internet en busca de precios de acciones y actualizaciones de datos. Logan era honrado, sincero, y no fingía saberlo todo. Poseía un tacto innato que, según Kit le dijo en privado, era relativo. Logan tenía genio y no le importaba exteriorizarlo; solo era diplomático cuando le convenía.

Al quinto día de trabajo, Kit y Maggie salieron a almorzar con la esposa de Dane Lassiter, Tess. Dane y Tess tenían un niño y una niña, y Tess se comportaba como si fueran auténticos milagros. Después, Kit le explicó que Dane había albergado la convicción de que no podía tener hijos. Tess lo había amado de forma irremediable y obsesiva durante años. Hizo falta un embarazo inesperado y casi una tragedia para convencer a Dane de que merecía la pena arriesgarse por el amor. A pesar de sus comienzos turbulentos, los Lassiter eran toda una institución en la ciudad. Raras veces se los veía a cada uno por su lado, y solían salir del trabajo en familia.

Maggie conoció a Dane Lassiter aquel mismo día. El

antiguo ranger de Texas era alto y moreno y, sin ser un adonis, poseía una autoridad y un aplomo impactantes que se combinaban con la dosis justa de arrogancia para volverlo atractivo. Había comenzado como policía de Houston, y todavía tenía contactos en la comisaría. De hecho, reclutó allí a sus primeros hombres cuando abrió la agencia de detectives. Uno de sus agentes y Cord habían sido policías en la misma época.

Cuando regresaron a la oficina de Logan, Kit le contó a Maggie que los Lassiter estaban trabajando en una misión muy arriesgada: querían cerrar una agencia internacional que servía de tapadera para el contrabando humano. No se contentaban con introducir a inmigrantes ilegales en los Estados Unidos, sino que comerciaban con niños en África Occidental y Sudamérica, donde los vendían para trabajar en minas y en latifundios. Hasta estaban implicados en pornografía infantil, y tenían una sede en Ámsterdam. Vendían niños a una multinacional un tanto turbia a través de la agencia. Se decía que Raúl Gruber era el director general de la multinacional... pero había resultado imposible vincularlo a la empresa.

–¿Que compran y venden niños como si fueran animales? ¡Será una broma! –exclamó Maggie–. Estamos en el siglo veintiuno.

–Lo sé –dijo Kit con tristeza–, pero en el mundo suceden cosas horribles. Mientras los medios de comunicación se ceban en el último escándalo político y sexual, hay gente que vende a niños pequeños como esclavos para que trabajen sin parar durante doce o catorce horas al día. No hay leyes que regulen el trabajo infantil en esas zonas rurales y los niños se consideran un bien prescindible.

–Eso es ignominioso –dijo Maggie con furia ronca.

–Estoy de acuerdo. Por eso me alegro de que Dane aceptara el caso. Colabora con toda una retahíla de agencias federales: el Servicio de Inmigración, Aduanas... incluso el Ministerio de Asuntos Exteriores, y la Interpol. Este negocio ilegal tiene ramificaciones por todo el país, y oficinas en varios estados –vaciló–. Una de ellas está en Miami, y Dane dice que el accidente de Cord no fue precisamente un accidente. El hombre implicado en la trata de esclavos es un viejo adversario de Cord al que han relacionado hace poco con esta red infantil. Cord sabe cosas sobre él que no quiere que revele.

A Maggie le dio un vuelco el corazón.

–Cord me dijo que anduviera con cuidado –dijo despacio–, que un viejo enemigo suyo podría ponerme en su punto de mira, pero no le di mucha importancia.

–Pues será mejor que se la des –dijo Kit–. Y, si quieres, puedes contarle a Cord lo que estamos investigando –añadió–. Dane y sus hombres te protegerán, igual que a mí. Si conseguimos reunir pruebas suficientes contra ese gusano, lo meteremos en chirona para siempre. Pero hará falta tiempo y paciencia. Y mucha cautela.

–No veo a Cord, así que no podré decirle nada –repuso Maggie en tono comedido–. Ahora mismo, no nos hablamos.

–Lo siento.

–¿Hay algo que pueda hacer para ayudarte con el caso? –preguntó Maggie–. Mi vida es tan aburrida e insípida que hasta vigilar a alguien resultaría emocionante.

Su amiga rio.

–No pensarías así si tuvieras que hacerlo. Pero te tendré en mente –consultó su reloj–. Vaya, tengo que darme prisa o llegaré tarde a la oficina. Si no te veo antes de la salida, que pases un buen fin de semana. Logan está muy contento contigo. Imagino que ya lo sabes.

–Me alegra que me lo digas –dijo Maggie sonriendo–. Me gusta mucho mi trabajo. Siento no poder quedarme mucho tiempo.

–Entonces, ya somos tres –dijo Kit con sinceridad.

Cuando Maggie regresó al hotel, encontró un mensaje de Cord en el que le pedía que lo llamara. Maggie vaciló. No le apetecía mantener otra conversación airada, pero estaba preocupada por él, en particular, desde que conocía el peligro que corría en manos de su enemigo. No soportaba la idea de que pudiera pasarle algo.

Telefoneó al rancho. Contestó un hombre y, un par de minutos más tarde, Cord se puso al teléfono.

–He recibido tu mensaje –le dijo en tono formal. Cord vaciló, algo nada propio de él.

–Ven a casa a cenar esta noche.

Los ojos que Cord no podía ver destellaron. Maggie estaba sorprendida.

–¿Es una invitación o un decreto real?

–Una invitación –contestó Cord, riendo entre dientes–. Tenemos tarta de cerezas de postre –añadió.

–Aprovéchate de mi debilidad, ¿quieres?

–Acabo de hacerlo. No podrás resistirte, ¿verdad?

Estaba cansada y hambrienta, pero ansiaba verlo.

–Está bien. Pediré un taxi...

–Y un cuerno. Pasaré a recogerte. Dame quince minutos.

Colgó antes de que ella pudiera replicar.

Se despojó del traje de oficina y se puso unos vaqueros y una bonita camiseta de manga corta a rayas rojas y blancas y un chaleco gris. No era alta costura, pero le sentaba bien y realzaba su esbelta figura.

Se dejó el pelo suelto para Cord y sacó un jersey ligero del armario por si acaso refrescaba por la noche. Mientras esperaba, pensó en lo que Kit le había contado, en Gruber y sus intereses y, en particular, en el comentario sobre la red de pornografía infantil. Detestaba a las personas que se aprovechaban de la inocencia de los niños solo para obtener beneficios económicos. La ponía fuera de sí.

Cord llamó a su puerta transcurridos quince minutos exactos. Maggie salió de la habitación y cerró la puerta con llave. Cord llevaba unos pantalones de pinzas de color beis, camisa de sport y cazadora de tonos beis y marrones. Estaba muy apuesto.

–Me alegro de que no te hayas puesto ropa formal –dijo cuando entraron en el ascensor. Pulsó el botón de la planta baja y se volvió para observarla–. Será una cena sencilla de chile con carne y pan de maíz.

–Y tarta de cerezas –quería asegurarse de que no lo olvidaba. Cord sostuvo su mirada y sonrió despacio.

–Amy siempre te hacía una el día de tu cumpleaños. Era una de las pocas ocasiones en que sonreías de verdad. Amy decía que dudaba que hubieras celebrado tu cumpleaños ni una sola vez en tu corta vida.

–Y tenía razón –se ciñó el bolso y el jersey y sus ojos reflejaron la vieja tristeza–. Cuando mi padre murió, perdí las ganas de reír. Después, mamá dejó que la neumonía se la llevara solo dos años después.

Cord frunció el ceño. Aquello era una novedad.

–Cuando tenías ocho años –dedujo. Maggie alzó el rostro.

–Bueno... no. Cuando tenía seis.

–Entonces, ¿dónde estuviste hasta que Amy nos acogió? ¿Tenías abuelos?

Maggie se estremeció.

–Un padrastro –contestó en voz baja y llena de dolor.

Cord empezaba a hacerle otra pregunta cuando el ascensor se detuvo. Maggie lo precedió y se dirigió a la puerta principal, ante la cual estaba aparcado el coche. Cord sabía que no lo estaban siguiendo, así que había bajado la guardia.

Un padrastro. Al parecer, Maggie había vivido con él durante dos años antes de que Amy Barton los hubiera acogido. Tenía un millar de preguntas, pero ella se cerraría en banda. No hacía falta leer el pensamiento para saber que no estaba dispuesta a responder a ninguna otra pregunta personal; su mirada severa hablaba por sí sola.

–¿Qué tal va la búsqueda de empleo? –preguntó cuando se acercaron al lujoso deportivo negro de Cord.

–Ya estoy trabajando –dijo Maggie–. Logan Deverell me ha contratado para su firma de inversiones, aunque solo de forma temporal. Su mujer, Kit, trabaja para la agencia de detectives Lassiter, que está en el mismo edificio. Dicen que conoces a Dane.

–Así es –afirmó él con brusquedad. Le abrió la puerta y la ayudó a subir antes de rodear el vehículo y sentarse detrás del volante. Pero no arrancó de inmediato. Apoyó el brazo en el respaldo del asiento de Maggie y la miró–. Lassiter lleva casos peligrosos –señaló–. No me gusta que trabajes tan cerca de él.

–¿No creerás que me importan tus gustos? –replicó ella con una sonrisa. Cord apretó la mandíbula.

–Hablo en serio. Lassiter y su esposa se vieron envueltos en un tiroteo hace varios años, en su propia oficina. De todos es sabido que aceptan casos que otros detectives ni siquiera se plantean resolver.

–Voy a trabajar en el mismo edificio que él, no en la misma oficina –señaló Maggie–. Soy asesora financiera, no detective. Aunque el cambio de profesión, ahora mismo, resultaría tentador –añadió para irritarlo.

Estaba reaccionando de forma desmedida; Cord lo sabía, pero no podía contenerse. La idea de que pudiera ocurrirle algo a Maggie lo intranquilizaba. Sin pensar, alargó la mano y atrapó un mechón de pelo largo y oscuro para sentir su suavidad.

–Ahora mismo, el simple hecho de estar en Houston es peligroso para ti –dijo en voz baja–. Te estás metiendo en algo de lo que ni siquiera soy capaz de hablar.

Y que ella ya conocía, gracias a Kit. No se lo dijo.

–Tengo veintiséis años –señaló Maggie mientras intentaba no reaccionar a la caricia sensual de sus dedos. Cord la miró a los ojos; los de él parecían turbulentos, amenazadores, llenos de secretos.

–En algunos sentidos, eres increíblemente ingenua –replicó–. El mundo es un lugar terrible. No sabes lo tenebroso que puede ser.

–¿Eso crees? –rio Maggie sin humor.

Cord no entendió la reacción. Maggie guardaba secretos, y se preguntó cómo serían de horribles. Nunca se habían hecho confidencias porque él siempre la había mantenido a raya emocionalmente. Por primera vez en la vida, lo lamentó.

–Te noto triste –comentó Maggie sin pensar. Cord hizo una mueca.

–Eres la única persona que recuerda nuestros años con Amy –dijo despacio–. Mi roce con la ley, el suicidio de Patricia, la enfermedad y la muerte de Amy.

–Todo son malos recuerdos.

–¡No! –la miró a los ojos–. También hubo cosas buenas. Picnics. Fiestas de cumpleaños. La vez que Amy nos regaló un tren de juguete por Navidad, que debió de costarle muchos sacrificios porque ya había consumido gran parte de su fortuna. Y su mirada de perplejidad cuando a ti te encantó tanto como a mí. Pasábamos horas tumbados en la alfombra, en la oscuridad, viendo dar vueltas al tren iluminado.

–Sí –Maggie sonrió al recordar–. Y te ayudé a hacer los edificios a escala. Estabas en la universidad por aquella época, y poco después lo dejaste e ingresaste en el cuerpo de policía. Amy estaba destrozada. Yo también –añadió, y bajó los ojos.

–Las dos creíais que saldría con los pies por delante a la primera semana –se burló.

–Debimos imaginar que no. Siempre has sido concienzudo y reflexivo.

–Salvo una vez –entornó los ojos–. La noche en que Amy murió.

Maggie se apartó de él y sintió el tirón en el cuero cabelludo. Cord tuvo que soltarle el pelo para no seguir lastimándola.

–Eso fue hace mucho tiempo –dijo mientras se masajeaba la cabeza con los dedos y eludía la mirada de Cord. Este le preguntó de improviso:

–¿Te acostaste alguna vez con tu marido?

Maggie profirió una exclamación y echó mano al tirador de forma impulsiva. Ya estaba saliendo del coche cuando Cord tiró de ella con suavidad y volvió a cerrar la puerta. En la posición que estaba él, tan cerca y con su sólido pecho cerniéndose sobre el de ella, la hacía temblar. Maggie distinguió los círculos negros que circundaban sus iris de color castaño oscuro. Vio las pestañas gruesas, rectas y cortas de sus párpados. Olió el café en su aliento y la fragancia limpia de su cuerpo y de su ropa.

–Eso pensaba yo –dijo Cord pasado un minuto–. Nunca entendí por qué te casaste con él. No teníais nada en común, y era veinte años mayor que tú. Fue muy precipitado, ni siquiera había pasado un mes desde la muerte de Amy, y uno de tus compañeros de trabajo dijo que apenas lo conocías. Todo el mundo pensó que te casabas por el dinero. Era rico.

–No puedo... No pienso hablar de él –protestó Maggie con voz entrecortada–. Cord, por favor...

Él notó la mano con que intentaba apartarlo, pero no hizo caso.

–Dijiste que te costó algo muy preciado. ¿El qué?

La mirada de Maggie se posó en su boca amplia y firme, en los dientes blancos y perfectos que se vislumbraban entre sus labios entreabiertos. Recordaba su tacto. Pese al recuerdo de dolor y vergüenza, el ansia persistía. Se preguntó si Cord se daría cuenta.

Se daba cuenta. Notaba la respiración agitada de Maggie en los labios, veía su pulso acelerado en la base de su cuello, hasta sentía la frescura de sus dedos perfectamente cuidados a través de la camisa. Lo deseaba. Eso, al menos, nunca cambiaba.

Le tocó la barbilla con los dedos y la acarició cerca de los labios.

–Otra vez en el punto de partida –susurró Cord. Se inclinó y se detuvo justo por encima de la boca entreabierta de Maggie. Permaneció allí, acariciándole la comisura de los labios de forma enloquecedora y trazando pequeños dibujos sensuales en su labio inferior.

Maggie gimió. Interrumpió el sonido justo cuando emergía de su garganta, pero sabía que él lo había oído.

Cord le acarició la nariz con la suya y sintió la suavidad de sus labios en las yemas de los dedos. Seguía siendo perfecta para él, la mujer más perfecta que había conocido, tanto física, mental como emocionalmente. No podía acercarse a ella sin que lo atrajera como un imán. Se sentía a merced de ella, y lo detestaba.

–Cord –gimió Maggie, al tiempo que se elevaba hacia él y le hundía los dedos en el pelo de la sien a modo de súplica. Ansiaba sentir aquellos labios firmes aplastando los de ella y enloqueciéndola de placer.

Cord se acercó y unió su pecho al de ella de forma involuntaria. Sentía los senos llenos de Maggie, las puntas duras que se le clavaban en la piel a través de la ropa. Maggie lo tentaba con la boca, siguiendo la suya, elevándola para que la besara. Inspiró la fragancia de rosas que emanaba y supo que estaba perdido. Necesitaba abrazarla, besarla, no podía evitarlo. ¡Tenía que hacerlo!

El ruido repentino de las puertas de un coche al abrirse le hizo enderezarse. Vio a tres hombres saliendo de una berlina varias plazas más allá; los miraban con regocijo.

Volvió a sentarse detrás del volante sin mirarla. Arrancó, metió la primera y no prestó atención a las miradas de los tres hombres que se dirigían al hotel.

A Maggie le temblaban las manos; quería chillar y arrojar algo. Era la segunda vez que dejaba que la torturara de deseo. ¿Y se había resistido, había protestado, lo había apartado? Por supuesto que no. Se había derretido en cuanto él la había tocado. «¡Viva tu autodominio, chica!», se dijo con silencioso desprecio.

Cord no la miró hasta que no salieron de la ciudad. Estaba más serena, pero parecía destrozada. No se lo reprochaba, él se sentía igual. No deseaba aquella atracción, pero no podía combatirla. Siempre la había sentido, pero cada vez le costaba más controlarla.

–No te flageles por lo ocurrido –le dijo Cord en tono despreocupado–. Puede que hayamos estado demasiado tiempo solos últimamente.

–¡June se quedaría boquiabierta si te oyera!

Cord rio al oír aquel comentario mordaz. La miró con ironía.

–Está saliendo con un agente de la comisaría –le dijo–. A su padre le cae bien, pero cree que June es demasiado joven para casarse. Ella no está de acuerdo.

Maggie enarcó las cejas, pero no dijo una palabra.

–Estaba furioso porque habías esperado cuatro días para venir a verme y a saber si la ceguera era permanente.

No era una gran explicación, pero Maggie lo entendió. June era una arma que él había empleado contra su corazón. Resultaba escalofriante que la conociera tan bien.

Cord la miró al tomar la larga senda de entrada bordeada de vallas blancas.

–Es increíble, ¿verdad? –reflexionó él en voz alta–. Me entiendes sin necesidad de explicaciones.

–Es mutuo –dijo Maggie, y desvió la mirada al viejo toro de lidia que pastaba detrás de la valla–. Puede que sea una especie de taquigrafía mental.

–O percepción extrasensorial –murmuró Cord con ironía.

–Algún día tendremos que averiguar si funciona a través del océano –replicó Maggie con insolencia.

Fue un golpe bajo.

–¿Por qué no vienes a vivir aquí? –le preguntó Cord de improviso–. Podrías aprender el negocio de la ganadería. Y en los ratos libres jugaríamos con los trenes de juguete. Tengo una habitación entera dedicada a ellos, con edificios, túneles, montañas e incluso arroyos –apoyó el brazo en el volante y la contempló con tristeza–. Solo nos tenemos el uno al otro.

Maggie lo miró a los ojos. Estaba pálida, confusa, inquieta. Frunció el ceño.

–No hagas eso –dijo con irritación–. No hables como si me necesitaras. Nunca lo has hecho y nunca lo harás. Soy un recuerdo del pasado, nada más.

–Nuestras vidas están entrelazadas. No puedes romper un vínculo de dieciocho años así, sin más –señaló él . Algunos matrimonios se rompen en un abrir y cerrar de ojos.

La alusión la dejó helada, y desvió la mirada.

–No pretendía ofenderte –se apresuró a decir Cord, malinterpretando su reacción.

–Es que los matrimonios felices no existen.

–Dane Lassiter discreparía –reflexionó Cord–. Y tu amiga Kit.

Maggie se encogió de hombros.

–Tuvieron suerte.

–¿Y crees que tú no podrías tenerla?

Maggie se puso a rebuscar en su bolso.

–No quiero volverme a casar.

–Maggie –vaciló Cord–. ¿No quieres tener hijos algún día?

La pregunta la impulsó a mirarlo a los ojos. El dolor, la angustia, el tormento que Cord vio en ellos lo dejaron helado. Maggie abrió la puerta y salió. Él la siguió, decidido a averiguar a qué se debía aquella mirada, cuando Red Davis detuvo su camioneta a la misma altura que el deportivo de Cord.

–El sistema de irrigación funciona como un reloj, jefe –dijo con una sonrisa–. Y han prometido sustituir cualquier pieza que vuelva a fallar.

–Buen trabajo.

–Gracias. ¿Cómo estás, Maggie? –la saludó el capataz con una enorme sonrisa. A Cord le llamearon los ojos.

–No te pago para que coquetees con mi hermana de acogida –le espetó al joven, y no hablaba en broma.

Davis lo vio. Cortó en seco, se despidió con la mano y salió disparado de nuevo por la carretera del rancho.

La actitud de Cord dejó perpleja a Maggie. Se parecía mucho a los celos, pero era una suposición arriesgada. Haría falta un milagro para poner celoso a Cord.

Entró detrás de él en el salón, donde dejó el bolso, y lo siguió al comedor. Había cuatro servicios en la mesa, y un hombre de pelo canoso ocupaba uno de ellos mientras June servía la comida.

–¡Hola! –saludó la joven a Maggie–. Espero que te guste el chile con carne y el pan de maíz.

–Me encantan. ¿Y creo que también hay tarta de cerezas? –añadió en tono esperanzado. June sonrió y lanzó una mirada a Cord.

–He oído que hay una persona a la que la vuelve loca. Mi tarta de cerezas es famosa. Hasta puedes tomarla con helado de vainilla, si quieres. Casero –añadió.

Maggie sonrió.

–Creo que he muerto y he subido al Cielo.

# 4

La cena resultó agradable. El padre de June, un vaquero veterano, era un hombre simpático y tenía un sinfín de anécdotas divertidas que contar. Una de ellas la protagonizaba un mustang al que había intentado domar en uno de sus primeros trabajos. El animal saltó la valla del corral con él aferrándose a duras penas a las riendas justo cuando la mujer del jefe se acercaba en su reluciente Cadillac descapotable. Momentos después, el caballo estaba sentado en el asiento de atrás. Maggie se desternillaba de risa.

–¿Qué hiciste? –preguntó.

–Me levanté del suelo y eché a correr como alma que lleva el diablo. Me subí a mi vieja camioneta y salí disparado sin ni siquiera pedir la paga de la semana –movió la cabeza–. Lo peor de todo fue que volví a ver al dueño hace unos años, cuando trabajaba en un rancho de las afueras de San Antonio. Resulta que por aquel entonces ya tenía problemas con su mujer, pero después del arrebato que le dio aquel día, se divorció de ella. Me dijo que todavía se reía de mí y de ese mustang cuando se acordaba.

–Te lo tenías merecido por haber salido huyendo –dijo June. Su padre rio entre dientes.

–Cierto. He huido de pocas cosas desde entonces. Pero tenía dieciocho años y era un vaquero novato. Un poco como Red Davis ahora.

Cord entornó los ojos.

–Davis es un fastidio. Si no fuera tan bueno con las máquinas y el inventario, ya sería historia.

–Bueno –rio Darren Travis–, también se le dan bastante bien los caballos. Y no olvides que convenció a ese periodista para que no hiciera un reportaje sobre tu trabajo en el FBI.

–Podría haberlo convencido yo mismo –replicó Cord con aspereza.

–Sí –dijo Travis, y carraspeó–. Pero Red lo hizo sin usar los puños.

–Útil o no, será mejor que se ande con cuidado.

Maggie saboreaba el chile con carne en silencio, escuchando el diálogo con regocijo pero sin hacer comentarios. Era consciente de que June la miraba con curiosidad, y a Cord también. Se preguntó qué podía estar llamándole la atención.

Cord podría habérselo dicho, pero no quería. Davis había prestado más atención de la cuenta a Maggie, y eso no le hacía gracia. Hasta aquel momento, Davis había sido uno de sus empleados favoritos.

–Cord me ha dicho que es usted viuda –dijo Travis de improviso, sonriendo a Maggie por encima de la cuchara llena de chile–. ¿Su marido no era Bart Evans, de Houston?

Maggie se puso rígida.

–Sí.

–Papá... –lo regañó June, tratando de evitar problemas. Su padre le restó importancia con un ademán.

–No estoy husmeando, pero lo conocía, por eso lo he mencionado. De cuando vivía con su segunda esposa –recordó, sin percatarse de la incomodidad que le estaba creando a Maggie–. Se llamaba Dana –dijo con una leve sonrisa–. Era dulce y bonita, incapaz de matar a una mosca –su rostro se endureció–. Evans tuvo la culpa de que la hospitalizaran.

Cord hizo una mueca de horror. Sabía que Maggie se había quedado rígida. Miró a Travis con el ceño fruncido.

–¿Que hizo qué?

Travis parpadeó al ver la agitación que había causado en los demás comensales.

–¡Ay, lo siento! No pensé que...

–¿Por qué tuvo la culpa de que la hospitalizaran? –preguntó Cord, implacable.

Travis lanzó una mirada de disculpa a Maggie, que se había quedado pálida e inapetente.

–Le dio una paliza porque se le quemó el tocino –explicó–. No era la primera vez, pero fue cuando ella lo confesó. La obligué a que se lo dijera a la policía, y su marido fue detenido y acusado de malos tratos. Evans lo negó, por supuesto, y después pidió disculpas a Dana e intentó que volviera con él –añadió con enojo–. Pero yo no estaba dispuesto a consentirlo. Los hombres que maltratan a las mujeres no saben parar. La llevé a un buen abogado y la convencimos de que pidiera el divorcio. Ni siquiera quiso aceptar la compensación económica. Era tan buena persona... –dejó la cuchara en el plato con dolorosa lentitud–. Dos meses después, sufrió una apoplejía que le dejó medio cuerpo paralizado. Dijeron que podía ser efecto de las palizas, pero nadie pudo demostrarlo. Evans tenía un abogado excelente.

A Cord se le hizo un nudo en el estómago. ¿Cómo habría sido el matrimonio de Maggie con aquel hombre? Se la quedó mirando con enojo contenido. Ella nunca le había contado nada de todo aquello, y no había duda de que lo sabía.

–Lo siento –le dijo Maggie a Travis de forma inesperada–. Sé que todavía sigue en la residencia de ancianos.

La inspiración de Travis fue audible.

–¿Ah, sí?

Maggie asintió.

–Cuando mi marido... murió –estuvo a punto de atragantarse con la palabra–, hice que dividieran sus propiedades entre sus dos exesposas. Había de sobra para mantener a Dana con desahogo durante el resto de su vida, incluso para contratar a los mejores especialistas en el tratamiento de la apoplejía. No sé si sabrá que ahora puede hablar, y que está recuperando otras funciones, como leer y escribir. No sé si se acordará de usted, pero le agradará recibir visitas. No tiene familia.

Cord estaba atónito.

–¿Vas a verla? –le preguntó.

–A menudo. Con lo que quedó después de repartir las propiedades de Bart, fundé un programa para esposas maltratadas que subvenciona su educación o el aprendizaje de un oficio.

–Madre del amor hermoso –dijo Travis, y miró a Maggie con afecto–. Es usted extraordinaria, señorita Barton. Extraordinaria.

–Pensé que era una manera de reparar lo que hizo. Quizá no fuera mala persona al comienzo de su vida. Tenía un problema con el alcohol que no quería reconocer –se encogió de hombros–. Después, se convirtió en un problema de drogas que tampoco quería reconocer. Era autodestructivo.

–Era un asesino en potencia –afirmó Cord con frialdad, sin saber cuánto se había acercado a la verdad. Maggie no lo miró; no podía correr el riesgo de revelar lo acertada que había sido su suposición.

–Lo era –corroboró Travis–. Dana me dijo que su primera esposa se quedó paralítica de una herida que sufrió en la cadera. Se marchó del estado para alejarse de él.

–La encontré en Florida –sonrió Maggie–. Estaba trabajando en un hogar de ancianos y entrenando a un equipo de béisbol de la tercera edad. No puede correr, pero sí batear –miró a Cord con timidez–. Está empleando su parte del dinero para fundar un campamento de béisbol para jubilados. Creo que tiene a un exvicepresidente y a dos exgobernadores en el mismo equipo.

Todos rieron, pero Cord veía a Maggie con otros ojos. Era una faceta que nunca le había revelado; realizaba buenas obras sin que nadie lo supiera.

–Sufrió mucho, como la pobre Dana, y se merecía algo bueno en la vida –dijo Travis, mirando a Maggie con interés–. Pero usted no se quedó con nada. ¿Por qué?

Maggie elevó su taza de café con manos rígidas y tomó un sorbo.

–No quería nada de él.

–Entonces, también debe de tener malos recuerdos –dedujo Travis con los ojos entornados.

Maggie no contestó; tampoco lo miró, pero le temblaron los dedos al dejar la taza en el plato. Cord sintió un estallido en su interior. Arrojó la servilleta sobre la mesa, se puso en pie y tiró de Maggie.

–Ya tomarás después la tarta de cerezas. Quiero hablar contigo –y se despidió de June y de su padre con una leve inclinación de cabeza, antes de conducirla a su despacho. Cerró la puerta y la miró con enojo–. ¿Por qué siempre tengo que enterarme de todo por terceras personas? –inquirió–. ¿No pudiste decirme que esa rata te maltrataba? Habría fregado el suelo con él.

–¿Cuándo? ¿Cuando estabas en África? –le espetó Maggie–. ¿En Oriente Medio? ¿En Centroamérica? ¿Y cómo habría podido localizarte? ¿Y por qué habrías querido escucharme? ¡Me odiabas!

Eran preguntas dolorosas. Los remordimientos lo habían impulsado a huir del país después del funeral de Amy; ni siquiera podía mirar a Maggie a los ojos cuando recordaba lo ocurrido entre ellos. Se dio la vuelta y hundió las manos en los bolsillos.

–Eb podría haberme localizado –dijo en tono sumiso.

–Puedo resolver mis problemas yo sola, Cord, tanto si lo crees como si no –se sentó en el brazo de un sillón de cuero–. Ya había puesto en marcha la petición de divorcio cuando Bart... se estrelló. Lo hice desde el hospital... –se interrumpió, pero fue demasiado tarde. Vio el fulgor de su mirada.

–¿Desde el hospital?

–Está bien, fui su tercera víctima, pero solo en aquella ocasión –añadió con firmeza–. Y supo en cuanto lo hizo que se lo haría pagar. Se lo dije antes incluso de que llegara la ambulancia –Maggie tenía una expresión extraña, llena de odio e indignación–. Llamé a mi abogado y a la policía, en ese orden, y le dejé un recado a Eb –confesó, y bajó la mirada.

–¿Por qué a Eb y no a mí? –replicó Cord, irritado.

Porque Eb habría sabido cómo localizar a Cord, y Maggie deseó tenerlo a su lado en aquel momento, para poder compartir el dolor y la ira con él. Pero Eb tardó un tiempo en contestar a su llamada y, para entonces, ella ya había recobrado la sensatez. Se limitó a decirle que había sufrido un accidente y que no quería que se lo dijera a Cord porque carecía de importancia. Mintió más que habló, como estaba haciendo en aquellos momentos. Estaba harta de tantos embustes, pero no quería que Cord averiguara la verdad. No serviría de nada, salvo para herirlo.

–Bart tenía miedo de ti –recordó en voz baja–. Creo que fue por eso por lo que salió huyendo. Subió al coche y salió disparado en cuanto llegó la ambulancia. Había estado bebiendo. Se estrelló contra un poste de teléfono a ciento cuarenta kilómetros por hora. Murió al instante.

–Y no fue una gran pérdida –añadió Cord con aspereza–. En todo este tiempo, jamás has dicho una palabra –le reprochó, acercándose.

–El pasado, pasado está, Cord –repuso Maggie mientras recorría su semblante con la mirada como si lo acariciara–. Ya has sufrido bastantes tragedias tú solo, sin que tengas que cargar con mis problemas. No somos parientes.

Aquello dolía, dolía mucho. Estaba imaginando a Maggie de rodillas, apaleada por un borracho, lo bastante herida como para ingresar en el hospital y sin nadie que pudiera protegerla. Deseó con todas sus fuerzas poder retroceder en el tiempo y ser menos egoísta. Si se hubiera quedado en Houston, en lugar de salir corriendo para lamerse las heridas, Maggie no habría tenido que sufrir tanto. Le había fallado, y no era la primera vez.

–Has vivido un infierno –murmuró Cord con voz triste–. Y tengo la sensación de que no conozco de la misa la media –el rubor de Maggie le indicó que había acertado, y se preguntó qué otros sucesos terribles estaría escondiendo–. No te fías de mí lo bastante para confiarme tus secretos, ¿verdad?

–Ya tienes bastantes tú solo. Yo no cuento los míos –se puso en pie–. Quiero mi tarta de cerezas.

La agarró de la cintura justo cuando pasaba junto a él.

–Todavía no. Evans debió de tener un motivo para pegarte, por muy borracho que estuviera. ¿Cuál fue?

A Maggie se le desbocó el corazón. Recordó el rostro furioso de Bart cuando comprendió que Cord era el responsable de su situación. Estaba indignado, furioso, decidido a matarla. Bart la amenazó y le aseguró que jamás lo deshonraría. ¡Pensaba eliminar el problema! Y la golpeó una y otra vez, hasta que ella se precipitó por la barandilla de la escalera y cayó sobre una mesa de mármol. Maggie peleó, aunque no le sirvió de nada. Cuando chocó contra la mesa y la rompió, y sintió el intenso dolor en su vientre supo lo que Bart había hecho. Le gritó y lo amenazó, anunciándole lo que Cord le haría cuando se enterara. No estaba tan ebrio como para no recordar quién era Cord y cómo se ganaba la vida. Bart logró marcar el número de emergencias y esperó a que llegara la ambulancia antes de subirse a su lujoso coche y salir precipitadamente de la ciudad.

La huida acabó con él; pero Maggie tenía su propia pérdida que afrontar.

–Cualquiera diría que los recuerdos te estuvieran matando –comentó Cord, y la devolvió al presente. Se acercó más a ella–. Háblame. Cuéntame.

Lo miró con ojos tristes y movió la cabeza.

–Ya pasó.

Cord movió despacio los dedos por el costado de Maggie y observó su reacción.

–Te gusta que te toque –murmuró en voz baja–. No sé cómo no me he dado cuenta antes. Quizá no quisiera darme cuenta.

Maggie intentó apartarse, pero fue en vano.

–Muy pronto me iré al extranjero –le recordó, pero detestaba el jadeo de su voz–. No tendrás que volver a darte cuenta de nada.

–Me quedaré completamente solo –dijo él con solemnidad–. Y tú también.

–Siempre he estado sola –replicó Maggie con voz ronca–. Suéltame.

Cord atrapó las manos que le oprimían el pecho y las colocó en torno a su propio cuello. Maggie se estremeció e intentó apartarse, pero Cord la rodeó con los brazos y la mantuvo cautiva.

–No, no estás sola –dijo con suavidad–. Ya va siendo hora de que los dos aceptemos lo nuestro.

–¡Yo no quiero aceptar nada! –exclamó Maggie con pánico en la mirada–. ¡Solo quiero que me sueltes!

Cord frunció el ceño, plenamente consciente de su erección y de que Maggie podía sentirla e intentaba apartarse.

–Te doy miedo –susurró, conmocionado. Ella se mordió el labio inferior.

–A esta distancia, me da miedo cualquier hombre y, sobre todo, tú –balbució con lágrimas en los ojos–. Por favor, suéltame.

Cord dejó que se apartara hasta una distancia decente, pero no la desasió del todo.

–Es imposible que la noche que estuvimos juntos te haya traumatizado tanto –dijo, pensando en voz alta–. Porque siempre has usado ropa que camuflaba tu figura. Te vistes como una anciana para meterte en la cama. Ni siquiera coqueteas... salvo aquella noche que salimos juntos a cenar y nos encontramos con Eb Scott, y tan solo lo hiciste para irritarme.

–Nunca comprendí por qué me invitaste a salir. Acababas de regresar al país.

–Fue un impulso –dijo con suavidad. Alargó el brazo y acercó la mano a la mejilla de Maggie para acariciarla–. Quería saber si el matrimonio te había cambiado. Y así era, pero no como esperaba. Estabas aún más tensa y nerviosa que antes. Ahora entiendo por qué.

–No, no lo entiendes –dijo Maggie con brusquedad, mirándolo a los ojos.

Cord se inclinó hacia delante y acercó los labios a los párpados de ella, obligándola a cerrarlos. Maggie se estremeció un poco y, después, se relajó y se dejó abrazar. Cord le besó las cejas, deslizando la lengua con suavidad sobre ellas, las mejillas, la nariz, y de nuevo los ojos.

Era la caricia más tierna que Maggie había recibido en toda su vida. La dejó sumisa aun cuando no se le pasaba por la cabeza someterse.

Cord le acarició la espalda y enredó los dedos en su espesa melena.

–Me encanta el pelo largo –susurró junto a su sien–. Y lo sabes.

Ella cerró los dedos en torno a los cabellos cortos de Cord, que estaban frescos al tacto. La abrasaba un ansia insatisfecha que no había sentido desde hacía años, en concreto, desde la noche de la muerte de Amy, cuando Cord empezó a tocarla y ella vibró de placer.

El recuerdo la hizo vacilar y volvió a ponerse rígida. Él alzó la cabeza para contemplar su mirada asustada.

–Estaba bebido –dijo con mucha suavidad, como si

le hubiera leído el pensamiento–. Ningún hombre debería tocar jamás a una mujer en ese estado. No fui violento contigo, pero te hice daño de todas formas, porque estaba fuera de control.

Maggie lo miraba con ojos muy abiertos, inseguros y curiosos.

–No lo entiendes –murmuró Cord–. El hombre debe controlar su deseo el tiempo necesario para excitar a su compañera –dijo con suavidad–. Las mujeres tardan más tiempo en encenderse, sobre todo, cuando es su primera vez.

Maggie se sonrojó un poco, pero no bajó la mirada.

–Tu cuerpo no me rechazó, pero estabas tensa y avergonzada y yo fui demasiado deprisa –dijo con el ceño fruncido–. Recuerdo haber pensado lo extraño que me resultaba que tu cuerpo no me pareciera virginal pero tus reacciones, sí.

Maggie cerró los ojos y aborreció su pasado. Ignoraba que un hombre pudiera adivinar esas cosas. Cord, por su parte, la miraba con creciente sospecha. Una mujer de la que hubieran abusado sexualmente de niña... Le levantó la barbilla y clavó su mirada candente en los labios de Maggie.

–Debí hacer esto hace años –murmuró mientras se inclinaba–. Te besé aquella noche, pero nuestras bocas apenas se rozaron. Esta vez –susurró con voz ronca–, voy a hacer mucho más...

Maggie esperó, casi sin aliento, a que Cord cambiara de idea de improviso, a que se oyera un portazo o a que cualquier incidente disipara la nebulosa de sensualidad en la que la había envuelto con sus caricias.

No pasó nada, y Cord unió su boca firme a los labios entreabiertos de Maggie. Fue como ninguna otra vez. Sintió la textura de los labios de Cord mientras los deslizaba despacio sobre los de ella, saboreando, atormentando. Era como si estuviera haciendo un esbozo de su boca con un delicado pincel de arena. Maggie se quedó muy quieta mientras él la seducía con caricias hábiles y pausadas.

Maggie sintió el roce del pulgar de Cord en la comisura de los labios, palpando su suavidad mientras la besaba, disfrutando de su textura, de su lenta reacción. Le mordisqueó el labio inferior y sonrió cuando ella se acercó a él por primera vez.

–Eso es –susurró. Los labios de Cord se abrieron paso entre los de ella y vaciló entre pequeños jadeos–. Ábrelos, pequeña –susurró–. Ábrelos y déjame entrar...

Las palabras, desconocidas, graves y sensuales, provocaron en ella una reacción inesperada. Sintió una oleada de calor por todo el cuerpo, y la bajada de todas sus defensas. Arqueó la espalda para acercarse a él y abrió los labios.

Maggie sintió cómo él la apretaba contra sus caderas; notó la erección de Cord, pero no protestó. Resultaba embriagador sentir su deseo, saborear el calor y el poder de su boca mientras él exploraba la de ella en profundidad. Ni siquiera al comienzo de aquella noche terrible habían compartido aquellas caricias lentas y seductoras que le hacían desear sentir las manos de Cord en su piel desnuda. La intensidad de su propio anhelo la asombraba. Nunca había conocido el deseo, salvo por pequeños y contados momentos con Cord. Aquello era una incursión en el mundo de los sentidos, un lento banquete de sabores y roces.

Ni siquiera se había dado cuenta de que tenía los dedos en el borde de la camisa de Cord, ni de que él se la estaba levantando para incitarla a deslizar los dedos por debajo. Maggie corrió a acariciarle el pecho; Cord profirió una exclamación cuando ella enterró los dedos en su vello y se apartó, insegura.

Cord tenía el rostro crispado, los pómulos sonrojados, los labios henchidos tras el contacto largo e íntimo con los de ella.

–Me gusta –le dijo a Maggie con voz ronca–. Espera

–se sacó la camisa por encima de la cabeza y la soltó. Ni siquiera se molestó en mirar dónde aterrizaba antes de volver a colocar las manos de Maggie sobre su cuerpo y guiarlas por su piel. Cord vibraba, se estremecía, con aquel juego amoroso casi inocente–. No tengas miedo –susurró cuando volvió a inclinarse hacia su boca–. Me cortaría el brazo antes de volver a hacerte daño.

Maggie percibía aquella verdad en la ternura de sus caricias, en el roce exquisito de sus labios sobre los de ella. Cedió a las sensaciones negándose a pensar en el pasado o en el futuro. Aunque fuera lo único que llegara a disfrutar, disfrutaría de aquello. Se puso de puntillas y unió sus caderas a las de él. Cord gimió con aspereza y se inclinó para levantarla en brazos.

La condujo al diván y la depositó con cuidado sobre él. Se tumbó a su lado y, con los labios debajo de la camiseta de Maggie, fue desabrochando botones y cierres. Ella notó cómo se estremecía levemente al deslizar los labios sobre la piel suave de su pecho. Pero justo cuando retiraba el sujetador, Maggie experimentó una punzada de miedo y retuvo la prenda sobre su pecho.

Cord no estaba enfadado; se limitó a sonreír. Volvió a inclinarse, abrió los labios y los deslizó sobre la suave piel que sobresalía por encima del borde del sujetador. Ella contuvo el aliento cuando sintió su lengua allí.

Había algo que ella debía hacer; no lograba recordar lo que era. Los labios de Cord siguieron invadiendo su pecho y ella arqueó la espalda y apartó la tela. ¡Era una sensación tan deliciosa...! Quería que cubriera con su boca la minúscula punta dura que ansiaba la caricia. Quería que la besara...

Oyó la risa de Cord junto a su pecho. Maggie no se había dado cuenta de que había hablado en voz alta, ni que su repentina debilidad acrecentaba la fuerza y virilidad de Cord.

–Haces que me sienta como un gigante –susurró junto a su piel. Deslizó la mano por sus costillas, notando el movimiento ondulatorio de su cuerpo. Ella gimió de pura frustración, fuera de sí en su único propósito de perseguir placer. Con su pasado, resultaba impensable.

Cord alzó la cabeza y la miró a los ojos.

–¿Quieres que te acaricie con la lengua? –susurró con sensualidad.

–¡Sí! –gimió ella, olvidándose del orgullo y del bochorno, mientras se retorcía de anhelo–. Cord, por favor...

–Haría cualquier cosa por ti –susurró él con voz ronca–. ¡Cualquier cosa!

Se inclinó sobre ella y le quitó el sujetador de las manos para arrojarlo al suelo junto a la camiseta y al chaleco. Cord tenía el rostro tenso de placer, de ansia. Acarició su seno firme y bonito con su pequeña corona rosada como si lo fascinara. Después, se inclinó con un leve gemido y lo cubrió con ternura con los labios.

Oyó el gemido impotente de placer de Maggie cuando empezó a lamerla, moviendo la lengua con fuerza sobre el pezón, y la presión áspera le arrancó una pequeña exclamación gutural de sorpresa. Ella elevaba el cuerpo hacia él para retenerlo, para tentarlo.

–¿Te gusta? –preguntó Cord con voz ronca.

–Sí... Sí... –apretó los labios contra la garganta de Cord para saborear su piel en candente silencio–. Por favor... No pares...

–No sé si podría –rio con aspereza, y volvió a inclinarse sobre ella.

Cuando por fin volvió a unir su boca a la de Maggie, ella lo recibió con avidez, atrayéndolo con los brazos. Cord estaba perdido. Se movía con brusquedad entre las piernas envueltas en vaqueros de Maggie, dominado por el deseo. Ella se estremecía, gemía y se aferraba a él mientras la besaba. Solo un poco más, solo un poco más...

Notó el cuerpo de Maggie moviéndose contra el suyo y comprendió casi demasiado tarde lo que ocurría. Gimió y se apartó de ella con brusquedad. Se sentó en el diván y se inclinó hacia adelante, con la cabeza entre las manos. Se estremecía una y otra vez con fiero dolor.

Maggie se incorporó también, y sus senos desnudos le rozaron la espalda.

–Cord –susurró, aturdida.

–¡No me toques! –estalló Cord, y la apartó justo a tiempo. Se puso en pie a duras penas, todavía temblando, se dirigió al mueble bar situado detrás del escritorio y se sirvió un whisky con manos trémulas.

Maggie se estaba vistiendo a toda prisa, horrorizada y asqueada de su propio comportamiento. Oía las voces de su pasado, acusaciones, susurros, exclamaciones de desagrado. Era igual que una cualquiera; les había oído decirlo, susurrarlo. ¡Y a su edad!

Se puso en pie con los ojos muy abiertos, temblando. Corrió hacia la puerta y salió mientras Cord seguía intentando sobreponerse.

Se había dejado el bolso, pero no importaba, no pensaba volver por él. Salió por la puerta y se sentó en el porche, rezando para que nadie hubiese visto ni oído lo ocurrido en el despacho de Cord. ¿Cómo podría volver a mirarlo a la cara? Deseaba morir.

En aquel momento, la puerta principal se abrió y Cord salió al porche. Se detuvo al verla sentada en el balancín, abrazándose con fuerza. Ella contempló sus piernas largas y poderosas, y las lustrosas botas de cuero negro. No alzó la vista; no podía. Estaba demasiado avergonzada. Cord ya tenía un buen motivo para odiarla.

# 5

Pero el desagrado que Maggie había esperado oír no llegó. Cord se sentó a su lado y le pasó un brazo por detrás, sobre el respaldo del balancín. Se la quedó mirando hasta que ella elevó su rostro avergonzado y lo observó. No parecía enfadado ni asqueado, sino silencioso, curioso. Amable.

–Tenemos que charlar largo y tendido sobre los peligros de unas caricias intensas –dijo con una leve sonrisa. Ella se ruborizó hasta las orejas y volvió a bajar la vista–. Maggie, no has cometido ningún pecado capital –dijo con suavidad–. ¿Te importaría dejar de mirarme con esa cara de perrito apaleado?

Maggie no reparó en las lágrimas que le caían por las mejillas hasta que no oyó la exclamación de sorpresa de Cord y sintió sus brazos rodeándola y trasladándola a su regazo. La sostuvo con suavidad, acariciándole el pelo, hasta que los sollozos remitieron.

–No tengo pañuelo –comentó Cord con pesar, y utilizó los dedos para desprender las últimas lágrimas de las pestañas de Maggie.

–Yo tampoco –Maggie hurgó en su bolsillo y encontró una toallita de papel que se había guardado después de usarla para secarse las manos. ¡Qué previsora!, pensó con desconsuelo mientras se sonaba la nariz.

Cord puso el balancín en movimiento sin dejar de abrazarla y movió la cabeza mientras contemplaba el ganado de pelo rojizo que pastaba en sus praderas.

–No sé cómo pude pensar que tenías experiencia –declaró.

–¡Mi vida privada no es de tu incumbencia!

–Entonces, ¿por qué dejaste que te quitara el sujetador? –le preguntó Cord en tono razonable.

Maggie le golpeó el pecho con su pequeño puño. Cord lo atrapó, riendo, y lo abrió para retener la mano de Maggie sobre su camisa. Se estiró y suspiró, con el semblante más relajado que ella le había visto nunca.

–Tengo que volver a la ciudad –dijo Maggie con voz tensa.

–Todavía no has tomado el postre. Disfrutarás de la tarta de cerezas y el helado de vainilla casero cuando tus ojos recuperen la normalidad.

Sabía a qué se refería; debían de estar hinchados y enrojecidos, como siempre que lloraba.

Cord se estaba haciendo una imagen de Maggie que no se parecía en nada a la mujer que creía conocer. Había algo sexual en su pasado, un recuerdo desagradable y remoto, quizá de su infancia. Si había vivido dos años con un padrastro, solo Dios sabía lo que habría sufrido.

–¿Todavía montas a caballo? –preguntó Cord con voz pausada.

–Hace años que no.

Cord deslizó los dedos por las uñas largas y rosadas de Maggie.

–Has suavizado tus gustos, ¿no? –murmuró en tono distraído–. Siempre te pintabas las uñas de rojo.

–El rosa dura más –contestó.

–Podrías volver mañana –prosiguió Cord–. Daremos un paseo a caballo.

Maggie se preguntó si no le convendría más escapar al tercer mundo con una ONG. Resultaba más fácil estar con Cord cuando la odiaba. De pronto, debía elegir entre volver a huir o entablar una relación sexual con él. No estaba preparada para eso, quizá nunca lo estaría.

Cord se percató de su silencio y de su expresión preocupada. La obligó a mirarlo.

–No voy a seducirte –le dijo–. Te lo prometo.

A Maggie le tembló el labio, y bajó la vista al cuello de la camisa de Cord. Él la estrechó entre sus brazos y apoyó la mejilla en el pelo suave de su sien mientras seguían meciéndose en el balancín, al compás del ruido metálico de las cadenas. El ganado mugía a lo lejos, y oyó ladrar a unos perros... seguramente, los de su vecino más próximo; ladraban por cualquier cosa. El sonido resultaba extrañamente reconfortante al atardecer. También se oía el canto de los grillos y los pájaros, y la fragancia de la madreselva y del jazmín impregnaba el aire húmedo de la noche.

–Tienes luciérnagas por todas partes –murmuró Maggie, observando cómo lanzaban destellos verdes mientras revoloteaban entre las flores y los árboles cercanos al porche.

–Solías cazarlas y meterlas en frascos con agujeros en la tapa.

–Y Amy me obligaba a liberarlas –rio Maggie con suavidad–. No soportaba ver a nadie en cautividad, ni siquiera un insecto. Pero eran bonitas.

–Son más bonitas cuando vuelan –la regañó Cord.

Maggie cerró los dedos en torno a la tela suave de su camisa. Era incapaz de resistirse cuando la abrazaba. Lo lamentaría, se dijo, pero lo único que lograba sentir era pura felicidad.

–Podríamos dar un paseo a caballo mañana –repitió Cord. Ella vaciló.

–Tengo muchos papeles que revisar –dijo por fin–. Pero gracias de todos modos.

Cord alzó la cabeza y la miró a los ojos.

–Vas a dar un enorme paso atrás y rehusar cualquier invitación que te haga de ahora en adelante –adivinó con precisión–. Después, abandonarás el país lo antes posible para no sufrir otro lapsus de autodominio conmigo. ¿Lo he resumido bien?

–Sí –confesó ella, porque a aquellas alturas era absurdo mentir. Cord le acarició el pequeño lóbulo de la oreja.

–Huir no es la respuesta.

–No pienso ser tu amante –replicó Maggie con aspereza–. Por si acaso se te había pasado por la cabeza.

–No, no se me había ocurrido –dijo Cord con idéntica sinceridad. La miraba con rostro solemne–. Nunca debí tocarte estando borracho. Me descompongo cuando pienso en el daño que te hice aquella noche.

Maggie enarcó las cejas. No esperaba lamentaciones, y menos de él.

Cord nunca se había comportado como si se arrepintiera; de hecho, la había culpado a ella por el sórdido incidente.

–Sí, lo sé, te eché la culpa –dijo al ver su expresión–. Me detestaba a mí mismo. Ni siquiera me atrevía a pensar en lo que había hecho, y menos a alguien que siempre me había dado afecto y consuelo.

–No lo habías dicho nunca.

–¿Cómo iba a hacerlo? –se encogió de hombros–. El orgullo es el principal obstáculo para una disculpa, y tenía a manos llenas. Fue duro ser un niño español en una ciudad norteamericana. Al principio, no encajaba en ningún lado.

–No lo recuerdo así.

–Tú ni siquiera te diste cuenta de que era extranjero –replicó Cord–. Te erigiste en mi protectora el primer día que estuvimos juntos. Dominabas el español incluso a los ocho años; nunca me dijiste dónde lo habías aprendido.

–Me enseñó mi madre –dijo Maggie–. Su madre era de Sonora, México. Y su abuela luchó con los rebeldes de Pancho Villa durante la revolución mexicana. Mamá tenía una fotografía de su abuela envuelta en cintos de munición y sosteniendo una carabina.

–Uno de los tíos abuelos de mi padre luchó con Villa –dijo Cord, gratamente sorprendido–. Su hijo todavía cría toros de lidia. Vive en el norte de Málaga, en Andalucía. Es tío abuelo mío.

–Nunca imaginé lo difícil que debió ser para ti vivir aquí al principio –reflexionó Maggie.

–Lamentaba no haber muerto con mis padres en ese incendio –recordó Cord–. No tenía a nadie en España que pudiera hacerse responsable de mí y, como mi madre era ciudadana norteamericana, no podían deportarme. Acabé donde tú, en el centro de acogida de menores. Estaba sumido en el dolor y la ira por mi destino, odiaba a Dios y a todo el mundo –la miró a los ojos con atención–. Entonces Amy me llevó a su casa y allí estaba una silenciosa niña con modales de muchacho que me hablaba en un español hermosísimo cuando me negaba a contestar en inglés –sonrió–. Hacías que me sintiera en casa, dondequiera que estuvieras. Cuando me metí en líos de drogas, permaneciste sentada a mi lado, sosteniéndome la mano y prometiéndome que todo saldría bien. Se reían de mí por eso. Un tipo alto y fuerte como yo a los dieciocho recibiendo consuelo de una nena de diez años.

–Era madura para mi edad.

–Y sigues siéndolo –le dio la mano y le apretó los dedos con fuerza–. Tú y yo tenemos un vínculo común. Siempre lo he sabido, aunque me molestara e intentara fingir que no existía –la miró a los ojos–. Ya no puedo seguir fingiendo. Después de lo que acaba de ocurrir entre nosotros.

Maggie se desasió y se puso en pie de golpe, respirando con dificultad.

–Por favor, no quiero... No puedo hacer eso.

Cord se colocó frente a ella. El ocaso era espectacular, un estallido de tonos rojos, dorados y anaranjados, pero Maggie no lo estaba mirando.

–No voy a pedirte nada –le dijo Cord con suavidad–. Sé que tienes miedo, y no voy a acorralarte. Podemos ser amigos, si eso es lo único que quieres. Antes, fui sincero contigo –dijo con voz grave, ronca; sus ojos oscuros casi resplandecían de emoción–. Te daría lo que tú quisieras, Maggie. Cualquier cosa.

Maggie se estremeció, al igual que la primera vez que se lo había oído decir. Incluso en aquellos momentos, Cord hablaba con una ternura infinita. Pero era demasiado pronto. Se volvió hacia la puerta principal.

–Quiero mi trozo de tarta.

–Un segundo –la acercó a la luz de la ventana y le miró los ojos. Sonrió y le tocó los labios con suavidad–. Estás bien. No querría que los Travis pensaran que te he hecho llorar, aunque haya sido así.

–Cuando me empujaste, pensé que te desagradaba mi comportamiento –balbució Maggie–. Me sentí... sucia.

Cord cerró los ojos y maldijo en silencio.

–¡Jamás! –exclamó con aspereza, y la miró lleno de pesar–. Solo intentaba ahorrarte otra experiencia traumática –le dijo con sinceridad–. Es demasiado pronto para esa clase de intimidad, y no solo para ti, para mí también. Somos personas distintas. Me quedé de piedra al enterarme de los malos tratos de tu marido y me avergoncé de la manera en que me había comportado contigo. La situación se me fue de las manos –se encogió de hombros–. Te besé y no pude parar –sus ojos se oscurecieron y bajó la mirada, como si le diera vergüenza reconocerlo–. Te aparté antes de poder cometer otro error estúpido que no pudiera deshacer.

–Ah –dijo Maggie, sorprendida–. ¿Fue por eso?

–Fue por eso, Maggie –la miró a los ojos–. ¿Creías que me desagradabas? Qué risa. Creí morirme cuando te solté. Nunca... –se interrumpió y le dio la espalda.

–¿Nunca? –lo apremió poniéndole una mano en el brazo. Cord levantó la cabeza, pero no la miró.

–Nunca había deseado tanto a una mujer.

Maggie lo soltó, pero sus palabras resonaron en su cabeza. No era desagrado, sino deseo lo que Cord sentía. Deseo incontenible. Ella también había sucumbido a él.

Fueron educados y cordiales el uno con el otro mientras tomaban la tarta y el café, pero los dos se habían encerrado en sí mismos. Eludieron tocar cualquier tema personal. Sonrieron, charlaron y después, Cord llevó a Maggie de regreso a su hotel. A pesar de las protestas de ella, la acompañó hasta su habitación.

–Es demasiado tarde para que vagues sola por los pasillos de un hotel –le dijo cuando se detuvieron ante su puerta–. Puede que llegue con varios años de retraso, pero voy a cuidar mejor de ti.

Ella le lanzó una mirada curiosa.

–No te molestes –le dijo–. Solo me quedaré en Houston hasta que encuentre el trabajo que busco.

–Y después, ¿adiós para siempre? –preguntó Cord con semblante severo. Maggie no podía mirarlo y decir que sí.

–Cuanto más lejos estemos el uno del otro, mejor. Mi presencia solo serviría para envenenarte la vida. Ninguno de los dos está pensando en algo permanente, y a mí ni siquiera se me pasa por la cabeza entablar una relación pasajera. No estoy hecha para aventuras fugaces y apasionadas.

–Será una broma –rio Cord–. Tú, teniendo una aventura con alguien, ni siquiera si ese alguien soy yo.

Ella lo miró a los ojos, curiosa, con la tarjeta magnética insertada en la ranura de su puerta.

–¿Por qué?

–Tienes más inhibiciones de las que te imaginas –dijo con suavidad. Movió la cabeza–. Necesitarás un hombre paciente para superarlas todas.

–Una cualidad que nadie te achacaría jamás –replicó con dulzura. Cord frunció los labios.

–No sé... Pensé que lo estaba haciendo bastante bien hace un rato.

Maggie captó el sentido de sus palabras y le lanzó una mirada furibunda. Cord sonreía de oreja a oreja, el maldito. Por primera vez desde que ella tenía uso de razón, la miró de arriba abajo con patente sensualidad.

–Tienes un cuerpo precioso –le dijo–. Eres esbelta, pero tus senos son perfectos...

–¡Deja de hablar de mis senos! –exclamó, y cruzó los brazos para protegerse.

–Es mejor que hacer lo que estoy pensando –repuso sin dejar de mirarlos con los labios fruncidos. Maggie sintió un calor fulminante como un rayo y se ruborizó–. Ya veo que sabes de qué estoy hablando –añadió Cord.

–¡Eso no es cierto!

Cord bajó la mirada a sus labios.

–Me encantaría darte un beso de buenas noches, Maggie –dijo en un tono de voz que le produjo un hormigueo en los dedos de los pies–. Pero dudo que saliera de tu cuarto si lo hiciera.

Maggie no lograba idear una respuesta ingeniosa. Cord la desarmaba cuando le hablaba en aquel tono sedoso y suave, y él lo sabía. La miró a los ojos, y la sonrisa se extinguió.

–No te abordaré por sorpresa ni te presionaré. Pero te deseo.

–Ya te he dicho...

–Y es recíproco. Podrás hacerme tuyo cuando quieras –prosiguió, como si ella no hubiese hablado. Tenía una mirada implacable, sensual–. Donde quieras: en la cama, en el suelo, contra una pared, no me importa. Pero la decisión será tuya y el cómo también. A partir de ahora, ni siquiera te tocaré a no ser que tú me lo pidas –añadió en voz baja.

–No... No te entiendo –tartamudeó. Él alargó el brazo y le acarició la mejilla.

–He trabajado muchos años como defensor de la ley. Reconozco a una niña violada cuando la veo –dijo con brusquedad–. Aunque haya tardado años en darme cuenta.

Maggie retrocedió.

–No hagas eso –dijo Cord con aspereza–. No es nada de lo que debas avergonzarte. No es culpa tuya.

Las lágrimas le anegaron los ojos. Se estaba mareando. El pasillo empezó a dar vueltas al tiempo que los terribles recuerdos se agolpaban en su mente, atenazándola, aterrorizándola.

–Cord –susurró, y se desmayó a sus pies.

Cuando volvió en sí, yacía en la cama, sobre la colcha. Cord estaba sentado junto a ella, acercándole un vaso de agua a los labios. Estaba pálido a pesar de su tez cetrina.

Maggie alcanzó a tomar un sorbo y se atragantó. Cord dejó el vaso en la mesilla y la ayudó a incorporarse. Le acariciaba el pelo mientras ella luchaba por recuperar el aliento y la cordura.

–Lo siento –dijo Cord–. Debí mantener la boca cerrada.

Maggie tragó saliva; Cord no imaginaba la clase de recuerdos que había resucitado. No eran tan sencillos ni directos como su suposición daba entender. Era normal, las personas hacían conjeturas sin concebir la depravación en la que algunos hombres podían caer en su búsqueda de la buena vida, del dinero rápido.

–No es nada, Cord –dijo con voz débil–. Ha sido una semana muy dura. El *jet lag* me ha afectado con retraso.

Cord la miraba con preocupación; no se lo tragaba.

–¿Por qué no vuelves al rancho conmigo?

–No lo entiendes –le dijo Maggie, moviendo la cabeza–. Todo ocurrió hace mucho tiempo. Ya lo he superado, de verdad.

–Claro que lo has superado, cielo. Por eso te has desmayado.

Parpadeó al oír aquel apelativo cariñoso. Conocía a Cord desde hacía dieciocho años, y a ella nunca le había dirigido ninguno. Lo oyó reír con suavidad.

–¿He descubierto un punto flaco? Tendré que explotarlo.

–No funcionará dos veces seguidas –repuso con firmeza.

–Claro. Cariño –susurró. Maggie se sonrojó y vio cómo a él le brillaba la mirada de puro deleite–. Ya se me ocurrirán otros antes de que nos volvamos a ver. El miércoles o el jueves estaré libre. Puedes escoger la película y el restaurante.

–¿Cord...?

–No voy a tocarte –repitió–. Cena y película, nada más.

–No me atormentes, Cord.

Cord vaciló; daba la impresión de estar atormentada. Tomó una de sus manos y le dio un apretón cariñoso.

–Tienes todo el derecho del mundo a sentirte como te sientes; no te lo reprocho. Pero no me eches por completo de tu vida, Maggie. Hasta podría conformarme con la amistad, si eso es lo único que puedes ofrecerme.

El comentario era sorprendente. Y poco fiable, porque Maggie había percibido su anhelo. Qué ironía que ella lo amara pero no pudiera imaginarse haciéndole el amor, y que él la deseara sin amarla.

–Podríamos volver a ser hermanos de acogida –le dijo.

–¿Como cuando éramos pequeños? –preguntó Cord, sin sonreír. Ella asintió–. Si eso es lo que quieres, de acuerdo –la soltó y se puso en pie–. Pero piénsalo bien, Maggie.

Hay muchas mujeres en el mundo, y a algunas de ellas no les parecería un sacrificio ser mi amante.

El comentario la hirió, como era de esperar. Tomó el vaso de agua y bebió. No dijo nada. Sabía que Cord le estaba dando un ultimátum, pero no pensaba aceptarlo.

–¿No dices nada? –la apremió. Aguardaba con visible impaciencia, mirándola con enojo. La ansiaba solo con mirarla, y Maggie le estaba cerrando la puerta cuando ni siquiera había metido la llave en la cerradura.

–No te preocupes, te he entendido. Me darás la espalda si no estoy dispuesta a acostarme contigo. Hay mujeres haciendo cola, esperando –sonrió–. Qué afortunado.

–Ha sido un golpe bajo –reconoció con la mandíbula apretada.

–Buenas noches, Cord.

Cord salió al pasillo, pero se dio la vuelta casi al instante.

Maggie se había desmayado por culpa de la referencia que había hecho a su pasado. Tenía miedos ocultos. Y allí estaba él, presionándola, cuando había prometido no hacerlo. Era su frustración la que hablaba, no su corazón. La miró atenazado por los remordimientos.

–Soy un mentiroso; hago promesas que no cumplo –se encogió de hombros–. Yo tampoco querría salir conmigo después de lo mal que me he portado esta noche. Pero cierra la puerta con llave, ¿de acuerdo?

–De acuerdo –dijo Maggie, y se levantó para hacer lo que le pedía. Cord se encogió de hombros y echó a andar por el pasillo con las manos en los bolsillos.

Maggie contempló cómo se alejaba. Cuando llegó al ascensor, entró y, justo cuando se disponía a pulsar el botón, la sorprendió observándolo. Vaciló e hizo un pequeño ademán, como si quisiera salir del ascensor y volver con ella.

La idea la asustaba; no estaba preparada para eso. No

podría soportar otro abrazo apasionado aquella noche después de todo lo que Cord había dicho.

Retrocedió al interior de su cuarto y cerró la puerta con fuerza antes de recostarse en ella con el corazón desbocado.

# 6

Maggie durmió poco durante el fin de semana y se presentó el lunes en la oficina con ojos somnolientos. Al ducharse se había vuelto a avergonzar al descubrir en el espejo una señal roja en el pecho, donde Cord la había acariciado. Había otras señales suaves, todas ellas testimonio del tórrido episodio.

Nadie podía ver las señales, por supuesto, pero los recuerdos bastaban para quitarle el sueño. Tras años de fantasías estériles, la realidad era una sorpresa tan grande que apenas podía digerirla.

Cord era un amante maravilloso. Maggie había descubierto lo que se había estado perdiendo y lo que perdería si aceptaba un trabajo en el extranjero.

Pero ¿de qué serviría quedarse allí? No podía esperar nada de él, a pesar de su cambio de actitud. Cord no quería casarse, y ella sí. Le había mentido para proteger su orgullo, pero le habría encantado casarse con él, darle hijos. «Hijos». El dolor la traspasó como un cuchillo. Terminó de vestirse y se negó a seguir pensando en él.

Tenía entrevistas con dos clientes y, por fortuna, fue

lo bastante astuta para convencerlos de que estaba concentrada en su trabajo. A mediodía, Kit la invitó a almorzar; llevaba una cámara fotográfica consigo.

–¿Para qué es eso? –le preguntó.

–Vamos a almorzar en el restaurante contiguo a la agencia en la que trabaja el tipo al que investigamos –le explicó con una sonrisa–. Espero verlo con alguien, cualquiera, a quien podamos fotografiar. Todavía no sabemos muy bien qué contactos tiene.

–¡Buena idea! ¿Sabe tu marido lo que tramas? –se apresuró a añadir.

–No –dijo Kit, y frunció el ceño–. Y ni se te ocurra contárselo. Logan no me entiende, pero este es mi trabajo. Ojos que no ven, corazón que no siente.

Almorzaron en un restaurante con parrilla dos puertas más allá de una oficina de empleo de fachada lujosa.

–¿Estás segura de que es ese el local? –preguntó Maggie entre dientes cuando pasaron delante–. ¡Es muy elegante!

–Pues claro, esa es su tapadera. Y no solo en Texas, también tienen agencias en Florida y en Nueva York –le explicó Kit–. Pero Lassiter dice que las demás son legítimas, una fachada para esta, JobFair, que trata con la multinacional controlada por Gruber que comercia con niños robados.

–Vivimos en un mundo siniestro.

Pidieron la comida y tomaron café mientras esperaban.

–¡Mira, ahí están! –gimió Kit con la mirada clavada en el escaparate–. Se irán antes de que pueda sacar la cámara.

–De eso nada. Sígueme con la cámara, corre –Maggie se levantó, sorteó las mesas y salió a paso rápido a la calle. Dos hombres, uno de corta estatura y medio calvo, el otro alto, moreno y de rostro severo, hablaban en la acera en un idioma que parecía español.

–¡Jake! –exclamó Maggie, y avanzó deprisa hacia el

hombre más alto con una enorme sonrisa–. ¡Cuánto me alegro de verte! Me parecía que eras tú... –dejó la frase en el aire deliberadamente y fingió avergonzarse–. Vaya, lo siento. Lo he confundido con un compañero de trabajo. Perdone.

Se dio la vuelta y se alejó deprisa, rezando para que Kit hubiese obrado con rapidez. Volvió a entrar en el restaurante conteniendo el impulso de volver la cabeza y contemplar la reacción de los hombres.

Kit sonreía de oreja a oreja cuando regresaron a la mesa.

–¡He conseguido la foto! ¡Qué astuta! –exclamó–. Hoy invito yo.

–Ha sido emocionante –dijo Maggie, casi sin aliento–. Puede que haya nacido para detective. ¿Sabes quiénes eran?

–El más bajito es el hombre al que investigamos; se llama Álvaro Adams. Pero creo que el alto es el socio con el que intentamos relacionarlo, el que se ocupa de la trata de niños africanos, Raúl Gruber. Trabaja principalmente desde Madrid, pero tiene contactos en JobFair y creemos que Adams y él son socios de la multinacional. Da miedo pensarlo. Nosotros pasamos toda la información que reunimos a las agencias del gobierno.

–Espero que puedan neutralizar el negocio.

–Nosotros también.

–¿Se fijaron mucho en mí cuando me di la vuelta? –preguntó Maggie, porque el hombre alto le resultaba vagamente familiar.

–Gruber no dejó de mirarte –Kit confirmó sus peores sospechas–. Como si te hubiese reconocido. ¿No es de locos?

A Maggie le dio un vuelco el corazón. ¿No se trataba del hombre que había intentado matar a Cord? Debía confirmarlo. Pero no le dijo nada a Kit; no quería que la mujer de su jefe se apesadumbrara, porque la idea de hacerse la encontradiza había sido de ella. Pero no lograba lamentarlo. Tenía la sensación de estar haciendo algo importante, algo que merecía la pena. Además, había saboreado la emoción del riesgo.

¡No le extrañaba que Cord no pudiera dejar su trabajo!

Pasó el resto de la jornada como en una nebulosa, convencida de que no quería dedicarse el resto de su vida a recomendar inversiones bursátiles. ¿Y si el señor Lassiter necesitara otra empleada?

Pero su acción insensata la preocupaba. Empezaba a comprender lo peligroso que podía llegar a ser Gruber. Si sabía quién era ella y sospechaba que lo estaba espiando, corría un grave peligro. Así que cuando regresó a su hotel, telefoneó al rancho. Cord no estaba, pero dejó recado de que la llamara y se dirigió a su pequeño salón en camiseta y pantalones cortos, descalza, para anotar las últimas cifras bancarias en el portátil.

Pasaron dos horas en un abrir y cerrar de ojos. El timbre insistente de la puerta la sobresaltó. Echó un vistazo por la mirilla y vio a Cord, vestido con vaqueros y botas de diseño, camisa azul, lazo y sombrero de ala ancha. Sorprendida, porque solo le había pedido que le telefoneara, le abrió. Cord la miró de arriba abajo con admiración antes de entrar y cerrar la puerta tras él.

–Quería decirte... –empezó a decir Maggie. Cord se inclinó, la levantó en brazos y la besó con anhelo.

Maggie se olvidó de lo que iba a decir. Dejó que la besara, embrujada por el roce suave de sus labios. No la apremiaba ni se mostraba insistente. La besaba despacio, con delicadeza y suave sensualidad. Maggie se derritió.

Cord alzó la cabeza y la miró a los ojos con una ceja enarcada.

–¿Sí? ¿Qué querías decirme?

Maggie no podía respirar y, mucho menos, pensar.

–Llevas un sombrero de vaquero –señaló.

–Es que soy un vaquero. ¿Qué querías decirme?

–No puedo pensar –rio, avergonzada.

–Me halagas –frunció los labios–. ¿Quieres que lo vuelva a hacer?

Maggie tragó saliva.

–Ahora mismo, no.

–Al menos, resulta prometedor –dijo Cord mientras la dejaba de pie frente a él con suavidad–. ¿Qué hacías?

–Meter datos –señaló su ordenador–. Me olvidé de la hora.

–Es evidente. ¿Qué tal si te ponemos un bonito vestido y salimos a cenar a un asador que conozco?

–El vestido me lo pongo yo –le informó. Cord suspiró.

–Adiós al postre –frunció el ceño–. No es que me importe pero ¿por qué me llamaste?

Maggie se retiró el pelo con ademán nervioso.

–Iba a hablarte del hombre que hemos visto durante el almuerzo, paseando con Álvaro Adams –empezó a decir.

El buen humor de Cord se esfumó. De pronto, se puso terriblemente serio, y ella vislumbró al hombre en que se convertía cuando trabajaba como mercenario.

–¿Cómo conoces a Adams y dónde lo has visto?

–Kit lo reconoció. Lassiter está investigando a qué se dedica. Almorzamos en un restaurante cercano a su lugar de trabajo, esa agencia de colocaciones JobFair –prosiguió; la expresión severa de Cord despertaba su curiosidad–. Había un hombre con él, era alto y moreno y tenía una cicatriz en la boca...

–¡Gruber! –exclamó–. ¿Ya está en Houston? ¡Santo Dios! ¿Te vio?

–Bueno, Kit quería sacarles una foto y estaban a punto de irse, así que lo saludé y simulé haberme confundido de persona. No se dieron cuenta de que se la sacaba –se apresuró a añadir, porque Cord empezaba a asustarla.

–Insensata –dijo entre dientes–. Raúl Gruber es el

hombre que dejó la bomba que casi me mata. No es idiota. Ya debe de saber quién eres y con quién estabas, de modo que tanto tú como la lunática de tu amiga estáis en peligro.

–Debería llamar a Kit –dijo, preocupada.

–Deberías hacer la maleta –replicó Cord con firmeza–. No vas a quedarte aquí sola ahora que Gruber sabe quién eres. Ve a recoger tus cosas, enseguida. No pienso irme sin ti. Kit es la mujer de Logan Deverell, ¿verdad?

–Sí, pero...

–Lo llamaré por teléfono cuando lleguemos al rancho. Pero ahora, haz las maletas. Vas a dejar este hotel ahora mismo.

Maggie vaciló; la estaba arrollando. Era una mujer moderna y no debía ceder sin más. Había docenas de libros escritos sobre hombres como Cord; podría haber leído alguno.

–¿A qué esperas, a que entre una bala por la ventana? –estalló al ver que no se movía–. ¡No pienso discutir contigo! Ese hombre se arriesga a perder millones si lo descubren. Ha matado a niños, por el amor de Dios. No vacilará con una mujer obstinada.

Maggie se puso en jarras y lo miró, iracunda.

–Ahora, escúchame tú a mí...

Estaba demasiado preocupado y exasperado para andarse con delicadezas. La levantó, se la echó al hombro y salió al pasillo. Cerró la puerta mientras ella le aporreaba la espalda y la condujo al ascensor ante las miradas divertidas de otros huéspedes.

–¡Cord! –chilló, avergonzada de estar en pantalones cortos y en aquella postura. Él la tomó en brazos.

–Ya, ya, cariño –dijo con suavidad, e intercambió una mirada de afecto con una pareja de ancianos que bajaba en el ascensor–. Está en estado de buena esperanza –les confió, para horror de Maggie–. Me preocupa incluso que ande.

Maggie quiso decir algo, pero no tuvo ocasión. Ya estaban atravesando el vestíbulo cuando Cord dejó de hablar. Un minuto después, descalza como estaba, la depositó en el asiento del pasajero de su camioneta.

–Subiré a recoger tu ropa y tu ordenador –le dijo, muy satisfecho de sí mismo.

–¡No tienes llave! –mascullò.

–¿Cómo crees que entré el día siguiente de tu llegada al rancho?

–Sinvergüenza.

–A mucha honra –repuso con regocijo–. Soy mercenario profesional. Conozco todo tipo de trucos que tú ignoras. No te muevas de ahí, ahora mismo vengo.

Minutos después estaban en el rancho. Maggie, avergonzada de su aspecto, entró en un bonito dormitorio detrás de Cord, que acarreaba su equipaje y el portátil. Por fortuna, nadie los había visto entrar.

La habitación estaba decorada en tonos rosados y azules, y disponía de una cama con dosel.

–Vaya –murmuró–. El que decoró esto era amante de los encajes, ¿eh?

Cord se dio la vuelta.

–Yo la decoré –Maggie se preguntó para quién, porque había comprado el rancho tras la muerte de Patricia–. ¿A quién le gustan los muebles de estilo provenzal y las cortinas Priscilla? –inquirió con paciencia.

–A mí –farfulló Maggie–. Pero... ¿por qué querrías decorar una habitación para mí?

–Demencia pasajera –murmuró–. El viernes iré al psiquiatra a que me examine.

Maggie no podía dejar de mirarlo.

–¿De verdad has hecho esto por mí? –tartamudeó, incrédula.

–¿Por qué te sorprendes tanto? –se acercó y le puso las manos en los hombros–. Ya te lo he dicho, eres una parte muy importante de mi vida. Siempre pensé que acabarías pasando la noche en el rancho, aunque solo fuera los fines de semana.

–Nunca dijiste nada –contestó con tristeza–. Ni siquiera lo insinuaste.

–Me cuesta dejar que la gente se acerque a mí –confesó a regañadientes, sin poder mirarla a los ojos–. Perdí a mis padres, a mi esposa, a Amy... No tengo un buen historial de... afecto.

Iba a decir amor, pero no pudo pronunciar la palabra. Maggie lo entendía. Sabía lo que era la traición; le costaba confiar en las personas.

–Sé cómo te sientes –dijo, despacio–. Excepto que a ti te han abandonado por circunstancias que no podían controlar, ni siquiera Patricia. A mí me han traicionado las personas que tenía más cerca.

–¿Quién? –preguntó Cord con suavidad.

–Casi todo el mundo –contestó, lamentando su desliz. Se apartó y se acercó a su maleta–. Voy a cambiarme.

–¿Qué tienen de malo los pantalones cortos? –preguntó, distraído–. Estás en tu casa.

–Solo me los pongo cuando estoy sola.

Cord la observaba con mirada especulativa.

–¿Quién abusó de ti, Maggie?

Ella soltó los vaqueros que acababa de sacar. Cord fue a cerrar la puerta y se acercó de nuevo a ella. La obligó a mirarlo.

–Fue tu padrastro, ¿verdad? –Maggie lo miró con pavor–. ¿Has recibido terapia?

–Nunca he sido capaz de contárselo a un desconocido.

Cord le acarició las mejillas con los pulgares; sostenía su rostro entre las manos.

–Conozco a una mujer. Es mercenaria, pero también psicóloga. Es dura de pelar y sincera; creo que te caería bien. Resulta fácil hablar con ella, y podría ayudarte.

–¿Eso crees?

Cord se inclinó para que ella tuviera que mirarlo a los ojos.

–¿Acaso quieres pasarte el resto de tu vida sola, sin familia ni hijos?

–No sé si podré tener hijos –dijo con voz ronca por el dolor. Cord dejó de acariciarla.

–¿Por qué?

–La paliza que me dio Bart fue... terrible –confesó con vacilación–. Me caí sobre una mesa de mármol y la rompí. Me dañé un ovario. El otro funciona... pero los médicos me dijeron que podría resultarme difícil concebir.

Cord ideó de inmediato modos y maneras de dejarla embarazada, y se quedó atónito. Ni los hijos ni la familia habían sido una prioridad en su vida. Su trabajo lo predisponía a la soledad.

–Difícil, pero no imposible –dijo con voz ronca, y se puso tenso de la cabeza a los pies. Rio al sentir la inesperada erección.

–¿Qué te hace tanta gracia?

–Al pensar en niños me he puesto a cien –frunció los labios–. Es la primera vez que me pasa.

Maggie se sonrojó y se apartó. Con un hondo suspiro, Cord hundió las manos en los bolsillos del pantalón para no tocarla.

–Bueno, es un reto, ¿no? Me gustan los retos.

A Maggie le temblaban las manos. Las entrelazó a la altura de la cintura.

–Me gustaría cambiarme de ropa.

–Y a mí me gustaría mirar –repuso con suavidad, sin sonreír–. Tu piel tiene un brillo delicado, como el de una perla. Eres suave como un pétalo, sedosa y deliciosa, y la fragancia de rosas te envuelve como un halo –contempló su pelo, su rostro, su cuerpo, con avidez–. He estado con mujeres a lo largo de la vida, no muchas, pero suficientes para saber apreciarlas. Las superas a todas en todos los sentidos. Si tuviese un ideal de mujer, serías tú.

Maggie no sabía cómo tomarse aquellos halagos. La hacían ruborizarse. Pero era Cord quien se los decía, «Cord», que había sido su adversario durante años.

–Te doy lástima y por eso me dices todas esas cosas.

–¿Por qué ibas a darme lástima? –replicó él con el ceño fruncido.

Porque Maggie sabía lo que era. Cuando las personas se compadecían de uno, intentaban compensar el trauma abrumándolo a caprichos. Querían ayudar y, cuando solo podían recurrir a las palabras, empleaban los halagos. Pero eran palabras vacías.

–Tantos secretos, Maggie –murmuró Cord mientras la veía meditar en sus comentarios–. No te fías de mí, ¿verdad?

–No es nada personal.

–Si voy despacio y con cuidado y no te presiono –le preguntó con suavidad–, ¿podría ganarme tu confianza?

–¿Qué esperarías a cambio? –le preguntó con recelo.

Fue entonces cuando Cord comprendió lo ardua y larga que sería la batalla. No ganaría de un día para otro. Entreabrió los labios mientras la deseaba con la mirada.

–Tengo treinta y cuatro años –dijo despacio–. He vivido deprisa y alocadamente, he hecho cosas de las que no estoy orgulloso, y muchas de ellas solo por dinero. Pero lo de este Gruber me ha cambiado. Quiero pararle los pies, a él y a sus colaboradores, y no porque me paguen –vaciló; quería escoger bien sus palabras–. Si tuviera un hijo de ocho o nueve años y tuviera que ver cómo se convierte en un esclavo en una plantación de cacao, en una mina o en un taller y no pudiera salvarlo porque no tuviera dinero... –inspiró con brusquedad–. Hay padres que los venden por once o doce dólares porque no pueden cuidarlos y esperan que se abran camino en la vida trabajando para una multinacional en otro país. Pero en realidad acaban convirtiéndose en esclavos, sin cobrar ni un centavo por su trabajo.

–Es repugnante.

–Y despiadado –su rostro se endureció–. Gruber también tiene una red de prostitución y convierte a adolescentes en esclavas sexuales. Imagínate a una niña inocente de doce años en un burdel en el que trabaja a todas horas.

Maggie podía imaginarlo. Bajó la vista, descompuesta.

–Hay que detenerlo.

–Sí. Pero –añadió Cord, y tomó su rostro entre las manos– no hace falta que te involucres. No puedo permitir que te hagan daño. Mañana iré a ver a Lassiter y haremos planes. Sé más sobre Gruber que él, y tengo acceso a información que ni siquiera él puede obtener. La compartiré.

Maggie lo miró con temor.

–¡Pero a ti también podría hacerte daño!

–Eso me gusta –dijo con voz ronca–. Me gusta que temas por mí. Siempre lo has hecho. ¿Por qué no me habré dado cuenta antes?

–No querías darte cuenta –dijo Maggie con brusquedad–. Renunciaste a ver cualquier cosa que te hiciera sentir.

–Sí –reconoció–. Y tú también.

Maggie no podía negarlo.

–Las personas pueden hacerte sufrir mucho si se acercan demasiado –murmuró en tono distraído, absorta en los ojos oscuros y cálidos de Cord. Este deslizó el pulgar por los labios entreabiertos de ella.

–Como yo te hice sufrir –dijo en voz baja–. No sabes cuánto lamento lo que te hice aquella noche. Durante años imaginé cómo sería hacerte el amor suave y lentamente, arrancando gemidos de tu garganta y haciéndote volar de puro deleite. Y cuando se presentó la oportunidad –dijo con un áspero suspiro–, te herí de todas las maneras posibles.

Era sorprendente que la hubiese deseado antes de aquella noche.

–Tenía miedo –le confesó Maggie con la cabeza gacha.

–Del dolor.

–No, de... –tragó saliva–. El placer se iba intensificando, y creí que iba a estallar en pedazos. Tenía miedo de no poder soportarlo...

Cord la estrechó entre sus brazos con fuerza, casi de forma dolorosa. Maggie podía oír sus latidos, sonoros y rápidos, contra su pecho. Cord gimió con aspereza y la abrazó aún más.

–¿Qué pasa? –preguntó Maggie.

–Al menos, sentiste algo –murmuró él, mientras le acariciaba la mejilla. Maggie jugó con el bolsillo de su camisa.

–Si me hubiera dejado ir... Si no me hubiera resistido, ¿qué... qué habría pasado?

–¿Alguna vez has tenido un orgasmo?

Maggie dio un brinco en sus brazos. Sabía de lo que Cord estaba hablando, aunque no lo hubiera experimentado.

–No –dijo pasado un minuto.

Cord deslizó sus labios cálidos y ávidos por la cara de Maggie hasta que los posó en su boca y la besó con creciente insistencia.

–Supón –susurró él con aspereza– que dejas que te dé uno.

El corazón de Maggie dio un vuelco. Cord la tomó de las caderas y empezó a unirlas de forma rítmica a las de él, como había hecho en su despacho, en el diván. El cuerpo de Maggie empezó a tensarse, a arder de curiosidad y placer crecientes. Hundió las uñas en la espalda de Cord, pero él no protestó. Sentía curiosidad. Estaba viva, estaba hambrienta.

Cord deslizó una pierna larga y ágil entre las de ella y empezó a moverse a un ritmo lento y letal. El cuerpo de Maggie seguía sus movimientos, se elevaba hacia el de él, ávida de intimidad.

–Puedo darte el paraíso –murmuró Cord junto a los labios entreabiertos de Maggie–. Déjame.

Maggie abrió la boca para recibir su beso ardiente y profundo y gimió al sentir otra oleada embriagadora de placer.

–¿Me dejas? –siguió inquiriendo él susurrando–. ¿Me dejas, Maggie?

Quería decir que sí, pero no debía. Estaba mal. Cord la despreciaría. Se burlaría de ella, como había hecho otras veces. Le... Ay, si al menos dejara de acariciarla...

Gimió y separó su boca de la de él lo justo para pronunciar la palabra que abriría la puerta del paraíso, que la haría suya, suya de verdad.

El golpe de nudillos en la puerta fue sólido, sonoro y cruel. Cord retrocedió como un hombre aturdido, temblando de deseo frustrado, sin poder dar crédito a la entrega de Maggie.

–¿Sí? –preguntó con aspereza.

–Perdone que le moleste, señor Romero –fue la respuesta vacilante de June–, pero hay un tal Dane Lassiter al teléfono. Pregunta por usted.

# 7

A Cord todavía le flaqueaban las rodillas cuando descolgó el teléfono del salón.

–Romero al habla –dijo con voz ahogada. No era de extrañar. Había estado a punto de seducir a Maggie cuando había prometido no hacerlo.

–Soy Dane Lassiter –dijo la voz pausada y grave–. Logan Deverell acaba de llamar para hablarme de una fotografía que Maggie Barton y su esposa han sacado durante el almuerzo–. ¿Te lo ha contado Maggie?

–Sí –contestó con brusquedad.

–¿Sabes quién es el hombre que estaba con Adams?

–Y tanto que lo sé, se llama Raúl Gruber. Gruber dirige una red de explotación infantil y la está extendiendo por África Occidental y Centroamérica, buscando más niños para reunir dinero para la multinacional que dirige. Gruber me ha puesto una bomba que casi me deja ciego. Maggie se ha expuesto a un grave peligro al acercarse a él. La he traído al rancho para poder protegerla.

Se produjo un breve silencio.

–Entiendo.

–No sé si tanto como yo. Gruber es un asesino. Y no solo de hombres; también ha matado niños. Lo conozco desde hace años. Enredó a mi grupo en un golpe de estado en África que acabó con varios de los nuestros. Acabamos luchando contra niños con armas automáticas. Lo perseguimos, pero se escabulló del país y no logramos localizarlo. Pero puedo proporcionarte información sobre él y Adams. Te los pondré en bandeja.

–No los quiero –fue la respuesta regocijada de Lassiter–. Pero se los daré a una agencia del gobierno que sí que los busca. Mi cliente no es tan generoso; a su familia le gustaría ver a Adams muerto.

–¿A su familia?

–No puedo darte muchos detalles –dijo Lassiter–. Solo que Adams estuvo implicado en el rapto y asesinato de dos de sus hijos, durante una redada en un pueblo de Centroamérica, y cuando las autoridades se acercaron demasiado, Gruber se limitó a eliminarlos. Los padres tienen un tío rico que me pidió que reuniera pruebas contra él. Estaba vigilando a Adams, pero las pistas nos condujeron a Gruber. Adams no tiene historial delictivo, Gruber sí. Creo que mis clientes se equivocaron de hombre.

–Si mi información es precisa, sí –dijo Cord–. Y creo que lo es, porque me la pasó un miembro del senado que ansía meter a Gruber entre rejas tanto como yo.

–Tienes buenos contactos –reflexionó Lassiter.

–Los hay aún mejores –rio Cord–, incluyendo un jefe de gobierno extranjero. Te ayudaré en todo lo que pueda.

–Mañana estaré en la oficina todo el día. ¿Te viene bien a las ocho y media?

–Sí, así podré dejar a Maggie en su oficina –vaciló–. Oye, no me gusta que vuelva a trabajar, pero no quiero más discusiones... Tuve que traerla al rancho por la fuerza.

–Tengo hombres sin casos entre manos –se apresuró a decir Lassiter–. Maggie estará a salvo en este edificio, te doy mi palabra.

–No subestimes a Gruber –fue la respuesta seca de Cord–. Yo lo hice y casi pierdo la vida.

–Aprendemos de los errores, si no nos matan. Yo también he cometido unos cuantos. Entonces, hasta las ocho y media.

–Bien.

Cord colgó y deslizó un dedo por el auricular mientras reflexionaba sobre la situación de Maggie. No quería asfixiarla, pero no le apetecía correr el riesgo de que Gruber la secuestrara.

Ella no se daba cuenta de lo peligroso que era. Tendría que vigilarla con disimulo; Maggie defendía su independencia a toda costa.

Cuando June puso la cena en la mesa, Maggie ya se había puesto los vaqueros y un jersey de punto de manga corta. Se había recogido el pelo en una coleta y no llevaba maquillaje. Parecía más joven y despreocupada.

Cord la observó con disimulo mientras ella hablaba con June sobre una nueva tela que había salido al mercado, suave y agradable a la vista. Las dos mujeres parecían haber hecho buenas migas y Cord no podía sino alegrarse de ello.

Advirtió que Maggie era reacia a mirarlo a los ojos, pero la sorprendió observándolo en una ocasión, y tuvo la sensación de estar flotando.

Ninguno de los Travis conocía el motivo de la presencia de Maggie en el rancho, pero Cord debía ponerlos al corriente. Si por alguna razón no estaba en la propiedad, quería que fueran conscientes del peligro.

–Quiero que también se lo cuentes a Davis –le dijo a Travis cuando le resumió el problema–. Cuando no esté, debéis aseguraros de que el rancho es un lugar seguro. Dudo que Gruber se presente si sabe que estoy aquí, pero no sé cuántos contactos tiene, ni lo que saben.

–Me alegro de que vinieras aquí, donde Cord puede

protegerte –le dijo June a Maggie con sincera preocupación. Maggie parecía incómoda.

–No ha venido voluntariamente –les aclaró Cord–. La saqué por la fuerza del hotel, con ella chillando y pataleando.

–Descalza y en pantalones cortos –se quejó Maggie mientras tomaba café–. Y lo que le dijiste a esa pareja de ancianos... –suspiró con enojo–. ¡Si Amy estuviera aquí...!

–Se estaría desternillando de risa –terminó Cord en su lugar, con un brillo en la mirada.

June los miró alternativamente y sonrió. Era la primera vez que oía reír a Cord Romero; con Maggie parecía una persona distinta. Vislumbró fugazmente al hombre que había sido, tal vez antes de que su trabajo lo volviera frío y duro. Se preguntó si su jefe se habría dado cuenta de lo mucho que Maggie lo había cambiado en tan poco tiempo.

Un rato después, entraron en el salón para ver la televisión, pero Maggie estaba intranquila.

–¿Crees de verdad que Gruber sería capaz de intentar algo contra nosotros dos? –le preguntó a Cord. Este sonrió.

–Por supuesto que sí. Mañana por la mañana iré a ver a Lassiter para hablar de estrategias. Te dejaré en la oficina y después, pasaré a recogerte con Davis.

Maggie empezó a protestar, pero ya estaba abriendo la boca cuando la cerró. Aquel era el trabajo de Cord; se ganaba la vida previendo amenazas, peligro, violencia. Si el tal Gruber deseaba hacerles algún mal, nadie mejor que Cord para evitarlo.

–¿Cómo, no protestas? –exclamó Cord. Ella cambió de postura en el sofá.

–Eres muy bueno en tu trabajo –lo miró a la cara–. Sé que podrás afrontar cualquier peligro que surja.

Cord experimentó una grata sorpresa al oír aquel comentario. Sonrió.

–Gracias –dijo con suavidad.

–No te estoy adulando –replicó Maggie–. Hablo en serio.

Cord la miró con atención a los ojos.

–Te sientes a salvo conmigo.

–Bueno, yo no diría tanto –proclamó con un destello en la mirada. Cord rio entre dientes.

–Caray, eso sí que es adular –le dijo, y cambió de cadena–. ¿Te acuerdas de esta serie? –estaban emitiendo una antigua serie policíaca que a Cord y a Maggie les encantaba cuando eran pequeños.

–¡Claro! –exclamó–. Solíamos verla juntos cuando pasabas el fin de semana en casa.

–Todavía la veo

Maggie sonrió con timidez.

–Yo también.

–Al menos –dijo casi para sí–, tenemos buenos recuerdos.

A la mañana siguiente, Maggie se puso un elegante traje azul marino y bajó a desayunar con el bolso y el maletín con el portátil en la mano. Cord se había puesto pantalones de pinzas y una camisa de seda con una chaqueta de sport a juego.

Resultaba viril y muy sexy. Maggie sintió un hormigueo en los dedos por la necesidad de alisarle aquella seda que dejaba entrever cada centímetro musculoso de su amplio pecho.

–Me gusta –comentó Cord con una sonrisa–. Refinada y profesional.

–Soy una mujer de negocios –le informó con una sonrisa–. Tengo que dar una imagen elegante.

–También la das en pantalones cortos –dijo Cord, sabiendo que la irritaría. Así fue. Maggie le lanzó una mirada furibunda al sentarse ante su plato de huevos con tocino.

–No tengo que recurrir al sexo para obtener clientes.

–No recuerdo haber insinuado eso.

Maggie masticó con rigidez.

–He visto a algunas mujeres hacerlo.

–Tú jamás lo harías –Cord se recostó con la taza de café en la mano y se limitó a mirarla–. No coqueteas, y te pones trajes que disimulan las curvas. Andas con paso enérgico –suspiró, con el ceño fruncido–. Es una buena imagen profesional, pero anulas tu atractivo por completo.

–Exigencias del trabajo –repuso Maggie en voz baja.

–Las mujeres no se convierten en hombres solo por ponerse un traje de pantalón a rayas y una blusa con corbata; parecen híbridos. Hay hombres trabajando como floristas o vendedores de tejidos, empleos que antes solo realizaban las mujeres, y no han empezado a ponerse faldas. Creo que una mujer debería enorgullecerse de su feminidad sin que la acusen de intentar trepar en su trabajo. Pero ese no es tu problema, ¿verdad, Maggie? Tus inhibiciones se reflejan incluso en tu forma de vestir –dijo con suavidad.

Maggie no sabía cómo desviar aquella conversación. Cord se estaba adentrando en un terreno personal que la incomodaba. Era un interrogador nato, y conocía a fondo a las personas. Ella no quería que ahondase mucho en su pasado, pero Cord se limitó a sonreír.

–¿Dispuesta para ir al trabajo? –preguntó, y consultó su reloj.

–Claro. Cuando quieras.

Recogió el portátil y el bolso y lo siguió al exterior de la casa. Cord hizo un alto para hablar con June y encargarle que mantuviera las puertas cerradas con llave y las ventanas cerradas.

Se dirigieron al garaje a tiempo de ver a un hombre alto con ropa oscura y una especie de aparato electrónico en la mano que salía del edificio con un enorme pastor alemán. Saludó a Cord con una leve inclinación de cabeza, pero no se detuvo a hablar.

–Gracias, Wilson –le dijo Cord. El hombre alzó una mano.

–¿Qué hace? –preguntó Maggie con recelo cuando Cord se acercó a la puerta del conductor de su deportivo negro.

–Analizar nitratos.

–¿Fertilizantes? –inquirió Maggie con el ceño fruncido.

–Algo así –contestó él con regocijo.

–No sé nada de electrónica, pero en los aeropuertos utilizan un mecanismo idéntico al que llevaba ese hombre. Y no sirve para analizar fertilizantes.

–Eres demasiado sagaz para mí, cariño –dijo Cord sin ni siquiera percatarse del apelativo que había usado. Pero reparó en el suave rubor de placer de Maggie–. Estaba comprobando si había alguna bomba.

La exclamación de Maggie resonó en el silencio.

–No voy a ocultarte nada –prosiguió Cord–; eres una mujer hecha y derecha. Gruber no tendría escrúpulos en poner aquí una bomba, ni en matar a personas inocentes con tal de llegar a mí, o a ti. A partir de ahora, y hasta que resuelva este asunto, habrá que revisar coches y maquinaria, los edificios anexos y la casa, sobre todo, por si hubiera algún artefacto explosivo.

En aquel instante, Maggie comprendió de verdad el peligro al que se exponían. Miró a Cord y pensó en la bomba que había estado a punto de acabar con su vida. Las heridas recientes resaltaban en su tez cetrina, pero no lo desfiguraban. De hecho, le conferían aspecto de granuja. Cerró las manos.

–He sido muy ingenua –le confesó.

–No estás acostumbrada a estas cosas; yo sí. Por eso –añadió, y le arrojó las llaves del deportivo antes de ponerse las gafas de sol–. Tú conduces y yo estoy ciego.

–Nunca me habías dejado conducir tu coche –comentó Maggie, contemplando las llaves.

–La confianza requiere esfuerzo. Y un poco de tiempo –dijo con suavidad. Ella lo miró con preocupación.

–No estoy acostumbrada a confiar en nadie.

–Yo tampoco –señaló Cord–. Pero podemos aprender, ¿no?

Maggie vaciló un momento. Después, sonrió y se sentó detrás del volante.

Cuando llegaron al edificio Lassiter-Deverell, Cord entró con Maggie en el ascensor con las gafas puestas y agarrado de su brazo como si la necesitara de guía. Permaneció en silencio junto a ella mientras subían; estaba meditabundo.

Salieron en la planta de Maggie y recorrieron el pasillo desierto hasta la puerta de madera con la placa de Inversiones Deverell.

–Gracias por acompañarme –dijo Maggie. Cord le acarició la mejilla y deslizó los dedos por su labio superior.

–Ojalá no te hubieras pintado los labios de rojo –murmuró en voz baja–. Si te beso, pensarán que he salido de una escena de Cabaret.

A Maggie se le aceleró el pulso.

–¿Qué has bebido con el desayuno? –preguntó con ironía.

–Café, igual que tú –no retiró los dedos. Se quedó mirando los labios de Maggie con visible curiosidad y un ansia creciente de inclinarse y atrapárselos. Al evocar la suavidad de sus senos, los leves gemidos que emitía cuando la acariciaba y que eran música para sus oídos, empezó a quedarse sin aliento. Retiró la mano; tenía un semblante amenazador–. Podría vivir de lo que tengo en el banco –le dijo a Maggie con aire distraído–. Las misiones secretas ya no son más que un pasatiempo para mí. Me gusta criar ganado de raza.

–¿Estamos hablando de lo mismo? Si no recuerdo mal, decías que habías tomado café para desayunar.

Cord le sonrió con genuino afecto.

La sonrisa suavizaba su mirada, marcaba las arrugas del rabillo de los ojos y confería sensualidad a sus labios severos.

–Estás elegante con el pelo recogido en una trenza –comentó–, pero lo prefiero suelto y suave sobre los hombros.

–Trabajo aquí –le recordó Maggie–. No quiero distraer a los clientes luciendo mi irresistible melena. Piensa en los problemas que me causaría tener que arrojar a un tipo por la ventana por haberse pasado de la raya mientras tratábamos de acciones de capital.

Cord rio con ganas.

–No recurres a esos métodos conmigo.

–Tú eres especial.

La sonrisa se disipó y sus pupilas se dilataron, como si su réplica hubiese tocado un punto sensible.

–Tú también –dijo en tono ronco y áspero–. Más especial de lo que imaginaba.

–No sigas –lo regañó ella–. Vas a sacarme los colores.

Cord se inclinó de forma inesperada y le besó con ternura los párpados, obligándola a cerrarlos con un batir de largas pestañas.

–No salgas de la oficina si no es acompañada –le susurró–. Espera a que pase a recogerte cuando acabes. Le pediré a Davis que conduzca para mantener la farsa. Si ocurre algo entre medias que te inquiete, llama a Lassiter o llámame a mí. De lo contrario...

–¿De lo contrario? –preguntó con voz ronca.

–Te meteré en el coche por la fuerza y te llevaré al rancho ahora mismo –elevó la cabeza para contemplar la mirada empañada de Maggie–. Teniendo en cuenta el estado en que me encuentro en este momento, puede que no sea muy buena idea.

–¿En qué estado estás? –murmuró ella con voz somnolienta.

Cord miró a izquierda y derecha, comprobó que el pasillo estaba desierto, la agarró de la cintura y la apretó con suavidad contra él.

–En este –sonrió con pesar.

Maggie retiró las caderas con una sacudida y se ruborizó. Cord se encogió de hombros.

–Considéralo una reacción inevitable a la presencia de una mujer atractiva –murmuró con orgullo.

–Querrás decir una reacción a la abstinencia forzosa –le espetó.

–¿Cómo sabes que practico la abstinencia? –preguntó Cord con las cejas enarcadas. Ella se ruborizó aún más.

–Tu vida íntima no es asunto mío –murmuró con mirada de enojo–. No me importa con quién salgas. Por mí, como si te acuestas con todas las mujeres de este edificio, incluida la de la limpieza.

De improviso, Cord miraba detrás de ella con supremo regocijo. Maggie gimió para sus adentros y se dio la vuelta.

Logan Deverell estaba en el umbral de su despacho con una mirada elocuente. Carraspeó.

–Mmm... La mujer de la limpieza tiene sesenta y dos años, se ha casado dos veces y solo le quedan tres dientes...

–Preséntamela –lo apremió Cord–. ¡Las maduritas me ponen a cien!

Maggie reprimió la risa, pasó delante de Logan y entró en su propio despacho con una celeridad que hizo reír a Cord entre dientes.

La secretaria hizo pasar a Cord al despacho de Lassiter. El hombre de pelo moreno y ojos oscuros se levantó y rodeó su escritorio con una leve cojera para estrecharle la mano.

–Como puedes ver –dijo con ironía–, yo también tengo secuelas. Me distraje durante un tiroteo cuando era ranger y me dejaron como un colador. Perdí mi trabajo, pero acabé haciendo algo casi igual de bueno –señaló el despacho con una sonrisa afable–. Una leve cojera no es un mal precio.

Cord sonrió y se quitó las gafas. Al menos, entre aquellas cuatro paredes no necesitaba fingir.

–En mi cara se ve mi último contratiempo. Tengo mucha suerte de seguir vivo y conservar la vista.

Lassiter reparó en las cicatrices que circundaban sus ojos y asintió despacio.

–Desactivar bombas es un trabajo suicida. ¿Por qué lo haces? –preguntó con su acostumbrada franqueza. Cord se encogió de hombros.

–Mi esposa se suicidó y me sentí responsable. Supongo que me he estado castigando.

Lassiter le dirigió una mirada significativa y volvió a sentarse ante su mesa. Sobre ella descansaban fotografías de una mujer rubia, de un hijo de unos ocho años y de una niña rubia no mucho más pequeña. Reparó en la curiosidad de Cord y sonrió mientras le indicaba que se sentara.

–Nuestros hijos –dijo con evidente orgullo–. Tess y yo los considerábamos una remota posibilidad –su rostro se puso tenso–. Estuvo a punto de morir con el primero. Nunca sabes lo que sientes por una mujer hasta que te expones a perderla para siempre. Comprendí cuáles eran mis prioridades en menos de diez segundos.

A Cord le extrañó la emoción que detectaba en la voz grave del detective. Tenía la sensación de que su condición de padre no había sido un camino de rosas, pero no había duda de que parecía un hombre feliz.

–Los dos quieren ser detectives –prosiguió Lassiter con una mirada de absoluta contrariedad–. Y mi mujer –añadió con indignación– anda ahora mismo por ahí con uno de mis condenados agentes; que no tardará en dejar de serlo, te lo prometo, intentando grabar una conversación entre Gruber y Adams en la oficina de JobFair –elevó las manos–. Han puesto un micrófono sin decirme nada. Ahora mismo vigilan la oficina, pero dentro de dos horas Tess tiene que asistir a una reunión de personal –clavó la mirada en Cord, que intentaba no reír–. Y dicen que el matrimonio y la maternidad hacen sentar la cabeza a las mujeres. ¡Y un cuerno!

Cord desistió y prorrumpió en carcajadas.

# 8

Poco le faltó a Cord para desternillarse de risa al ver la expresión de Lassiter.

–¿Cómo consiguieron poner el micrófono? –le preguntó.

–Haciéndose pasar por fumigadores –contestó el detective con irritación apenas disimulada. Cord sonrió de oreja a oreja.

–¿Puedo preguntar por qué necesitaban fumigadores?

–Diablos, ¿por qué no? –exclamó Lassiter–. Tess y Morrow fueron a una tienda de animales y compraron treinta chicharras, las metieron en una caja y las soltaron en JobFair durante el almuerzo, cuando la oficina estaba cerrada. Fue entonces cuando pincharon el teléfono. Cuando telefonearon pidiendo un fumigador, interceptaron la llamada, se presentaron en la oficina y pusieron micrófonos por todas partes. Al parecer, ni Gruber ni Adams sospecharon de ellos, porque hoy no han registrado la oficina. Aunque supongo que lo harán de un momento a otro –añadió en tono gélido.

–Bueno –sonrió Cord–, es una táctica innovadora.

–Chicharras –lo pensó un momento y rio entre dientes–. Supongo que sí –hizo una pausa y se inclinó hacia delante con expresión solemne–. Me gustaría saber qué pruebas tienes contra Gruber.

Cord se sacó un sobre grueso del bolsillo interior de la chaqueta y lo dejó encima de la mesa.

–Documentos, fotografías, información sobre su trayectoria y la de un hombre llamado Stillwell, el presidente de Global Enterprises, la multinacional que crearon con el propósito expreso de comerciar con mano de obra infantil en los países en vías de desarrollo. También hay un CD –prosiguió– con datos que bajé de los archivos de la CIA y la Interpol. Sospechamos que JobFair es la proveedora de Global Enterprises, y que ambas están directamente relacionadas con Gruber, pero nadie ha podido demostrarlo hasta ahora. La foto que sacó Kit Deverell ha sido el primer paso, pero necesitamos reunir pruebas concluyentes de que Gruber es quien de verdad dirige Global Enterprises. Estaba investigando las actividades de JobFair en Miami cuando Gruber me sorprendió desprevenido y casi me arranca la cabeza con una bomba.

–¿Qué me dices del consejo de administración de la multinacional?

–Podría ser otra manera de acorralarlos –reconoció Cord–. Tengo a una persona trabajando en ello ahora mismo. Uno de los consejeros vive en Ámsterdam y ha sido acusado, pero no condenado, de dirigir una red de pornografía y prostitución infantil. Otro es español pero vive en Marruecos. También está implicado en la red de prostitución. Es una pena que no tengamos a alguien que pueda ir a Europa a buscarlos. Podríamos encontrar un vínculo con Gruber si investigáramos a fondo.

–¿Cómo lograste acceder a los archivos de la CIA y la Interpol, si no te importa que te lo pregunte? –murmuró Lassiter con admiración, mientras examinaba los papeles.

–Me importa –respondió Cord con ironía. Lassiter lo miró con curiosidad.

–Solo es ilegal si ayudamos a los malos –razonó con una sonrisa.

–Sí, eso es lo que me digo siempre que lo hago.

Lassiter volvió a fijarse en los papeles que tenía en la mesa. Frunció el ceño.

–Esto es interesante. Álvaro Adams tiene vínculos financieros con Global Enterprises, pero JobFair no... Al menos, por escrito. ¿Sabes algo más?

–Solo lo que ves ahí. Cuesta trabajo seguirles los pasos, incluso siendo especialista. Saben borrar muy bien sus huellas electrónicas.

–Yo tampoco sabría cómo hacerlo, salvo que un antiguo agente mío trabaja para el FBI y un amigo suyo forma parte de... –vaciló–. Llamémosla una organización secreta con contactos en el mundo del hampa. Global Enterprises dirige una enorme plantación de cacao en Costa de Marfil, así como minas y ranchos de ganado en Sudamérica. Sabemos que tiene a miles de niños trabajando sin remuneración alguna. Dan dinero por adelantado a los padres en concepto de sueldo, asegurándoles que sus hijos ganarán una fortuna trabajando en el extranjero. Cuando se dan cuenta de que el pequeño no va a volver, ya es demasiado tarde. Es imposible localizar a la mayoría de los niños –añadió con desagrado–. Pero el problema es que, aunque los países donde se encuentran estas explotaciones están dispuestos a ayudar, carecen de los recursos económicos necesarios para enfrentarse con una multinacional valorada en billones de dólares.

–Ese es el quid de la cuestión –afirmó Cord–. No podemos luchar frente a frente contra una organización tan poderosa. Hay que colarse por la puerta de atrás sin que se den cuenta. Necesitaremos muchos hombres y ayuda de las organizaciones del gobierno.

Lassiter sonrió de oreja a oreja. Sacó un archivo del cajón de su mesa y se lo pasó a Cord.

–No has visto esto.

Intrigado, Cord lo abrió. Silbó con suavidad.

–Y yo que pensaba que tenía contactos –murmuró mientras hojeaba la lista.

–No lo son todos, todavía. Pensé que podrías ayudarme. ¿Ves el último de la lista?

Cord leyó el nombre y rio.

–Sí. Había olvidado que tengo un primo lejano que trabaja en Tánger en importaciones y exportaciones. Lo averigüé hace varios años, cuando empecé a buscar a mi familia –añadió en un tono más sombrío–. No sabía que me quedara alguien más aparte de un tío abuelo en Andalucía, no muy lejos de Málaga.

–Perdiste aquí a tus padres, ¿verdad? –dijo Lassiter. Cord asintió.

–En el incendio de un hotel. No tenía parientes próximos, pero sí pasaporte norteamericano porque mi madre era de aquí –le explicó–. Aunque si Amy Barton no hubiese aparecido, no sé qué habría sido de mí.

–No me acuerdo del incendio, pero leí algo en los periódicos. No se habló mucho de ello porque coincidió con un escándalo de pornografía infantil –movió la cabeza–. Vivimos en un mundo perverso.

–Cierto, pero... –antes de poder terminar la frase, la puerta se abrió y una mujer joven de melena rubia y ojos oscuros irrumpió con una cinta de grabación en la mano.

–Dane, ¿a que no adivinas lo que hemos conseguido? –exclamó.

El cambio de actitud de Lassiter fue repentino y drástico. Su expresión afable se transformó en otra de inusitado alivio. Salió disparado de la silla y rodeó la mesa sin rastro alguno de cojera.

–Mujer tozuda e insensata... –en un abrir y cerrar de ojos, la estrechó entre sus brazos y la besó con una pasión que dejó a Cord sin aliento. Nunca había visto a un hombre estallar de emoción, y menos a uno de apariencia tan serena y dueño de sí como Lassiter.

La mujer lo besó con idéntica avidez y, después, pareció reparar en Cord y se apartó un poco con una sonrisa avergonzada. Lassiter no la soltó.

–Chicharras, por el amor de Dios. Técnicos de teléfono... –maldijo con aspereza.

–Vamos, vamos, cariño. No me ha pasado nada –lo interrumpió Tess Lassiter con suavidad, y le alisó el pelo–. Morrow estaba conmigo. Tú se lo robaste al FBI. Es muy bueno.

–¡Maldito sea! Voy a merendármelo –rugió Lassiter, y Cord advirtió con cierto regocijo que el detective parecía perfectamente capaz en aquellos momentos de asar a su empleado a fuego lento. Tess sonrió.

–No he corrido ningún peligro. Dane –insistió, y le dio una palmadita en el hombro–. No estamos solos.

Solo entonces pareció recordar Lassiter dónde estaba y lo que hacía. Con un gemido, se apartó de ella, pero no dejó de mirarla. Cord se sentía como un mirón; el amor que se profesaban era tan poderoso que lo irradiaban por toda la habitación. Y llevaban casi nueve años casados, si no recordaba mal. Le costaba imaginar una emoción tan intensa e irrefrenable después de tantos años de convivencia.

Lassiter volvió a rodear la mesa con Tess de la mano. Se sentó y ella le puso la mano en el hombro.

–Discúlpame –le dijo a Cord con rigidez–. Se arriesga mucho.

–Pero hemos conseguido una buena grabación –replicó Tess, y dejó la cinta sobre el escritorio–. Hola –añadió con timidez, mirando a Cord–. Soy Tess, la mujer de Dane.

–El origen de mi única úlcera –comentó su marido con ironía, un poco más sereno–. Te presento a Cord Romero.

–Ah –exclamó Tess–. ¡Eres el hermano de Maggie!

Cord se puso tenso.

–Tuvimos la misma madre de acogida –puntualizó–. No estamos emparentados.

–Lo siento –se apresuró a disculparse Tess, y se sonrojó al sonreír–. Maggie no me lo explicó.

Lo cual no dejaba de resultar enojoso, pensó Cord.

–Muy bien, crea problemas nada más entrar –le dijo Lassiter a su esposa al reparar en la expresión de Cord–. A ver, ¿qué hay en esta famosa cinta que me hubiera consolado si te hubiera pasado algo?

Tess sonrió con orgullo.

–Una pista que vincula a Gruber a esa multinacional con la que trabaja Adams. Está aquí mismo, grabado con su voz. El presidente de la multinacional es un hombre llamado Stillwell, y también lo hemos grabado hablando.

–Eres incorregible –murmuró Lassiter pero, cuando la miró, su rostro resplandecía. Tess se inclinó para besarlo en la frente.

–Yo también te quiero. Ahora, voy a bajar a desayunar. No seas muy duro con Morrow, ¿de acuerdo? Ya está arrepentido.

–Luego hablamos de eso. Tráeme algo de comer, ¿quieres? Y no te metas en más líos.

Tess arrugó la nariz, lanzó una mirada a su marido que habría derretido el hielo y salió del despacho. Lassiter se recostó en su sillón, pero tardó un minuto en volver a concentrarse en la tarea.

–¿De verdad lleváis casados nueve años? –preguntó Cord sin poder contenerse.

–Casi –movió la cabeza–. Aunque no parece ni un año. Y ahora, escuchemos la cinta.

La introdujo en un reproductor y Cord se recostó en su asiento, con la mente llena de imágenes de Lassiter y de su esposa en un inesperado y fiero abrazo. No se le había ocurrido pensar que el matrimonio no tenía por qué apagar la pasión y dar paso a una relación tibia y complaciente. Tendría que revisar sus opiniones al respecto.

Tuvo que hacer un esfuerzo para concentrarse en la cinta cuando empezó a sonar. Escuchó distraídamente hasta que algo le llamó la atención. Adams le estaba diciendo a otras personas de la oficina que había investigado la identidad de una mujer joven que se había dirigido a él y a su acompañante delante de un restaurante el día anterior, y que era la hermana de acogida de un viejo rival, un hombre llamado Cord Romero.

Cord intercambió una mirada de preocupación con Lassiter.

La cinta proseguía. Una voz que Lassiter no tardó en identificar como la del presidente Stillwell informó a los demás que estaba convencido de que la Interpol andaba pisándole los talones pero que estaba casi seguro de que no habían podido vincularlo a ninguna actividad ilegal. Se había cerciorado de que así fuera, añadió en tono sombrío y amenazador.

Fue Gruber quien habló a continuación. Cord reconoció la voz y se lo notificó a Lassiter. Gruber hacía referencia a la investigación que estaba llevando a cabo la agencia de detectives Lassiter sobre Adams. Dijo que había visto a una mujer morena en el umbral del restaurante sacándole una fotografía con Adams mientras la primera los detenía fingiendo reconocerlo. Describió a la fotógrafa y Adams la identificó como Kit Deverell, empleada de la agencia Lassiter. Se oyó una palabrota.

Gruber dijo que había encargado a un profesional que se deshiciera de Cord Romero porque estaba investigando la operación de contrabando ilegal de inmigrantes de Miami que podía relacionarlo con Global Enterprises. Le había tendido una trampa pero, por desgracia, la bomba no lo había matado. Tendrían que acabar con él antes de que volviera a actuar. Incluso ciego, era implacable. No sería mala idea, añadió Gruber, liquidar de paso a Maggie Barton. Destruir la agencia de detectives llamaría demasiado la atención y tanto los ranger de Texas como la policía de Houston investigarían el caso. Pero Romero era harina de otro costal, y ocurrían accidentes todos los días. Podían utilizar a su hermana de acogida para obligarlo a replantearse su decisión de atacarlos. Conocía a un hombre que podría ayudarlos, un profesional.

Cord salió disparado de la silla al oír la amenaza. Lassiter interrumpió la reproducción de la cinta y los dos hombres se miraron a los ojos.

–No lo había previsto –dijo Lassiter en tono sombrío.

–Era lo lógico –replicó Cord–. ¡Maldita sea mi suerte! Si Gruber contrata a un profesional, por muchos guardaespaldas que contrate, la seguridad de Maggie no estará garantizada –suspiró pesadamente y se pasó una mano por el pelo mientras reflexionaba. Miró a Lassiter–. ¿Y si la saco del país? –dijo, pensando en voz alta–. ¿Y tú dejas de investigar a Adams al mismo tiempo? Se quedarán desconcertados. Adams podría pensar que no era él el objetivo, a pesar de todo. Hasta podría tener un descuido.

Cord guardó silencio unos instantes mientras desarrollaba la idea.

–Hasta podría investigar un poco. Sabemos que Gruber tiene contactos en Tánger y en Ámsterdam, así como en Madrid –frunció los labios, pensando deprisa–. Cree que estoy ciego. Puede que concluya que me estoy alejando de la línea de fuego porque por poco me asesina en Miami. También pensará que Maggie viene conmigo para ayudarme. Gracias a Dios, cree que estoy ciego –asintió despacio–. Podría funcionar. Y quién sabe si Gruber no renunciará a su plan de asesinato. ¿Y si voy a visitar a mi tío abuelo con Maggie?

–Podríais correr un peligro mayor –señaló Lassiter.

–Pero también desconcertaría a Gruber –replicó–. Si Adams y él bajan la guardia y se descuidan, podríais atraparlos con las manos en la masa con ese micrófono que no han descubierto. Y yo podré moverme libremente e investigar qué contactos tiene Gruber en Europa y África. Usaré gafas oscuras y dejaré que Maggie sea mi lazarillo. Aunque el propio Gruber nos siga, no pensará que soy capaz de perjudicarlo mucho. Mientras tanto, podrías pedirle a uno de tus contactos de esa agencia secreta que investigue un poco en Costa de Marfil para ver si pueden relacionar JobFair con Global Enterprises. ¿Podrías? –lo apremió con una sonrisa.

Lassiter rio entre dientes.

–Me gusta la idea: pasar desapercibido y trasladar la guerra al campo enemigo. Atacar cuando menos se lo esperan.

–Exacto. Además –añadió Cord en tono pensativo–. Puedo llamar a viejos camaradas a los que les encantaría ver a Gruber en chirona por ese golpe de estado de hace años. A todos nos dejó cicatrices. En cuanto salga de los Estados Unidos, la balanza se equilibrará. Tengo contactos en el extranjero que no pueden operar en este país.

Lassiter asintió despacio.

–Podría funcionar. Claro que sería peligroso –añadió–. ¿Y si Maggie no quiere ir?

–No conoces a Maggie –dijo Cord con una suave carcajada–. Cuanto más riesgo corra, más le gustará. Tiene un espíritu temerario y ha dicho en más de una ocasión que le encantaría hacer algo peligroso. Claro que no permitiré que se meta en líos.

–Una gran mujer –comentó el detective.

–Cierto. Y un excelente apoyo en la adversidad –añadió Cord. Se levantó de la silla y estrechó la mano de Lassiter–. Me pondré manos a la obra.

–Mantente en contacto.

–Cuenta con ello.

Cord se puso las gafas de sol y se sentó en la sala de espera hasta que Red Davis se presentó para recogerlo y llevarlo de vuelta al rancho. Lassiter esperó a que se fuera para regresar a su despacho y, llevado por un impulso, volvió a poner en marcha el reproductor, aunque no esperaba averiguar ningún otro dato trascendente. Pero lo que oyó a continuación lo dejó helado.

–No podemos eliminar a Lassiter, y Romero es peligroso –corroboró Stillwell–, pero puede que no sea preciso recurrir a un profesional. Sé cosas sobre Maggie Barton que tú desconoces. Tengo recortes de periódicos, vídeos, instantáneas. Me ha costado un riñón conseguirlos, pero les pararán los pies. La hermana de acogida de Romero tiene un pasado negro y haría cualquier cosa con tal de evitar que saliera a la luz. Si la amenazamos con publicarlo, no permitirá que Romero siga metiendo las narices en nuestros asuntos. Te lo garantizo, estaremos a salvo.

–¿Estás seguro? –preguntó Gruber con desdén–. No se me ocurre nada que pueda detener a Romero, salvo una bala. Hasta ciego es peligroso.

–Debe de sentir cierto afecto por la mujer con quien se crio. Si la asustamos, ella encontrará la manera de disuadirlo.

–Puedes intentarlo –dijo Gruber, no muy convencido–. Pero si tu método no funciona, recurriremos al mío –añadió en tono amenazador.

Lassiter escuchó el resto de la cinta pero no oyó nada más de interés. Meditó sobre cómo debía proceder mientras tomaba café y pastas con Tess. Después, su mujer se retiró a su despacho a trabajar y Lassiter bajó a la oficina de Logan Deverell para ver a Maggie.

Maggie estaba despidiéndose de un cliente cuando Dane Lassiter entró y le pidió hablar con ella en privado. Le hizo pasar a su despacho percatándose de la mirada curiosa de la secretaria de Logan.

–¿Le ha ocurrido algo a Cord? –preguntó a Lassiter en cuanto cerró la puerta.

–Cord se encuentra bien –la tranquilizó, y entornó sus ojos negros–. Hemos grabado una conversación de Álvaro Adams. Uno de sus compinches asegura poseer información comprometedora sobre usted: cintas de vídeo, instantáneas...

Maggie palideció. Lassiter la ayudó a sentarse y ella

apoyó la cabeza entre las rodillas para no desmayarse. Lassiter maldijo en silencio. Había confiado en que Stillwell estuviera mintiendo; pero era evidente que había dicho la verdad.

Maggie gimió con la cabeza entre las manos.

–¿Lo oyó Cord? –susurró.

–No. Ya se había ido.

Maggie tragó saliva y se incorporó despacio. Tenía el rostro sonrojado por la sangre que le había subido a la cabeza, pero parecía exhausta y derrotada.

–Mi trabajo se basa en la confidencialidad –se apresuró a decir Lassiter–. Nunca revelo información personal, ni siquiera a Tess. Ninguna confidencia que me haga saldrá jamás de esta habitación.

Maggie comprendía por qué a Kit Deverell le gustaba aquel hombre callado y taciturno. Vaciló, pero solo un minuto.

–Sé a qué fotografías y vídeos se refiere –dijo con voz ronca–. Podrían destruirme. Preferiría morir a que Cord las viera –añadió.

–¿Tan terribles son?

–No le quepa la menor duda.

–Cuénteme de qué se trata.

Maggie no había creído poder contárselo nunca a nadie. Fue sorprendentemente fácil revelar su pasado a Dane Lassiter. La agonía vivida se desbordó de su alma. Fue como abrir un absceso. Lassiter permaneció en silencio, escuchándola hasta el final, sin expresión condenatoria. Estaba pálido cuando Maggie terminó de hablar, pero no la miraba con desprecio ni desagrado.

–¿Y Cord no lo sabe? –preguntó pasado un minuto, sorprendido. Ella lo negó con la cabeza.

–Amy nunca se lo contó. Yo lo intenté una vez, pero fui incapaz. Cambiaría... las cosas entre nosotros. Cord podría aborrecerme.

–¿Por qué? –exclamó Lassiter–. Santo Dios, ¡no fue culpa suya!

–Eso decía todo el mundo. Pero me miraban como si hubiera quedado infectada para el resto de mi vida.

–Cord no la culparía –repuso Lassiter con sus ojos negros centelleantes–. Se pondría fuera de sí, pero no con usted.

Ella lo miró a los ojos.

–No pienso correr ese riesgo, señor Lassiter –le dijo en voz baja–. Cord me ha guardado rencor durante mucho tiempo, y ha demostrado en más de una ocasión lo mucho que le desagradaba. Hasta hace poco, no era más que una china en su zapato. Me ha tratado con amabilidad desde que he vuelto de Marruecos; no soportaría perder su respeto.

Lassiter podría haberle dicho que eso era imposible, pero sabía que estaba aterrada. Lo veía en sus ojos, en su semblante tenso.

–No se lo diré –le prometió–. Pero hay otra cosa que debe saber. Gruber está convencido de que solo matando a Cord se librará de él, y también habló de acabar con usted. Pero Stillwell, el presidente de la multinacional a la que queremos vincular a Gruber, cree que lo más acertado es recurrir al chantaje.

–¿Qué puedo hacer? –preguntó Maggie con voz desolada, al borde de las lágrimas.

–Sola, nada. Pero Cord tiene un plan. Él se lo contará. No se asuste –añadió con firmeza–. Gruber es un canalla, pero no es invulnerable.

Maggie no estaba escuchando. Los enemigos de Cord tenían información sobre su pasado que este desconocía. Siempre la tendrían. Sentía deseos de chillar de rabia.

–Las pruebas que Stillwell tiene en su posesión pueden ser eliminadas –le dijo Lassiter, adivinando su preocupación–. Oficialmente, no estoy capacitado para ello, pero puedo hablar con ciertas personas en su nombre.

–Estupendo –mascullό Maggie–. Podemos poner un anuncio en el periódico, decírselo a todo el mundo.

–No será así. No se imagina lo que sé sobre algunas

de las personas más influyentes de este estado. Comparto la información con diversos contactos, pero todos son tan mudos como yo. Por eso sigo en este negocio. Déjelo en mis manos, señorita Barton –añadió en voz baja–. Me ocuparé de ello. Le doy mi palabra.

Las lágrimas le nublaron la vista, pero era demasiado orgullosa para llorar delante de Lassiter. Elevó la barbilla y parpadeó.

–Gracias –alcanzó a decir.

–Debería recibir terapia.

–Quizá –le sonrió–. ¿Le gustaría darme un trabajo? No me vendría mal aprender el negocio si me voy a convertir en blanco de unos criminales internacionales. Sé disparar un arma si es necesario –frunció los labios con un brillo en la mirada–. Y las gabardinas me sientan de maravilla.

Lassiter rio entre dientes, alegrándose al ver que se sobreponía tan deprisa.

–Pues desempolve la suya; tendré presente la sugerencia. Mientras tanto, intentaré reunir pruebas contra JobFair y Global Enterprises al mismo tiempo.

–Gracias, señor Lassiter –dijo Maggie con solemnidad.

–No se preocupe por el archivo de Stillwell –repitió–. Pero le aconsejo que se lo cuente todo a Romero. Por si acaso –añadió con genuina preocupación. Maggie sonrió débilmente.

–Para hacer eso necesitaría más valor del que tengo –confesó.

Lassiter se compadecía de ella. Se despidió y salió de su despacho decidido a hallar la manera de extraer ese archivo de la oficina de Stillwell.

A Maggie no se le había pasado por la cabeza recibir noticias de los enemigos de Cord, pero una llamada de teléfono poco antes de la hora de salida la dejó helada.

–Si es inteligente –dijo la voz siniestra cuando ella descolgó y se identificó–, convencerá a Romero de que dé marcha atrás. Tenemos un vídeo muy interesante de usted en, digamos, ¿posturas comprometedoras? Piense en cómo reaccionaría Romero si lo viera. Es usted una mujer muy desagradable, señorita Barton.

–Hijo de perra –replicó, furiosa–. ¡Cobarde asqueroso! ¡Si pudiera ponerle las manos encima...!

–No fuerce su suerte –replicó la voz–. Haga que Romero saque las narices de JobFair. Consiga que se retire de la investigación, y deprisa, o saldrá en titulares en las noticias de la tarde.

La comunicación se cortó. Maggie se levantó de su mesa como un zombi, entró tambaleándose en el cuarto de baño, echó el cerrojo y vomitó.

Al final de la jornada, Maggie ya se había serenado e intentaba no pensar en las consecuencias de que su pasado saliera a la luz. Debía ser optimista y concentrarse en las víctimas inocentes de JobFair y su principal cliente, Global Enterprises. Pero lo único que veía era el horror y la repulsión en el amado semblante de Cord si alguna vez veía esas cintas de vídeo. Sabía que no se lo perdonaría nunca. Su hostilidad pasada sería una pálida sombra en comparación. Ella debía mantener la cabeza bien alta y hacer como si nada hubiera ocurrido.

Pero le resultaba casi imposible. Cuando Cord se pasó a recogerla luciendo gafas de sol y con Davis detrás del volante del deportivo, se mantuvo callada y ausente durante todo el trayecto al rancho. «¡Si supiera cómo contarle a Cord las amenazas de que había sido objeto...!», se decía. Según le había adelantado Lassiter, Cord pensaba sacarla del país, pero Maggie no estaba muy convencida. Cord no era de los que huían. ¿Y si no lograba convencerlo de que abandonara la ciudad?

–Estás muy pensativa –comentó Cord cuando Davis dejó el deportivo en el garaje y se despidió para proseguir con su trabajo.

–Ha sido un día agotador –contestó Maggie con una sonrisa forzada–. Nada de lo que preocuparse –se lo quedó mirando y se sintió al borde del pánico–. ¿No querrás venirte a Tahití conmigo a tostarte en la playa?

Cord rio entre dientes.

–¿Por qué no?

–Puede que corriésemos más peligro allí que aquí.

Cord la miró con atención.

–Tahití está en el Pacífico; hace demasiado calor. Pero ¿qué tal si vamos a España?

–¿A España? –el corazón le dio un vuelco–. ¿En serio?

–En serio –pasó el brazo por el respaldo de Maggie y la miró a los ojos–. Tengo entendido que Gruber nos tiene en su punto de mira –dijo, sin revelar cómo lo había averiguado ni saber que Maggie había hablado con Lassiter. La vio palidecer, pero no comprendió qué podía suscitar aquella intensa reacción–. Quiero desconcertarlo y hacerle bajar la guardia. Si se confían y cometen algún descuido, podremos detenerlos. Si abandonamos el país, tanto Adams como Gruber y Stillwell pensarán que nos hemos echado atrás. Tengo un anciano tío en España. Podríamos ir a visitarlo o, al menos, dar esa impresión.

–¿Y si Gruber nos sigue a España? –preguntó Maggie.

–Estoy ciego. ¿Qué amenaza podría representar para él?

–Pensándolo así...

–Podría ser peligroso; siempre existe esa posibilidad. Pero puedo protegerte. Tengo algunos amigos a los que no les importará seguirnos a una distancia prudencial. En cualquier caso, ahora mismo estarás más segura fuera de los Estados Unidos.

Maggie no meditó en las palabras de Cord. Lo miró con ojos brillantes, reprimiendo sus peores miedos. Sería una aventura; estaría con Cord. Era su última oportunidad de compartir algo con él. Y, en el peor de los casos, si la... mataban, tendría gratos recuerdos en su compañía que llevarse a la oscuridad.

Lo miró a los ojos con leve anhelo. La perspectiva de vivir una aventura con él resultaba emocionante.

–Ya puedo verme con un número de identificación oficial, una gabardina y una pistola –afirmó con una alegre sonrisa–. Casi había convencido al señor Lassiter de que me contratara, pero esto parece mucho más interesante. Llama a la Interpol y diles que estoy disponible. ¿Me darán una de esas pastillas de cianuro por si las moscas?

Cord rio, disfrutando de la reacción de Maggie. Tenía coraje, determinación y estilo. La admiraba más que a ninguna otra mujer que había conocido. Le tocó la mejilla con el dedo.

–No, solo dispondrás de un mercenario herido y un Colt 45 automático –bromeó.

–No tan herido –dijo Maggie con suavidad, y alargó la mano para tocar con suavidad la piel que circundaba las heridas recientes de su rostro–. ¡Y muy afortunado!

Cord la miraba, deleitándose con el afecto sincero que Maggie dejaba entrever con sus caricias, y el visible anhelo que sentía por él.

–Sí, muy afortunado –dijo en un susurro.

# 9

Maggie escogió lo justo para llenar una bolsa de mano, animada ante la perspectiva de hacer un viaje con Cord, aunque fuera en aquellas circunstancias. Además, los planes de Cord la salvaban, temporalmente, del peligro de que Adams y sus socios sacaran a la luz su pasado. Creerían que había persuadido a Cord para que abandonara el país y se mantuviera al margen, y se aplacarían.

Cord alzó la vista cuando la vio entrar en el salón con pantalones de pinzas, camiseta y chaqueta, con la melena recogida en una larga trenza a la espalda y la bolsa de viaje al hombro.

–Vas ligera de equipaje –comentó en tono aprobador.

–No tengo muchas cosas –le recordó–. Salvo por las fotos de mis padres y bisutería de mi madre, que he dejado aquí, ropa es lo único que tengo.

Cord nunca se había parado a pensar en lo contadas que eran sus posesiones de la niñez. Claro que a él le ocurría lo mismo. Todas las pertenencias de sus padres ardieron en el incendio, y la casa que tenían en España era alquilada, así que vendieron el contenido en una subasta. Las autoridades dieron por hecho que Cord también había perecido en el incendio, y no fueron informados de lo contrario hasta que Cord no fue mayor de edad y se puso en contacto con ellos.

–¿Ninguna reliquia? –le preguntó a Maggie con mirada extraña–. ¿Ni siquiera de la bisabuela que luchó con Villa? –bromeó.

Maggie lo negó con la cabeza. No quería explicarle que las autoridades habían confiscado el contenido de su hogar. Solo Dios sabía lo que habían hecho con ello. Nunca había preguntado por temor a resucitar la curiosidad sobre el caso.

«Qué extraño», pensó Cord. A Maggie no le gustaba acumular posesiones. De hecho, tenía una actitud tan espartana como él en ese aspecto.

–Nuestros hijos tendrán sus habitaciones abarrotadas de cosas –comentó en tono distraído. Maggie se obligó a no reaccionar a aquel comentario doloroso.

–No pluralices. Los míos estarán obsesionados con el orden.

Cord enarcó una ceja.

–¿Y cuándo piensas tener esos utópicos hijos ordenados?

–Por la misma época en que tú crees tu propia familia con otra mujer –contestó–. Y que Dios la ayude, pobrecita. Se quedará encerrada en casa mientras tú andas por ahí tratando de volarte la cabeza.

Cord no reaccionó con una sonrisa, como ella había esperado. Estaba muy serio.

–Si me volviera a casar, vendría a casa y me dedicaría a criar sementales Santa Gertrudis. Puede que trabajara un poco como asesor en mi tiempo libre en la escuela antiterrorista de Jacobsville.

–No llegará el día –dijo Maggie con voz ausente–. ¿Nos vamos?

–¿Es que hay un fuego?

Maggie se volvió hacia él y lo miró sin arredrarse.

–Se pueden recomponer los cristales rotos, pero siempre quedan distorsionados. Creo que las relaciones son así –afirmó en voz baja–. En realidad, no te gusto. Gruber nos ha amenazado y me estás protegiendo porque no puedes evitarlo. Pero en cuanto desaparezca el peligro, todo volverá a ser como antes. Me tolerarás en la periferia de tu vida –sonrió con tristeza–. Siempre ha sido así. Quiero empezar de cero en alguna otra parte. Quiero –vaciló y bajó la mirada– liberarme del pasado.

–Huir no es la solución.

Maggie contempló el semblante irritado de Cord con angustia.

–Lo es, Cord –dijo con voz ronca, viendo morir sus esperanzas al recordar la amenaza de Stillwell y la información que tenía sobre ella–. A veces, es la única solución.

Cord no comprendía su cambio de actitud. Habían estado aproximándose, tanto física como emocionalmente, desde su roce con la muerte. Maggie estaba retrocediendo a marchas forzadas justo cuando él quería volver a empezar con ella.

–¿Por qué no vives la vida día a día? –le aconsejó.

Maggie soltó una carcajada hueca.

–No servirá de nada. Ya nada servirá. ¿Podemos irnos ya, por favor?

–Le daré instrucciones a June.

–Sacaré mi equipaje...

–Ni hablar –le prohibió con firmeza–. Wilson está en el granero con uno de sus hombres, y ni el padre de June ni Red Davis están en el rancho. No hay nadie al otro lado de esa puerta. No te moverás de aquí hasta que yo no salga contigo.

–De acuerdo –accedió Maggie. Se sentó en el brazo del sofá para esperar con paciencia.

–¿Ningún pero? –preguntó Cord con burlona sorpresa.

–Todavía no tengo pistola.

–Pues no esperes que yo te la dé –le dijo–. La única ocasión en que intenté enseñarte a disparar un rifle, lo dejaste caer sobre mi pie.

Porque estar cerca de él la ponía nerviosa. Porque todo su cuerpo había reaccionado con predecible deleite. No podía decírselo.

–Pesaba la mitad que yo, y no me lo diste, me lo arrojaste –replicó–. Ni siquiera sabía cómo quitar el seguro.

No añadió que poco después había aprendido a disparar una pistola con bastante precisión. Eb Scott la había enseñado durante su fugaz compromiso.

–Estuviste prometida a un soldado profesional –comentó Cord–. Eb debería haberte enseñado.

–Eb estaba ocupado salvando el planeta del mal –repuso en tono jocoso.

–¿Alguna vez lamentas no haberte casado con él? –preguntó de pronto. Maggie lo negó con la cabeza.

–Éramos buenos amigos, nada más.

–Entonces, ¿por qué os prometisteis?

«Porque tú te casaste con Patricia», pensó, sintiendo de nuevo la angustia y el dolor. Cord entró en el salón de Amy con la rubia menuda del brazo, haciendo caso omiso de Maggie y anunciando que estaban casados. Los dos estaban radiantes de alegría. Maggie sonrió mientras el corazón se le hacía añicos. También sonrió en ese momento. No iba a confesarlo.

–Porque era un bombón –contestó en tono desenfadado.

Cord le lanzó una mirada furibunda antes de salir por la puerta y recorrer el pasillo hasta la cocina, dando tiempo a Maggie para que se sobrepusiera.

Cord tenía una avioneta bimotor y solía utilizarla para acudir a subastas de ganado y a reuniones de negocios pero, si quería mantener el engaño de su ceguera, no podía pilotarla en aquella ocasión. Así que subió al coche con Maggie y le pidió a Red Davis que los llevara al aeropuerto para tomar el avión a España.

–¿Es un medio seguro de viajar? –preguntó Maggie cuando despegaron de Houston.

–Relativamente seguro –fue todo lo que dijo.

Viajaron en primera clase, toda una novedad para Maggie. Se sentó junto a Cord en una zona del avión en la que jamás había puesto el pie. Siempre compraba billetes de clase turista porque no tenía dinero para permitirse aquellos lujos.

Hicieron escala en Nueva Jersey y de allí tomaron otro avión hacia Madrid. El vuelo era largo y Maggie no lograba conciliar el sueño. Aceptó agua cada vez que las azafatas se la ofrecían; se dio paseos por el pasillo para estirar las piernas; escuchó música con los auriculares. La película, una historia sobre un desastre natural, no la interesó y, al parecer, tampoco a Cord, porque estaba enfrascado en su ordenador y conectado a Internet. Como él ocupaba el asiento de ventanilla, Maggie no podía observar con disimulo lo que hacía con el pretexto de mirar el paisaje. Al final, cerró los ojos y, por sorprendente que pareciera, se quedó dormida.

Cord la zarandeó con suavidad cuando aterrizaron en el bullicioso aeropuerto de Barajas, en Madrid. Maggie abrió los ojos, se estiró y bostezó. Cuando el avión se detuvo ante la puerta de desembarque que le correspondía, sacó su bolsa de mano de debajo del asiento delantero y esperó a que Cord saliera al pasillo con su propia bolsa de mano y el portátil bien guardado dentro. No tardaron en tomar un vuelo chárter hacia Málaga, en el sur de España.

Cuando aterrizaron, recorrieron la larga rampa hasta la puerta de desembarque y Cord la fue guiando con disimulo. Maggie paseó la mirada por los viajeros y se acordó de su viaje a Marruecos con Gretchen, porque algunos de ellos eran árabes. No era inusual ver a hombres con chilabas y mujeres con turbantes junto a los vaqueros y trajes de pantalón de otros viajeros.

Maggie se sorprendió leyendo los anuncios de las paredes sin vacilación ni dificultad. Su capacidad para comprender el español resucitaba recuerdos dolorosos de sus primeros años con Cord, cuando su conocimiento común del castellano le permitió ocupar un lugar privilegiado en su vida. Últimamente, sufría con solo oírlo hablar.

–Ya no sueles hablar en español, ¿verdad? –preguntó Cord de improviso.

–Hace años que no.

–Desde que eras niña –matizó, y observó su rostro tenso–. Tenías un acento de lo más original –recordó con una sonrisa–. Mexicano mezclado con tu entonación sureña.

–Y todavía lo tengo –Maggie arrugó la nariz–. Aquí me azotarían si me oyeran hablar así.

Cord rio.

–La gente es más tolerante hoy día. Además, tu acento no es nada comparado con el de un ruso hablando español –aquel comentario la hizo reír–. Así está mejor –dijo Cord con suavidad–. Te notaba un poco tensa. Debería haberte prestado más atención durante el vuelo.

–No necesito niñera –replicó Maggie, seria.

–¿Ah, no? –miró alrededor, como si buscara a alguien–. Telefoneé a mi tío antes de venir. Se ofreció a enviar a un hombre a recogernos, pero le dije que alquilaríamos un coche. No me hace gracia ponerme en manos de un desconocido; podría ser cualquiera.

Pasaron el control de pasaportes y salieron a la terminal, donde buscaron los mostradores de coches de alquiler. Cord esperó con el equipaje mientras ella rellenaba el formulario y recibía la llave. Después, salieron juntos al sol abrasador de Málaga.

–El tío Jorge vive en el norte de Málaga –le informó Cord–. Picasso nació en Málaga –añadió–. Jorge tiene un enorme cortijo, en el que cría toros de lidia para las corridas. Un Romero de Ronda, que no es pariente nuestro, fue el creador del arte del toreo moderno. Jorge cada vez tiene menos toros y, como está soltero, cuando muera venderán su ganadería.

–Qué pena –comentó Maggie.

–Así es la vida –dijo con frialdad–. Te caerá bien. Cuenta anécdotas increíbles sobre los primeros días del toreo, cuando mi abuelo era matador.

–Me gusta la historia.

–A mí también.

–Andalucía es la patria del flamenco –prosiguió Cord–. El pueblo gitano fue su principal difusor, y el estilo varía según la región. Hay ruinas romanas por todas partes: Jorge tiene una pequeñita en su cortijo –añadió con una sonrisa–. Al sur está la Costa del Sol, el destino turístico de los ricos y famosos, y las célebres casas encaladas. Más al sur se encuentra el peñón de Gibraltar, que todavía es colonia británica, y al otro lado del Estrecho, Marruecos. En concreto, Tánger –le recordó.

–Tánger me encantó. Me gustaría conocerlo más.

–Puede que tengas tu oportunidad –dijo en tono misterioso.

–¿No conducirán por la izquierda? –preguntó con preocupación cuando se acercaban al coche alquilado.

–No. Ni aquí ni en Gibraltar –añadió, y sonrió al ver su sorpresa–. Se producían demasiados accidentes cuando otros europeos tenían que cambiar de carril en Gibraltar, así que los británicos adaptaron las normas de circulación a las españolas.

–¡Menos mal! –exclamó con claro alivio.

No le dijo que lo más emocionante del inminente viaje en coche hasta el cortijo de Jorge era poder disfrutar de su compañía. Jamás se había sentido tan dichosa, a pesar del peligro que rodeaba aquel viaje.

El paisaje era exquisito, salpicado de olivos y cipreses, con edificios antiguos en las zonas habitadas y caballos y vacas pastando en prados pintorescos a lo largo de la carretera serpenteante. No había mucho tráfico fuera de la ciudad, y Maggie se relajó un poco mientras conducía. En Houston no tenía coche, porque prefería moverse en taxi.

Por fin se detuvieron ante una verja de hierro forjado con el nombre de *Romero* pintado en un letrero de madera a un lado. Cord se apeó, la abrió y, Maggie franqueó la verja en el coche.

Minutos después, se acercaban entre pastos vallados a una elegante casa blanca con arcos, semejante a las estructuras de adobe que Maggie había visto en Texas. Dos perros de pelo largo estaban sentados en el porche delantero, junto a un hombre canoso que se apoyaba en un bastón.

–El tío Jorge es el hijo del hermano de mi bisabuelo –le informó Cord a Maggie–. Eso lo convierte en mi tío abuelo.

–Es muy distinguido, ¿no? Parece un aristócrata –comentó Maggie mientras el anciano descendía los peldaños para saludarlos.

–Es todo un personaje –contestó Cord, sonriendo–. Te darás cuenta cuando lo conozcas –se apeó del vehículo y abrazó con afecto al anciano. Intercambiaron saludos antes de que Cord presentara a Maggie. El anciano le besó la mano a la antigua.

–Es un placer conocer a la mujer más importante de la vida de mi sobrino nieto –dijo el tío Jorge en un inglés pasable, y sonrió. Maggie rio con nerviosismo.

–Solo soy su hermana de acogida, pero yo también me alegro mucho de conocerlo –contestó.

Jorge la miró con extrañeza pero se encogió de hombros.

–Por favor, pasad. He pedido que os preparen las habitaciones –vaciló y sus cejas se unieron en un monstruoso ceño–. ¿No compartiréis habitación, no? –añadió con recelo. Maggie prorrumpió en carcajadas.

–No llegará el día –replicó, sin osar mirar a Cord. El anciano rio entre dientes.

–Tendréis que perdonarme; estoy chapado a la antigua.

–No se preocupe –repuso Maggie con fluidez, y lo agarró del brazo–. Yo también soy de ideas anticuadas. Lástima que no podamos decir lo mismo de otras personas –añadió con una mirada significativa a Cord.

Una vez dentro de la casa, Cord se quitó las gafas de sol.

–Es un disfraz –le dijo a su tío en tono sombrío–. Tuve un accidente y el hombre que me hizo esto –señaló las heridas de la cara– quiere volverlo a intentar. Me fui del país para despistarlo.

–Tendrás que contármelo todo –dijo Jorge con una sonrisa–. Yo también he sido soldado, como ya sabes. Venid.

Los condujo al salón. Jorge Romero tenía la casa impecable, como si hubiera salido de una revista. Los suelos eran de mármol antiguo, elegantes. Las escayolas del techo podían pasar por una obra de arte. Había alfombras persas en el suelo y cortinas de seda en las ventanas. Los muebles eran de madera pulida, salvo por los sillones, que eran de cuero.

–Tiene una casa preciosa –comentó Maggie.

–La casa de un soltero debe sustituir a una mujer y a unos hijos –le informó con una triste sonrisa–. Perdí a mi prometida durante la Guerra Civil. Era una joven hermosa y su sonrisa me alegraba el corazón. Se mantuvo a mi lado durante la lucha, y una bala acabó con su vida. Nunca sentí deseos de reemplazarla.

–Lo siento –dijo Maggie con genuina compasión. Jorge se encogió de hombros y le sonrió.

–Todos pasamos duras pruebas en la vida. Las mías han sido menos traumáticas que las de otras personas –le explicó–. Siéntate –le indicó que se acomodara en el delicado sofá–, y le diré a Marisa que nos haga un buen chocolate a la taza. ¿Te gusta el chocolate? –se apresuró a preguntar.

–Me encanta.

–Eso está bien. Aquí, en España, antes se tomaba mucho. A mí me gusta.

Se disculpó y desapareció por la parte posterior de la vivienda.

–Me cae bien –le dijo Maggie a Cord.

–Y tú a él. A mí no me deja sentarme ahí –añadió, cerniéndose sobre ella con las manos en los bolsillos de sus pantalones de pinzas–. Era donde se sentaba su prometida cuando su padre era el cabeza de familia y Jorge la cortejaba.

–Qué honor –dijo Maggie. Él la miró con intensidad.

–Ojalá pudiéramos compartir habitación, Maggie –dijo en voz baja. Ella desvió la mirada.

–No empieces.

Cord inspiró con impaciencia.

–No vas a abrirte a mí, ¿verdad? –preguntó con aspereza–. Reaccionas a cada insinuación huyendo hacia la puerta.

–Dijiste...

–¡Mentí! –él le dio la espalda–. Me estoy volviendo loco.

Maggie no lo entendía. Sus ojos verdes siguieron sus pasos hacia la ventana. Mientras Cord miraba por los cristales, pensativo, Jorge regresó al salón. Muy pronto, el arranque de Cord se perdió en la conversación aderezada con chocolate caliente servido en delicadas tazas de porcelana.

Jorge no tenía televisión. Aquella noche, los tres salieron al amplio porche delantero y se sentaron en mecedoras para escuchar al ganado mugir a lo lejos.

–Esto es maravilloso –comentó Maggie con voz soñadora, cerrando los ojos–. Como en el rancho de Cord al atardecer.

–¿Vives con él? –preguntó Jorge.

–No. Me alojo en su casa temporalmente –respondió–. Es una historia complicada.

–No quiere decirte que el asesino del que te hablé quiere acabar con nosotros –le dijo Cord al anciano–. Comercia con mano de obra infantil, e intentamos detenerlo.

El anciano se convirtió de pronto en un extraño. Se inclinó hacia delante con semblante resuelto a la luz amarilla que salía por las ventanas.

–Tres de mis hombres lucharon conmigo en el bando republicano –le dijo a Cord–. Somos viejos, pero estamos a tu disposición.

–Gracias –dijo Cord con una sonrisa–. Puede que te tome la palabra. He traído a unos cuantos amigos –añadió para sorpresa de Maggie–. Los encontrarás acampados en tus pastos, en tu almacén de grano y en el establo de atrás. Espero que no te importe.

–¿Importarme? –rio Jorge–. Será como en los viejos tiempos. ¡Una aventura! –vaciló–. Pero esta encantadora niña...

–Ella me acompañaría hasta las trincheras –le dijo a Jorge–, como hizo Luisa contigo.

El anciano y Cord intercambiaron una mirada que Maggie ni siquiera se atrevía a interpretar, pero que la hizo sentirse apreciada.

–Lo que propongo –dijo Cord–, con tu permiso, claro, es dejar a un hombre aquí haciéndose pasar por mí. Quiero que finjas viajar a Tánger con Maggie, como si le estuvieras enseñando esta parte del mundo. ¿Te atreves?

–Vivo una vida sencilla y aburrida –reflexionó Jorge con un destello en sus ojos oscuros–. Las aventuras acaban siendo leyendas para un hombre como yo.

–¡No pienso dejarte! –exclamó Maggie al instante, clavando la mirada en Cord.

–Ni yo a ti –repuso él con suavidad–. Voy a ir disfrazado de Jorge.

El anciano rio entre dientes.

–Tendrás que teñirte el pelo de blanco y caminar encorvado –señaló.

–Uno de mis hombres fue actor, es un experto en disfraces. Ni mis padres me reconocerían cuando acabe conmigo.

Jorge se puso triste un momento.

–Me acuerdo muy bien de tus padres. Tu padre tenía magia en las manos, en el cuerpo. No era Sancho, pero tenía mucha destreza.

–Sancho Romero era mi abuelo –le dijo Cord a Maggie.

–Sí. Tengo un cartel...

El anciano abrió un enorme armario y sacó el cartel de una corrida, deslumbrante con los tonos rojos y amarillos bajo las gruesas letras negras. Anunciaba la despedida del diestro Sancho Romero en la plaza de toros de Las Ventas. También sacó un cuadro, un retrato del mismo hombre.

–Era majestuoso –dijo Maggie contra su voluntad, observando los rasgos elegantes y sólidos del apuesto hombre de pelo negro. Tenía un porte y una arrogancia, incluso en pintura, que resultaban chocantes y atractivos.

–Sufrió una cornada cuando se disponía a entrar a matar –dijo el anciano con tristeza–. Yo estaba en la barrera, vitoreándole –cerró los ojos–. Fue como si al toro le hubiese salido un trapo multicolor en los cuernos. El traje de luces de Sancho reverberó como oro puro a la luz del sol mientras el toro daba vueltas alrededor de la plaza, para horror del público –miró a Maggie, aguardando su reacción. Ella se limitó a sonreír con tristeza.

–Un tío mío murió en un rodeo a las afueras de Houston. Las aficiones peligrosas siempre pueden costarte la vida, pero hay gente que muere en campos de fútbol por insolación.

–Querrás que permanezca dentro de casa durante tu

ausencia –dijo el anciano de improviso, mirando a Cord. Este asintió.

–Y lejos de tus amigos.

–Entiendo –sonrió–. Debo permanecer oculto.

–Y estarás a salvo –señaló Cord–. Dos de mis hombres se quedarán aquí. Los otros dos nos seguirán a Maggie y a mí, de incógnito.

–Eres una mujer muy valiente –le dijo Jorge a Maggie. Ella sonrió.

–Hasta hace poco, llevaba una vida muy aburrida. Pero tengo una gabardina lista para ser usada –añadió con una mirada traviesa a Cord. Este sonrió con claro orgullo, y Maggie creyó flotar.

# 10

Maggie se limitó a escuchar mientras Cord describía a grandes rasgos sus planes de viajar a Tánger al día siguiente. Se desplazarían en uno de los Mercedes de Jorge hasta el ferry y cruzarían el Estrecho con el automóvil. Una vez en Tánger, se alojarían en la casa de un primo segundo de Cord y sobrino nieto de Jorge, Ahmed, un bereber dueño de un pequeño negocio de importaciones y exportaciones.

No habría tiempo para una visita de placer mientras Gruber y sus amigos estuvieran borrando las huellas de sus actividades ilegales. Cord tendría que moverse deprisa. La visita a su tío Jorge daría la impresión de que se estaba alojando en casa de un familiar durante su restablecimiento y que Maggie aprovechaba el viaje para visitar Marruecos, además de España, en compañía de Jorge. Si Gruber hacía comprobaciones, le dijo Cord a Maggie, descubriría que Jorge tenía sobrinos nietos en Tánger, uno de los cuales sería su anfitrión durante su estancia.

Maggie intentaba no preocuparse por la farsa, pero no

podía evitarlo. No temía lo que pudiera ocurrirle a ella, sino a Cord, si Gruber lo desenmascaraba y averiguaba sus verdaderas intenciones. La sede de Global Enterprises se encontraba en Tánger. Pese a contar con la protección de los enigmáticos amigos de Cord, Maggie sabía que sus vidas correrían peligro si Gruber descubría que Cord intentaba reunir pruebas contra él. El miedo se acrecentaba al saber que no vacilarían en hacer públicos sus secretos. Recordó el consejo de Lassiter de contarle a Cord la verdad. Todavía no, se dijo. Todavía no.

No la sorprendió tener una pesadilla en mitad de la noche. La tensión de los últimos días, combinada con las amenazas y el chantaje, despertaron recuerdos horribles de su niñez. Estaba sollozando amargamente cuando sintió unos brazos fuertes que la estrechaban contra un tórax cálido y sólido. Los brazos la mecían, y el grueso vello le hacía cosquillas en la nariz mientras lloraba.

–Ya, ya –le susurró al oído una tranquilizadora voz grave, mientras una mano poderosa le alisaba la melena alborotada–. Estás a salvo; no consentiré que te hagan daño.

Poco a poco, cayó en la cuenta de que ya no estaba soñando. Inspiró el aroma intenso de la colonia de Cord y reparó en el roce del vello que le cubría el pecho y descendía en punta hacia su vientre. Maggie tenía las manos sobre su tórax, y percibía su fortaleza. Se había relajado en sus brazos pero, de improviso, volvía a estar nerviosa. Abrió los ojos y contuvo la respiración.

La luz de la mesilla estaba encendida, y la puerta cerrada. Llevaba puesto un discreto camisón de encaje blanco que había escogido para el viaje, con sus mangas amplias y escote muy púdico. Cord estaba sentado sobre la cama, a su lado, envuelto en una toalla. Enarcó una ceja con regocijo al ver su rubor.

–Me has visto desnudo –le recordó.

Maggie tragó saliva. Seguía sintiéndose intranquila con él, con cualquier hombre, en aquellas circunstancias. Sabía que sus inhibiciones y el rechazo que sentía hacia la intimidad prácticamente le habían destrozado la vida.

Cord le retiró el pelo de la mejilla.

–¿No crees que ya es hora de que me cuentes la verdad, Maggie? –preguntó con voz suave. Ella se mordió el labio con fuerza.

–Preferiría morir –dijo con una carcajada ronca, pero hablaba en serio.

–¿Por qué?

–No conviene remover temas dolorosos.

Cord le levantó la barbilla. Estaba serio, severo. Notaba la rigidez en las manos de Maggie, y se las abrió con suavidad, presionándole la piel con sus largos dedos.

–Durante el vuelo, estuve buscando información en Internet –comentó de repente.

–¿Y?

–¿No quieres saber qué buscaba? –insistió despacio. Maggie lo miró a los ojos y un relámpago de pánico iluminó los de ella fugazmente. No podía haber averiguado nada en Internet; los archivos estaban protegidos...

–Ni siquiera sé cómo decírtelo –dijo con un hondo suspiro–. Lassiter hizo un comentario sobre un escándalo que tuvo lugar en Houston cuando se incendió el hotel en que murieron mis padres y... –la miró a los ojos–. No sé por qué, pero empecé a pensar en casos y delitos, y accedí a algunos antiguos archivos empleando códigos que no había usado en años... –vaciló al reparar en la expresión de horror del rostro pálido de Maggie. Ella intentó desasirse; la mortificaba que Cord hubiera visto las fotografías y descubierto la verdad. Sollozaba como un animal herido mientras intentaba desasirse.

Pero Cord era demasiado fuerte. La tumbó con suavidad sobre la cama y la apretó contra él, abrazándola con firmeza y ternura a la vez, sosteniendo la mejilla húmeda de Maggie junto a su pecho.

–Debiste decírmelo hace años –susurró con aspereza–.

Dios, cuando comprendí lo que te había hecho... –inspiró con brusquedad y cerró los brazos con fuerza para contener los temblores de Maggie–. Me porté fatal contigo. Te hice sufrir, te atemoricé... tanto, que tuviste que ocultarme la verdad. ¿Cómo puedo disculparme por lo que sufriste por mi culpa? Y ni siquiera lo sospeché. Tú y tus malditos secretos, Maggie –concluyó con enojo.

–Amy pensó que era lo mejor... –empezó a decir con voz ronca.

–¿Amy? –se apartó de ella con el ceño fruncido–. Amy ya había muerto cuando te casaste con Evans.

Maggie abrió aún más los ojos. No entendía lo que Cord quería decir.

Cord hizo una mueca. La miró con intenso dolor en sus ojos oscuros.

–Te dejé embarazada la noche en que Amy murió –dijo con voz trémula–. Evans te provocó un aborto en su arrebato de ira –apretó los dientes con angustia en su expresión–. Dios, de haberlo sabido, lo habría matado.

Maggie le rodeó el cuello con la mano para abrazarlo. ¡No sabía nada de lo otro! Todo estaba bien. Enterró el rostro en su garganta y se aferró a él. Notó algo húmedo en la mejilla. Las lágrimas afloraron en sus propios ojos.

–Jamás te lo habría dicho –dijo con voz ahogada–. Jamás quise que te enteraras. Sabía que te dolería mucho...

Cord gimió, y le cubrió el rostro con besos rápidos y ardientes que de pronto se ralentizaron y se volvieron increíblemente tiernos. Su enorme cuerpo se relajó sobre el de ella, y la hundió suavemente en el colchón. Susurró algo que Maggie no logró comprender mientras una pierna larga y poderosa se insinuaba entre las de ella a través del camisón de algodón.

Por lo general, se habría sentido intimidada por el movimiento, nerviosa, tímida, vacilante. Pero Cord estaba compartiendo con ella su dolor. Había perdido al hijo de ambos y de repente, el sufrimiento se hacía soportable solo porque él lo sabía.

–Cord... –susurró con voz entrecortada, aceptando el roce lento y sensual de su cuerpo masculino. Lo abrazó–. Quería tener ese niño –le dijo al oído–. ¡Cuánto deseaba tenerlo! Y Bart no dejó de golpearme. Recuerdo que cuando... cuando yacía sangrando y rota, maldiciéndolo a voz en cuello por lo que sabía que había hecho, lo amenacé con decírtelo y le aseguré que no tendría ni un minuto de paz durante el resto de su miserable vida. Le dije que me vengaría de él aunque fuera lo último que hiciera –tragó saliva–. Se mató –dijo en un susurró–. Hice que se matara. También he tenido que vivir con ese cargo de conciencia...

–Maldito fuera. Si no se hubiera suicidado, lo habría estrangulado yo mismo.

–Era un alcohólico; pero no me enteré hasta que no estuve casada con él. Sospechaba que me había quedado embarazada. Quería que el bebé tuviera un apellido, y temía decírtelo.

–Sí. Fui muy cruel contigo, muy cruel.

Ella lo acarició con la mejilla.

–Los dos habíamos estado bebiendo –dijo Maggie en voz baja–. No te tortures; ya no importa.

–Claro que importa –replicó con aspereza–. Ni siquiera pensé en las consecuencias. Siento que tuvieras que pasar por eso tú sola.

–Llamé a Eb.

–Sí, me lo dijiste –repuso en tono frío.

–Iba... Iba a pedirle que se pusiera en contacto contigo. Pero cuando me enteré del accidente de mi marido, me eché atrás.

Cord deslizaba las manos por su cuerpo, cambiando despacio de postura. Le acarició la garganta con los labios, y ella se estremeció.

–Habría venido enseguida –susurró–. De hecho, vine en cuanto me enteré de que habías estado enferma. Para entonces, ya estabas en tu casa, y ni siquiera quisiste verme.

Ella le besó el cuello con suavidad.

–Lo habrías adivinado nada más verme. Solo quise ahorrarte el sufrimiento.

Cord profirió un sonido áspero y gutural. Buscó su pecho con la boca y lo presionó a través de la gruesa tela de algodón.

–Merecía sufrir.

Maggie sonrió pese a la excitación. Resultaba embriagador que Cord la abrazara con tanta avidez. Jugó con su cabello. Era una delicia tocarlo, yacer junto a él, estar con él. Sintió un hormigueo por todo el cuerpo, y ni un ápice de temor, solo un sentimiento de irrealidad. Movió una pierna de forma involuntaria, deslizándola sobre las de él. Para sorpresa de Maggie, el pequeño movimiento le produjo una erección patente e inmediata. Cord se puso rígido.

–Será mejor que no lo vuelvas a hacer –masculló.

–Lo siento.

Cord exhaló un fuerte suspiro junto al oído de Maggie.

–Ojalá estuviéramos en un hotel.

–¿Por qué? –preguntó con curiosidad.

–Podría llamar al servicio de habitaciones y pedir un preservativo de emergencia –rio. Maggie se unió a sus carcajadas.

–Me gusta sentirte así –le dijo, y deslizó los labios pausadamente a lo largo del cuello ardiente de Cord. Este la sujetó por la cadera y la apretó contra él para que sintiera el poder completo de su erección.

–Quiero entrar dentro de ti –le susurró al oído. Maggie profirió una exclamación de asombro. No podía creer que Cord hubiese dicho algo tan osado, pero se movió sobre ella, y bajó la boca al escote cuadrado del camisón. Recorrió el borde de algodón con los labios, levantándolo para poder besar su piel suave como la seda. Maggie se movía con desazón, ardiendo de placer.

–Me gusta –murmuró, aturdida. Cord trazó un dibujo en su piel con la lengua.

–Déjame que te quite el camisón y te enseñaré algo que te gustará mucho más.

–No pareces el tipo de hombre que pregunta primero –bromeó.

–Solo contigo –contestó–. ¿Son botones o automáticos?

Cord fue desabrochando botones, mientras ella reía con suavidad. Después, alzó la cabeza y la miró a los ojos. Deslizó el dedo índice por debajo de la tela y la atormentó acercándolo a su pezón erecto sin dejar de observarla, como un halcón, para evaluar su reacción.

Maggie entreabrió los labios. Cada vez le costaba más trabajo respirar con normalidad. Clavó las uñas en los antebrazos de Cord justo cuando él se cernía sobre ella y, llevada por un impulso, miró hacia abajo. La toalla había resbalado de las caderas de Cord, pero estaban tan juntos que no podía ver nada.

–¿Quieres mirar? –preguntó Cord en voz baja, y se elevó unos centímetros para que pudiera verlo.

Maggie se quedó sin aliento. Era increíblemente hermoso, como una escultura que había visto hacía años. Permaneció inmóvil, contemplando con fijeza la perfección de su cuerpo delgado y musculoso. Resultaba amenazador, pero no tenía miedo de él.

–Estás muy excitado –susurró con atrevimiento, y elevó la mirada hacia él.

Cord deslizó la mano con suavidad dentro del camisón para cubrir un seno suave.

–Excitado y hambriento –corroboró–. Pero si dejas que te haga mía, prometo no hacerte daño. Es hermoso hacer el amor; tiene un ritmo propio que crece como una sinfonía. El placer es más exquisito de lo que las palabras pueden describir –la miró a los ojos mientras la acariciaba con ternura y sentía la respuesta automática de Maggie en cómo elevaba el cuerpo hacia su mano–. Te deseo mucho.

–No... No tomo nada –alcanzó a decir Maggie.

–Y yo tampoco tengo nada que ponerme. Sería una temeridad, una insensatez –sonrió despacio, lanzando destellos con sus ojos oscuros–. ¡Sería delicioso!

La expresión de Maggie era de curiosidad y excitación al mismo tiempo. Nunca había recibido placer de un hombre. Incluso con Cord, había sido doloroso y aterrador. Ya no sentía inhibiciones ni miedo; la ternura con la que Cord la había tratado en los últimos días la había cambiado. Quizá lo hubiera cambiado también a él, porque no se mostraba exigente. Maggie elevó las manos para acariciarle los labios firmes y cincelados.

–Al tío Jorge no le haría gracia.

Cord se limitó a sonreír. Movió el cuerpo de forma casi imperceptible, arqueando la espalda, y susurró:

–Incorpórate.

La ayudó a sentarse, la despojó del camisón y lo arrojó al suelo, junto a la toalla. Maggie llevaba unas braguitas sencillas de algodón. Cord se desembarazó también de ellas mientras le acariciaba el vientre con los labios para que no protestara por su repentina desnudez.

Le mordisqueó la cadera con los dientes y rio al oír su risita contenida. Abrió los labios despacio sobre el estómago plano de Maggie mientras la buscaba con la mano de una forma que ella no había experimentado en su madurez. El roce reavivó recuerdos terribles y empezó a protestar, pero un estremecimiento de deleite la hizo elevar las caderas, y se reflejó en los ojos que lo buscaron cuando Cord alzó la cabeza. Este sostuvo la mirada de Maggie mientras la seducía con pericia para permitirse aún más libertades.

–Esto no es más que el principio –susurró cuando ella empezó a moverse de forma involuntaria y a gemir al ritmo del roce diestro de su mano–. Voy a llevarte al clímax y, cuando lo alcances, voy a penetrarte hasta el fondo.

Maggie gimió junto a la boca de Cord; sus palabras eran tan excitantes como sus caricias. Le clavó las uñas.

–Es... maravilloso –dijo con voz ahogada.

–Es divertido –susurró Cord–. Una diversión gloriosa. Tócame.

Lo buscó con cierta timidez, y profirió un pequeño gemido ahogado cuando él le mordisqueó el labio inferior.

–Nunca pensé... que podría ser así –alcanzó a decir Maggie, mientras se estremecía con creciente placer–. Nunca imaginé... ¡Cord! –exclamó, mientras él la conducía cada vez más deprisa a una cima de deleite increíblemente agradable.

–Me encanta mirarte –susurró Cord con ojos candentes, deleitándose con la belleza esbelta de Maggie. Tenía los senos firmes e insolentes, con los pezones rosados y duros. Abría las piernas mientras lo miraba y se elevaba hacia el roce de su mano–. Tienes un pecho precioso, sobre todo ahora, con los pezones duros y rojos como el vino.

Maggie apenas lo oía. Tenía los brazos junto a la cabeza, y su cuerpo se estremecía con cada roce mientras lo miraba sin ver y sollozaba, rogando para que no dejara de acariciarla.

–No vas a parar, ¿verdad? –susurró. Él lo negó con la cabeza.

Maggie elevaba las caderas hacia él. Resultaba increíble que pudiera yacer sobre la cama, desnuda, dejando que Cord la acariciara y que no le diera vergüenza. Sus caricias se volvieron insistentes.

–Me excita oírte gemir así –dijo Cord con voz ronca–. ¿Te gusta?

–Me... en... can... ta –masculló.

–Pues todavía hay más –sin dejar de tocarla, se colocó en posición sobre ella, separándole aún más los muslos con sus poderosas piernas. Incrementó la presión y el ritmo de su mano, y Maggie gritó con suavidad y se mordió el labio al sentir las repentinas oleadas de placer–. Sí –dijo Cord con aspereza–. Sí, voy a llevarte más allá del límite. No pienses, solo deja que te haga mía. Entrégate a mí por entero. Déjame entrar, Maggie...

Ella se puso rígida cuando el placer alcanzó un nivel casi insoportable y aun así, ¡todavía había más! Arqueó la espalda mientras lo miraba a los ojos, y flexionó las rodillas a ambos lados de su cuerpo para alentarlo a que la tomara mientras se convulsionaba con la gloria del éxtasis físico.

–¡Dios! –gimió Cord, y la embistió al tiempo que retiraba la mano y le sujetaba la cintura. La penetró con violencia, consciente de que estaba más que preparada para aceptarlo, para amoldarse a él, para devorarlo por entero. Contempló con fijeza sus pupilas dilatadas mientras entraba con fiereza en su cuerpo–. Mírame –masculló–. Quiero que me mires. Quiero que me tomes...

Su voz se quebró con un clímax explosivo que lo dejó rígido. Tenía la mirada vidriosa, y parecía haber dejado de respirar. Apretaba los dientes mientras se estremecía una y otra vez.

–¡Dios...! Es... como... morir –gimió–. Maggie... Maggie, cariño...

Cerró los ojos y sufrió una convulsión tan violenta que Maggie temió por él. Le rodeó las caderas con sus largas piernas y se sorprendió al ver que el suave movimiento de su cuerpo agravaba las convulsiones. Cord cerró los puños a ambos lados de la cabeza de ella, y sollozó con aspereza, con ritmo, como las contracciones de su poderoso cuerpo.

–¿Cord? –susurró Maggie, todavía estremeciéndose en el eco de su propio y exquisito orgasmo.

–No puedo parar... –jadeó–. No puedo...

–Cariño –susurró Maggie, y empezó a besarlo donde podía, a consolarlo mientras él estallaba en sus brazos. Oía su respiración áspera junto al oído mientras yacía por completo sobre ella, todavía moviendo las caderas de forma convulsiva. Lo sentía dentro de ella, duro, cálido y grande. Maggie cerró los ojos para saborear el placer, sintió la liberación que parecía no acabar nunca, y suspiró mientras lo abrazaba. Jamás se había sentido tan unida a nadie, jamás.

–Maggie –gimió Cord con voz ronca. Deslizó las manos por debajo de la espalda de ella y la besó con fiereza, gimiendo dentro de su boca abierta. Ella lo meció, y sonrió al sentir sus besos devoradores mientras él, poco a poco, empezaba a relajarse y se estremecía en la estela del deleite físico.

Maggie le alisaba el pelo con ternura. Habían hecho el amor. Podía entregarse sin miedo ni vergüenza, podía ser una mujer entera. Jamás pensó que llegaría a hacerlo, y menos así, con Cord. Este sonrió de forma misteriosa.

–¿Qué te hace tanta gracia? –preguntó Maggie con voz somnolienta. Él la besó con suavidad.

–Ya te lo diré algún día –empezó a apartarse de ella pero Maggie lo atrapó, protestando.

Cord la miró con sobrecogedora ternura, con el pelo húmedo de sudor. Movió las caderas de forma impulsiva y notó cómo ella le abría el cuerpo. Se retiró un ápice y volvió a entrar. Maggie se movía con él, rozándole las piernas con las de ella, mientras el placer se reavivaba. Elevó las caderas para unirlas a las de él y apretó los dientes.

–¡Dios mío! –dijo con voz ahogada–. ¡Cord!

Él empezó a moverse con violencia, balanceando las caderas con fuerte cadencia y observando cómo ella abría los ojos con cada movimiento. El deseo le crispó el rostro.

–Voy a hacerte mía otra vez –le dijo Cord con voz ronca–. Siente cómo te lleno, pequeña. ¡Siénteme muy dentro de ti! –gimió y cerró los ojos al sentir la fuerza de una nueva erección.

–Te deseo –susurró Maggie–. Quiero sentir cómo... explotas dentro de mí.

Aquellas palabras desencadenaron un inesperado clímax que los enredó a los dos en movimientos ardientes e incontrolables.

–Cord –siguió murmurando Maggie–. Cord... Hazme un bebé...

Las palabras profundizaron el clímax y lo llevaron a derroteros desconocidos. Cord sentía las sacudidas incontenibles de su cuerpo sobre el de ella.

Maggie lo contemplaba y se enardecía al sentir el roce ardiente de su piel al penetrarla con frenesí, hasta que ella también se estremeció de pies a cabeza. El mundo entero se desvaneció mientras el placer se concentraba en su bajo vientre y estallaba de forma repentina. Sintió el calor recorriéndola en oleadas de gozo insoportable...

Oyó la respiración jadeante de Cord, el peso entrañable de su cuerpo poderoso mientras ella se agitaba con los últimos estremecimientos. Después, Cord se tumbó de costado, le pasó una pierna por encima de las caderas y la estrechó con ternura.

–Has sentado un precedente –susurró con la voz grave por el agotamiento.

–¿Mmm? –murmuró Maggie, todavía aturdida.

–No había tenido una experiencia así con ninguna otra mujer.

–¿En serio?

–En serio –la besó en los labios–. Me pediste que te dejara embarazada –Maggie se sonrojó, avergonzada–. Ya es demasiado tarde para que lo retires –señaló al ver su rubor, y frunció los labios–. No sé cuánto esperma puede producir un hombre, pero creo que acabo de establecer un récord mundial.

Maggie sonrió.

–Qué diablos –añadió con voz somnolienta–. Si te quedas embarazada, no será el fin del mundo.

–No tienes por qué preocuparte –le dijo–. Sería mucha casualidad...

–No estoy preocupado, Maggie –repuso Cord en voz baja, mirándola con curiosidad. Ella hizo una mueca.

–Con tu estilo de vida...

Cord le cerró los párpados besándoselos.

–Esta noche no resolveremos todos los problemas. Afrontémoslos uno a uno. Gruber es nuestra prioridad.

–Gruber. Me había olvidado de él.

–¿Ah, sí? –sonrió.

–No te lo creas mucho –lo regañó–. Debe de haber al menos otros diez amantes maravillosos en el mundo que podrían dejarme casi inconsciente de placer.

–Ni se te ocurra buscarlos –le dijo Cord en tono sombrío.

Maggie suspiró y miró entre sus cuerpos. Cord se fue retirando despacio, y ella se sonrojó un poco, pero no desvió la mirada. Cord sonrió.

–Considéralo una lección de educación sexual –bromeó.

–Tiene gracia –intentó explicarse ella, mirándolo a los ojos–. Sé todo lo que hay que saber, pero no sé nada. No sabía nada, hasta esta noche. Creía... –vaciló–. No siempre es así, ¿verdad?

–Para mí, no –reconoció Cord en voz baja–. Nunca había tenido un sexo tan bueno.

–¿No ha sido más que sexo? –preguntó Maggie con el ceño fruncido. Cord se quedó pensativo y trazó un dibujo sobre sus senos relajados.

–Hemos hecho el amor –contestó en voz baja–, en el sentido más puro de la palabra –la sometió a un escrutinio implacable–. Pensé en dejarte embarazada antes de que me lo sugirieras. Me ha excitado mucho. No suelo ser tan... potente.

El rostro de Cord se relajó mientras ella lo miraba. Parecía confuso, inseguro.

–Hace mucho tiempo desde la última vez para ti, ¿no? –le preguntó Maggie

–¿Crees que la abstinencia podría producir una experiencia como esta? –replicó.

–No lo sé –suspiró–. ¿Podría?

Cord no dijo nada. Con una honda exhalación, se

sentó en el borde de la cama y recogió su toalla, el camisón y las braguitas de Maggie, de la alfombra. Le devolvió las prendas sin llegar a mirarla a los ojos.

–¿Qué pasa? –preguntó ella con suavidad. Cord se ciñó la toalla a la cintura–. No pretendía hacer esto –dijo, y se volvió a mirarla con expresión preocupada–. Vine a consolarte, créeme. Había averiguado lo que había sido de nuestro hijo. No me habría aprovechado de esa pesadilla para obligarte a que te entregaras a mí.

–Ya lo sé.

–Maggie, pensaste que había descubierto otra cosa, algo aparte de lo del bebé, ¿verdad? –le preguntó de improviso, y entornó los ojos mientras ella se ponía rígida–. ¿Qué otro secreto me ocultas?

# 11

Maggie contuvo el aliento mientras Cord estudiaba su reacción a aquella pregunta explosiva.

–Después de lo que hemos compartido –insistió–, no debería interponerse ni un solo secreto entre nosotros.

Maggie seguía preocupada. Deseaba poder confiar en él, pero después de la ternura compartida, la asustaba aún más la idea de que conociera su pasado. Le repugnaría.

Cord vio la tortura que reflejaba el rostro de Maggie y dio marcha atrás.

Había averiguado que había perdido a su hijo, con tiempo, averiguaría lo demás. Debía de ser algo terrible, a juzgar por la reacción de Maggie.

–A ver –la hizo levantar los brazos y le metió el camisón por la cabeza–. ¿Quieres darte una ducha? –preguntó con una lenta sonrisa–. Podríamos ducharnos juntos.

–El tío Jorge...

–Es un hombre –concluyó Cord en tono complaciente–. Y sabe lo que es estar a la merced del deseo.

–Tú también –señaló Maggie con incomodidad. Él le dibujó el labio inferior con el dedo.

–Hace años, antes de casarme con Patricia, tuve aventuras con mujeres –dijo sin rodeos–. Pero se me pasó. Ya no tengo la misma curiosidad y, aunque la tuviera, no te utilizaría a ti para satisfacerla. ¿Entendido?

Ella se mordió el labio inferior; un poco triste pero sin comprender por qué.

–No sé... No sé mucho de esto, al menos, como mujer –dijo, tratando de explicarse sin recurrir a la verdad–. Esta noche ha sido una especie de primera vez para mí.

–Y para mí también –afirmó Cord en voz baja–. Nunca había sentido nada igual. Quiero ser tierno contigo, escucharte, acariciarte y saborearte, incluso en pleno frenesí –sus ojos relucieron con oscura tibieza–. Lo ocurrido no debería ser posible. Cuando un hombre se vacía, tarda tiempo, bastante, por lo general, hasta que vuelve a estar en condiciones. Yo he logrado hacerlo dos veces sin detenerme a respirar.

El rostro de Maggie se iluminó.

–¿No te había pasado antes? –quiso saber, y Cord rio con sinceridad al ver su expresión traviesa.

–No, nunca –le confesó–. ¿Satisfecha?

–Mucho –contestó con voz ronca, y se estiró despacio, observando cómo Cord seguía su movimiento con la mirada. Este inspiró hondo, se puso en pie y se ajustó la toalla en torno a sus estrechas caderas.

–Me voy –le informó–. Aunque tú no estés dolorida, yo sí. Quiero darme una ducha y dormir profundamente. Mañana, tengo que envejecer cuarenta años y caminar encorvado.

Maggie rio con deleite.

–Y yo necesitaré una gabardina y una pistola –le dijo–. Haré de espía para ti.

Cord contempló su rostro radiante, el entusiasmo mezclado con la ternura en sus ojos verdes.

–Me dejas sin aliento –dijo con voz ronca.

Las palabras la confundieron; no las comprendía.

Cord se rio de su propia admiración. Conocía a Maggie desde hacía muchos años pero, hasta aquella noche, había sido casi una desconocida para él. Habían concebido un hijo juntos, lo habían perdido, y Cord ni siquiera se había enterado. De repente, el dolor y el sufrimiento de sus vidas los unían más que nunca. Quizá fuera así como surgían las relaciones, pensó mientras la observaba. Nacían de las dificultades y del dolor, de compartir los problemas.

–¿En qué piensas? –preguntó Maggie.

–En que tú y yo estamos más unidos que la mayoría de las personas –dijo con suavidad–. Y no solo en la cama –encogió los hombros–. Hemos compartido los episodios más dolorosos de nuestras vidas; hay un vínculo. Hasta que no supe lo del bebé, no lo había querido ver.

–Debí decírtelo –confesó Maggie con mirada triste.

–Sí, pero comprendo por qué no pudiste. El único culpable soy yo. Te aparté de mí por vergüenza y desprecio hacia mí mismo. Y si ahora te quedas embarazada no podrás ocultármelo. No te lo permitiré.

Ella sonrió débilmente.

–Puede que no vuelva a quedarme embarazada.

–¿Me estás escuchando? –repuso Cord con una ceja levantada–. Tengo esperma de campeón. En la historia de este planeta, nunca ha existido un hombre más motivado para producirlo que yo esta noche. ¿Y crees que no puedes quedarte embarazada? ¡Ja!

Maggie rio de puro deleite. A Cord le brillaban los ojos, y a ella le gustaba contemplar las pequeñas arrugas que se le formaban en torno a los párpados cuando sonreía.

–¿Te preocupa algo? –preguntó Cord, porque no entendía la mirada profunda de Maggie. Esta movió los hombros y sonrió con timidez.

–No.

–No me vengas con esas. Vamos, suéltalo.

Maggie jugó con su camisón para no mirarlo a los ojos.

–Lassiter dijo que me daría trabajo si yo quería.

Se produjo un silencio largo y tenso. Maggie no se atrevía a mirar a Cord. Por fin, este suspiró.

–Está bien. Cuando esto haya acabado y te haya enseñado cómo funciona este negocio, si quieres ejercer como detective, Lassiter es un buen comienzo. Pero solo hasta que nazcan los niños –añadió con firmeza, y Maggie lo miró, incrédula–. Mientras sean pequeños, te necesitarán en casa, igual que a mí. Les daremos una base sólida y después, cuando estén en el colegio, podrás retomar tu trabajo.

Maggie estaba maravillada. Cord hablaba de un futuro en común. Nunca lo había hecho.

–No me mires como si todo esto fuera culpa mía –la regañó–. Tú eras la que gritabas: ¡Hazme un hijo!

–¡Deja de decir eso! –rio Maggie, ruborizada. Cord sonrió.

–Me gustan los niños; podrán aprender a criar ganado.

Maggie le devolvió la sonrisa. No eran más que fantasías, por supuesto. Ella no podía quedarse embarazada y él no sentaría nunca la cabeza. Estaban soñando en voz alta. Además, no podía olvidar su pasado sórdido y horrible. Si Cord lo descubría, no querría volver a tocarla.

La idea la torturaba, pero siguió sonriendo. Cord no podría desenterrar la verdad; los archivos estaban sellados. Aunque tuviera claves de acceso, no le servirían de nada. Stillwell tenía documentos y grabaciones de vídeo, pero no los sacaría a la luz a no ser que no le quedara más remedio. Maggie pensaba cerciorarse de que no tuviera esa oportunidad. Si era preciso, iría tras Stillwell ella misma, en cuanto Cord le enseñara las nociones básicas de aquel juego de espías.

–Tienes cara de estar tramando algo –dijo Cord.

–Así es –rio Maggie.

–Qué idea más sugerente. Me gusta el rosa, si estás urdiendo planes de seducción.

–A mí también me gusta. Espera y verás.

Cord suspiró y sonrió con pesar.

–Teniendo en cuenta mi estado actual, y el tuyo, no me queda más remedio que esperar. Que duermas bien, cariño.

–Tú también –contestó en el mismo tono suave que Cord había empleado. Él se fue a regañadientes.

Maggie se dio una ducha, se puso un camisón limpio y rehizo la cama. Le preocupaba que la asistenta de Jorge pudiera descubrir que sus invitados se estaban dando revolcones en su casa, pero cuando recordaba el puro deleite de las caricias de Cord, no lograba sentirse avergonzada. Él había sido el único hombre de su vida. Ocurriera lo que ocurriera, tenía una noche perfecta que conservar en la memoria.

Todo el mundo estaba serio en el desayuno. Cord la saludó con mirada cálida, pero no tuvieron ocasión de compartir recuerdos. Estaba en compañía de dos desconocidos, uno llevaba una chilaba de seda de color pardo y el otro, un latino alto, un traje convencional.

–Este es Bojo –Cord presentó al hombre vestido de seda, que desplegó una sonrisa agradable entre su bigote y barba recortados–. Y este es Rodrigo –dijo refiriéndose al apuesto latino, que también sonrió con agrado.

Maggie los observó con atención.

–Agentes disfrazados –dijo por fin–. Me muero por conocer mi parte en la misión.

Todo el mundo prorrumpió en carcajadas, incluidos Cord y Jorge.

–Ya os dije que era valiente –les dijo Cord a los recién llegados, y sonrió a Maggie–. Ahora es cuando te damos tu pistola de juguete y te enseñamos a esquivar balas.

–Adelante.

–Este es el plan –Cord entornó los ojos mientras describía la misión de sus compañeros–. Dejaremos a Peter y a Don aquí, para que cuiden de Jorge y protejan el cortijo–. Rodrigo, tú serás mi ayudante personal durante el viaje. Bojo –suspiró–. Me temo que tendrás que hacer otra vez de guía.

Bojo se encogió de hombros y sonrió con complacencia.

–Si le preguntas a Su Alteza, el rey de Marruecos, te dirá que soy más que apto para la tarea.

–Te tomaré la palabra –le dijo Cord, y miró a Jorge–. Aquí estarás a salvo. Peter se encargará de que no haya sorpresas.

Jorge rio con deleite.

–Todavía tengo mi carabina –le recordó–, y sigo siendo un buen tirador. Los muchachos que trabajan conmigo en el cortijo saben montar a caballo, y la mayoría han cumplido el servicio militar. No, yo estoy a salvo. Los que me preocupáis sois vosotros cuatro –añadió, con una mirada elocuente a Maggie.

–Estoy en buenas manos –le aseguró ella, y se estremeció de placer al ver la expresión de Cord.

–Las mejores –dijo Cord con suavidad, y le dio un apretón cariñoso en la cintura–. Ahora –dijo–, hablemos de logística.

Había armas, por supuesto. Maggie tendría que aprender a tolerarlas porque se enfrentaban a algunos de los hombres más peligrosos del mundo.

Cualquier compañía valorada en varios millones de dólares se armaría hasta los dientes si se sintiera amenazada, y Gruber no vacilaría en matar a cualquiera que supusiera un peligro. Así que cuando Cord le explicó cómo cargar, cerrar y disparar una pistola automática Colt 45, prestó atención.

Cord colocó una diana en uno de los pastos desiertos y permaneció de pie tras ella mientras Maggie aprendía la técnica de sostener el arma con las dos manos y apuntar sin cerrar los dos ojos.

–Relájate –le regañó al oído, acercándose–. No es el enemigo.

Maggie se inclinó hacia atrás ex profeso con un suave gemido.

–No puedo concentrarme –murmuró con voz ronca, deleitándose con la firmeza cálida que sentía en la espalda–. Quiero hacer el amor.

Cord se quedó sin aliento y rio con deleite.

–Yo también –murmuró, y le besó el cuello con fiereza–. Pero no estamos en condiciones de hacer esa clase de ejercicio esta mañana. Además, tenemos una misión, así que no puede haber sexo.

–Eso es para los deportistas –se burló ella.

–Para los mercenarios, también –Cord le mordisqueó el lóbulo de la oreja–. Acabas de incorporarte a la unidad, así que, presta atención.

Maggie volvió la cabeza y lo miró con ojos brillantes.

–Más tarde.

–Más tarde –accedió Cord con voz ronca, y ella se estremeció de la cabeza a los pies. Su rostro viril reflejaba una pasión apenas contenida–. Si empiezo a besarte, acabaremos en el suelo y se formará un corrillo de mirones, créeme.

–Está bien –rio Maggie–. Me comportaré. ¡Enséñame otra vez cómo se hace!

Al cabo de una hora, Maggie había refrescado los conocimientos que Eb Scott le había enseñado y estaba disparando a la diana.

–Muy bien –murmuró Cord–. Aprendes deprisa.

–No te lo había dicho, pero Eb me enseñó a disparar –dijo sin pensar–. ¡Cord!

De repente, la estaba sujetando con tanta fuerza por la cintura que le hacía daño.

–Perdona –se apresuró a decir. Ella se dio la vuelta y lo miró con expresión de disculpa.

–No era mi intención mencionar a Eb. Pero dicho sea de paso –añadió con suavidad–, ya sabrás que estoy enamorada de ti. Lo he estado desde que tenía doce años.

Cord frunció el ceño, sorprendido por aquella afirmación repentina y directa.

–Eb te dirá que puse fin a nuestro compromiso porque él no quería dejar de ser mercenario –prosiguió con valentía–, pero la verdadera razón fue que no soportaba que me tocara –sonrió con tristeza–. Te deseaba a ti.

Cord la estrechó entre sus brazos y la besó con pasión lenta y fiera, poniendo todo su cuerpo en contacto con el de Maggie. Con un gemido ronco, ella se aferró a él, y Cord la levantó del suelo. Durante aquellos segundos, estaban solos en el mundo, unidos por fuerzas más poderosas de lo que ninguno de ellos comprendía. El tiempo pasó en una nebulosa de pasión.

–Espero que esté echado el seguro –murmuró una voz con regocijo junto a ellos.

Cortaron el beso al instante. Cord miró a Bojo sin comprender, al igual que Maggie.

–La pistola –les dijo, y señaló el arma que ella sostenía en torno al cuello de Cord.

–Claro, la pistola –carraspeó Maggie y se apartó con brusquedad para pasarle el Colt 45 a Cord. Este echó el seguro con manos trémulas, y Bojo rio con picardía.

–Va a ser la misión secreta más interesante de mi vida –comentó con ironía, y se alejó mientras ellos todavía intentaban recobrar la compostura.

Aquella tarde, todos se habían puesto sus disfraces, con la excepción de Bojo y de Maggie. Cord se había hecho con una peluca que se asemejaba mucho al pelo blanco y ondulado de Jorge, y llevaba puesto un traje de su tío que, afortunadamente, era de su misma estatura. También empuñaba el bastón con cabeza plateada de lobo de Jorge, e fingía una chepa que le había valido una regañina de Jorge, pero que era fiel a la verdad. Jorge tenía artritis de columna.

Rodrigo, el latino, lucía un elegante traje de ayudante y no se alejaba mucho de Cord. Bojo se puso sus gafas oscuras y se cubrió la cabeza morena de pelo corto con la capucha. Maggie, con un elegante traje blanco de pantalón, zapatos bajos, un pañuelo de encaje sobre su melena suelta y gafas de sol, iba del brazo de Cord. Este también llevaba un sombrero de Jorge y gafas oscuras para mejorar el disfraz. Con la espalda encorvada, caminó junto a Maggie hacia el coche.

Minutos después, se alejaron por el largo camino de entrada, atravesaron la verja de hierro forjado y se pusieron en camino hacia la Costa del Sol y Gibraltar, y hacia el ferry que los conduciría a Tánger.

Después de pasar dos veces el control de pasaportes, una a su llegada a Gibraltar y otra al entrar en Marruecos, Rodrigo, con Bojo de copiloto, condujo el Mercedes hasta la ciudad de Tánger. No era la primera vez que Maggie avistaba aquel exótico lugar, ya que hacía apenas unas semanas había estado allí con Gretchen Brannon. Miró a Cord, sentado a su lado en el asiento de atrás, y se hizo una buena idea del aspecto que tendría de mayor. Habría dado cualquier cosa por compartir el futuro con él, por envejecer con él. Lo quería más que a su vida; siempre lo amaría.

Avistaron una bonita villa con verja de hierro forjado que recordaba la entrada del cortijo malagueño de Jorge. Cuando la franquearon, vieron flores por todas partes. La casa tenía dos plantas, era de adobe encalado y tejas rojas. Tras la puerta de madera de la entrada, se abría un patio de azulejos azules y blancos, con balcones, flores colgantes, y una fuente en la que el agua fluía melódicamente. Por todo Tánger se respiraba el olor dulce del almizcle.

Un joven alto y elegante salió a recibirlos.

–¡Tío Jorge! –exclamó, y tomó la mano del «anciano» entre las suyas–. ¡Qué alegría que hayas podido venir a visitarnos! Y esta debe de ser Maggie, que ha acompañado al pobre Cord a España. Bienvenidos, bienvenidos.

–Gracias por tu hospitalidad, Ahmed –dijo Cord, imitando bastante bien la voz grave y ronca de Jorge, y con la suficiente potencia para que los criados pudieran oírlo sin tener que aguzar el oído–. Cord pensó que a Maggie le sentaría bien visitar Tánger mientras él descansaba unos días. Creo que ansía un poco de soledad; su ceguera lo angustia. Este es mi ayudante personal, Rodrigo –presentó a su acompañante, que hizo una reverencia–, y nuestro guía, Bojo.

–Los dos son bienvenidos. Pasad y os enseñaré vuestras habitaciones. ¡Carmen! ¡Ven a saludar a nuestros invitados! –gritó cuando franquearon la puerta abierta del salón, una habitación espaciosa de suelos barnizados de madera, muebles antiguos y cortinas de brocado.

Una bonita mujer se acercó con un bebé en los brazos. Saludó a Maggie efusivamente, y a los hombres con actitud un tanto tímida.

–Carmen y nuestro hijo, Mohammed –los presentó–. Carmen va a pasar unos días en la casa de su hermana, pero quería saludaros antes de irse.

Mientras conversaban de temas sin importancia, Maggie comprendió por qué la joven mujer y el niño iban a ausentarse de la vivienda. De haber complicaciones, estarían fuera de peligro.

Ahmed acompañó a su mujer a la limusina que aguardaba y la despidió con la mano. Los criados, un hombre y una mujer morenos y de corta estatura que, a juzgar por su forma de vestir, no eran árabes, condujeron a Maggie a un dormitorio de la planta de arriba contiguo al que ocuparían Cord y Rodrigo. Bojo estaba al final del pasillo.

Maggie se entristeció al ver el reparto de habitaciones, porque quería estar en brazos de Cord en la oscuridad, como la noche anterior.

Tomaron un almuerzo ligero y salieron al patio a tomar café y a charlar. Era una tarde ociosa y agradable, y el tiempo pasó veloz. Después de la cena, cuando llegó la hora de retirarse a sus habitaciones, Cord entró en el dormitorio de Maggie para advertirle que tuviera cuidado con los criados.

–No podemos fiarnos de nadie –dijo con suavidad–. No es una cuestión de credenciales; esta ciudad siempre ha sido famosa por sus intrigas internacionales, y todavía lo es. No podemos saber quiénes son estas personas que trabajan para Ahmed. Él tampoco confía en ellos, por la cuenta que le trae.

Maggie deslizó un dedo por el frente de la camisa de Cord.

–Así que no podemos dormir juntos.

–Lo lamento tanto como tú –dijo con suavidad, poniéndole las manos en la cintura–. Nada desearía más que pasar la noche contigo en mis brazos –se inclinó y la besó con ternura–. No se trata solo de sexo –susurró–, aunque contigo es sensacional.

–Lo entiendo –dijo, y era sincera. Sentía la necesidad de estar con él a todas horas. Era abrumadora, sobrecogedora. Lo miró a los ojos y elevó la mano para tocarle los labios–. Pero detesto tener que estar separada de ti.

Cord se inclinó y le besó los párpados.

–Yo siento un hormigueo por todo el cuerpo cada vez que te miro. En realidad, lo único que deseo ahora mismo es tumbarte sobre esa cama y besarte hasta quedarme sin aire –sonrió con pesar.

Maggie se acercó a él y apoyó la mejilla en su amplio tórax con un suspiro.

–Y yo solo quiero abrazarte –dijo, con voz ahogada por una emoción que no podía controlar.

Cord gimió con suavidad y la levantó en brazos para

trasladarla a un sillón del rincón. Mientras la mecía en la cálida oscuridad, le besó el rostro con ternura.

–Tenemos que parar –dijo transcurrido un minuto–. Uno de los criados podría asomar la cabeza y preguntarse por qué estás besando a un hombre lo bastante mayor para ser tu abuelo.

Maggie rio con suavidad.

–¿Por qué no iba a besarlo, si es tan sexy?

Cord le dio un último beso, se puso en pie a regañadientes y la dejó con suavidad de pie ante él.

–Echa el pestillo a las dos puertas, la del balcón y la del pasillo. Toma –le puso un pequeño objeto en la mano–. Es un micrófono camuflado como un botón. Ponlo en la mesilla de noche. Si ocurriera algo, habla alto.

–Está bien.

–Ahora, voy a dormir con Rodrigo.

–¡Dios mío!

–En ese sentido, no –rio Cord, y movió la cabeza–. Vas a acabar conmigo.

–No lo digas ni en broma –repuso Maggie. Lo miraba con solemnidad, como cuando ella tenía diez años y él dieciocho y estaba en apuros–. Anda con cuidado. Si te ocurriera algo, no desearía vivir.

Cord la observaba con el rostro tenso. Volvió a sentir el intenso temor de perderla, la certeza de que aquella mujer era lo único que tenía en el mundo. Le rozó la mejilla con los dedos y trató de sobreponerse.

–No soy temerario –le dijo con suavidad–. E incluso cuando corro riesgos, son medidos y meditados. Tú eres mi bala perdida. Debes hacer exactamente lo que te diga, sin vacilar.

¿Acaso no lo he hecho siempre? –bromeó Maggie.

–Ah, no; no pienso hablar de eso ahora. Que descanses. Y cierra las dos puertas.

–A la orden, jefe.

# 12

Al día siguiente, Cord y Maggie descansaron en la villa, con Cord disfrazado. Mientras tanto, Bojo fue a visitar la ciudad con Ahmed, aunque en realidad era un pretexto para obtener información para la misión. Los dos hombres estuvieron fuera hasta muy tarde.

Cuando Bojo regresó, se dirigió de inmediato a la habitación de «Jorge», donde Cord descansaba tumbado en la cama, Rodrigo estaba sacando prendas de un armario y luego las colocaba sobre una silla y el criado vagaba de un lado a otro sin ninguna excusa aparente.

–Ahmed te reclama –le dijo Bojo al criado con una sonrisa–. Vamos a salir esta noche, y quiere que lo ayudes a escoger la ropa que va a ponerse.

–Sí, señor –contestó el hombrecillo, pero lanzó una mirada recelosa al recién llegado antes de cerrar la puerta.

En cuanto se hubo ido, Cord se incorporó en la cama, hizo una seña a Bojo con la cabeza y este extrajo un minúsculo artilugio electrónico del bolsillo de su chilaba con el que empezó a barrer la habitación.

Sus peores sospechas se confirmaron cuando el detector encontró dos micrófonos, uno en el cajón de la mesilla y otro en el cuarto de baño. Los dejaron donde estaban para no alertar a la persona que los había colocado allí.

Cord hizo una mueca, furioso. Bojo se encogió de hombros, sin saber cómo proceder en aquella situación. Rodrigo se puso la chaqueta que sostenía en la mano y empezó a hacer señales con las manos. Los ojos de Cord se iluminaron, y sonrió. Asintió, y respondió a los signos. Bojo estaba perplejo. Más tarde, Cord le explicaría que Rodrigo era aficionado al lenguaje de signos de los indios de las Grandes Llanuras, y que le había enseñado a Cord en una ocasión durante una vigilancia. Les gustaba usarlo para desconcertar a otros mercenarios del grupo pero, en aquellos momentos, estaba demostrando ser una herramienta muy útil.

Con las manos, Cord le dijo a Rodrigo que Maggie y él entrarían en las oficinas de Global Enterprises aquella noche mientras, aparentemente, cenaban en un lujoso restaurante con Ahmed. Rodrigo y Bojo los cubrirían. Rodrigo debía sacarle la vestimenta nocturna, que llevaba en un compartimento secreto de su maleta, y otra a juego que había guardado para Maggie. Debía hacer ir a Maggie a la habitación con cualquier pretexto para que pudiera ponérselo, y barrer el dormitorio de ella con el detector.

Después, Rodrigo empezó a hablar en un español pausado sobre la cena inminente y lo que a «Jorge» le gustaría ponerse. Bojo se limitó a mover la cabeza.

Maggie se sorprendió de que Rodrigo requiriese su presencia en la habitación del «tío Jorge», pero se presentó sin hacer preguntas. En cuanto la puerta se cerró tras ella, vio que Cord se había puesto una indumentaria negra ajustada de pantalones y polo de mangas largas, y que llevaba una funda de pistola al hombro con el mismo Colt 45 con el que la había enseñado a disparar.

No sonreía ni la miraba como un enamorado. Estaba taciturno y amenazador, y Maggie vislumbró al hombre en quien debía transformarse cuando llevaba a cabo una misión. No tenía una musculatura exagerada pero, con aquellas prendas, cada poderoso centímetro de su cuerpo destacaba de forma deliciosa. Se quedó sin aliento al sentir el magnetismo animal que Cord irradiaba. Conocía su cálida fuerza de forma íntima, la resistencia inquebrantable de aquel cuerpo, y tuvo que reprimir rubor al contemplarlo.

Cord avanzó con pasos rápidos y medidos y la apartó de la ventana. La condujo a un pequeño vestidor y le pasó un atuendo similar al suyo indicándole que se lo pusiera. Salió, cerró la puerta y se puso a conversar con los hombres de temas intrascendentes. Maggie tuvo que contenerse para no reír en los confines del vestidor. Una vez envuelta en seda negra, abrió la puerta y salió a la habitación retirándose el pelo del cuello del polo distraídamente. El silencio le llamó la atención. Alzó la vista y vio tres pares de ojos muy masculinos clavados en su figura. Cord casi vibraba del exquisito deseo que ella avivaba en él. Bojo y Rodrigo estaban igual de embelesados y la devoraban con los ojos.

Cord espantó a sus dos camaradas con la corbata que se estaba anudando, a juego con el traje negro con chaleco que se había puesto. Bojo y Rodrigo sonrieron con timidez y se retiraron alegando que debían vestirse. Maggie sonrió a Cord, pero él no le devolvió la sonrisa. Tenía una mirada sombría. Llevaba la peluca blanca.

–Por favor, niña –dijo, imitando la voz grave de Jorge para quien pudiera estar oyéndolos–. ¿Podrías ayudarme con la corbata? Perdona, pero quiero escuchar las noticias. ¡Antojos de anciano! –añadió con regocijo, y subió el volumen de la radio.

–Por supuesto, tío Jorge –dijo Maggie, y se acercó a él.

–Yo lo haré –le dijo Cord al oído–. Tú tienes que ponerte el vestido encima de eso. Menos mal que te gustan las mangas y las faldas largas.

–¿Sí, verdad? –bromeó Maggie mientras regresaba al vestidor y rescataba el vestido con el que había entrado en el cuarto. Se lo puso y se lo abrochó con cuidado de dejar el traje negro bien oculto debajo. Miró a Cord, que se había anudado la corbata a la perfección, y este la contempló con ojos entornados y asintió.

–No debemos volver muy tarde –prosiguió, imitando la voz de Jorge–. Me canso con mucha facilidad. Y dentro de un par de días, deberíamos volver a casa. Cord nos echará de menos. No me gusta dejarlo solo en el estado en que está.

–Me sorprende que no le importara que hiciéramos este viaje –comentó Maggie, en su papel.

–Sabía, igual que yo, que te encantaría ver el Tánger de verdad, el que los turistas no llegan a ver.

–Y tenía razón, estoy disfrutando de la visita –corroboró frunciendo los labios. Cord enarcó una ceja.

–Y yo –dijo con suavidad.

El golpe de nudillos en la puerta los sobresaltó. Cord le dijo al recién llegado que pasara y el criado de Ahmed entró en el dormitorio lanzando miradas por todos los rincones mientras le entregaba a Maggie un bonito chal.

–El señor Ahmed pensó que lo necesitaría para protegerse del frío de la noche –le dijo–. ¿Le puedo ayudar en algo, señor? –le preguntó a «Jorge».

–No, hijo –respondió Cord con una sonrisa educada–. Como ves, mi joven amiga ya me ha ajustado la corbata.

–Sí –contestó el hombrecillo–. Volverán tarde, ¿verdad?

Cord bostezó.

–Espero que no –contestó con una pequeña carcajada.

–Claro. Que se diviertan –añadió el criado, y se marchó.

Cord se acercó a Maggie para susurrarle al oído:

–Está feliz. Va a aprovechar nuestra ausencia para registrarnos el equipaje.

–Que tenga suerte, si puede encontrar algo –rio Maggie entre dientes.

–Ahora, ve a peinarte y baja al salón.

–Está bien –accedió.

El corto trayecto en coche apenas les dio tiempo para hablar, porque el conductor estaba atento a lo que decían, aunque con cierto disimulo. Pero una vez en el restaurante, en el vestíbulo en el que Bojo rápidamente comprobó que no había micrófonos, conversaron libremente.

–En cuanto pidamos la comida –les dijo Cord a Ahmed y a Bojo–, Maggie me pedirá que la acompañe al jardín para ver las flores y la fuente, que son famosas. Pediremos un plato especial de cordero que se tarda al menos cuarenta y cinco minutos en preparar. Dispondremos de ese intervalo para acercarnos a Global Enterprises, que está a solo una manzana de distancia, y emplear la información conseguida por Bojo para entrar.

–¿Y la caja fuerte? –preguntó Bojo. Cord se limitó a sonreír.

–Si no puedo abrir una caja fuerte es que me he equivocado de profesión –le dijo–. Habrá guardias de seguridad, pero uno de ellos fue reemplazado esta mañana porque el habitual tuvo un cólico –logró parecer inocente de haber ayudado al hombre a enfermar–. Es de los nuestros y distraerá a los demás guardias –miró a Maggie–. Quería que vinieras porque eres lo bastante delgada para colarte por el conducto del aire acondicionado. No podemos entrar por la puerta principal, y hay puertas de acero que separan el vestíbulo principal y la cocina del resto de la casa.

Una vez comprendido su papel, Maggie sonrió.

–Bojo también está delgado –señaló.

–Sí, pero lo echarían en falta. A ti no. ¿Quién sospecharía que fueras un agente secreto? –bromeó.

–Tienes razón.

–Sincronicemos los relojes –Cord dijo los minutos, los segundos y dio la señal para sincronizarlos.

Para entonces, el camarero ya estaba listo para conducirlos al interior del restaurante. Los sentaron en una mesa cercana a las puertas dobles que daban al jardín, y Maggie vio a Bojo pasarle un billete al camarero. Era el lugar idóneo para la misión.

Cuando el camarero les tomó nota, encargaron el plato de cordero, alabando su exquisitez. Cuando el camarero se marchó, fue «Jorge» quien sugirió a Maggie dar un paseo por los jardines disculpándose porque su avanzada edad lo convirtiera en un acompañante apenas aceptable para una joven tan encantadora como ella. Maggie rio, aceptó su brazo y salió con él al jardín.

Cord la condujo hacia un grupo de olivos y, de improviso, la arrastró al interior de un cobertizo de herramientas situado en un rincón. Se quitó la corbata a la luz tenue del restaurante.

–Dejaremos aquí la ropa. ¿Puedes correr con esos zapatos? –añadió, señalándolos con la cabeza.

–Son casi planos, y tienen suela de goma –lo tranquilizó.

–Buena chica. ¿Preparada? –desenfundó la automática, comprobó la munición, la amartilló, le puso el seguro y se la guardó. Fue entonces cuando Maggie reparó en la delgada funda de cuero que Cord llevaba bajo el otro brazo. Contenía un cuchillo.

No se atrevía a dejarse intimidar por aquellas herramientas del negocio, pero confiaba en no quedarse en mitad de un fuego cruzado y en tener valor suficiente para no decepcionar a Cord.

Cord echó a correr por una bocacalle, ciñéndose a las

sombras con Maggie pisándole los talones. La sede de Global Enterprises era un edificio de adobe de dos plantas ni moderno ni ostentoso. Se parecía a algunas de las tiendas del zoco que Maggie había visitado con Gretchen.

–No intimida mucho –le susurró Maggie a Cord.

–Tampoco intimida mucho una viuda negra, a primera vista –repuso–. Ahora, cuidado. No hablemos.

–Está bien.

Cord la precedió hasta la parte posterior del edificio. Había un sorprendente despliegue de aparatos electrónicos en la puerta, que desactivó con un pequeño aparato. A continuación los esperaba una puerta de acero con más cerraduras. Cord la dejó atrás y entró en una pequeña cocina desierta.

Se subió a una silla y sacó un panel con forma de rejilla del techo, un conducto moderno de aire acondicionado. Lo dejó sobre una mesa con cuidado y se detuvo a escuchar. Después, le susurró a Maggie:

–Tienes que gatear hasta la siguiente rejilla –le dijo, y extrajo rápidamente un papel con un plano dibujado–. Ten cuidado de no hacer ruido. Ya has visto cómo he retirado este panel, no hay más que empujar, no está fijado con tornillos. ¡Pero que no se te caiga! Después, tendrás que descolgarte desde el techo para poder dirigirte a esta puerta –le señaló la puerta cerrada del fondo de la cocina– para abrírmela. ¿Crees que podrás hacerlo?

–Sí. No he pasado tantos años yendo al gimnasio para nada –el corazón le latía con fuerza–. Hay hombres armados ahí dentro, ¿verdad, Cord? –preguntó con voz ronca. El rostro de Cord se endureció.

–Sí. Si no quieres correr el riesgo...

Maggie le cubrió los labios con la mano.

–Temo por ti, no por mí. He aprendido artes marciales, y no hace mucho. Puedo trepar y puedo saltar. Estoy preparada para esto.

–Lo sé –le dijo Cord con voz tensa–. Pero parecía más fácil cuando solo lo estaba planeando.

–No te preocupes –sonrió–. No te decepcionaré. Allá voy.

Se subió a la silla, se agarró a los bordes exteriores del conducto y se izó a sí misma con esfuerzo. Se le ocurrió quitarse los zapatos, y se los pasó a Cord en silencio. Él le hizo una seña de aprobación, y Maggie empezó a gatear con agilidad, consciente de que tenían el tiempo contado y de que podría no ser suficiente.

El conducto estaba oscuro y frío. Confiaba en que los guardias no advirtieran ningún cambio en la corriente de aire provocado por su presencia. Avanzó deprisa en busca de la siguiente rejilla, pero se quedó helada al divisar no una, sino dos, y en direcciones diferentes. ¿Qué hacer?

Cord aguardaba en la cocina con el arma en la mano, atento a cualquier movimiento que se produjera a su alrededor. Un haz de luz entró por la ventana y se agazapó y apartó la silla para que todo pareciera normal. Era uno de los guardias, y no el bajito al que había contratado para sustituir al enfermo.

El hombre se acercó a la ventana y volvió a iluminar el interior, como si sospechara algo. Cord se apretó contra la pared y esperó, rezando para que Maggie no escogiera aquel preciso instante para abrir la puerta de la cocina. De hacerlo, la luz reflejaría el movimiento y tendrían que huir con las manos vacías.

El corazón se le aceleró y se puso tenso de pies a cabeza. Quitó el seguro a la pistola y buscó dentro de la funda el silenciador que siempre llevaba consigo. En el peor de los casos, podría abatir al guardia a través de la ventana. Si entraba en la cocina, haría menos ruido. En cualquier caso, no podía arriesgarse a que lo descubrieran cuando estaba a punto de destruir el imperio del mal de Gruber.

En el conducto, Maggie tomaba decisiones con rapidez. Cerró los ojos y se esforzó por recordar el plano que Cord le había enseñado. Le temblaban las manos mientras combatía el miedo y la confusión. Entonces, se acordó. El pasillo se dividía, pero la puerta de la cocina quedaba a la izquierda, así que el conducto de la izquierda era el correcto.

Se deslizó por él y empezó a empujar una esquina del panel mientras sujetaba la rejilla con fuerza con su mano libre para impedir que se le cayera e hiciera ruido. Afortunadamente, era nuevo y cedió con facilidad. Lo sujetó con las dos manos y lo dejó en el interior del conducto, cerca del hueco para que alguien pudiera alcanzarlo desde abajo y colocarlo en su sitio.

Con el corazón en la garganta, se aferró a los bordes de la abertura y, muy despacio, se descolgó del techo. Se quedó a un metro de distancia del suelo, pero saltó con la agilidad de un gato. Se quedó inmóvil y aguzó el oído. No oyó nada, salvo por un leve ruido en la cocina. Debía de ser Cord.

Caminó descalza hacia la puerta de la cocina y descorrió el cerrojo sin hacer ruido. Pero justo cuando estaba girando el pomo, tuvo una intuición, como si alguien la hubiera llamado por su nombre para prevenirla. Frunció el ceño, preguntándose si serían imaginaciones suyas, pero vaciló.

En el interior de la cocina, Cord tenía las dos manos en la culata del arma y estaba aguardando el momento de volverse y de disparar por la ventana si era necesario. El guardia estaba al otro lado, hablando con alguien por un teléfono móvil. No podía oír lo que decía, pero temía que los hubieran descubierto.

Disparar al guardia no resolvería nada si ya había advertido de su presencia a una tercera persona. Maldijo entre dientes, furioso por aquella inesperada complicación.

Y, de improviso, se produjo otra peor. Por el rabillo del ojo advirtió un movimiento y volvió la cabeza justo a tiempo de ver cómo se movía, durante apenas un instante, el pomo de la puerta que daba al resto de la casa.

Apretó los labios. Si Maggie entraba en la cocina, el guardia le dispararía de inmediato. Debía salvarla a cualquier precio.

¡Si al menos pudiera advertirle que se quedara donde estaba y que no abriera la puerta...!

Al otro lado de la ventana, el guardia vaciló, volvió a hablar por teléfono, dio una rápida respuesta y, de improviso, la luz desapareció. Cord oyó el crujido de los arbustos cuando el hombre regresó al camino de acceso con pasos lentos para continuar su ronda.

Cord casi se estremeció al relajar los músculos. Y, en aquel preciso instante, el pomo volvió a moverse despacio y una cara pálida se asomó por la puerta con cautela.

Cord corrió hacia ella, salió deprisa de la cocina y cerró la puerta tras ellos. La estrechó entre sus brazos y la besó con avidez. Se habían librado por los pelos, y ella no lo sabía. No quería que lo supiera.

Cord señaló con la cabeza la puerta que quedaba más adelante y avanzó con Maggie detrás.

Entraron despacio en el vestíbulo. Por el plano, Cord sabía que el despacho de Gruber se encontraba en la planta superior, resguardado por diversas alarmas electrónicas que incluían infrarrojos. Pero ese problema ya estaba previsto.

Unos pasos lo alertaron por segunda vez cuando estaban subiendo las escaleras. Apretó a Maggie contra la pared y juntos esperaron a que las pisadas se alejaran por el pasillo superior, en sentido contrario al del despacho.

Cord volvió a avanzar, como un rayo en aquella ocasión, y recorrió el pasillo hasta el despacho de Gruber. Se sacó un pequeño estuche, le pidió a Maggie que le sostuviera un lápiz linterna y se puso manos a la obra. No había transcurrido ni un minuto cuando franquearon la puerta y la cerraron tras ellos.

Cord sabía que había micrófonos y trampas explosivas en el despacho. Colocó a Maggie junto a la puerta y le hizo señas de que se quedara allí atenta por si se acercaba alguien. Sacó un pequeño aparato y contempló cómo revelaba haces cruzados de láser por el suelo. Los fue esquivando con cuidado, eludiendo el último, que caía a la altura del cuello, y se dirigió a la caja fuerte que se encontraba detrás del escritorio de roble de Gruber. Una vez allí, se puso a trabajar.

Todos los sonidos se magnificaban. Maggie se mordía una uña mientras se preguntaba si Cord conservaría sus zapatos. Le agradaba caminar descalza sobre el suelo, pero resultaría difícil explicar dónde había perdido los zapatos cuando volvieran al restaurante. Claro que tenían otras cosas de qué preocuparse. Consultó su reloj y gimió. Solo disponían de diez minutos para terminar y regresar al restaurante antes de que sirvieran la comida si no querían despertar sospechas. ¿Cómo iban a abrir la caja fuerte, salir del edificio sin ser descubiertos y regresar al restaurante en tan poco tiempo?

El pulso se le aceleró. Contemplaba los movimientos hábiles y rápidos de Cord con terror. En eso consistían las misiones secretas, en agilidad y peligro. Podían descubrirlos en cualquier momento, y la muerte los acechaba con cada gota de sudor que les resbalaba por la piel. Un movimiento equivocado, un sonido accidental, y todo habría acabado.

No era una cobarde, pero la espera se le hacía insoportable. Sabía que los músculos empezarían a agarrotársele de un momento a otro de lo tensos que los tenía. De repente, sin previo aviso, la caja fuerte se abrió con suavidad y Cord se dispuso a inspeccionar el interior con su lápiz linterna como si dispusiera de todo el tiempo del mundo. Maggie quería acercarse a ver lo que estaba haciendo, pero mantuvo la oreja pegada a la puerta. Oyó pasos al final del pasillo, y no tardó en percatarse de que alguien se acercaba.

No entendía lo que hacía Cord, no parecía estar llevándose nada de la caja. La cerró de improviso, justo cuando las pisadas se acercaban por el pasillo y parecían estar a punto de irrumpir en el despacho. ¿Y si era un guardia y tenía una llave?

Cord la miró y ella le indicó la puerta con señas enérgicas. Cord asintió, regresó con movimientos rápidos y cautelosos, sorteando los haces de láser, y la arrastró con él detrás de las gruesas cortinas que caían al suelo. Cord le daba la mano mientras en la otra empuñaba su arma, con el seguro quitado, sosteniéndola junto al pecho.

Se oyó el ruido de una llave al entrar en la cerradura. De pronto, la puerta se abrió y se hizo la luz. Maggie se había preparado para no reaccionar, para no moverse, para no respirar. A su lado, sentía el cuerpo alto y rígido de Cord. Ambos contenían el aliento.

Segundos más tarde, la luz se apagó, la puerta se cerró y la llave volvió a insertarse en la cerradura. Se oyó un zumbido, como el de un artilugio electrónico al ser reactivado. Después, las pisadas se perdieron en la distancia.

Cord rio con suavidad al oído de Maggie, pero no habló. La sacó de detrás de las cortinas, le pasó la pistola con el seguro puesto y se puso otra vez manos a la obra. Pocos momentos después, salían otra vez al pasillo. Volvió a conectar los dispositivos de seguridad y bajó la escalera con ella, saltándose un peldaño en concreto, el mismo que había esquivado al subir.

Cord la condujo de nuevo a la habitación contigua a la puerta de acero de la cocina, la ayudó a subir al conducto del aire y esperó a que hubiese colocado la rejilla en su sitio y se alejara hacia la cocina. Después, se acercó a la puerta de acero, colocó el cerrojo en posición, la franqueó y oyó cómo bajaba el cerrojo al cerrar. Probó a abrir y sintió alivio al ver que no podía.

Maggie apareció en el conducto del aire de la cocina. Cord la ayudó a bajar antes de volver a colocar la rejilla en su sitio y acercarse a la puerta con ella. Consultó su reloj. El guardia debía volver a hacer la ronda dentro de tres minutos. No disponían de mucho tiempo.

Interrumpió la corriente eléctrica, salió con Maggie a la entrada, volvió a establecer la corriente y reintrodujo los códigos de seguridad. Después, la agarró del brazo y dijo:

–¡Corre!

Atravesaron la senda de acceso, desaparecieron entre los arbustos y se alejaron corriendo calle abajo. A su espalda, no oyeron pisadas ni alarmas. Casi sin aliento, no se detuvieron hasta no estar de vuelta en el jardín del restaurante. Cord estaba riendo.

–¡Ha sido terrorífico! –gimió Maggie–. ¿Cómo puedes hacer esto día sí día no?

La levantó en brazos y la besó con tanta pasión que le lastimó la boca. Maggie se aferró a él, excitada, ansiosa. El peligro había sido el catalizador. ¡Lo deseaba!

Así se lo dijo. Cord entró con ella en el pequeño cobertizo en el que habían dejado la ropa, cerró la puerta y echó el cerrojo para aislarlos del mundo. Ajenos al tiempo, el peligro y la amenaza, la acorraló contra una pared de piedra fría, apartó prendas de su camino y la besó con ardor mientras la penetraba con una economía de movimientos que la hizo jadear. Cord abría la boca y le mordisqueaba los labios mientras unía sus caderas a las de ella con fogoso abandono.

–No grites –la previno con voz ronca por la pasión. La inmovilizó con el peso de su cuerpo y el roce de la seda y los jadeos era lo único que se oía en los pequeños confines del cobertizo. La embestía con fiereza, besándola con insistencia, mientras ella sentía la espiral de placer crecer como una llamarada.

–Más fuerte –gimió Maggie–. Cord... ¡Más fuerte!

Su cuerpo se abría a él, lo incitaba. Maggie apenas podía creer que fuera la misma mujer inhibida de apenas un mes antes. Hundió las uñas en los hombros de Cord mientras buscaba su boca febrilmente e iba al encuentro de sus violentas embestidas. Cord era potente, muy potente, y lo sentía dentro de ella, llenándola, expandiéndola hasta el punto de que temía estallar.

Maggie gimió de forma lastimera y se aferró a él con piernas y brazos al sentir las oleadas del éxtasis y las convulsiones. Sentía las yemas de los dedos de Cord hundiéndose en su piel cuando él unió sus caderas a las de ella con un único, largo y exquisito impulso que arrancó un gemido áspero de su garganta. Cord se estremeció con el placer ardiente y agónico que fundió su cuerpo con el de ella.

Maggie se estremeció con él, ahogándose en el calor exquisito de aquel gozo nuevo y excitante. Lo sentía muy dentro de ella, latiendo, relajado, incapaz de retirarse. Rio para sus adentros y unió su boca abierta a la garganta de Cord.

–No –protestó con voz ronca cuando él empezó a retirarse. Cord la besó con avidez, pero no obedeció.

–Yo tampoco quiero parar, pero tenemos que volver a la mesa o sospecharán.

–No quiero cordero con arroz, quiero repetir el postre –gimió. Cord rio con suavidad.

–Y yo que pensé que eras inhibida...

–Contigo, no. Es el peligro, ¿verdad? Es un afrodisíaco. ¿Has hecho esto con otras mujeres después de una misión? –preguntó, celosa.

–¿En el cobertizo de un jardinero, detrás de un restaurante, con hombres armados por todas partes? –le dijo mientras se abrochaba la ropa–. ¿Con otra mujer que no seas tú? ¿Estás loca? Toma –añadió, y le pasó un minúsculo paquete de pañuelos de papel perfumados–. No sería buena idea que un anciano y una joven regresaran al restaurante oliendo de forma sospechosa –dijo con una sonrisa que se hizo más pícara cuando Maggie profirió una exclamación.

Se remetió el polo y volvió a ponerse el vestido, pero estaba descalza.

–Cord, mis zapatos...

Él se los sacó de los bolsillos y se los pasó. También sacó un pequeño peine, y sonrió mientras ella se retocaba.

–Ya estás bien –murmuró, observándola. Volvió a ponerse la peluca blanca, encorvó la espalda, tomó el bastón y abrió la puerta.

–Pero... ¡Si no has sacado nada de la caja fuerte! –protestó Maggie al recordar que iba con las manos vacías.

–¿Ah, no? –preguntó Cord, pero sonrió y no dijo nada más mientras la acompañaba de regreso al restaurante.

El camarero estaba acercándose con el cordero cuando «Jorge» retiró una silla cortésmente para Maggie.

–Justo a tiempo –dijo con su voz grave y cascada–. ¡Y el paseo por el jardín me ha despertado el apetito!

Maggie no se sonrojó ni soltó una exclamación, pero no pudo dejar de sonreír.

# 13

El regreso a la casa de Ahmed resultó casi frío en contraste con la velada emocionante que Cord y Maggie habían vivido. Maggie se maravillaba al recordarlo. Había superado su bautismo de fuego y había salido prácticamente ilesa. No necesitaba preguntarse si Cord estaba orgulloso de ella; la respuesta estaba en sus ojos.

Se sentía un poco incómoda por su encuentro apasionado en el cobertizo. Había sido impulsivo y sumamente satisfactorio, pero la turbaba tener tan poco dominio sobre sus pasiones. ¿Sería normal?, se preguntó. No podía saberlo. Cord la miraba de forma distinta, con actitud posesiva y orgullo. A Maggie se le alegraba el corazón. ¡Ojalá pudiera detener el tiempo, pensó, e impedir que descubriera el pasado que la atormentaba! Si pudiera aislar aquellos días, guardarlos en una caja y conservarla con cariño para siempre...

–Mañana tomaremos el ferry –anunció «Jorge» cuando entraron en el elegante salón de Ahmed–. Lo siento, pero me preocupa dejar a Cord solo con su ceguera.

–Lo entiendo –corroboró Ahmed con un suspiro–.

Pero ha sido maravilloso tenerte aquí, y conocer a Maggie –le tomó la mano y se la besó con suavidad–. Es usted excepcional, *mademoiselle*.

–Ha sido un placer visitar tu ciudad –dijo Maggie–. Espero poder volver algún día.

–Siempre será bienvenida –dijo Ahmed–. Y, tú también, por supuesto, tío Jorge.

«Jorge» se limitó a sonreír.

El ferry partía a las ocho de la mañana pero, como en el viaje de ida, salió cuando se le antojó al piloto. Ya debían de ser las nueve, incluso las diez, y los viajeros hacían cola en los coches, charlando, leyendo y oyendo música mientras esperaban. En aquella parte del mundo, reflexionó Maggie, casi nadie tenía prisa. Sujetó el volante con fuerza.

–Debes relajarte, niña –dijo «Jorge», indicándole con un gesto que había un micrófono en el salpicadero. Ella gimió. ¿Acaso nunca dejarían de vigilarlos?

–¡Es tan frustrante! –exclamó, y no se refería a la espera del ferry.

«Jorge» elevó una mano con despreocupación y sonrió a Rodrigo y a Bojo, que se mantenían impasibles en el asiento de atrás, escuchando una emisora de radio española.

–Es natural –rio entre dientes con su voz cascada–. Ten paciencia, pronto estaremos de vuelta en el cortijo. Y le contaremos a Cord todos los detalles de nuestra visita a casa de Ahmed.

De pronto, los vehículos empezaron a avanzar, y Maggie se relajó visiblemente.

–¿No te lo había dicho? ¡Allá vamos! –dijo «Jorge» con satisfacción.

Volvieron a cruzar el Estrecho hasta Gibraltar y pasaron a España después de cumplir las formalidades requeridas, como enseñar los pasaportes y dejar que las autoridades inspeccionaran el coche para comprobar que no introducían ninguna sustancia ilegal. El tiempo pasaba, pero a Maggie no le preocupaba. Cada vez se sentía más segura, sobre todo cuando tomaron la carretera de regreso al cortijo de Jorge y pudo conducir relajada. Bueno, casi relajada, pensó con una mirada fulminante al salpicadero.

Cuando aparcaron delante de la casa, Cord, Bojo y Rodrigo salieron del coche al instante. Cord le hizo una seña a Bojo y señaló el salpicadero. Bojo asintió y sacó un pequeño estuche de herramientas de su chilaba. Cord le dijo algo a Rodrigo en un español tan rápido que Maggie no logró comprenderlo. Rodrigo fue derecho al granero, donde lo esperaban los demás hombres.

Cord y Maggie entraron en la casa, donde Jorge los aguardaba dando vueltas.

–¿Ha ido todo bien? –preguntó Jorge, y reparó en el silencio de ambos. Rio entre dientes–. Podéis hablar. Tus hombres han peinado toda la casa. ¡Ya no hay aparatos de escucha!

–¡Menos mal! –exclamó Maggie con voz ronca–. ¡Estoy harta de que me espíen! Nunca volveré a sentirme cómoda cuando crea estar sola.

–Ahora ya sabes lo que se siente, ¿no? –rio Cord. Se quitó la peluca blanca y se puso serio otra vez–. Mañana por la mañana tomaremos un avión para Ámsterdam –le dijo a Jorge–. Rodrigo nos llevará al aeropuerto de Málaga.

–¿Disfrazados? –murmuró Jorge.

–No. Bueno, un poco –contestó Cord con una sonrisa–. Yo me pondré mis gafas de sol y dejaré que Maggie sea mi lazarillo. Gracias por el préstamo de identidad.

–¿Encontraste pruebas? –preguntó Jorge.

–Sí.

Maggie se quedó a charlar un poco con los hombres después de cenar, pero luego se dio un baño relajante y disfrutó del masaje que le procuraban los surtidores de agua sobre sus músculos cansados. Tenía agujetas de la aventura de la noche anterior, ya que hacía meses que no corría ni trepaba tanto.

La puerta del baño se abrió y se cerró. Maggie entreabrió los ojos y vio a Cord quitándose la toalla de la cintura y disponiéndose a meterse en la bañera con ella.

–Jorge... –protestó con voz débil.

–Es un hombre, como ya dijimos en una ocasión –rio Cord entre dientes mientras descendía sobre ella y la besaba con anhelo.

Ella gimió y se elevó hacia él, electrizada por el contacto cálido y áspero de su piel sobre cada centímetro de su cuerpo. Pero el agua empezó a salpicar el suelo.

Con un gemido, Cord salió de la bañera y levantó a Maggie en brazos, pero el roce de su cuerpo de mujer quebró su autodominio. Extendió toallas sobre las baldosas húmedas y la tumbó sobre ellas. Segundos más tarde, la estaba haciendo suya.

El fragor de los surtidores apenas llegaba a sus oídos mientras yacían sobre el suelo de baldosas en una maraña de toallas mojadas y movimientos urgentes.

Maggie arqueó la espalda para ir al encuentro de la poderosa embestida de Cord, observando cómo la miraba mientras hacían el amor. Cada vez era más apremiante, más apasionado, más satisfactorio. Le encantaba que la mirara mientras la saciaba, le encantaba sentir sus embestidas, oír sus jadeos, ver la intensidad de su mirada cuando la poseía.

–Necesito más –susurró Cord con aspereza.

–Yo también –Maggie arqueó el torso para tentarlo a que la besara en los pezones erectos. Vio cómo succionaba sus senos mientras se movía sobre ella, y jadeó con creciente deleite.

Cord le apretaba la cadera con la mano.

–Lo siento –mascullό–. No aguanto más...

–Ni siquiera lo intentes, amor mío –susurró junto a su boca.

El apelativo cariñoso desató el clímax. Maggie sintió las convulsiones rítmicas del cuerpo de Cord. Era maravilloso sentirlo latir dentro de ella, saber que podía procurarle tanto placer. Se elevó para prolongar los estremecimientos y, de pronto, sintió el estallido de su propia liberación. Exclamó sin separar sus labios de los de Cord, temiendo aquella oleada de placer que superaba todo lo que había sentido antes con él.

Cord alzó la cabeza. Incluso en la estela plateada de su propio orgasmo, sentía el de ella. Se movió mientras observaba sus reacciones y medía las embestidas para proporcionarle el placer definitivo. Ella tenía miedo, lo veía en sus ojos. Se limitó a sonreír, porque lo comprendía. No era fácil ceder el control a otro ser humano. Pero Maggie podría aprender, igual que él, a confiar.

–No vas a morir –susurró mientras se hundía aún más en ella–. Pero te lo parecerá.

Fue como una convulsión dulce y oscura, pensó Maggie mientras el éxtasis la sacudía como una marea asfixiante y palpitante de placer. Estaba ciega, sorda y muda a todo salvo la liberación de la tensión. Tenía el cuerpo arqueado y los ojos clavados en el rostro borroso de Cord mientras se entregaba a la oscuridad...

Unos besos tiernos en los párpados y en la boca la hicieron volver a la realidad. Maggie sintió unos labios firmes deslizándose por todo su cuerpo mientras yacía estremeciéndose una y otra vez de placer intenso y embriagador.

–Haces que me sienta el mejor amante de la tierra –susurró Cord, riendo entre dientes.

–Y lo eres.

–No –le mordisqueó la oreja–. Reaccionas a mí

como si lo fuera, nada más. No es solo la unión física, Maggie, sino la emoción lo que produce el placer.

–Lo dices porque te quiero.

Maggie notó una leve vacilación en los labios que adoraban su cuerpo relajado.

–Lo digo porque yo también te quiero.

Estaba soñando, no había duda. Relajó las manos con que había estado apretándole los glúteos a Cord.

–¿No lo sabías, cariño? –preguntó él, y alzó la cabeza para contemplar sus ojos muy abiertos y saciados. No sonreía. Maggie todavía lo sentía dentro de ella, palpitando. La besó con suavidad en los labios–. ¿Cuántas veces te he hecho mía sin molestarme en tomar precauciones?

–Sería difícil que me quedara embarazada –arguyó.

–Será más fácil de lo que imaginas –repuso Cord con voz somnolienta–. Me encantan los bebés.

Maggie estaba confusa. Tal vez el placer convulsivo le hubiera reventado una arteria principal. Se lo dijo.

Cord volvió a reír, y se movió de manera que el placer regresó en forma de pequeños espasmos torturadores.

–Tal vez, pero hacer bebés es emocionante, y no puedo dejar de intentarlo.

–Por eso no usas protección, ¿verdad?

–¿Porque es emocionante? En parte, sí –se separó un poco y bajó la vista a donde sus cuerpos seguían fuertemente unidos–. Tengo treinta y cuatro años, y tú veintiséis –dijo con voz ronca–. Estamos acostumbrados el uno al otro en todos los aspectos que importan, y ahora hemos descubierto una pasión explosiva que no tiene visos de debilitarse. De hecho, si lo que acaba de ocurrir es una indicación –añadió, y volvió a moverse con sensualidad para arrancarle un gemido–, nos estamos volviendo muy diestros en darnos placer el uno al otro.

Empezó a retirarse y ella protestó, pero lo hizo de todas formas y se quedó de rodillas sobre ella, mirándola como si nunca hubiera visto una mujer desnuda. Debería haberla avergonzado, pero no fue así. Le gustaba que la contemplara.

–En cuanto volvamos a Houston nos casaremos.

Aquello formaba parte de la fantasía. Maggie sonrió. Estaba soñando, por supuesto; Cord Romero jamás se volvería a casar. ¿No lo había dicho un millón de veces?

–¿Por qué sonríes? –preguntó Cord con recelo.

–Porque estoy soñando.

Cord se movió con arrogancia para separarle las piernas con las rodillas. Después la agarró de los muslos y tiró de ella para ponerla en posición.

–Cord... –susurró, preocupada.

–Puedes tomarme –le dijo. Empezó a deslizarse dentro de ella con minúsculas penetraciones rápidas que producían espasmos inesperados de placer.

–Es... demasiado... pronto –jadeó.

Cord contemplaba cómo ella lo absorbía con una mirada de admiración y placer a partes iguales.

–Nunca... lo había hecho así –gimió. La sujetaba con más fuerza por los muslos y sus pupilas se dilataban–. Nunca había mirado tan de cerca...

–¿Qué ves? –susurró Maggie casi sin aliento.

–Veo cómo me tomas –masculló, e hizo una mueca cuando el placer empezó a sacudirlo–. Veo cómo te abres... para mí.

Maggie bajó los ojos y él la levantó para que pudiera ver. Era erótico, osado, era...

De repente, estaba gimiendo, retorciéndose, estremeciéndose. Tenía los ojos abiertos, pero no veía nada. El placer, tan intenso antes, resultaba insoportable en aquellos momentos. Se aferró a las toallas mojadas con las manos hasta que se le blanquearon los nudillos, mientras él la invadía con penetraciones lentas e implacables que la hacían elevar las caderas rítmicamente al principio; después, con violencia. Su último pensamiento coherente fue que iban a lastimarse. Un segundo después, se convirtió en un meteorito que surcaba el espacio por un llameante túnel de placer.

Cord sintió el éxtasis de Maggie segundos antes de que las convulsiones lo dominaran a él. Cayó rendido sobre ella, y continuó estremeciéndose sobre las toallas con el cuerpo pesado, caliente y empapado en sudor.

Maggie se estremeció y, por fin, el agotamiento la dejó demasiado débil para moverse o hablar. Cord se retiró de ella antes de que Maggie pudiera protestar, si le hubiera quedado aliento. Notó que Cord se ponía en pie y la levantaba en brazos para llevarla a la cama. Lo último que recordaba era el roce de las sábanas frescas por debajo y encima de ella, y la oscuridad, envolviéndola.

A la mañana siguiente, estaba más dolorida que nunca. Se despertó gimiendo e intentando encontrar una posición cómoda inexistente. Se levantó, y se vistió haciendo muecas de dolor con cada leve roce de sus prendas íntimas.

Se estaba cepillando la melena cuando Cord abrió la puerta y entró. Llevaba pantalones de pinzas y camisa de punto, y el pelo negro y ondulado peinado a la perfección. Se detuvo detrás de la banqueta del tocador, le quitó el cepillo de las manos y empezó a atusarla.

–Esta mañana estás dolorida –dijo sin preámbulos–. Lo siento. Lo sabía, pero cuando te toco, no puedo parar.

Ella lo miró a los ojos a través del espejo, sorprendida por la disculpa.

–Yo tampoco pude parar –le recordó, y sonrió. Él se inclinó para besarle el pelo con ternura antes de renovar sus esfuerzos con el cepillo.

–Pero, para tu información, si anoche hubiesen sido mis últimas horas en la tierra, no lo habría lamentado.

–Yo tampoco –Maggie se llevó la mano de Cord a los labios y besó la palma encallecida–. Te quiero con todo mi corazón.

–Como yo a ti –mascculló él. Se inclinó y la besó en los labios con fiera actitud posesiva. Segundos después, se obligó a levantar la cabeza. Tenía la mirada turbulenta, los latidos desenfrenados–. Cuanto más te hago mía, más te deseo, Maggie –dijo con voz ronca–. Esto no va a parar. Por eso tenemos que casarnos. Soy un hombre anticuado; nadie va a llamar bastardos a mis hijos.

Maggie le tocó los labios firmes con los dedos. Aquello era contagioso; empezaba a creer que podría darle un hijo. Era parte de la fantasía, pero se sentía protegida, arropada, en aquellos momentos. Podía creer; podía amar. Podía aceptar el amor y la imagen fantasma del placer. Podía soñar.

–Puedes pedirme lo que quieras –susurró Cord con voz ronca, al ver la aceptación y la alegría en el rostro de Maggie y malinterpretar su mirada soñadora–. Me quedaré en casa y criaré toros Santa Gertrudis.

Y acabaría detestándolo, y a ella, y al bebé, pensó Maggie. Pero no era más que un sueño, y podían compartirlo, de momento. El riesgo de que alguien descubriera su pasado era demasiado alto para que pudiera pensar en un futuro, sobre todo, con Cord. Además, estaba convencida de que no podía concebir. Envejecería sola, pero contaría con aquellos recuerdos exquisitos y deliciosos de Cord haciéndole el amor. Además de la emoción y el peligro del presente, tenía el deleite físico. Daba gracias por cada segundo que Cord la miraba con deseo.

–No dices nada –reflexionó Cord.

–¿Acaso importa? –preguntó, mientras recorría con la mirada cada centímetro del reflejo de Cord–. Solo quiero mirarte. Eres perfecto, Cord. De los pies a la cabeza.

Cord suspiró. La preocupaba algo, pero no quería contárselo. Sabía que no se trataba solo del aborto. Maldijo en silencio al exmarido que les había arrebatado a su hijo, y a sí mismo por haberla tratado mal y haber provocado que ella le ocultara el embarazo. Maldijo el pasado por los malentendidos, por el tormento. La deseaba más que a nada en la vida. Quería un hogar y una familia y ella hacía oídos sordos a sus sugerencias. ¿Por qué? ¿Qué más secretos ocultaba?

Decidió pasar por alto el derecho a la intimidad de Maggie y explorar aún más su pasado. Ella jamás confesaría su secreto; tendría que averiguarlo por su cuenta. Pero no le reveló sus intenciones.

Sonrió.

–A mí también me gusta mirarte, cariño –dijo con suavidad–. Con o sin ropa.

Maggie le devolvió la sonrisa. Y durante unos valiosos segundos, fueron casi una sola persona.

El viaje en avión a Ámsterdam no se hizo largo. Tras un agradable tentempié y una conversación intermitente con Cord sobre su encantadora visita al cortijo de Jorge, estaban aterrizando en el aeropuerto de Schiphol.

Era enorme y la mayoría de los carteles estaban en holandés y en inglés. Maggie también vio algunos en polaco, y se lo comentó a Cord.

–Tienen muchos inmigrantes polacos –le dijo Cord–. Pero también verás carteles en japonés. Reciben turistas de todo el mundo.

–¿Tendré que conducir otra vez? –gimió.

–Circulan por la derecha, como en España, Gibraltar y Marruecos. Pero no, no es preciso que conduzcas. Iremos en taxi hasta el hotel.

–¿Dónde vamos a alojarnos?

–Donde está la acción –bromeó–. En la plaza Dam. El palacio está justo enfrente, hay un museo de cera pegado al hotel, una terraza, boutiques caras, el monumento en memoria de la guerra y, un poco más allá, los canales.

–¿Podemos ver los canales? –exclamó Maggie, ilusionada.

–Podemos recorrerlos. Organizan viajes en barco. Yo no podré ver nada –bromeó, haciendo alusión a sus gafas oscuras–. Pero tú sí. Serás mis ojos.

Los dos sabían que se trataba de una broma, pero algún secuaz de Gruber podía estar escuchándolos, incluso en el aeropuerto. La cautela estaba a la orden del día.

–Seré tus ojos, tus oídos, y lo que quieras que sea –susurró Maggie con voz ronca, después de darle la mano–. Para que lo sepas –añadió con suavidad–, estos últimos días han compensado todo lo malo que me ha ocurrido en la vida. ¡Todo!

Aquello parecía una despedida. Cord frunció el ceño. ¿Qué intentaba decirle?

–Debemos iros –dijo Maggie, mirando a su alrededor–. ¿Cómo salimos del aeropuerto?

–Pasando por el control de pasaportes y el de aduana, como en España –le informó–. Sigue las indicaciones.

Minutos después, salieron al sol de primera hora de la tarde y tomaron un taxi. Todos eran Mercedes. Se lo comentó a Cord.

–Son fiables –rio entre dientes–, por eso los usan muchos taxistas –hizo una pausa para proporcionarle al conductor el nombre del hotel. El hombre intentó hacer una pregunta en inglés, pero Cord sorprendió a Maggie contestando en holandés. El taxista y él rieron juntos y conversaron de banalidades.

–Creía haberte dicho que hablaba el holandés –dijo Cord cuando ya estaban en camino, sonriendo al percatarse de la sorpresa de Maggie.

–Parece un idioma fascinante.

–Lo es. Y los holandeses son un pueblo admirable, como no tardarás en descubrir. Son inteligentes, mañosos, y saben robarle tierra al mar. ¿Has oído hablar de los diques que contienen el océano?

–Leí un artículo en el *National Geographic* –señaló–. Sí, sé cómo funcionan los diques y la desesperación con la que los holandeses luchan por mantener su tierra por encima del agua. Es asombroso.

Tardaron varios minutos en atravesar la ciudad de calles estrechas, tranvías y ciclistas. Había carriles para bicicletas junto a los raíles del tranvía. Las calles estaban tan atestadas de ciudadanos y turistas que a Maggie le sorprendía que alguien pudiera moverse.

–¡Cuánta gente! ¿Porque estamos en verano? –preguntó cuando se acercaban a un enorme hotel. El taxista detuvo el coche delante de un toldo bajo el que un hombre uniformado aguardaba para saludarlos.

–Siempre hay el mismo bullicio –le aseguró Cord, y buscó varias monedas en el bolsillo para pagar al taxista.

–¿En serio?

El portero la ayudó a salir del taxi, y a Maggie no le impresionó mucho la plaza de adoquines. No muy lejos, se erguía una estatua, y docenas de jóvenes deambulaban por los alrededores con cara de aburridos. Algunos tenían guitarras con vasitos para recibir propinas.

–Ya hemos llegado –anunció Cord–. Ya verás cuando entremos –añadió con un sonrisa.

Maggie lo agarró del brazo y lo condujo a recepción. El interior del hotel estaba enmoquetado, y había sillones bellamente tapizados por todo el vestíbulo. Una pared cercana estaba adornada con una fotografía enmarcada de la familia real, incluida la reina Beatriz.

Más allá de los sillones había un comedor, con postres laboriosos y té servido en tazas delicadas de porcelana.

–¿No es demasiado pronto para cenar? –preguntó Maggie–. Veo gente comiendo.

–Es el té, *madame* Romero –le dijo el recepcionista con una sonrisa, y enarcó las cejas al ver su sorpresa–. Cuando la lleven a su habitación, quizá quiera bajar a degustarlo. También disponemos de un restaurante de primera clase con un *chef* internacional, y nuestro comedor del desayuno es el sueño de cualquier botánico.

–Cierto –comentó Cord, y desplazó el libro de registro sobre el mostrador–. Tiene que firmar por los dos, señora Romero –añadió con énfasis.

Maggie sabía que estaba sonriendo con la mirada tras las gafas oscuras. No tuvo que preguntar si compartirían habitación.

# 14

De hecho, iban a compartir una suite. Contaba con un saloncito, una caja fuerte y un pequeño mueble bar, y un dormitorio con cama de matrimonio. El cuarto de baño no tenía jacuzzi, pero Maggie no lo lamentaba. Los recuerdos que tenía eran deliciosos, pero seguía dolorida.

Cord dio una propina al botones y esperó a que este terminara de darle explicaciones a Maggie sobre dónde estaba todo para cerrar la puerta tras él. Cord se llevó un dedo a los labios y sacó el aparato electrónico con el que Maggie ya se había familiarizado. Barrió dos veces las habitaciones para asegurarse de que no había escuchas. Después, echó un vistazo al edificio que se encontraba detrás del hotel y, cuando cerró las venecianas, dejó otro artilugio sobre la mesa y lo activó.

–Si hay alguien escuchando, lo único que oirá son ruidos parásitos –le explicó a Maggie.

–Pero no hay dispositivos de escucha, ¿verdad? –preguntó Maggie, confundida.

–Desde el edificio de enfrente, cualquiera podría dirigir un micrófono hacia nosotros, e incluso a través del cristal y del cemento, podría oírnos susurrar –le confió–. Hasta podría vernos a través de las paredes... o, al menos, nuestro calor corporal, con un aparato de infrarrojos que ya está disponible en el mercado.

Maggie movió la cabeza.

–Nunca había oído hablar de esas cosas.

–Lo harás, si acabas trabajando para Lassiter –la agarró por los hombros y se inclinó para besarla en la frente con suavidad–. Tengo que trabajar un poco con el portátil, pero primero podemos bajar a disfrutar del té, si te apetece.

–Me encantaría –confesó Maggie.

Fue delicioso. Había sándwiches de pepino, pastas, todo tipo de té o café, incluso fruta y verduras con salsas variadas. Y servilletas de hilo.

–Qué elegante –exclamó Maggie, fascinada por los demás huéspedes del hotel además de por el té. Cord le sonrió con la mirada a través de las gafas de sol.

–Tú también lo eres –dijo con suavidad–. Elegante, fuerte, valiente y apasionada –añadió con voz ronca.

–Todos ellos adjetivos aplicables a ti.

Cord buscó su mano por encima de la mesa y se la apretó.

–Hacemos una pareja interesante.

–Sí, ¿verdad? –Maggie sonrió y se llevó la taza de té a los labios.

Había tiendas de toda índole en el vestíbulo, con productos de lujo además de souvenirs. Maggie compró acuarelas de los canales, llaveros con zuecos y delicadas piezas de porcelana de Delf.

–Lo sé, tengo alma de turista –le confió Maggie–. Pero no puedo volver a casa sin llevarles un detalle a mis amigas.

Cord rio. Ya en la habitación, le sugirió a Maggie que

se echara la siesta. Mientras dormía, encendió su portátil y se puso a trabajar, colándose en archivos protegidos con una facilidad que a Maggie le habría producido escalofríos.

Tres horas más tarde, Maggie se despertó. Cord ya se había vestido; se había puesto un traje. Lo notó extraño, ausente, con mirada sombría y reservada.

–¿He dormido más de la cuenta? –preguntó con preocupación. Él lo negó con un movimiento de cabeza.

–Tendrás que ponerte algo bonito –dijo en tono neutro–. Es un restaurante de cinco estrellas y estará a rebosar. He reservado una mesa para las ocho.

–¡Las ocho! Nunca me acostumbraré a las horas a las que come la gente en Europa –murmuró Maggie mientras se incorporaba en la cama.

–Uno se acaba haciendo a ello –dijo Cord–. Te esperaré en el salón. Tengo que hacer unas cuantas llamadas más.

–¿Cord? –vio cómo se detenía con la mano en el pomo de la puerta. No la miraba–. ¿Va todo bien? –preguntó Maggie, preocupada–. ¿Ha ocurrido algo?

–Sí, algo –dijo con voz extrañamente ahogada–. Sal cuando estés lista –añadió, y cerró la puerta.

Era como si todas las bromas y el placer de estar juntos se hubieran esfumado. Cord se mostraba amable y educado, pero tan ausente como si estuviera viviendo en otro planeta. Apenas la miraba a los ojos, y estaba más tenso de lo normal. Además, pidió un whisky, un hecho insólito, porque no bebía.

Después de la segunda copa, encargó un plato de marisco para él y una ensalada especial que a Maggie le apetecía probar. Comieron en silencio. Después, Maggie se levantó para elegir el postre en el expositor, más que nada para no seguir viendo su rostro taciturno. No imaginaba qué podía haberlo disgustado tanto.

Instintivamente, sabía que había recibido un golpe emocional de algún tipo. Se preguntó si habría otra mujer en su vida, si se estaría arrepintiendo de su inesperada intimidad, o si ya no quería comprometerse con ella. Quizá ya hubiera satisfecho su curiosidad y se estuviera cansando de estar con ella. La idea resultaba deprimente, así que escogió un flan y un trozo de tarta y los devoró con el café. Cord permanecía sentado, acariciando su tercera copa, tras haber dejado el plato de marisco a medias. No tomó nada de postre.

La sorpresa más desagradable tuvo lugar cuando regresaron a la habitación.

Cord se quitó las gafas oscuras y le sugirió en voz baja que se acostara, porque los aguardaba un día muy largo. Maggie le preguntó si tardaría mucho en ir a la cama y él se puso rígido, como si la pregunta le resultara ofensiva. Maggie tragó saliva ante la dolorosa pérdida de confianza en sí misma y entró sola en el dormitorio.

Cord no se reunió con ella en la cama. Cuando Maggie se despertó a la mañana siguiente, lo encontró tumbado en el sofá, todavía con el traje puesto, el pelo alborotado y oliendo a whisky. Vio cuatro botellines vacíos apilados en la mesa de centro junto a dos latas vacías de Coca-Cola y una copa de cristal. Teniendo en cuenta lo que había bebido en el restaurante, aquello bastaba para tumbar incluso a un hombre fuerte como Cord. A Maggie le molestaba que hubiera bebido tanto.

Pero lo que más la alteró fue una hoja que encontró en el fax, un mensaje de la agencia de detectives Lassiter. Se reducía a un par de frases, pero bastaban para hacerla desear estar muerta. En el mensaje figuraba la fecha de un juicio, y Maggie sabía de quién. También contenía otra breve frase.

*Copias confiscadas y destruidas, no hay negativos. Información disponible a tu regreso, si insistes en verla.*

No lo despertó. Bajó sola a desayunar, sintiéndose aturdida. Lassiter había logrado arrebatarle a Stillwell la información sobre su pasado, pero todavía la tenía en su poder. Cord sabía que había algo y quería ver qué era. Lassiter se lo permitiría a no ser que ella interviniera. Podría contárselo a Cord ella misma... o intentar ganar tiempo y esfumarse cuando todo aquello hubiera acabado y estuvieran de vuelta en los Estados Unidos. Ya tenía recuerdos; quizá fueran suficientes.

Lágrimas de furia y frustración asomaron a sus ojos. ¡Lassiter podría haber ideado alguna excusa para no contárselo a Cord! La había vendido. Todas y cada una de las personas que había conocido habían hecho lo mismo con ella. ¿Por qué nunca escarmentaba?

Tomó un sorbo de café con leche y clavó la mirada en su desayuno intacto. Debía hacer un esfuerzo y comer algo, se dijo. La inanición no resolvería el problema. Esgrimió el tenedor y picó un poco de huevos con tocino y croissant. Atisbó un movimiento a su lado y, cuando alzó la vista, sorprendió la mirada callada e inexpresiva de Cord.

–¿Quieres compañía? –preguntó con ojos entornados. Ella se encogió de hombros sin mirarlo a la cara. Fue entonces cuando Cord supo, sin sombra de duda, que había leído el fax antes de que él extrajera la hoja y la destruyera. Dejó sobre la mesa su café y su desayuno y se sentó junto a ella–. Los secretos son peligrosos, Maggie –dijo con aspereza.

Ella lo miró a los ojos. Parecía un conejillo acorralado, pensó Cord.

–Si lees ese archivo que Lassiter tiene sobre mí cuando regreses a Houston –dijo con voz trémula–, no volverás a verme el pelo en toda tu vida.

La mano de Cord vaciló sobre el grueso tazón de porcelana. La observó con el ceño fruncido.

–¿Tan importante es? –preguntó con recelo. Ella tragó saliva.

–¿No puedes pedirle a alguien que lo queme? –dijo con una carcajada fría.

–¿No puedes decirme lo que contiene? –replicó él.

Maggie derramó el café ardiendo sobre sus manos. Cord maldijo entre dientes y le envolvió los dedos con una servilleta.

–No me cuentas nada –dijo él con voz lenta y cautelosa–. Tuve que averiguar que tu marido te pegaba y que perdiste a nuestro hijo por mis propios medios. Ahora, aparece un nuevo secreto que no quieres contarme. No te fías de mí.

–Cierto –lo miró a los ojos–. Y tú ya sospechas de mí –dijo, y asintió al ver que reaccionaba a su afirmación–. Lassiter te ha contado lo justo para que empezaras a preguntarte sobre mí, sobre mi vida. Quieres ver el archivo, quieres saberlo todo. Pero hay secretos que están mejor sepultados, Cord. Hay cosas sobre mí que nunca deberías saber –bajó los ojos a su desayuno frío–. Aborrezco mi vida –añadió con voz ronca.

–¡Maggie!

–Es cierto –soltó la servilleta y retiró la silla–. No debí volver a Houston –dijo con agitación–. Debí quedarme en Tánger para no volver a verte jamás.

El rostro de Cord se endureció.

–No has estado comportándote como si de verdad desearas hacer eso –le dijo–. Y menos en la cama.

Maggie recibió la acusación como un puñetazo.

–No, no me he comportado así –corroboró en apenas un susurro–. Me he comportado... como la gente siempre pensó que me comportaría... cuando me hiciera mayor.

Maggie giró sobre sus talones y salió disparada hacia la calle, apretando el bolso contra su cuerpo. Cord no podía salir tras ella sin hacer ver que no estaba ciego y ¿por qué iba a correr ese riesgo? De todas formas, no sabía adónde ir. Tenía el bolso, pero no el pasaporte, que se encontraba, junto con los billetes de avión y el pasaporte de Cord, en la caja fuerte de la habitación. Pero podía alejarse de Cord un rato, y eso pensaba hacer.

Entró en una tienda que vendía billetes para el viaje en barco por el canal, un recorrido de dos horas por Ámsterdam. Dudaba que Cord pudiera encontrarla entre el gentío, y no le preocupaba. Si Gruber y los suyos los habían seguido y la estaban vigilando, tanto mejor. Tal vez quisieran pegarle un tiro y poner fin a su desgracia.

Una idea fabulosa para una mujer hecha y derecha como ella, pensó Maggie, regañándose por su cobardía. Pero ya estaba perdiendo a Cord, y le dolía tanto que no lograba pensar con claridad. La consideraba una buscona. Quizá lo fuera. Quizá siempre lo hubiera sido. Con el billete en la mano, siguió las indicaciones del dependiente hacia el muelle donde estaba atracado el barco.

Cord estaba furioso. Ya había cometido un grave error de juicio, y en el momento más inoportuno. Tenía agentes allí, en Ámsterdam, procesando la información que había extraído de la caja fuerte de Gruber e incluso interrogando a sus socios sobre la red de pornografía infantil. De hecho, había una oficina a tiro de piedra del hotel en el que agentes de la Interpol, ayudados por la policía holandesa, estaban ejecutando una orden de detención en aquellos precisos instantes. Habían demostrado la relación de Gruber con Global Enterprises, en cuyas sucursales de África, Sudamérica y Estados Unidos se estaban efectuando redadas aquel mismo día. Stillwell ya había sido detenido, al igual que Adams, y el contacto de Lassiter los había intimidado tanto que habían jurado no revelar jamás ni una sola palabra sobre Maggie a nadie.

Gruber, en cambio, era harina de otro costal. Revelaría el pasado de Maggie si pudiera a la prensa internacional. A aquellas alturas, ya sabía que Cord había desenmascarado su operación ilegal y estaría sediento de venganza.

Había pensado decirle a Maggie durante el desayuno

que no se apartara de él, que permaneciera en el hotel, donde estaría a salvo mientras detenían a Gruber. Pero había cometido errores tontos. El del fax había sido un gran descuido. Podría haberle pedido a Lassiter que le enviara el mensaje por correo electrónico, pero había estado rastreando Internet y Lassiter necesitaba ponerse en contacto con él de inmediato. Le enfurecía no haber evitado que Maggie viera el mensaje. Y, para colmo, la había acusado de acostarse con él, con lo cual le había terminado de clavar el puñal. Ella nunca lo olvidaría. Cord comprendía cómo se sentía. La información que había leído había sido... traumática.

No llevaba las gafas oscuras, y había entrado en el restaurante solo, sin guía ninguno, pero Maggie no se había dado cuenta. La estaba siguiendo en aquellos momentos, creyendo saber dónde podría encontrarla. Estaría en un barco, en alguna parte, pero debía actuar deprisa. Se sacó el móvil del bolsillo, marcó un número y habló.

Averiguó que habían irrumpido en la oficina de Global Enterprises y que habían detenido a dos empleados. También había varios niños bajo custodia, mientras los agentes peinaban la zona para localizar a Gruber, que había salido huyendo. Iba armado y se alegraría de poder matar a Maggie si la encontraba, y a Cord también.

Se le encogió el corazón al imaginar el dolor que le había causado a Maggie la noche anterior con su distanciamiento y con su crueldad verbal durante el desayuno. Ella no podía saber que estaba intentando hacer las paces consigo mismo a la vista de lo que había averiguado. Se repugnaba solo de pensar en cómo la había tratado durante años en su ignorancia. Estaba pagando por ello de maneras que Maggie no imaginaba, y no lo estaba llevando muy bien. Pero lo único que estaba consiguiendo era dar la impresión de que ella le desagradaba.

Apretó el paso al acercarse al canal y los embarcaderos. El corazón le latía con fuerza. Ámsterdam era una ciudad muy grande, pero Gruber la conocía a fondo y tenía espías con los que poder localizar a cualquier persona. Cord también tenía contactos, pero no lo estaban ayudando. Debía encontrar a Maggie antes que Gruber.

Había muchos barcos turísticos, y cubrían una zona muy amplia en aquel tramo del canal. Cord no podía saber a cuál había subido Maggie sin registrarlos. Conservaba una fotografía de ella, bastante arrugada y sobada, de cuando tenía dieciocho años, que había llevado consigo durante casi toda su vida de adulto. Maggie no había cambiado mucho.

La sacó y empezó a enseñársela a empleados de distintos barcos turísticos del canal. Justo cuando alcanzaba el último, una mujer reconoció el rostro y señaló la embarcación, que partiría en cuestión de segundos.

Cord le entregó a la empleada un billete de los grandes y saltó al barco mientras esta le gritaba que tenía que comprar el billete en una de las tiendas, que ella no podía vendérselo.

Fue inútil. Cord era ágil y atlético, y estaba acostumbrado a correr riesgos. Corrió hasta el borde del muelle, saltó y aterrizó en la cubierta. Un segundo más, y se habría sumergido irremediablemente en las aguas malolientes y oscuras del canal.

Maggie estaba sentada ante una mesa que compartía con dos parejas y una anciana. Una de las parejas, recién casados según había dicho la anciana con complacencia, no tenía ojos más que el uno para el otro.

Se sentía sola, traicionada y muy desgraciada. No tenía cámara, pero casi lo prefería, porque no tenía a nadie a quien retratar. Clavó la mirada en el agua mientras el barco se mecía e iniciaba su recorrido. Oyó gritos en el muelle, un golpe seco y exclamaciones en la cabina del piloto. Desvió la mirada al pasillo, sin oír apenas el ofrecimiento de refrescos de la azafata. Segundos después, vio avanzar a Cord por el pasillo hacia ella, con semblante furioso.

El corazón se le subió a la garganta. Cord se sentó junto a Maggie oteando una posible señal de peligro.

–Vete –le dijo con voz ahogada.

–La única manera de volver al muelle es nadando –masculló Cord–, y haría falta un milagro para que me zambullera en esa agua voluntariamente.

Maggie era incapaz de mirarlo a los ojos. Cruzó los brazos sobre el pecho en actitud defensiva. Se sentía como con ocho años otra vez.

–Gruber ha escapado –le dijo Cord al oído–. Tenemos pruebas suficientes para meterlo en chirona durante años, pero antes tenemos que atraparlo. Ahora mismo –añadió en tono sombrío– debe de estar buscándonos, y no para desearnos unas buenas vacaciones.

Maggie tragó saliva; estaban en un lugar público. Se volvió y se obligó a mirar a Cord, que ni siquiera intentaba disimular su enojo y frustración. Intentó decir algo, pero le temblaban los labios. Nunca se había sentido tan alterada, tan aterrada ante el futuro.

Cord le puso la mano en la nuca y la atrajo para besarla con suavidad, consciente de que estaba temblando. Deslizó los labios por sus párpados, por sus mejillas.

–Ah, ustedes también son recién casados, ¿eh? –preguntó la anciana con una risita. Cord la miró.

–Todavía no, pero no tardaremos en casarnos –afirmó con voz ronca, y lanzó una mirada candente a Maggie.

Ella ni siquiera pudo protestar. Se lo quedó mirando con el corazón en los ojos y deseó con toda su alma que lo dijera en serio. Pero estaba recordando el fax.

–No mires atrás, Maggie –dijo Cord con suavidad–. Ya lo hemos hecho demasiado los dos. Tenemos un futuro en común. ¡Te lo prometo!

Con la mirada reforzaba su promesa. Maggie cedió a la tentación con un trémulo suspiro; se arrimó a él y reclinó la mejilla sobre su pecho. Cord la rodeó con el brazo con ánimo protector y apoyó la barbilla en su pelo. Se lo besó y acercó los labios a su oído.

–Quiero casarme contigo, Maggie. Lo deseo más que nada en el mundo.

La exclamación de Maggie fue tan brusca que los demás ocupantes de la mesa la miraron con curiosidad. Ella alzó la vista, confusa, entusiasmada, temerosa. No podía aceptar, no podía...

Cord se movió para sacarse la cartera del bolsillo. Sacó una hoja doblada y se la pasó.

–Toma. Echa un vistazo.

Se fijó en el sello oficial antes incluso de desdoblar la hoja. Entreabrió los labios con una suave explosión de aire mientras estudiaba el papel que Cord había llevado consigo durante algún tiempo, a juzgar por la fecha. Lo miró con ojos incrédulos.

–Es una licencia matrimonial –dijo con voz ronca–. Con... Con nuestros nombres.

–Me pareció una buena idea en su día –murmuró, sin dejar de mirarla a los ojos–. Ahora, más que nunca.

Ella se mordía el labio inferior.

–No, es una mala idea –dijo con voz ahogada. Le devolvió el papel y trató de reprimir las lágrimas–. No tienes ni idea de lo caro que podría salirte esto. No sabes lo que Lassiter tiene en esos archivos, lo que Gruber haría con la información si pudiera abordar a un periodista.

Cord la estrechó entre sus brazos mientras plegaba la hoja con una mano y se la guardaba en el bolsillo de la chaqueta.

–No me importa lo que haga, ni con qué –dijo con fiereza–. Eres mía, y no pienso renunciar a ti jamás.

Maggie cerró los ojos y quiso creer en él. Pero todo cambiaría cuando Cord descubriera su pasado.

Aquella pequeña hoja de papel le robaba la paz, al tiempo que la hacía resplandecer por dentro como si albergara cien velas de amor en su pecho

El estallido repentino de un cristal los sorprendió. Maggie alzó la cabeza y miró a Cord, sin comprender, momentos antes de que este la tumbara sobre la cubierta y la mantuviera pegada al suelo.

Se oyeron gritos y chillidos de miedo. El motor del barco se apagó y empezó a mecerse en el canal empujado por la corriente.

Cord levantó la cabeza el tiempo justo para mirar hacia la cabina. Vio al piloto encorvado en su asiento y enseguida supo qué había ocurrido.

–No te levantes, pequeña –le susurró a Maggie–. No te muevas, ¿me oyes?

–¿Qué ocurre?

–Gruber, si no me equivoco, y somos blancos muy fáciles en mitad del canal.

–Pero ¿qué vas a hacer?

–Sacarnos de aquí, ahora que todavía hay tiempo. No te levantes. ¡Al suelo todo el mundo, y mantengan la calma! –les dijo a los demás pasajeros–. Apártense de las ventanas.

Cord echó a correr por el pasillo justo cuando llovían otros disparos. Al parecer, alguien estaba disparando desde un puente cercano o desde el paseo que bordeaba el canal. Sin embargo, el ángulo de los disparos indicaba que provenían de un lugar alto.

Maggie miró por encima de la mesa y a través de los amplios ventanales. Vio un destello de metal en el puente que tenían justo delante.

–¡Cord, está en el puente! –gritó.

Cord ya había empujado al piloto al suelo y le había gritado al guía turístico que se pusiera a salvo. Movió los controles y, de pronto, el barco salió disparado hacia delante, zigzagueando, para que no resultara un blanco tan fácil.

Lo complicado sería pasar el barco por el ojo del puente, porque disponía del espacio justo. Era una maniobra que recordaba de otros viajes a la ciudad.

Tuvo una idea. Si podía meter el barco bajo el puente y desembarcar, quizá pudiera atrapar a Gruber. Pero necesitaría a alguien que condujera la embarcación.

–¡Maggie! –chilló–. ¡Ven aquí, rápido!

Maggie corrió hacia la cabina sin vacilar.

–¿Qué puedo hacer? –preguntó enseguida.

–Pilotar el barco, cariño. Yo voy a saltar.

–¿Qué?

Cord aceleró y apretó la mandíbula mientras guiaba la embarcación bajo el puente, arañando un costado, y la dejaba en punto muerto.

Desenfundó su pistola y sentó a Maggie en la silla del piloto mientras la familiarizaba rápidamente con los controles. A ella le temblaban las manos, pero escuchó y asintió.

–No quiero hacer esto –dijo con voz ronca–. No quiero ponerte en peligro, pero si no detenemos a Gruber, matará a alguien. ¿Lo entiendes?

Ella lo besó con pasión.

–No dejes que te mate. ¡Te quiero tanto...!

–No tanto como yo, Maggie. Tu pasado no puede cambiarlo –le aseguró con fervor–. ¡Créeme!

La besó y sintió su reacción instantánea.

Se apartó, se levantó, amartilló el arma, le quitó el seguro y se dirigió a los peldaños que conducían al casco.

–Atraviesa el puente, aunque tengas que arañar la pintura, y sal zigzagueando. No te detengas ni un segundo. Si ve un blanco, disparará. La única ventaja que tenemos es que está encima y no puede ver el interior. ¿Podrás hacerlo?

–Puedo hacer lo que sea necesario –contestó Maggie con valentía, y, en ese momento, parecía perfectamente capaz.

Maggie lo vio descender por los peldaños del casco, pero se concentró de inmediato en los controles y puso el barco en marcha. Había llegado el momento de emular a un piloto de barco de carreras y salvar vidas. No pensaba decepcionar a Cord.

# 15

Cord saltó del casco al sucio reborde del puente de piedra y subió deprisa los peldaños de hierro que conducían a lo alto. Sostenía su pistola en una mano mientras trepaba con la otra.

Oyó el movimiento del barco, y supo que Maggie lo pondría en el punto de mira de Gruber de un segundo a otro. Con suerte, Gruber pensaría que el ruido de los rasponazos del barco significaba que se había quedado atrapado debajo y que algún otro miembro de la tripulación estaba intentando sacarlo de allí. En cualquier caso, no esperaría que él lo atacara.

El hombre estaba desesperado, y no dudaría en matar. Consciente de ello, Cord se acorazó contra lo que pudiera ocurrir a continuación. Lo único que lamentaba era no haber sido sincero con Maggie y haberle dicho lo que realmente sabía.

El ruido de la motora camufló sus últimos pasos. Vio a un hombre moreno de corta estatura agazapado en el puente, con una pistola en la mano. Cord apuntó y le gritó en holandés que soltara el arma. Como era de esperar, el hombre se dio la vuelta y disparó. Cord también disparó, al tiempo que sentía un dolor agudo y abrasador en el hombro izquierdo. Su adversario cayó al suelo.

Cord no perdió el tiempo en acercarse a él. Había otro puente más adelante, y vio el destello del metal allí también. El hombre al que acababa de abatir no era Gruber. Maggie estaba en el canal, dirigiéndose hacia una muerte repentina, y él no podría alcanzarla a tiempo. Lo único que podía hacer era atraer los disparos de Gruber o llegar al puente siguiente antes que Maggie.

O... Tuvo una idea. Se sacó el móvil del bolsillo, advirtiendo que tenía sangre en la pantalla, y marcó el número de emergencias. Dio su nombre, explicó lo que ocurría y pidió ayuda. Por suerte, había un coche patrulla no muy lejos de allí; lo enviarían enseguida.

Cord echó a correr cuando todavía se estaba guardando el móvil en el bolsillo. Haría falta más suerte de la que creía posible para que la policía se presentara a tiempo de salvar a Maggie. Estaba mareado y le dolía el brazo, pero no iba a permitir que Gruber matara a Maggie.

Pasó delante de un grupo de turistas. Sabía que estaba asustando a la gente con la pistola y la herida sangrante, pero siguió corriendo mientras imaginaba una bala atravesando la cabina del piloto y hundiéndose en Maggie.

–¡Gruber! –gritó a voz en cuello.

A pesar del tráfico y de las conversaciones de los transeúntes, el hombre del puente lo oyó, se detuvo, se dio la vuelta y miró.

–¡Estoy aquí, Gruber! –gritó Cord, mientras salvaba la distancia que los separaba a grandes zancadas. Gruber se asomó al puente y rio mientras apuntaba el arma al barco que se acercaba rápidamente hacia él.

–¡Maggie, vira el barco! ¡Vira el maldito barco! –gritó Cord. Pero ella no podría oírlo con el bramido del motor...

Y, sin embargo, en aquel preciso instante, el barco

empezó a girar despacio, con torpeza, dándole la espalda al hombre del puente, que disparaba al azar en un arrebato de ira.

Cord estaba en radio de tiro. No se fiaba de su propia puntería, pues tenía la sensación de estar a punto de desmayarse. Hincó una rodilla en el suelo, les gritó a los peatones que se apartaran, apuntó con más cuidado que nunca, tomó aire, y disparó.

La bala tardó una eternidad en llegar al puente; fue como si todo se moviera a cámara lenta. La vista se le estaba nublando. De pronto, el dolor era insoportable; sentía el hombro tan pesado que no podía sostenerlo. Vio al hombre del puente volverse hacia él, despacio, y supo que estaba siendo un blanco fácil. Pero moriría luchando...

La policía estaba por todas partes cuando acabó el tiroteo. Le indicaron a Maggie que acercara la embarcación a la orilla del canal, y un policía saltó a bordo y pilotó el barco hasta el lugar en que otro compañero pudo usar el lazo para amarrarlo a los peldaños. Llovían las ambulancias.

Ayudaron a desembarcar a Maggie, porque gritaba a pleno pulmón que tenía que ver a Cord y no atendía a razones. No lo veía por ninguna parte. Había un hombre caído en el puente, pero no podía ser él. ¿Dónde estaría? ¿Seguiría vivo?

Maggie apremió a las autoridades para que se dieran prisa. Desesperado, uno de los policías la condujo a una zona de la acera en la que se había formado un corrillo. Cord estaba apoyado sobre un codo, y su hombro sangraba. Todavía tenía la pistola en la mano, mientras no dejaba de proferir maldiciones.

–¿Quieren ir a buscarla...? –gritaba. La repentina aparición de Maggie lo dejó helado–. ¡Maggie! –exclamó en un tono que ella no le había oído usar nunca.

–¡Cord! –gimió, y cayó al suelo junto a él. Le tocó el

rostro, la garganta, mientras él la abrazaba con el brazo sano sin preocuparse si la manchaba de sangre. Ella también lo abrazó, sollozando de alivio.

–¡No te veía! –mascullójunto a su cuello–. ¡No sabía si había llegado a tiempo!

–Estoy bien. Te oí decirme que virara el barco, aunque me pareció un susurro al oído. Ay, gracias a Dios que estás vivo –dijo con voz ahogada–. ¡Gracias a Dios!

–Estoy vivo –dijo Cord con voz ronca–. Aunque no haya salido muy bien parado.

Maggie se apartó un poco para mirarlo mejor y estuvo a punto de perder la compostura al ver la sangre que manaba de la herida del hombro.

–¡Estás sangrando! –exclamó, horrorizada–. Por favor –suplicó al policía que estaba junto a ella–. ¡Pida ayuda!

–Todo esto es muy irregular –mascullaba el hombre, pero habló por un móvil en un idioma que ella no comprendía.

Maggie tomó la mano de Cord entre las suyas y se la apretó.

–No te mueras –gimió, aterrada por la sangre–. No te mueras, no puedo vivir sin ti. ¡No viviría! ¿Me oyes?

Cord rio entre dientes al oír su vehemencia.

–Cariño, he pasado por cosas peores que una bala en el hombro –la tranquilizó–. Duele y sale mucha sangre, pero no voy a morir. ¿Verdad, Bojo?

–Yo diría que no –murmuró Bojo, que había aparecido junto a Maggie, con una sonrisa lúgubre–. Cord es duro de pelar. Sin embargo –añadió con una mirada de ironía hacia su amigo–, si muere, yo me quedo con su pistola y ese reloj tan bonito que lleva.

Maggie estaba horrorizada, pero Cord prorrumpió en carcajadas.

Tras horas de agotamiento y preocupación, Maggie se sentó junto a Cord en la habitación individual a la que lo habían trasladado después de extraerle la bala con anestesia local. Dos policías, además de Bojo y de Rodrigo, estaban en el pasillo. No le habían dado explicaciones de por qué se encontraban allí, pero Maggie no era tonta. Aunque Gruber hubiera muerto en el tiroteo, todavía debía de tener socios sueltos por la ciudad. Iban a vigilar a Cord, y eso a Maggie la tranquilizaba un poco. Le habían dicho que se repondría, que saldría del hospital al día siguiente con un amplio suministro de antibióticos y analgésicos. Podrían tomar un avión de vuelta a casa cuando quisieran.

Al ver que abría los ojos, alargó el brazo para tocarle el rostro, los labios. Sintió el escozor de las lágrimas e intentó reprimirlas, pero el miedo y la preocupación de las últimas horas habían echado a perder su autodominio. Unas lágrimas abrasadoras resbalaron por sus mejillas.

–Eh –dijo Cord con suavidad–. No voy a morir, en serio –Maggie logró esbozar una sonrisa y le apretó la mano. Él la miró con atención–. Tienes un aspecto horrible.

–¿Eso crees? Pues deberías mirarte al espejo.

–No, gracias –sonrió–. Oye.

–¿Qué?

Entrelazó los dedos con los de ella.

–Cuando tengamos un momento libre, voy a ir a comprarnos unas alianzas. Noto la mano desnuda.

A Maggie le dio un vuelco el corazón. Se acordó entonces de la hoja doblada que Cord llevaba en la cartera. La habían rescatado del bolsillo interior de su chaqueta; por suerte, el del lado contrario al del hombro herido. Maggie la tenía a salvo en su bolso.

–Ni siquiera insinuaste que estabas pensando en casarte –lo acusó, pero no parecía enfadada–. A decir verdad, juraste que nunca te casarías.

Cord se encogió de hombros.

–Lo pasé muy mal con Patricia –reconoció pasado

un minuto–. No estaba enamorado, Maggie, y ella lo sabía. Me casé con Patricia por muchas razones, pero ninguna acertada. Tú eras muy joven, pequeña –añadió con voz ronca, y la angustia que sentía se reflejaba en sus ojos oscuros–. No quería seducirte y temía hacerlo. Eras... Eres lo que más quiero en la vida. No fue más que un vano intento de protegerte de una relación para la que no te creía preparada –suspiró hondo–. Después, Patricia se suicidó y yo tuve que vivir no solo con la culpa de su muerte, sino con la de saber que nunca la había amado –le apretó la mano–. Me arrepiento de muchas cosas. De lo del bebé, de tu matrimonio... De cómo te he tratado durante todos estos años...

Maggie le cubrió los labios con los dedos.

–¿No eres tú el que no deja de repetir que no debemos mirar atrás? ¿De verdad...? ¿De verdad quieres casarte conmigo? –añadió con vacilación.

–Más que seguir viviendo –dijo con el corazón en la mano. Ella suspiró con preocupación.

–Todavía hay cosas de mi pasado que no sabes. Cosas que... que no puedo contarte.

–Eh –Maggie alzó la vista–. ¿Qué tal si vivimos día a día? –dijo él con suavidad–. ¿Y si tomamos un vuelo a las Bahamas? –sonrió–. Podríamos casarnos allí.

–¿En serio?

–Sí –se llevó la palma de Maggie a los labios–. Quiero casarme contigo enseguida –añadió–. No quiero que vuelvas a huir de mi lado nunca más.

–¿Y qué pasa con los hombres de Gruber? –preguntó con preocupación.

–Todos detenidos –Cord enarcó una ceja y sonrió–. A sus colaboradores les esperan largas condenas en diversos países. El caso saldrá en titulares. Han desarticulado sus redes de prostitución, pornografía y trabajos forzados infantiles. Los clientes de Lassiter, cuyos niños habían sido secuestrados y asesinados, han encontrado la paz. Y nosotros estamos por fin a salvo.

–A salvo –Maggie bajó la vista–. Raras veces me he sentido así en la vida, salvo cuando estaba contigo. Pero te había dado por imposible –añadió con una sonrisa de pesar.

–Maggie, sin ti mi vida no vale nada –insistió Cord con solemnidad–. No ha valido nada desde que tenía dieciséis años.

Ella suspiró con preocupación.

–Cord, en cuanto a ese archivo que Lassiter quiere enseñarte...

–Por mí, que lo queme. Si tanto significa para ti...

–¿Lo dices en serio? –preguntó Maggie con alegría en la mirada.

–Sí, en serio.

Era como si le hubieran quitado un gran peso de los hombros, y sentía deseos de volar. Entonces, recordó que Stillwell y Adams conocían su secreto.

–Pero Stillwell y Adams...

–Lassiter tiene amigos –la interrumpió–. No te revelaré sus nombres ni sus ocupaciones. Basta con decir que Adams y Stillwell no son más que pececillos, y que se arriesgarían a ser devorados por un tiburón, aunque estén en la cárcel, si alguna vez abrieran la boca.

–Caray.

–Caray –repitió él, y la miró con tierna preocupación–. Necesitas dormir un poco.

–Dormiré cuando todo esto haya acabado. No pienso dejarte por nada del mundo. No me importa que no sea una herida grave; me quedaré aquí hasta que te dejen salir.

Cord entornó los ojos con emoción. Ni siquiera discutió.

–Está bien.

Era una concesión.

Cord le estaba dando todo lo que ella quería, y Lassiter no la había traicionado, la había salvado. Maggie se preguntó si resultaría muy indecoroso abrazar a un hombre casado. Cuando regresaran a Houston, pensaba averiguarlo.

Dos días después, Cord y Maggie viajaron en avión a las Bahamas, donde un sacerdote norteamericano los casó en un hermoso hotel de lujo con vistas a Nassau, la capital.

Maggie se puso una falda y una blusa blancas de algodón, ambas con profusión de encaje blanco, y se pulverizó un poco de fragancia de jazmín en el pelo. Cuando, después de dar el sí, Cord la miró a los ojos, Maggie pensó que jamás había visto una expresión semejante de ternura en toda su vida. Se sentía como si hubiera vuelto a nacer. Cord comentó con una carcajada ronca que él se sentía igual. Las líneas paralelas de sus vidas se habían unido en un círculo eterno.

Después de tres días visitando las islas y acariciándose con locura, embarcaron en un crucero con rumbo a Miami, desde donde tomarían el avión a Houston.

Maggie se sintió como si hubiera vivido un cuento de hadas mientras yacía en la estrecha cama, a corta distancia de su marido, en el elegante camarote, sintiéndose amada, segura y protegida. Cord no quería que durmieran juntos todavía a causa del hombro; pero la besaba mil veces, y la acariciaba de mil maneras.

–Y pensar que estaba prometida y no lo sabía –lo acusó con picardía–. ¿Cómo pudiste solicitar una licencia matrimonial y no decírselo a la mujer con la que querías casarte? Con lo que me ha atormentado haberme acostado contigo...

–Con lo maravilloso que ha sido... –bromeó.

–¡Tenía remordimientos!

Él sonrió con desvergüenza.

–Sabías cuando lo hice que estaba pensando en el futuro. No me acuesto con inocentes.

–No era inocente.

–No digas tonterías; claro que lo eras. Soy el único hombre con el que has estado, aunque la primera vez no fuera una experiencia que te agradara recordar.

–Incluso aquella vez fue mágica –susurró–. Y las demás han sido increíbles –lo observó con curiosidad, advirtiendo que rehuía su mirada–. Solo es por el hombro, ¿verdad? –añadió con preocupación–. Todavía me deseas, ¿no?

–Pues claro –la regañó–. Pero me sigue doliendo la herida –añadió sin mirarla.

–Está bien. Mientras solo sea una situación temporal...

Cord frunció los labios y sonrió, aunque el gesto parecía un poco forzado.

–¿Tan bueno soy?

–¡Ay!... Vas a poner a prueba mi paciencia –bromeó. Él la miró con adoración.

–Intentaré reformarme antes de que vengan los niños.

–Estás muy seguro de que los tendremos –repuso ella, no muy convencida.

–Segurísimo –afirmó Cord con sinceridad–. Mientras tanto, aprenderemos a conocernos de nuevo.

Houston resultaba familiar y desconocida al mismo tiempo. Parecía que hubieran transcurrido años y no escasas semanas desde que se habían ido.

El rancho resultaba acogedor. June salió a recibirlos a la puerta; Cord la había avisado de su llegada llamándola por teléfono desde el avión. Su padre y Red Davis estaban esperando en el salón para estrecharles la mano y darles la enhorabuena y la bienvenida.

Cord tardó un día entero en ponerse al corriente de los asuntos del rancho, y había llamadas, e-mails y faxes que debía responder. Hizo llamar a su secretario y recuperó la rutina con hombro herido y todo.

Sintiéndose extrañamente olvidada, Maggie daba

vueltas por la habitación, preocupada. Aquella noche también habían dormido en habitaciones separadas a causa de la herida del hombro. Cord alegaba que no la dejaría dormir porque no dejaba de dar vueltas en la cama; era la misma excusa que había utilizado en el hotel de Ámsterdam e incluso durante el crucero, una vez casados. Maggie sabía que el hombro no era el único problema.

Desesperada, porque Cord se había encerrado en sí mismo, fue a ver a Dane Lassiter a su oficina alegando como excusa que necesitaba ir a la ciudad para adquirir artículos femeninos. Cord le dio las llaves de su coche y le dijo que anduviera con cuidado. Aunque hubieran detenido a los hombres de Gruber, quizá no estuviera completamente a salvo. Para desolación de Maggie, le encargó a Davis que la acompañara.

–Esta es tu antigua oficina –protestó Davis cuando ella aparcó delante de la fachada. Maggie le lanzó una mirada furibunda.

–Gracias, no lo sabía –dijo con sarcasmo.

–Maggie, ¿qué tramas?

–Nada que puedas decirle a Cord, y hablo en serio –añadió, alzando la mano en la que llevaba la alianza.

–No debería haber secretos entre un marido y su mujer.

–Eso díselo a él –le espetó–. Voy a subir a ver a Dane Lassiter y, si le dices una sola palabra a Cord, haré que te frían a la parrilla, ¿me has entendido?

Davis se la quedó mirando.

–Sabría horrible.

–Con salsa de barbacoa no, y hablo en serio. Espérame aquí, no tardaré –se apeó del coche–. Aunque puedes ir a tomarte un café... –añadió, y entró sola en el edificio.

Dane Lassiter no se anduvo con rodeos. Se inclinó hacia delante sobre su escritorio y taladró a Maggie con sus ojos negros y penetrantes.

–Quiere saber qué me sonsacó Cord.

Maggie tragó saliva y se ruborizó.

–Vi el fax que le envió a Ámsterdam –dijo por fin.

–No le conté nada –repuso Lassiter enseguida–. Pero él sabe cómo acceder a archivos codificados –añadió con nerviosismo.

A Maggie se le paró el corazón. Miró a Dane con el semblante horrorizado.

–¿Quiere decir que lo sabe? ¿Que lo sabe todo?

–Eso parece.

Maggie se mordió el labio inferior. Estaba recordando detalles de aquella noche, los extraños comentarios, la afirmación de que la amaba sin importarle su pasado. Cord lo sabía todo pero no había dicho nada porque ella lo había amenazado con salir corriendo. Se había pasado la vida huyendo de sus emociones, de los compromisos, de todo, por miedo. Temía lo que Cord pudiera pensar de ella, pero él lo sabía y la amaba de todas formas. Contempló la pequeña alianza de oro que llevaba en la mano, la que había escogido por su sencillez. Cord se la había colocado en el dedo, la había mirado a los ojos y ¿qué había dicho? Que aquella alianza sellaba su futuro, que era una promesa de apoyo mutuo en la tragedia o en la adversidad. Y no había duda de que el pasado de Maggie podía calificarse de tragedia.

Miró a Lassiter. Le estaba diciendo algo, pero no lo había oído. El detective sonrió.

–No ha escuchado ni media palabra de lo que he dicho, ¿verdad? Le contaba que Cord me llamó por una línea segura y me dijo que pensaba volver aquí para hacer picadillo a Adams y a Stillwell, y que estrangularía a Gruber con sus propias manos. Jamás había visto a nadie tan sediento de sangre, salvo a mí mismo cuando dispararon a mi mujer, antes de casarnos –recordó–. Estaba ávido de venganza. Tardé media hora en disuadirlo mientras él maldecía en dos idiomas. Creo que había estado bebiendo... y puedo afirmar que Cord Romero no bebe. Era la mejor indicación de lo disgustado que estaba. Estaba dolido porque no se hubiera fiado de él lo bastante para decírselo desde que le conoce. Dijo que no había nada en su vida que no hubiera compartido de buena gana con usted.

El ceño de Maggie se disipó; las piezas encajaron en su sitio. Vio su vida como un libro abierto, como un patrón de conducta que se repetía una y otra vez. Nunca había confiado en Cord. Siempre había temido que la menospreciara, que no la deseara, que la juzgara mal, como tantas otras personas. Pero cuando se ponía en su lugar, cuando pensaba en cómo se habría sentido ella si... Creyó enfermar.

–Le he fallado desde el principio –dijo con voz trémula–. Nunca me he parado a pensar en cómo me sentiría yo si él tuviera un pasado así y no hubiese querido contármelo. Todo se reduce a la confianza, ¿verdad? –añadió–. Si quieres a una persona, tienes que fiarte de ella.

Lassiter sonrió despacio.

–Me alegro de que empiece a abrir los ojos.

–Y nada de lo que hagas, nada de lo que hayas hecho, importará nunca –prosiguió Maggie, como si acabara de descubrir una gran verdad–. Porque cuando amas, lo haces incondicionalmente.

–Exacto –Lassiter frunció los labios–. ¿Por qué no vuelve a casa y se lo dice a Cord?

Maggie abrió los ojos con alegría. Fue como una caída libre. No tenía nada que temer, ni siquiera que su pasado saliera a la luz. Cord la amaba, y su opinión era la única que le importaría siempre. Era tan sencillo..., pero nunca había sabido verlo.

Se levantó con ímpetu de la silla.

–Cuando los niños se hagan mayores, quiero trabajar para usted. ¿Puedo?

Lassiter rio de buena gana.

–Así se habla. Y sí, puede.

–Le tomo la palabra, señor Lassiter. Gracias. Por guardarme el secreto, por obligar a Adams y a Stillwell a guardarlo... ¡Por todo! Creo que es usted sensacional.

El detective se puso en pie y le estrechó la mano.

–Eso mismo dice mi esposa.

–¡No me sorprende! –rio Maggie.

# 16

Los siguientes minutos transcurrieron en una nebulosa de actividad. Maggie estuvo a punto de derribar a Tess con las prisas por salir del edificio. Le dio las gracias a Dane, prometió llamar y se metió en el coche. Hostigó a Davis para que se saltara el límite de velocidad y suspiró de alivio al ver que la policía no los había sorprendido cuando se detuvieron delante de la casa.

Maggie abrió la puerta cuando Davis todavía estaba pisando los frenos. Entró como un remolino ante la sorpresa de June y se fue derecha al despacho en el que Cord estaba hablando por teléfono con alguien sobre un toro. Maggie cerró la puerta tras ella y echó la llave.

–Lo siento, pero tienes que colgar –le dijo a Cord con voz trémula.

–¿Por qué? –preguntó con el auricular a un par de centímetros del oído. Ella se encogió de hombros, sonrió con timidez y empezó a quitarse la blusa.

Cord bajó el auricular. Era la primera vez en sus vidas que Maggie tomaba la iniciativa. De hecho, se había convencido de que, a causa de su pasado, jamás se le insinuaría.

–Luego te llamo –le dijo a su interlocutor, y colgó deprisa.

Mientras tanto, Maggie se había despojado de la blusa y del sujetador y se estaba quitando los zapatos y bajándose la cremallera de los pantalones de pinzas. Se dirigió a él, completamente desnuda, disfrutando de la mirada de asombro y placer de Cord. Le dio la mano y lo condujo al sofá, donde se tumbó con abandono.

–¿Qué? –le preguntó–. ¿Te atreves?

Cord se estremeció mientras se deshacía de la camiseta con las manos.

–Ya verás si me atrevo –dijo con voz ronca. Ella contempló cómo las prendas caían de aquel cuerpo alto y fornido mientras se estiraba con sensualidad–. ¿Has echado la llave?

–Ya lo creo –murmuró ella con una sonrisa–. Estás muy sexy.

–Me encantaría decirte cómo estás tú –contestó Cord, como si le faltara el aire–, ¡pero no creo que tenga tiempo!

Ni ella, cuando lo vio completamente desnudo. Cord se tumbó a su lado, apoyándose en el brazo sano, y la besó. Movía las piernas con insistencia, febril, para separar las de ella con un deseo incontrolable.

–Lo siento –masculló. Ella se relajó, y sonrió bajo los labios de Cord cuando la penetró de improviso, con urgencia. Maggie arqueó la espalda para recibirlo, sintiendo cómo él contenía un pequeño ruido ronco cuando empezaba a moverse sobre ella con destreza y experiencia.

Maggie lo envolvió con las piernas y se estremeció con las crecientes punzadas de placer. Deslizó una mano por la espalda de Cord hasta sus glúteos, y hundió allí las uñas para apretarlo contra ella mientras él la penetraba con un ritmo ardiente y fiero.

Sintió cómo la tensión se intensificaba cada vez más. Sus movimientos resultaban atronadores en la habitación cerrada: jadeos ásperos y desesperados. Ella abrió la boca de par en par y sintió la lengua de Cord penetrándola justo cuando unas oleadas repentinas de calor y placer estallaban dentro de su cuerpo. Se convulsionó, y gimió quejumbrosamente dentro de la boca de Cord mientras él la embestía con violencia durante las últimas contracciones del éxtasis.

Cord gimió y siguió penetrándola con fiereza, como si ni siquiera estar piel sobre piel fuera lo bastante íntimo para él. Se estremeció con violencia cuando su propio cuerpo palpitó de ardiente liberación.

Maggie palpó la humedad en la espalda de Cord cuando él se dejó caer pesadamente sobre ella.

–Te siento dentro –le susurró al oído. Cerró las piernas con más fuerza en torno a él.

–Yo también te siento –respondió Cord, y se movió con brusquedad de lado a lado para hacerla jadear con renovados espasmos de placer–. Caramba, ¡qué explosión! No sabía si podría soportarlo.

–Lo sé. A mí me ha pasado lo mismo –lo abrazó con fuerza–. Te quiero tanto... Más que a mi vida.

Cord gimió con aspereza en su oído y volvió a besarla; siguió moviendo las caderas con abandono contra las de ella hasta que volvió a sentirse capaz y jadeó con renovado anhelo.

–Sí –le susurró Maggie al oído, casi atragantándose de placer–. ¿Podemos hacerlo otra vez? ¿Podemos? Cord, ¡te deseo tanto...!

Cord la besó en la boca y profundizó, alargó, ralentizó sus movimientos hasta que ella se estremecía con cada embestida. Rio de improviso y se tumbó de espaldas, sin separarse de ella, todavía estremeciéndose.

–El brazo me está matando –susurró, y la miró con ardiente pasión–. Tómame.

–¿Qué? ¿Cómo? –exclamó Maggie.

–Así, puritana mía –la regañó, y la sujetó por las caderas para enseñarle el movimiento. Cord hizo una mueca y movió el hombro herido–. Es demasiado, demasiado pronto, pero no puedo parar. Tú tampoco debes parar. ¡Maggie! ¡No pares!

Cord gimió con aspereza. Ella suspiró y apretó los labios, y siguió moviéndose hasta que halló la presión y el ritmo que lo hacían jadear. Pasado un tiempo, le resultaba emocionante, y placentero, incluso divertido. Rio. Él también rio. Hasta que el placer se apoderó de ellos y les resultó imposible pensar, hablar...

Maggie yacía junto a Cord, sudorosa y exhausta, con una pierna en torno a las de él, tan satisfecha que no deseaba moverse.

–No me quejo –dijo Cord–. Pero ¿podrías explicarme a qué ha venido esto?

Ella le besó el hombro sano con lentitud.

–Todo es cuestión de confianza –dijo con suavidad–. Yo no he confiado en ti, y pensaba que ya era hora de empezar. Así que debía demostrarte que podía ser una mujer, sin sentirme avergonzada de mí misma, de mi pasado, de mi cuerpo –suspiró–. Es maravilloso ser una mujer, Cord –deslizó la mano despacio sobre el vello que le cubría el tórax y él arqueó la espalda con un débil gemido.

–Para mí también es maravilloso que lo seas –alcanzó a decir, y le retuvo la mano–. Pero nos estás sobreestimando. Estoy agotado –rio–. ¡Agotado de verdad!

Ella sonrió con complacencia.

–Soy buena –murmuró.

–Más que eso.

–Gracias –lo besó en el hombro. Él cambió de postura para acercarse más a ella.

–¿Qué te ha dicho Lassiter, exactamente?

Maggie se quedó rígida.

–¿Cómo sabes que he ido a verlo?

–Mera lógica –murmuró –. No ibas a descansar hasta no averiguar lo que me había contado sobre ti.

–No te contó nada –dijo Maggie con sagacidad.

–¿Lo ves?

Ella cerró los dedos sobre el pecho de Cord.

–Él no te ha contado nada, pero yo debo hacerlo. Cord, mi madre murió cuando yo tenía seis años –empezó a decir con agonía–. Me quedé sola con mi padrastro. Tenía un amigo. Les gustaba beber cerveza y jugar a las cartas, y no les hacía gracia trabajar. Durante más de un año, simplemente, toleraba mi presencia. Estaba a punto de dejarme al cuidado de otra persona, cuando su amigo le dijo que era una niña mona y se preguntó si no podrían utilizarme para hacer dinero –tragó saliva–. Mi padrastro y su amigo se pusieron en contacto con un hombre que... traficaba con pornografía infantil –notó la repentina rigidez de Cord, pero no se interrumpió–. Buscaron a otra niña y a dos niños y... y grabaron películas de nosotros...

–¡Basta! –masculló–. No tienes por qué hacerte esto. No necesito saber...

–Sí, necesitas saberlo –lo interrumpió Maggie con labios trémulos y lágrimas en los ojos–. Necesito contártelo. Tienes que escuchar. Rodaron películas pornográficas sobre nosotros. Nos obligaban a hacer cosas que no comprendíamos y, si no las hacíamos, nos sacudían con cinturones. Nos dejaban señales, y se enfadaban aún más porque tenían que esperar a que desaparecieran las señales. Después, emplearon otros... castigos que no se veían –cerró los ojos y sintió cómo Cord se ponía rígido de rabia–. No iba al colegio y un profesor vino a averiguar por qué. En aquel momento, estábamos delante de las cámaras. Vio a través de una persiana lo que hacíamos y fue a llamar a la policía.

–Gracias a Dios –masculló Cord.

–Sí. Estábamos avergonzados y asustados. Los agentes fueron muy amables con nosotros. Una mujer policía vino a ocuparse de mí y de la otra niña pero, cuando salíamos, una vecina se rio y dijo que de mayores seríamos prostitutas y que nos lo tendríamos merecido por ser unas niñas tan detestables –se estremeció–. Nada me había dolido nunca tanto.

–Termina –la apremió Cord con voz tensa.

–Mi padrastro y su amigo fueron a la cárcel. Fue un juicio muy largo y lo cubrieron todos los medios de comunicación. Las cintas fueron requisadas como pruebas, pero alguien se hizo con una. Esa debe de ser la que Stillwell y Adams tenían en su poder, porque las demás fueron destruidas años después.

–Fue entonces cuando te llevaron al centro de acogida de menores –adivinó Cord–. Después del juicio.

–Sí. Pensaron... Pensaron que era muy pequeña y que el trauma emocional había sido leve –susurró–. Hablé con una psicóloga infantil un par de veces y, después, me perdí en el sistema. Hay tantos niños perdidos en el sistema... –dijo con impotencia.

Cord le alisó el pelo y la besó con ternura.

–Sí, demasiados...

–A mi padrastro lo mataron durante una revuelta en la cárcel. Su amigo... Supongo que sigue entre rejas –añadió.

–Murió de cáncer hace dos años, cuando todavía cumplía condena en la prisión federal –le dijo Cord con brusquedad.

–Así que ya no queda ninguno –suspiró. Después, contuvo el aliento–. ¿Cómo lo has sabido?

Se produjo un largo silencio entrecortado.

–Accedí a los archivos protegidos cuando estábamos en Ámsterdam.

–Entonces, ¿Lassiter tenía razón? ¿Lo sabías y te has casado conmigo? –parecía incrédula.

–¡Pues claro que me he casado contigo, tonta! –replicó con furia–. ¿Crees que soy capaz de echarte en cara tu pasado? ¡Te quiero! Siento que sufrieras tanto, y siento aún más no haberlo sabido desde el principio, pero me importa un comino.

–¿De verdad? –preguntó, perpleja.

–De verdad –la abrazó y la besó con ansia–. Y a ti también te dará igual con el paso del tiempo, Maggie –dijo con suavidad–. Ahora eres mía. Te querré mientras viva.

Ella lo miró a los ojos.

–Tú también eres mío –susurró–. ¿Verdad?

–En cuerpo y alma –corroboró con voz ronca, y la besó en la nariz–. Maggie, vamos a vivir muchos años juntos. Voy a agotarte de tanto amor que te voy a pedir.

–Eso no me importa –le acarició los labios–. Pero desearía que pudiéramos concebir otro hijo, Cord.

–Tienes que empezar a creer en los milagros, cariño –murmuró con voz somnolienta–. En tu vida has tenido muy pocos pero, créeme, van a empezar a salir como setas.

–¿Lo dices en serio?

–En serio. Maldita sea, tengo sueño...

Unos golpes insistentes en la puerta los despertaron horas más tarde.

–¡Señor Romero! –gritaba Davis–. ¿Se encuentra bien? Tengo una llave y voy a entrar.

–¡Davis, si pones un pie en mi despacho estás despedido! –gritó Cord justo cuando la puerta empezaba a abrirse.

Davis vio un rastro de ropa que conducía al sofá y, por encima del respaldo de este, dos pares de ojos furibundos.

Se oyó un portazo, una llave cayó al suelo y unas pisadas de botas se alejaron por el pasillo con atropello.

A pesar del susto, Cord miró a Maggie y prorrumpió en carcajadas. Cuando ella, todavía somnolienta, comprendió lo que había estado a punto de ocurrir y bajó la mirada a las prendas desperdigadas por el suelo, no pudo evitar sumar sus carcajadas a las de él. La vida era maravillosa.

Varios meses después, Cord estaba ayudando a cargar una pequeña manada de novillos Santa Gertrudis en los camiones cuando un deportivo apareció a gran velocidad y los espantó en todas direcciones. Maldijo, pero no muy alto, porque Maggie salió disparada del coche y corrió hacia él como una bala.

Cord sacó un pie del estribo y se inclinó para sentarla ante a él sobre la silla, cuando advirtió que no pensaba detenerse.

–Te importaría decirme...

Su boca ardiente lo interrumpió a mitad de la frase. Cord la besó con avidez, excitándose al instante y preguntándose vagamente si podría seducirla a caballo delante de todos sus ayudantes.

–Toca –susurró Maggie junto a sus labios, y le puso la mano en su vientre.

–Maggie, hay vaqueros por todas partes –intentó decir.

–Y aquí dentro hay un bebé –susurró ella.

Cord se puso rígido. Alzó la cabeza y la miró sin comprender, hasta que la alegría llorosa de sus ojos verdes y la risa que emergía de su garganta lo iluminaron.

–¿Estás embarazada? –preguntó con un estallido de voz–. «¿Embarazada?»

–Y mucho –murmuró mientras le rodeaba el cuello con los brazos–. De tres meses. Ni siquiera he tenido náuseas matutinas y pensaba que no podía quedarme embarazada. Entonces, me di cuenta de que no habíamos tenido ningún problema mensual...

–¿Habíamos? –preguntó Cord con deleite y afectuoso regocijo. Ella le dio un puñetazo.

–Se trata de nuestro hijo, vamos a tenerlo los dos. Ahora, escúchame. Fui a ver al médico y me hizo un pequeño análisis de sangre. He venido tan deprisa para contártelo que... –unas sirenas la interrumpieron–. Dios mío –dijo con nerviosismo al volver la cabeza.

Dos coches patrulla estaban deteniéndose a pocos metros de distancia, con las luces giratorias encendidas. De ellos salieron dos agentes uniformados que rodearon el deportivo y echaron a andar hacia el hombre y la mujer que estaban sentados, frente a frente, sobre el caballo.

–Lo siento mucho –empezó a decir Maggie en tono esperanzado.

–Señora, iba a ciento treinta en una carretera de noventa –contestó el de más edad con el bloc de multas en la mano.

–Y nos pasó tan deprisa que parecía que estuviéramos dando marcha atrás –dijo el más joven en tono beligerante.

–Está embarazada –anunció Cord, riendo entre dientes mientras Maggie se movía con nerviosismo e intranquilizaba al caballo. Lo calmó poniéndole la mano en el cuello–. Llevamos cuatro meses casados, pero un médico le dijo hace años que no podría tener hijos. Así que se trata de una especie de milagro. Y de un bebé –añadió con una sonrisa de oreja a oreja.

El de más edad miró al más joven.

–La ley es la ley –declaró, obstinado.

–Y tanto que sí, y podemos amonestar a las personas que no hace falta detener –repuso su compañero, sonriendo–. Así que dile a la embarazada que no lo vuelva a hacer para que podamos darles la enhorabuena y volver al trabajo.

El agente de más edad estudió al matrimonio. Frunció el ceño.

–Su cara me resulta familiar –le dijo a Cord–, pero no sé de qué... –clavó los ojos en Maggie y la reprendió–. Y usted respete los límites de velocidad en mi condado. Los bebés no crecen bien a velocidad supersónica, ¿entendido?

–Sí, señor –prometió Maggie, y sonrió–. Enseñaré a mi hijo a obedecer las normas de tráfico.

–A nuestra hija –la corrigió Cord–. Va a ser niña.

Ella abrió los ojos de par en par.

–Dios no obedece órdenes.

–Podemos pedírselo de buenos modos –replicó Cord–. Me gustan las niñas. La enseñaremos a criar toros.

–Y a atrapar a los malos –señaló Maggie.

–¡De eso me suena su cara! –exclamó de repente el policía de más edad, dándose una palmada en la frente–. Son los que desarticularon la red de tráfico de mano de obra infantil. Sus fotografías salieron en el periódico, junto con un reportaje completo.

El agente más joven miraba alternativamente a Maggie y a Cord mientras el de más edad sonreía de oreja a oreja.

–¡Maldita sea, son ellos!

Maggie se sentía como la heroína de una película de suspense. Rio y abrazó con fuerza a Cord sin dejar de mirar al policía.

–Si no me detiene, diré algo bonito sobre usted cuando escriba mis memorias –le prometió.

–Señora, debería escribir libros, no memorias, después de lo que leí en el periódico –dijo el agente–. Con una historia como esa, sería un éxito.

A Maggie se le encendió una lucecita en la cabeza.

–¿Sabe? –empezó a decir con creciente entusiasmo–. ¡No es mala idea!

Seis meses más tarde, Maggie entregaba una novela sobre espionaje internacional a un editor de Nueva York que había leído el borrador y se había comprometido a publicarlo. Acto seguido, daba a luz a un niño. Fue una sorpresa, porque ni ella ni Cord habían querido conocer el sexo del bebé hasta su nacimiento. Habían escogido nombres para ambos casos, pero Cord estaba convencido de que Charlene María sería el que pondrían.

Cuando regresaron a casa con el bebé y se sentaron en el porche delantero aquella misma tarde, Cord contempló al niño que tenía en brazos y suspiró con afecto.

–Jared Matías Romero –murmuró con orgullo–. Me siento muy feliz de ser tu padre, pero todavía necesitamos a una niña para que papá pueda malcriarla.

–Hasta entonces, papá puede malcriar a Jared –le dijo Maggie con una sonrisa, consciente de que estaba muy complacido de tener un bebé sano–. Puede que la flauta suene dos veces por casualidad pero, aunque no sea así, estoy muy contenta con lo que tenemos.

–Y yo –la besó a ella y a su hijo mientras se mecían en el balancín del porche cerrado y tibio y contemplaban al enorme toro Hijito arrancar heno de la parte posterior de una camioneta. Estaban en febrero, todavía hacía frío y la puesta de sol estaba barriendo las nubes. El horizonte era un estallido de color–. Mi esposa, la escritora –murmuró Cord, y la miró caprichosamente–. Al menos, así no tendrás que andar por ahí en gabardina y con un arma en el bolsillo.

–¿Eso crees? –le dirigió una sonrisa traviesa–. Necesitaré material nuevo si me ofrecen otro contrato para una novela.

Cord enarcó una ceja.

–No pienso desarticular ninguna otra red de trabajadores ilegales, ni desactivar ninguna bomba, ni ayudar a Bojo con ninguna otra misión, por si acaso te lo estabas preguntando –le informó–. Ahora crío ganado, punto.

–Criar ganado es emocionante. Mira al viejo Hijito –reflexionó, mientras lo observaba–. Mmm... Supón que alguien lo robara y resultara que en la etiqueta de la oreja tenía un microchip oculto con información que demostraba la culpabilidad de una persona del intento de asesinato de... Eh, ¿adónde vas? ¡Cord, vuelve aquí!

Siguió alejándose por el pasillo, riendo con ganas. Maggie bajó la mirada al rostro dormido del bebé envuelto en su pijama calentito y pensó en los largos y dolorosos años que la habían conducido a aquel lugar, a aquel momento, a aquella felicidad. Al afrontar el sufrimiento y su pasado, había irrumpido en un nuevo mundo de felicidad. ¡Si hubiera sabido antes que la única manera de superar la oscuridad era encararse con ella en lugar de huir...!

Pero por fin tenía a Cord y a su hijo, y la vida era más dulce de lo que jamás había soñado. Las lamentaciones eran como nubes en el horizonte, el viento las disipaba rápidamente en el esplendor del ocaso, al igual que la aceptación del dolor era recompensada con un placer inesperado en cuanto acababa la desgracia. Besó con suavidad la frente minúscula de su hijo para no despertarlo, y su corazón voló de alegría. Al final del pasillo, oyó unos pasos familiares regresando al porche.

–Pensaba que iba a nevar –comentó Cord mientras levantaba a su hijo en brazos para que ella descansara–. ¡Pero mira qué puesta de sol!

Maggie le sonrió.

–Las nubes han desaparecido, cariño; el viento se las ha llevado –dijo con suavidad–. ¿Conoces ese antiguo dicho de: «Ocaso rojo, deleite de marineros»? ¡Mira qué cielo!

Cord tiró de ella.

–No soy marinero, y tú ya estás fantaseando otra vez –bromeó–. Ven a cenar. ¡Estoy hambriento!

–Siempre estás hambriento –Maggie sonrió con picardía y elevó las cejas repetidas veces–. ¡Qué suerte tengo!

Lo agarró del brazo mientras recorrían el pasillo con su hijo, y vio cómo Cord lo miraba con la expresión de amor más hermosa que había visto en aquellos ojos oscuros para alguien que no fuera ella.

–¿Sabes? –dijo, pensando en voz alta–. Creo que los

bebés son más emocionantes que las intrigas internacionales.

Cord rio entre dientes.

–Estamos en una situación perfecta para averiguarlo.

–Cierto –suspiró ella con satisfacción–. Para ser un mercenario –murmuró–, eres un buen hombre de familia.

–Gracias. Te recomendaré para un ascenso cuando nos reclute la Legión Extranjera.

–¡Estupendo! ¿Aceptan mujeres? ¿Puede venir el niño también?

Cord quiso darle un azote que ella rehuyó hábilmente y con una carcajada, haciéndola pensar que algunos mercenarios nunca olvidaban las viejas costumbres. Pero ella lo amaba tal como era.

# TÍTULOS DE LA COLECCIÓN

## DIANA PALMER

*Corazones heridos*
*Antes del amanecer*

*Secretos*
*Inesperada atracción*

*Secretos entre los dos*
*Para siempre*

*Una vez en París*
*Rosa de papel*

*Corazones en peligro*
*Entre el amor y el odio*

*Entre el amor y la venganza*
*Sueños de medianoche*

*Lacy*
*Trilby*

*Nora*
*Magnolia*

www.ingramcontent.com/pod-product-compliance
Lightning Source LLC
LaVergne TN
LVHW101936220826
846093LV00006B/33

* 9 7 8 8 4 6 8 7 6 7 1 1 6 *